Kapitel 1

Die Frau stand am Fenster und starrte hinaus auf die mit Reif überzogene Landschaft. Der Winter war früh nach Dunchar gekommen; er hatte die Bäume mit einer Schicht aus Eis überzogen, in der sich die ersten Strahlen der Sonne fingen, und das Plätschern des Bachs war nurmehr ein leises Murmeln. Sie schirmte ihre Augen gegen das Licht ab, das nach der Dunkelheit des Zimmers hinter ihr nahezu schmerzte, und lächelte. Ihr war das schlechte Wetter mehr als willkommen; es bedeutete keine weiteren Raubzüge auf ihr Land; zumindest nicht bis zum nächsten Frühjahr. Sie fröstelte und zog ihren mit Zobel besetzten Umhang fester um sich.

»Mylady?«

Blanche ließ die Vorhänge wieder vor das Fenster fallen. Ihre Augen gewöhnten sich langsam an das Dämmerlicht im Zimmer, und sie konnte die Gestalt von Donald MacLeod erkennen, der, auf seine Ellbogen gestützt, unter den Felldecken auf ihrem Bett lag.

»Kommt Ihr zurück ins Bett, Mylady? Das Feuer ist aus.« Er fuhr sich mit den Fingern durch das zerzauste Haar. Eine weitere Gestalt regte sich im Bett und setzte sich auf; dabei rieb sich der Mann über die grünen Augen. Die beiden Männer hatten die gleichen Augen und das gleiche Lächeln; der andere Mann war Donalds Zwillingsbruder Murdo.

»Aye, Mylady. Das Bett ist ziemlich groß ohne Euch.«

Blanche lächelte und ließ den Umhang einfach fallen;

sie hob die Decken an und kletterte wieder ins Bett, zwischen die beiden Brüder. Sie zitterte. Sie hatte nicht bemerkt, wie kalt ihr wirklich war. Donald schmiegte seinen schlanken Körper an ihren Rücken, und sein Bruder rieb ihre Hände.

»Ihr seid kälter als der Atem des Teufels!«

Blanche lächelte. »Ich wette, nicht mehr lange.« Murdo küsste jede Einzelne der zitternden Fingerspitzen, und seine Lippen wanderten weiter bis zu ihren Handflächen. Sie erschauerte, aber diesmal nicht wegen der Kälte. Seit ihr Mann vor zwei Jahren verstorben war, holte sie sich ihr Vergnügen wie ein Mann es tun würde; wo immer und mit wem immer sie wollte. Aber sie ging sehr diskret vor und war sehr zufrieden, einen derart angenehmen Weg gefunden zu haben, um sich während der kalten Nächte im langen Winter der Highlands zu wärmen.

Sie seufzte und ließ die Wärme der beiden Brüder ihren ausgekühlten Körper durchdringen. Hinter ihr beugte Donald sich vor, um ihre weiße Schulter zu küssen; sie konnte spüren, wie sein Glied sich an ihrem Po regte. Murdo nahm ihre Hände zwischen seine Schenkel, um sie besser wärmen zu können; sein Schamhaar kitzelte ihre Haut, und sie spürte, wie seine Männlichkeit aus ihrem schlafenden Zustand erwachte und sich zitternd aufrichtete. Sie lächelte in sich hinein und schmiegte sich weiter in Donalds Umarmung. Seine Antwort war ein Stöhnen, als sie sich enger an ihn drückte, und seine Hände umfassten ihre Brüste. Er wog sie in seinen Händen, und weich und nachgiebig lagen sie in seinen Handflächen. Er zwickte ihre Nippel und rollte sie dann müßig zwischen seinen Fingerspitzen. Blanche sog scharf die Luft ein und bog sich der Hitze des Mannes hinter sich entgegen. Seine Finger zupften an ihren empfindlichen Brustspitzen. Donald führt eine davon in den keuchenden Mund seines

Bruders; Blanche schlug die Augen auf und stöhnte, als sie die Hitze seiner Lippen und seiner Zunge spürte, die sich um ihre Brustwarzen schlossen. Murdo knabberte und saugte an ihrem Nippel. Donald spielte weiter mit der anderen Brust, während Murdo seine Zungenspitze um ihre aufgerichtete Brustspitze kreisen ließ. Donalds freie Hand glitt tiefer, verweilte auf Blanches Bauchnabel und glitt weiter zu ihrem Schamhügel, um dort mit den tintenschwarzen Löckchen zu spielen. Blanche stöhnte wieder, lauter diesmal, und schob sich seinem Finger entgegen. Bereitwillig ließ er ihn über die weit aufklaffenden Lippen ihres Geschlechts streichen, und Murdo ließ von ihren Nippeln ab; hungrig beobachtete er ihren Gesichtsausdruck, als Donald endlich seinen Finger in ihre heiße Nässe schob.

Sie schloss die Augen und genoss das Gefühl zweier Schwänze, die sich an sie drückten; Donalds rieb sich an ihrem runden Po und Murdos gegen ihren Schenkel. Sie sehnte sich danach, einen von ihnen in sich zu spüren, doch die Brüder hatten sich stumm darauf geeinigt, sie noch ein wenig länger zu quälen. Donald rollte sich auf den Rücken und zog sie mit sich, bis sie auf ihm lag. Seine Hände fanden wieder ihre Brüste und zupften an den steifen Nippeln; sein Bruder kniete sich über sie beide. Blanche hatte die Augen noch immer geschlossen. Sie spürte Murdos Lippen, die, weich wie die weißen Samen des Löwenzahns, über ihre Knöchel hinauf zu ihrem Knie glitten. Sie konnte spüren, in welche Richtung er sich bewegte, und schob ihm stöhnend die Hüfte entgegen. Dabei verlor sie den Kontakt mit Donalds steifem Glied. Donald zitterte und zog sie wieder hinunter, seine Hände streichelten über ihr weiches Fleisch, berührten ihre Hüften, ihre Lenden und den Bauch. Murdos Lippen bewegten sich höher, während sich die Hände seines Bruders tiefer schoben, bis sie beide sich am Ansatz ihrer Schenkel trafen. Die Spannung in ihr wurde so unerträglich, dass Blanche glaubte, schreien zu müssen. Donalds Finger teilten die feuchten Lippen ihrer Spalte, doch nur langsam, ganz langsam, bis sie vollständig offen vor Murdos Augen lag. Sie wurde noch nasser; Murdos konnte sicherlich sehen, wie ihre Säfte auf den Falten ihres Geschlechts und den kleinen Löckchen darauf glänzten. Sie öffnete die Augen einen Spaltbreit und sah, wie er ehrerbietig zwischen den ineinander verschlungenen braunen und weißen Beinen kniete, als handelte es sich dabei um einen Schrein. Vorsichtig schob er einen Finger in ihre honigsüße Hitze und brachte sie damit zum Stöhnen, nur um seinen Finger dann wieder zurückzuziehen und von ihrer Nässe zu kosten. Erst dann schob er ihn wieder in sie, tiefer noch als zuvor. Donalds starke braune Finger hielten ihre Schamlippen noch immer weit gespreizt, um seinem Bruder uneingeschränkten Zugang zu gewähren, und Blanche genoss es, vier männliche Hände an ihren intimsten Stellen zu spüren, die sie öffneten, als wäre sie eine kostbare Blume. Murdo senkte den Kopf und strich mit seiner Zunge über die angeschwollene Erhebung ihrer Klitoris. Sie zuckte zusammen und brachte damit den Mann unter sich zum Stöhnen. Murdo sah auf, um im Gesicht seiner Herrin zu lesen, ob es ihr gefiel, doch sie schob seinen Kopf wieder tiefer, und er begann, sie härter zu lecken. Das harte, nasse Fleisch seiner Zunge schob sich immer tiefer in sie, wieder und wieder. Er unterbrach diese Bewegung nur, um am Zentrum ihrer Lust zu saugen und an den weichen Lippen, die es umschloss, zu knabbern. Blanche spürte die ersten Zuckungen in ihren Zehen und entspannte sich; sie wollte nicht dagegen ankämpfen. Ihre Arme und Beine begannen zu zittern und Murdo merkte, dass sie fast so weit war; er zog einen seiner Finger aus ihr heraus und umkreiste mit der feucht glänzenden Spitze ihren zuckenden Anus, der sich unter seiner

Berührung zusammenzog. Mit einem Mal schob er den Finger sanft in sie. Blanche seufzte und drückte sich ihm entgegen, Hitze raste durch ihren Körper und kündigte ihren Höhepunkt an. Sie schluchzte, als Murdos heißer Mund von ihrer Spalte abließ, nur um von den Fingern seines Bruders abgelöst zu werden.

»Darf ich, Mylady?« Donalds Stimme war rau vor Verlangen.

»Verdammt, tu, was du willst!«

Donald richtete sich auf, bis er aufrecht kniete, und schob langsam seinen langen, heißen Schwanz in sie; sein Bruder half ihm dabei. Das Gefühl überwältigte Blanche fast, und sie warf unruhig den Kopf von einer Seite zur anderen. Donalds Zähne schlossen sich um ihr Ohrläppchen, und sie hielt still. Seine Hand hatte sich von ihrer Spalte zurückgezogen, um sie ganz seinem Bruder zu überlassen. Da seine Hände nun frei waren, konnte er mit der einen an ihren Nippeln und mit der anderen an ihrem Hintern spielen und ihr auch dort einen Finger hineinschieben. Blanche war von vorn und hinten von hartem männlichen Fleisch gepfählt und wusste, dass ihr Höhepunkt bald kommen würde. Als ob beide Männer dies spürten, bewegten sie sich für einen Moment nicht mehr, auch wenn sie beide am Rand der Ekstase taumelten. Dann, wie auf ein geheimes Zeichen hin, bewegten beide Finger und Schwanz in ihr, zuerst nur langsam, dann mit immer stärker werdender Kraft. Das war mehr als Blanche ertragen konnte. Ihr Orgasmus bahnte sich seinen Weg von den Zehen und ihren Fingerspitzen durch ihre Glieder, raste durch ihren Körper, bis beide Ströme sich in dem schmelzend heißen Mittelpunkt ihres Schoßes trafen. Ausgelöst durch ihre ekstatischen Bewegungen keuchten auch beide Männer auf und pressten sich an sie. Murdo zog sich rasch aus ihr zurück und verspritzte seinen Samen auf dem Bauch und den Brüsten seiner

Herrin; sein Bruder zog die Frau an sich und kam zwischen ihren vor Schweiß glitschigen Körpern.

Später schliefen sie wieder ein.

»Lady McNaghten. Mylady.«

Blanche trieb auf den klaren Wassern ihrer Kindheit; ihre Haut wurde von der mediterranen Sonne gewärmt, und sie schaukelte sanft auf der Strömung des Wassers. Sie fühlte sich wohl, und dieses Gefühl floss durch ihren gesamten Körper; es schoss wie Funken aus ihren Fingerspitzen und Zehen und verschwand zischend in den azurblauen Wellen, die sie umgaben.

»Mylady!«

Blanche zwang sich, endgültig aufzuwachen und in die von feuchtem Tau überzogenen Steinmauern ihrer Heimat in den Highlands zurückzukehren. Sie stöhnte und versuchte sich die Decke wieder über den Kopf zu ziehen, doch jemand zog sie einfach wieder weg.

»Was ist denn, Mhairi? Du siehst doch, dass ich noch schlafe.«

»Ihr müsst sofort kommen, Mylady. Es geht um euren Cousin McNaghten. Er wurde in einen Kampf verwickelt ...«

»Ein Kampf?« Blanche riss die Augen auf und setzte sich aufrecht im Bett auf. »Ist er verletzt?«

»Nay, Mylady.«

Blanche wischte sich eine Strähne ihres Haares aus dem Gesicht und schwang die Beine aus dem Bett; stumm dankte sie Donald und Murdo, dass sie in der Nacht zu ihren Pritschen in der großen Halle zu den anderen Männern zurückgekehrt waren. »Wozu dann die Aufregung, wenn Rory nichts geschehen ist?«

»Er hat Gefangene mitgebracht, Mylady.«

»Gefangene!« Blanche kniff die Augen zu Schlitzen zusammen. »Wen?«

Mhairi zögerte, und ihre Augen funkelten vor Aufregung. »Black MacGregor.«

»*Dieu!*« Blanche atmete scharf aus. »Schnell, hol mein seidenes Unterkleid und das grüne Überkleid aus Samt mit dem Kragen aus grauem Eichhörnchenpelz.«

Die Magd beeilte sich, das Gewünschte zu holen, und Blanche kämmte ihr Haar; durch ihre Eile verhedderte sie sich aber immer wieder in den verknäulten Strähnen. Mhairi kehrte mit dem Unterkleid zurück, half ihr hinein und begann dann das Mieder zu schnüren und die langen engen Ärmel anzufügen. Blanche verfluchte ihr Dasein als Frau, es dauerte jedes Mal eine Ewigkeit, bis sie fertig angezogen war. Schließlich war die Magd mit der komplizierten Schnürung fertig und streifte Blanche das Überkleid über, anschließend flocht sie ihre Haare in zwei glänzende schwarze Ringe, die sich um ihre Ohren wanden. Die Ringe bedeckte sie mit einem zarten Netz und befestigte es mit einem einfachen goldenen Band, das sich um Blanches Stirn wand.

»Bring mir einen Spiegel.« Blanche betrachtete ihr Spiegelbild. Ihre Haut war vom Schlaf gerötet, und ihre vollen Lippen waren noch immer leicht geschwollen von den Küssen der letzten Nacht. Das Funkeln ihrer moosgrünen Augen ließ ihre zarten Gesichtszüge exotisch wirken, und sie wusste, dass genau das sie von all den anderen Frauen hier im kalten Norden unterschied. Sie seufzte und wünschte sich, ein wenig mehr Zeit zum Ankleiden gehabt zu haben. »Ich denke, ich bin jetzt vorzeigbar. Kündige mich an.«

Die Halle war voller Rauch, und das Ächzen von verwundeten Männern hallte von den Wänden wider. Überall liefen

Frauen herum, die Blutungen stoppten und Krüge mit Ale an die Gruppe siegreicher Highlander ausschenkten, die mit blutgetränkten Kilts hereinstolzierten, sich dabei gegenseitig auf den Rücken schlugen und voreinander mit ihren Wunden prahlten. Sobald Blanche erschien, um ihren Platz auf dem Podest einzunehmen, verstummten die Stimmen in der Halle. Sie ließ sich auf ihren Platz sinken und drapierte dabei ihr Kleid um sich herum, sich sehr wohl der bewundernden Blicke der Männer bewusst, deren Respekt sie sich so hart nach dem Tod ihres Mannes erarbeitet hatte. Durch den aufsteigenden Rauch des Feuers fing sie den Blick des Cousins ihres Mannes auf und hielt ihn fest – Rory McNaghten. Im Stehen überragte er die Anwesenden noch um einen ganzen Kopf, und sein Haar leuchtete so rot wie ein Sonnenuntergang im Herbst. Er trat vor das Podest und kniete nieder.

»Mylady.«

»Sei mir willkommen, Cousin. Wie ich sehe, hast du gekämpft.«

»Aye.« Der große Mann stand auf. »Wir waren gerade auf der Straße am Rand des Lochs unterwegs, als wir zufällig auf eine Gruppe MacGregors stießen, die auf der Jagd waren.« Er grinste wölfisch. »Sie hatten offensichtlich nicht mit uns gerechnet.«

»MacGregors? Aber sie jagen für gewöhnlich doch nicht so tief in unserem Gebiet?«

»Der früh hereingebrochene Schnee hat das Wild aus den Hügeln herabgetrieben, und sogar die MacGregors kennen Hunger. Wir waren ihnen zwei zu eins überlegen, doch es war ein harter Kampf. Ihr wärt stolz auf uns gewesen, Mylady.«

»Bei eurer überlegenen Stärke? Das bezweifle ich.« Blanche ignorierte Rorys Stirnrunzeln. »Ich habe gehört, du hast Gefangene gemacht?«

»Aye, vier Stück. Der Rest starb im Kampf.«

»Black MacGregor ist einer von ihnen?«

»Ihr wisst es bereits?« Rorys Gesicht verdüsterte sich und zeigte seine Enttäuschung darüber, dass jemand anders ihr die Neuigkeit bereits erzählt hatte.

»Ja. Wie kannst du sicher sein, dass er es ist?«, fragte sie.

»Es könnte niemand anders sein als er. Er ist ein großer Mann, fast so groß wie ich, und er hat gekämpft wie ein Berglöwe. Außerdem trägt er das Wappen der MacGregors.« Rory trat vor und legte etwas in Blanches Hand. Es lag schwer und so warm wie Blut in ihrer Hand; als sie es ins Licht hob, erkannte sie, dass es sich um einen Ring handelte, in den eine Eiche und ein Schwert eingraviert waren – das Wappen der gefürchteten MacGregors. Sie unterdrückte einen triumphierenden Aufschrei. Nach zwei Jahren, in denen MacGregor ihre Männer getötet, ihre Frauen vergewaltigt und ihr Vieh gestohlen hatte, war er nun endlich in ihrer Gewalt. Auch wenn es nicht der MacGregor war, den sie eigentlich haben wollte; Red MacGregor verließ Killaird kaum noch. Was wäre der alte Fuchs wohl bereit zu bezahlen, um seinen Erben zurückzubekommen? Der Ring glitzerte verheißungsvoll, als sie ihn in die Tasche ihres Kleids steckte.

»Bringt den Gefangenen herein.« Ein aufgeregtes Raunen ging durch die Menge, als die Tür sich öffnete und vier Männer in die Mitte der Halle gezerrt wurden. Blanches Blick glitt sofort zu dem größten von ihnen, der einen schweren Pfosten auf den Schultern trug, an den er gefesselt war. Wie Rory bereits gesagt hatte, handelte es sich bei ihm um einen Riesen von einem Mann, mit unübersehbarer körperlicher Kraft und gleichzeitig einer geschmeidigen Eleganz, die nicht einmal seine Fesseln überdecken konnten. Sein schwarzes Haar war von Blut verklebt, das auch tiefer bis hin zu seinen wilden bernsteinfarbenen Augen gelaufen war, die Blanches Blick unbeirrt erwiderten.

»Knie nieder vor Lady Blanche«, knurrte Rory. Doch der große Mann blieb ohne jede Regung stehen. »Ich sagte, knie nieder, du Hund.« Rory schlug hinterrücks mit der flachen Seite seines Schwerts auf die Schultern des Mannes, sodass dieser vorwärtsstolperte und hart auf die Knie fiel. Blanche stand auf und stieg langsam von ihrem Podest.

»Geht nicht zu nahe heran, Mylady«, sagte Rory. Die Warnung war unnötig. Erschrocken über den wilden Blick in seinen Augen, blieb Blanche einige Schritte vor ihrem Gefangenen stehen.

»Das ist also der berühmte Black MacGregor.« Sie unterdrückte ein Zittern angesichts des mörderischen Gesichtsausdrucks, des verkrusteten Bluts und der Narbe, die sich über seine Wange zog. Sie beschloss, ihn ein wenig zu reizen. »Ich hatte gedacht, er hat Hörner.«

Der Mann richtete sich auf, und kurz huschte dabei ein Ausdruck von Schmerz über sein Gesicht, ehe er sprach. »Und das ist also die französische Hure.« Sein Highlandakzent klang weich, aber dennoch drohend. »Ich hatte erwartet, dass sie anmutiger wäre.«

Rory machte einen Schritt vor und schlug MacGregor mit dem Handrücken ins Gesicht. Der Schlag blieb nicht ohne Wirkung, doch MacGregors Blick lag unverändert auf Blanche. Sie lachte und hob die Hand, um Rory von einem weiteren Schlag abzuhalten. Die Beleidigung hatte sie nicht getroffen; sie war sich ihrer Sexualität und ihrer Schönheit durchaus bewusst. Blut tropfte von MacGregors Lippen, und sie musste den Impuls unterdrücken, den kupferfarbenen Tropfen einfach aufzulecken.

»Touché, mon ami.«

Sie warf Donald und Murdo einen warnenden Blick zu,

die bereits einen Schritt auf sie zu gemacht hatten, die Hände auf den Griffen ihrer Dolche. »Ich hoffe, Ihr vergebt mir meine Neugierde. Ich habe mich oftmals gefragt, wie der berühmte Mörder und Dieb wohl aussieht. Seit dem Tod meines Mannes habt Ihr immer wieder meine Ländereien überfallen.«

»Die MacGregors hatten ein Friedensabkommen mit Ian McNaghten. Nicht mit seiner Hure.«

Wieder musste Blanche Rory davon abhalten zuzuschlagen. Sie schüttelte abwehrend den Kopf zu ihrem Gefolgsmann. »Ich bin die Witwe meines Ehemannes und seine Nachfolgerin.«

»Ihr seid eine Frau und damit nichts weiter als Freiwild. Wenn Ihr Eure Ländereien nicht schützen könnt, dann heiratet einen Mann, der es kann.«

Blanche begegnete unverwandt MacGregors stolzem Blick und wurde rot vor Zorn. »Ich frage mich, was Euer Vater wohl sagen wird, wenn er erfährt, dass Ihr nun der Gnade einer Frau ausgesetzt seid.«

MacGregor kniete zwar, doch er schwankte hin und her. »Tötet mich besser gleich.« Seine Worte klangen undeutlich, doch seine Augen und das unwirkliche Glitzern darin hielten Blanche fest. Sie zog die Augenbrauen zusammen und streckte die Hand aus, um seine Stirn zu berühren. Er zuckte vor der Berührung mit ihrer kühlen Haut zurück.

»Dieser Mann leidet an Fieber. Bringt ihn weg und kümmert euch um ihn.« Zwei Männer zogen MacGregor auf die Füße und führten ihn aus dem Zimmer.

»Was ist mit den anderen Gefangenen?« Rorys Frage brachte Blanche dazu, ihren Blick von dem immer noch stolz durchgedrückten Rücken des Mannes zu lösen und die drei anderen Männer anzusehen, die in Ketten auf dem Boden knieten. Es war ein traurig anzusehender Haufen; ihre Kleider waren zerrissen und mit Blut befleckt. Die beleidigende Rede des Mannes über die Schwäche der Frauen stach noch immer schmerzhaft in Blanches Herz. »Befragt sie. Falls sie gesund genug sind, dass wir für sie ein Lösegeld bekommen können, werft sie in den Kerker. Falls nicht, hängt sie auf. Wir haben in diesem Winter schon genug Mäuler zu stopfen.«

Die Gefangenen wurden aneinandergefesselt und aus der Halle gebracht. Blanche nahm Rorys Hand in ihre. »Es ist bereits viele Monate her, Cousin«, sagte sie. »Komm mit in meine Gemächer und berichte mir von deinen Neuigkeiten, während ich mir etwas Bequemeres überstreife.« Rory lächelte und ließ sich willig von Blanche aus der Halle führen. Die strenge Matriarchin war fort und wurde ersetzt durch die Spielgefährtin, die er aus seiner Jugend kannte. Er schüttelte den Kopf. Die wechselhaften Stimmungen seiner Cousine überraschten ihn immer wieder. Er betrachtete Blanches wiegende Hüften und den schmalen Rücken, während sie vor ihm die Treppe hinaufging, und er spürte, wie er begann hart zu werden. Gott, wie sehr er sie wollte! Er wusste, dass sie sich immer wieder Liebhaber nahm, und der Gedanke daran quälte ihn unsäglich. Sie hatte ihm bisher nicht einmal erlaubt, sie zu küssen.

Mhairi hatte in Blanches Gemächern bereits ein Feuer im Kamin entzündet, das Bett gemacht und den Boden mit frischen Binsen ausgelegt. »Ich habe Euch das rotbraune Gewand bereitgelegt, Mylady.«

»Perfekt. Komm, Cousin, steh nicht an der Tür herum.«

Rory tat wie ihm geheißen und setzte sich ans Feuer, während Blanche hinter dem Wandschirm verschwand. Alles, was er noch sehen konnte, war die obere Hälfte ihres Kopfes, der sich auf und ab bewegte, während Mhairi die Schnürung ihres Kleides löste. Er schloss die Augen und erinnerte sich an das erste und bisher einzige Mal, als er sie nackt gesehen hatte; im letzten Sommer hatte er sie heimlich dabei beobachtet, wie sie im Loch gebadet hatte. Sie war aus dem Wasser gestiegen, so nass und schlank wie ein Seehund; das Mondlicht hatte sich auf den winzigen Tropfen gespiegelt, die aus ihrem schwarzen Haar getropft waren. Sie waren über ihre Haut geflossen, die so perfekt wie Marmor war. Vor seinem inneren Auge sah er wieder ihre langen Beine vor sich, die Brüste, deren Spitzen sich durch das kalte Wasser zusammengezogen hatten, die verführerische Wölbung ihres Hinterns und die kleinen Löckchen ihres Schamhaares, die zwischen ihren Schenkeln ein verlockendes Nest bildeten. Blanche besaß den Körper einer Göttin, einen Köper, der jeden Mann in den Wahnsinn treiben konnte. Hitze raste durch Rorys Köper, während er an diesen Anblick zurückdachte, doch es lag nicht am Feuer. Die Hitze war in seinem Blut. Sie pulsierte durch ihn hindurch und floss direkt in die unnachgiebige Härte seines Schwanzes, der sich bereits gegen den groben Stoff seines Kilts drückte.

»Hast du deine Zunge verschluckt, Cousin?«, zog ihn Blanche hinter der Wand auf. »Ich hoffe es nicht, denn mir fallen gerade ein paar Dinge ein, für die du sie verwenden könntest.«

Rory knurrte und sprang auf, was Mhairi einen überraschten Aufschrei entlockte. »Lass uns allein, Weib.« Die alte Frau sah Blanche an, um sich zu vergewissern, ob sie mit diesem Befehl einverstanden war, und ihre Herrin nickte. Rory umrundete den Wandschirm und betrachtete Blanche, die halbnackt dahinter stand. Im Hintergrund konnten beide hören, wie die Tür geschlossen wurde. Er griff nach ihrem Gewand.

»Zieh es aus.« Rorys Stimme war rau.

Sie erstarrte und drehte sich zu ihrem Cousin um. »War das ein Befehl, Rory?« Ihre Augen funkelten kalt.

Rory stöhnte und glitt vor ihrer schmalen Gestalt auf die Knie. »Du weißt, dein Wunsch ist mein Befehl, liebste Blanche.«

Blanche musterte das gerötete Gesicht ihres Cousins und lächelte. Sie wusste, dass er sie anbetete, und war neugierig, wie weit sie ihn treiben konnte. Auf Zehenspitzen näherte sie sich ihm, bis ihre Brüste sich fast direkt vor seinem Gesicht befanden, und er konnte ihre Nippel sehen, die sich gegen den dünnen Stoff ihres Kleides rieben. Er schloss seine Augen und stöhnte.

»Blanche. Bitte.«

»Bitte was?«

»Lass mich dich haben.«

»Nay.« Sie verzog die Lippen zu einem Schmollmund. »Ich will nicht.« Ihrer abwehrenden Haltung zum Trotz spürte sie, wie die Erregung in ihr anstieg, als sie Rorys Verlangen bemerkte, das sich deutlich in seinem Gesicht abzeichnete. Sie fuhr mit ihren Händen über ihre Brüste, und seine Augen folgten hungrig jeder Bewegung. Sie machte einen Schritt auf ihn zu und kniff sich, nur wenige Zentimeter von seinem keuchenden Mund entfernt, durch den Stoff hindurch in ihre aufgerichteten Nippel. Plötzlich packte er ihre Taille. »Keine Hände!« Sie stieß ihn zurück. »Heute wirst du nur zusehen.«

Überrascht ließ Rory sie los, und seine Hände baumelten nutzlos an seiner Seite herab. Seine Erektion war deutlich sichtbar, trotz der dichten Falten seines Kilts, und sie zuckte, als Rory merkte, dass Blanche direkt darauf herabsah. Sie seufzte und schloss ihre Augen; Blanche rieb die Erhebung ihres Geschlechts durch den Stoff ihrer Unterwäsche hindurch. Sie streichelte sich einige Minuten lang so, ehe sie ihre Hand unter den Bund ihrer langen Unterhose schob und die pulsierenden Lippen ihrer Scham erreichte. Langsam schob sie einen Finger hinein und spürte, wie ihr eigener Saft auf ihre Hand tropfte und den Stoff ihrer Hose benetzte. Ohne jede Vorwarnung blitzen plötzlich die unverschämten Bernstein-Augen von Black MacGregor vor ihr auf, und sie keuchte.

»Oh Gott. Blanche.« Rory starrte auf die Bewegungen ihrer Hand unter dem Stoff. »Quäl mich doch nicht auf diese Weise.«

»Gefällt es dir denn nicht?«

»Aye, aber ...« Rory wurde still, als Blanche an den Bändern zog, die die Hose an Ort und Stelle hielten. Die Hose glitt zu Boden. Mit einem boshaften Lächeln streckte sie ihre Hand aus, holte Rorys *skean dhu* aus seiner engen Scheide hervor und zog ihn mit sich zum Bett.

»Bring deinen Stuhl hierher.« Sie brachte Rory dazu, sich gegenüber des Bettes zu setzen, und nahm dann auf der Bettkante Platz. Sein Atem ging noch schneller, und seine Augen ließen das Dreieck zwischen ihren Beinen nicht mehr los. Sie hob den Griff des Langdolches an seine Lippen. »Wärme ihn mit deinem Atem, Cousin. Es gefällt mir nicht, wenn er so kalt ist. Alles in diesem verfluchten Land ist so kalt.«

»Nicht alles ...« Rory griff unter seinen Kilt und umfasste den hitzigen Schaft seines Schwanzes. Sie bemerkte die Bewegung und lachte.

»Nay, das sehe ich, nicht alles.« Sie lehnte sich zurück auf das Bett. »Ist der Dolch jetzt warm?«

Wortlos gab Rory den Dolch an Blanche. Sie stellte je einen Fuß auf seinen Knien ab und spreizte langsam ihre Schenkel, um ihm wenigstens einen Blick auf die vor Nässe glänzenden Lippen ihrer Spalte zu gewähren. Mit ihren juwelengeschmückten Fingern spreizte sie sie und rieb mit der Spitze des Dolchgriffes gegen ihre Klitoris. Sie bäumte sich auf, als die noch immer kalte Metallspitze des Griffes ihr heißes

Fleisch erreichte und spürte, wie ihre Klitoris noch weiter anschwoll. Sie begann, sich an dem Griff zu reiben, ihre Lust wurde angestachelt durch das Wissen, dass Rory alles sehen konnte, dass er jede Bewegung ihrer Hüften, ihrer Finger und ihrer Spalte beobachtete, und dass seine eigene Hand im Takt mit ihr an seinem Schaft rieb. Sie schob den Dolchgriff tief in sich hinein und achtete darauf, sich nicht an der Klinge zu schneiden. Keuchend spürte sie die köstliche Kühle des Griffs – die ersten Wellen ihres Orgasmus färbten ihr Gesicht und ihren Hals rosig vor Hitze.

Blanche war gefangen in ihrer eigenen Erregung und konnte sich nur vorstellen, was für einen Anblick sie ihrem Cousin bieten musste. Sie lag mittlerweile ausgestreckt auf dem Bett, ihr Haar war ausgebreitet wie ein Fächer auf dem Pelz hinter ihr, und ihr schweißgetränktes Unterhemd schmiegte sich hauteng an ihre Brüste. Ihre filigranen Gesichtszüge leuchteten vor Ekstase. Die langen weißen Beine waren weit gespreizt, sodass ihr Geschlecht nur wenige Zentimeter von Rorys Gesicht entfernt war, und er beobachtete ihren Finger, der sich in kleinen Kreisen um ihre Klitoris bewegte, während sie mit der anderen Hand den Dolch immer wieder in ihre pulsierende Vagina stieß. Rory war so nah, dass er ihre Säfte sehen konnte, die sich auf dem Metall sammelten und dann die gefährlich glänzende Klinge hinabliefen. Am liebsten hätte er die Flüssigkeit aufgeleckt, doch er wusste, wie scharf sein Messer war; er selbst sorgte dafür. Stattdessen rieb er hart an seinem aufgerichteten Schwanz und wünschte sich, dass er es wäre, der tief in seiner Cousine vergraben wäre, anstelle seines Dolches. Trotz seiner eigenen Unruhe bemerkte er Blanches Zuckungen; sie erfassten ihren Bauch und mündeten in ihrem Schoß. Ihr Geschlecht umklammerte den Griff seines Dolches. Der Höhepunkt hielt sie fest in seinen Klauen, riss sie empor, bis ihr Köper gespannt wie eine Bogensehne war, ehe er sie entließ und sie zurück aufs Bett sackte. Rory explodierte regelrecht und kam mit einer Wucht, von der er vergessen hatte, dass sie in ihm steckte.

Als die letzten Zuckungen endlich verebbten, lag Blanche erschöpft und zitternd auf dem Bett. Nach einigen schier endlos wirkenden Augenblicken spürte sie zärtliche Hände, die den Dolch aus seiner schlüpfrigen Hülle zogen und ihn klirrend zu Boden fallen ließen. Das Bett bewegte sich unter Rorys Bewegungen, als er daraufkam und sich zu ihr legte. Sanft schob er ihr die Haarsträhnen aus dem Gesicht.

»Blanche.« Sie öffnete die Augen und sah in das schöne Gesicht ihres Cousins, in dem sie noch immer die letzten Zeichen seines Begehrens erkannte. »Warum lässt du nicht zu, dass ich dich haben kann? Ich weiß, dass du Liebhaber hast.«

Sie ignorierte die Frage. »Heirate mich. Ich liebe dich.«

Sie richtete sich wütend auf und sah Rory böse an. »Du weißt, ich habe geschworen, niemals wieder zu heiraten.«

»McNaghten war ein alter Mann. Mit mir wäre es anders – ich würde dich lieben, dir Befriedigung schenken.«

»Vor den Augen des Gesetzes wäre es dasselbe. Ich würde zu deinem Besitz werden, ebenso wie meine Ländereien und meine Burg. Du musst verstehen, dass ich das niemals zulassen werde.«

Sie bemerkte sein unglückliches Gesicht und hatte Mitleid mit ihm. »Es geht dabei nicht um dich, Rory, sondern um die Männer im Allgemeinen. Ich bin glücklich, so wie es jetzt ist.«

»Die Dinge können aber nicht so bleiben, wie sie sind.«

Blanche runzelte die Stirn. Er hatte recht. Die benachbarten Clans bedrängten sie seit dem Tod ihres Mannes, entweder mit immer neuen Überfällen oder mit Hochzeitsangeboten.

Reiche Ländereien und eine Witwe im heiratsfähigen Alter waren Schätze, die sie unmöglich ignorieren konnten. Auch der König konnte es nicht.

Rory nahm ihre Hand; es schien, als hätte er ihre Gedanken gelesen. »Der Bruce braucht seine Lords als Verbündete gegen England an seiner Seite. Er kann es sich nicht leisten, dass sie ihre Energie auf Streitereien untereinander verschwenden. Es gibt zu viel Unruhe, und du bist der Grund dafür.«

»Ich weiß.« Blanche seufzte. »Meine Rinder- und Viehherden wurden bereits durch die MacGregors und die MacFarlanes dezimiert.«

»Dann heirate mich, bevor der König einen Mann für dich aussucht oder dein Dickkopf noch dazu führt, dass man dich umbringt. Ich werde meinen Vater um mehr Männer aus dem Norden bitten, um deine Festung hier zu verteidigen.« Er zögerte. »Gefalle ich dir denn überhaupt?«

Blanche warf einen Blick auf den muskulösen Köper und das ehrliche Gesicht ihres Cousins und lächelte. »Natürlich gefällst du mir. Um ehrlich zu sein, sogar viel zu sehr. Vielleicht ist das auch der Grund, warum ich dir bisher widerstanden habe. Ich will mein Herz nicht verlieren, Rory, ebenso wenig wie ich meine Ländereien verlieren will.« Er öffnete den Mund, um etwas zu sagen, doch sie brachte ihn mit ihrem ausgestreckten Zeigefinger auf den Lippen zum Schweigen. »Ssch. Kein Gerede mehr über das Heiraten. Ich mache dir ein Versprechen. Falls ich jemals wieder heiraten sollte, dann dich. Mehr kann ich dir nicht geben.« Sie sah sich im Zimmer um, um ihre verstreuten Kleider wiederzufinden. »Und jetzt hilf mir mich anzuziehen. Immerhin muss ich ein Bankett vorbereiten.«

Die billigen, aus Binsen und Fett hergestellten Kerzen waren fast ausgebrannt, und nur noch wenige Kohlen glühten in der Asche im Herd. Überall lagen Menschen verstreut auf dem Boden herum oder waren auf den Bänken zusammengesackt; alle hatten zu viel Wein getrunken, zu Ehren der Gefangennahme von Black MacGregor. Blanche richtete sich auf und schob sich einige verirrte Haarsträhnen aus dem Gesicht; sie musste eingenickt sein. Rory lag lang ausgestreckt und mit offenem Mund neben ihr auf dem Tisch und schnarchte laut, während Donald und Murdo einige Meter entfernt auf dem Boden lagen. Sie hatten sich eingerollt wie kleine Hundewelpen; zwischen ihnen lag eine dunkelhaarige Frau. Rory hatte sie recht schnell von Blanches Seite verscheucht, und die beiden hatten sich ihr Vergnügen für den Abend woanders gesucht. Blanche lächelte. Sie missgönnte ihnen ihren Spaß nicht. Sie stand auf und streckte sich; in Gedanken war sie bereits in ihrem gemütlichen Bett eine Etage höher. Als sie sich streckte, merkte sie, dass sich ihre sorgsam geflochtenen Zöpfe fast vollständig aufgelöst hatten. Sie öffnete auch die letzten verbliebenen Strähnen, bis ihr Haar ihr wie ein langer schwarzer Schleier bis zur Hüfte fiel. Gähnend verließ sie die Halle in Richtung der Treppe; gerade, als sie den Fuß auf die erste Stufe gesetzt hatte, blitzte ein Paar bernsteinfarbener Augen in ihrem schlafumwölkten Kopf auf. Sie hielt inne und drehte sich dann um, um in die Eingeweide des Schlosses hinabzusteigen.

Als sie den Zugang zum Kerker erreichte, nahm sie eine Kerze und entzündete sie an einer der Fackeln, die an den Wänden hingen. Wo waren ihre Wachen? Der Flur des Kerkers war verlassen. Sie beugte sich über das Loch, das den Zugang zum Kerker darstellte, doch von dort unten drang kein Laut hinauf.

»MacGregor«, zischte sie. Niemand antwortete ihr. »Mac-

Gregor!« War der Mann tot? Oder gar entkommen? Als Antwort auf ihre Frage erscholl ein Stöhnen. Das Geräusch war so leise, dass sie es fast überhört hätte. Fluchend ließ sie die Leiter in den Schlund hinab, um hinunterzuklettern; doch kurz bevor sie den Grund erreichte, zögerte sie. MacGregor lag nackt auf seiner Pritsche. Er hatte seinen blutigen Kilt weggetreten, und im Licht ihrer Kerze sah sie Feuchtigkeit auf seiner Haut glitzern, obwohl die Luft eisig war. Sie runzelte die Stirn. Sie hatte doch Anweisung gegeben, sich um den Gefangenen zu kümmern? Blanche trat näher an die Pritsche heran und musterte die bewusstlose Gestalt darauf; ihr fielen seine schlanken Beine auf und der muskulöse Oberkörper, der von jahrelangem harten Training mit Waffen zeugte. Im Schlaf war nichts mehr von seiner Wildheit zu bemerken, die er in der großen Halle so deutlich zur Schau gestellt hatte; der Anblick seiner langen Wimpern und der sinnlichen Lippen erinnerten an einen gefallenen Engel. In seinem rot angelaufenen Gesicht wirkte die Narbe auf seiner Wange bleich, und seine neuen Verletzungen waren nur nachlässig verbunden worden. Ihre Männer waren so begierig darauf gewesen, zur Feier zu gehen, dass sie nicht darauf geachtet hatten, ob ihr kostbarer Gefangener nicht doch an seinen Verletzungen starb. Sie stellte die Kerze auf den Boden und untersuchte den blutverkrusteten Lumpen, der als Verband diente. Darunter fand sie eine große Schwellung, und Hitze strömte dem Mann aus jeder Pore. Er musste hier herausgebracht werden, und das möglichst schnell. Blanche stand auf und wollte Hilfe holen, als ihr Handgelenk plötzlich von eisenharten Fingern festgehalten wurde. Sie schrie erschrocken auf und wirbelte herum, nur um in die bernsteinfarbenen Augen zu blicken, an die sie sich noch zu gut erinnerte. Ihr Herz schlug ihr bis zum Hals: der Schlüssel! Der Schlüssel zum Gefängnis baumelte an ihrer Hüfte, und die Leiter war noch immer auf den Grund des Schachts heruntergelassen. MacGregor zog sie tiefer, bis sie neben ihm kniete, und hob die Hand, um ihre Wange zu streicheln. Dabei betrachtete er sie verwirrt.

»So wunderschön. Bist du ein Engel?«

Erleichtert atmete sie aus. Der Mann sprach im Fieber. Sie schüttelte den Kopf.

»Kein Engel?« Von seinen überheblichen Reden, die er in der großen Halle zur Schau gestellt hatte, war nichts mehr geblieben. An ihre Stelle war jetzt ein melodischer, nahezu beruhigender Tonfall getreten. »Dann bist du jemand vom kleinen Volk, der zu mir geschickt wurde, um mich in Versuchung zu führen. Du hast dein Ziel erreicht, Lassie.«

Blanche versuchte, nicht auf MacGregors vor Schweiß glitschigen Körper zu starren, doch es misslang. Er war eindeutig und beängstigend stark erregt. MacGregor folgte ihrem bestürzten Blick; seine Hand nahm ihre und presste sie auf die imposante Länge seiner Erektion. Angesichts der Hitze seiner Haut war Blanche kurz davor aufzuschreien. Dann lächelte er, ein ehrliches und überraschend schönes Lächeln in seinem schmerzverhangenen Gesicht. »Küss mich.«

Sie wusste nicht, was sie tun sollte. Ihr Handgelenk befand sich noch immer unverrückbar in seinem Griff. Er könnte sich wieder daran erinnern, wo er war, falls sie sich ihm verweigerte oder nach Hilfe riefe, und dann wäre sie verloren. Sie beugte den Kopf herab, und ihre Lippen strichen über seine.

»Ah. Ich bin sicherlich gestorben und im Himmel gelandet.« Er ließ ihr Handgelenk los, nur um seine Finger in ihr Haar zu flechten. Diesmal war er es, der sie küsste, und sein Kuss war so hungrig, nahm sie so vollständig ein, dass sie zitterte. Nur am Rande ihres Bewusstseins bemerkte sie, dass er sie nicht mehr gefangen hielt, doch sie wollte nicht mehr fliehen. Seine Augen hielten ihre mit diesem faszinierenden Blick gefangen, und was sie darin las, verursachte einen plötzlichen Schwall von Feuchtigkeit zwischen ihren Beinen.

»Wirst du wieder davonfliegen, Fee? Oder wirst du bei mir bleiben?« Er hob die Hand, um einen ihrer Nippel zu streicheln, der sich verräterisch durch den Stoff ihres Gewands drückte. Dann verdüsterte sich sein Gesichtsausdruck. »Bin ich in Killaird?«

»Ssch.« Blanche drückte ihn zurück auf die Pritsche und brachte ihn mit einem Kuss zum Schweigen. Sie wollte nicht, dass er sich daran erinnerte, wo er war. Feuer raste durch ihr Blut. Obwohl es im Kerker kalt war, brach ihr der Schweiß aus und sammelte sich in kleinen Perlen zwischen ihren Brüsten, die sie deutlich unter ihrem Gewand spürte. MacGregor griff nach ihr und rollte sich über sie; sein Gewicht drückte sie auf die Pritsche. Er öffnete die Schnürung ihres Gewandes auf der Vorderseite und zog es tiefer, bis ihre Brüste sichtbar wurden, die sich auffordernd über den Ausschnitt ihres Unterkleides wölbten. Sein Kopf sank herab, um an ihnen zu saugen. Seine Zunge liebkoste und neckte die harten Nippel; Blanche glaubte allein durch sein Saugen und Lecken zu kommen. Sie ergab sich diesem aufregendem Gefühl und spürte bald kühle Luft an ihren Beinen. MacGregor schob seine Hand ihren strumpfbedeckten Schenkel hinauf, um das entblößte Fleisch oberhalb ihres Strumpfbandes zu berühren. Sie wand sich, um ihm zu entkommen, doch seine Hand blieb unerbittlich auf ihrem Pfad, bis sie auf den durchtränkten Stoff ihrer Unterhose stieß. Das hielt ihn jedoch nicht auf; er schob einen Finger unter den Stoff, bis er die erwartungsvollen Lippen ihres Geschlechts berühren konnte. Sie war so nass, er musste einfach spüren, dass sie eine reife, vor Saft strotzende Frucht war, die kurz davor stand zu bersten.

»So süß. So süß wie Nektar.« Er küsste ihre Lider, ihren Kiefer und ihre Augenbrauen mit einer Zärtlichkeit, die sie niemals von ihm erwartet hätte, ehe er seinen Finger in ihre erwartungsvoll pochende Scham schob. Er stöhnte und bewegte seinen Finger in ihr; er drehte, krümmte ihn, zog ihn wieder zurück, nur um ihn umso tiefer wieder in sie zu stoßen, bis sie dachte, sie müsse bald kommen. Seine Bewegungen blieben langsam, bedächtig, sodass sie immer erregter und lüsterner wurde. Er bemerkte ihre Ungeduld und lachte tief in der Kehle. »Nicht so eilig, Lassie.« Sein Kopf sank tiefer, um ihre nun steinharten Nippel wieder mit seinen Lippen zu quälen, während sein Finger sich noch immer in ihr bewegte. Er schob zwei weitere Finger in ihren glitschigen Tunnel, und sie stöhnte ihre Lust laut hinaus, als sie sich in den Reizen, die seine Finger auslösten, verlor. Die erste süße Welle ihres Orgasmus schlug über ihr zusammen. Dann noch eine. Und noch eine. Ausgelöst durch seine Hand und völlig entfesselt kam sie weiter, dreimal, viermal, bis er seine Finger zurückzog. Er schob ihre Unterhose tiefer und zog sie ihr schließlich ganz aus. Blanche war derart überwältigt, dass sie nicht merkte, was er tat, bis er den Kopf hob, um ihr in die Augen sehen zu können. Langsam schob er die Spitze seines Schwanzes in sie hinein. Es fühlte sich wie exquisite Folter an, als hätte jemand in ihrem Innersten ein Feuer entzündet. Langsam schob er sich in sie hinein, immer ein bisschen weiter, damit die zarte Haut in ihrer Spalte sich an seine Größe gewöhnen konnte. Wäre sie nicht schon so nass gewesen, sie hätte ihn mit Sicherheit nicht ohne Probleme aufnehmen können. Nach und nach war jeder Winkel ihres Schoßes von seiner großen Männlichkeit ausgefüllt. Sein Mund legte sich über ihren, um ihr Stöhnen zu ersticken, und er packte ihre Hinterbacken, um sie daran zu hindern, sich von ihm wegzubewegen, ehe er sich vollständig in sie schob. Dann begann er, sich in ihr zu bewegen, anfangs nur in kleinen Stößen, dann stärker. Seine Hände auf ihrem Hintern schoben sie immer tiefer auf seine Erektion, und seine starken Finger kneteten ihr weiches Fleisch. Sie verlor sich vollkommen, sie biss, schrie und keuchte ihre Lust hinaus. Sie vergaß das schmutzige Stroh und die harte Pritsche unter sich und ergab sich völlig den delikaten Bewegungen des Mannes auf ihr, die sie deutlich in ihrem Schoß spürte. Sie schlang die Beine um MacGregors Hüften und ließ zu, dass er sie völlig in Besitz nahm; er erfüllte ihre Nase mit seinem Duft, ihre Ohren mit seinen undeutlich gemurmelten Koseworten, ihren Mund mit seiner Zunge und ihren Schoß mit seinem glühend heißen Fleisch. Der Höhepunkt überwältigte und überraschte sie beide gleichzeitig; er katapultierte sie in ungeahnte Höhen, riss sie dann hinab in die Dunkelheit, die man den kleinen Tod nennt, ehe er sie zitternd und schweißgebadet auf der Pritsche zurückließ. »So wunderschön.« Sie hörte MacGregor an ihrem Ohr murmeln, ehe er auf ihr zusammensackte. Es dauerte eine Weile, bis sie begriff, dass er ohnmächtig geworden war.

Blanche brauchte einige Zeit, bis sie sich unter seinem noch immer wie ein Ofen glühenden Körper hervorgearbeitet hatte. Ihr Gewand war zerknittert und schweißgetränkt; seltsamerweise fühlte sie sich den Tränen nahe. Soeben hatte sie die intensivste erotische Erfahrung ihres Lebens gemacht, so intensiv, dass sie sogar ihre eigene Regel vergessen hatte, niemals einen Mann in ihr kommen zu lassen, aber sie bezweifelte, dass ihr Partner sich später daran würde erinnern können. Sie betete sogar zu Gott, dass er sich nicht erinnern würde! Die Schande wäre nicht zu ertragen. Black MacGregor war ihr Feind. Und doch war er so zärtlich zu ihr gewesen. Sie schüttelte den Kopf, um ihre sentimentalen Gedanken zu vertreiben, und kletterte aus dem Kerker heraus.

»Wache! Wache!« Sie musste mehrmals rufen, bevor das Geräusch von polternden Stiefeln auf der Treppe erklang. »Ich dachte, ich hätte dir gesagt, dass du dich um diesen

Mann kümmern sollst? Bring ihn irgendwohin, wo es wärmer ist, und pflege ihn. Und dann betest du besser, dass er nicht stirbt. Denn falls er das tut, wirst du ihm mit Sicherheit folgen.«

Kapitel 2

Blanche funkelte das Schachbrett wütend an. Sie war frustriert. Der schwarze Läufer hatte sie in die Ecke gedrängt und bedrohte nun ihre Königin. Bald würde er sie schachmatt gesetzt haben. Sie verfluchte ihre mangelnde Konzentration und warf ihre Königin mit einer Hand um, wobei auch anderen Figuren mitgerissen wurden und umkippten.

»Blanche!«

»Ich gebe auf.« Sie stand auf und ging hinüber ans Fenster, vor dem sich geisterhaft die Konturen der Hügel und des Lochs abzeichneten, umrahmt von den Bäumen vor dem Fenster. »*Dieu,* so eingepfercht werde ich hier drin noch wahnsinnig werden. Taut dieser Frost denn niemals mehr auf?«

Rory zuckte mit den Schultern und sammelte die verstreuten Schachfiguren ein. »Davon gehe ich mal aus. Aber es sind noch zwei Wochen bis Weihnachten, und dann beginnt der Winter erst richtig.«

Auf Blanches Gesicht erschien ein Ausdruck von Entschlossenheit. »Ich werde ausreiten.«

»Der Boden ist zu hart, es ist spät und außerdem viel zu gefährlich. Verschieb es auf einen anderen Tag, an dem ich dich begleiten kann.«

»Nay.«

Rory wirkte, als wollte er weiter streiten, doch der sture Gesichtsausdruck seiner Cousine ließ ihn innehalten. Er zuckte mit den Schultern. »Wie du wünscht. Aber reite nicht zu weit weg.«

Sie lief in ihr Zimmer, um sich ihren Mantel und die warmen Stiefel anzuziehen, und ging dann zu den Ställen. Ihre graue Stute Alouette begrüßte sie mit leisem Wiehern, als sie Blanche sah. Doch sie wirkte dabei ungewöhnlich nervös; ständig rollte sie mit den Augen und wich vor der Hand zurück, mit der Blanche ihr einen Leckerbissen anbot. Es dauerte nicht lange, bis Blanche den Grund für Alouettes Verhalten fand.

»Wessen Tier ist das?« Sie starrte den unbekannten Hengst in der Box neben ihnen an.

»Der wurde zusammen mit MacGregor gefangen genommen, Mylady.« Der Stalljunge, der gerade Alouettes Sattelgurt festgezogen hatte, hielt inne und drehte sich herum, um den Hengst anzusehen.

Blanche betrachtete die stampfenden Hufe und das schwarzgrau melierte Fell des Pferdes mit Abscheu. »Er wirkt nicht so, als würde er sich reiten lassen, und er macht die anderen Tiere nervös. Bring ihn am Morgen irgendwo anders hin.«

»Aye, meine Herrin.« Der Junge führte Alouette in den Hof und half Blanche auf den Rücken der Stute. Sie nahm die Zügel selbst in die Hand und lenkte das Pferd in Richtung des Tores; die Hufe schlitterten über die Steine.

»Mylady!« Donald platzte aus der Tür zur Spülküche und winkte aufgeregt, um ihre Aufmerksamkeit zu erregen. Sie zügelte Alouette und wartete, bis der Mann zu ihr aufgeholt hatte. »Kann ich Euch um einen Moment Eurer Zeit bitten?« Blanche fühlte Ärger in sich aufsteigen. Was war es diesmal? Konnte nichts in diesem Haus ohne sie entschieden werden? Sie sah auf Donald herab, der seine grünen Augen mit der Hand vor den wenigen Sonnenstrahlen abschirmte, und spürte, wie ihr Ärger verflog. Es fiel ihr nicht schwer zu verstehen, warum er und sein Bruder so beliebt bei den Frauen ihres Hofes waren. Ihr jugendliches Aussehen und ihr Charme ließen jedes weibliche Herz schneller schlagen.

»Es ist sehr wichtig, Mylady. Murdo hat einen Dieb auf frischer Tat ertappt.«

Blanche hob die Augenbraue. In einer Gemeinschaft, wo man so eng zusammenlebte und zusammenhielt, war Diebstahl ein Verbrechen, das schwer bestraft wurde. Sie seufzte und stieg aus dem Sattel, um Alouette in den, verglichen mit der Kälte draußen, warmen Stall zurückzuführen. »Also gut. Aber es wird schon bald dunkel, also lass es uns schnell hinter uns bringen. Sag Murdo, dass er ihn hierherbringen soll.«

»Murdo!« Die beiden Brüder hatten offensichtlich nur auf ihren Befehl gewartet, denn kaum dass Donald seinen Bruder gerufen hatte, erschien Murdo. Er hielt den sich windenden Dieb fest gepackt. Blanches Augenbraue rutschte noch höher, als sie die sinnlichen Kurven und das Gesicht von Alana erkannte, dem Zigeunermädchen, das wenige Wochen zuvor mit einer Hand voll Reisender eingetroffen war. Murdo hielt einen ihrer Arme auf den Rücken gedreht, und ihr erbitterter Widerstand sorgte dafür, dass ihre Brüste hüpften und sich immer wieder gegen den abgewetzten Stoff ihres Kleides drückten.

»Was hat sie gestohlen?« Aus unerklärlichen Gründen wurde Blanches Mund trocken.

»Ich habe meinen Topasring in ihrer Tasche gefunden. Den hatte ich vor einigen Tagen verloren.«

Blanche sah Alana an. »Ist das wahr?«

Die Lippen der Zigeunerin kräuselten sich zu einem provozierenden Lächeln. »Ist es etwa meine Schuld, dass der Gentleman nicht auf seine Sachen achten kann?«

Murdo stieß sie hart an, sodass ihre Haarsträhnen wild in alle Richtungen flogen. »Freche Hure!«

Blanche bedeutete ihm mit einer Geste zu schweigen. »Du weißt, dass Diebstahl ein sehr ernstes Vergehen ist, Alana? Eines, das manchmal sogar mit dem Tode bestraft wird?«

Zum ersten Mal sah Blanche Angst in den Augen des Mädchens. Murdo blickte auf seine Gefangene herab, und auf seinem Gesicht zeichnete sich grimmige Genugtuung und noch etwas anderes ab. Blanche hatte diesen Blick schon oft gesehen. Donald betrachtete das Mädchen mit dem Blick einer Katze, die eine Maus beäugte, bei der sie sich noch nicht entschieden hatte, ob sie sie essen sollte oder nicht. Er lehnte lässig an Alouettes Box, doch Blanche konnte sehen, dass sein Gesicht eine aufgeregte Röte zierte. Sie spürte einen erwartungsvollen Schauer durch ihren Köper rieseln. Vielleicht war ein Galopp nicht die einzige Möglichkeit, um ihre Rastlosigkeit loszuwerden. Sie setzte sich auf einen in der Nähe stehenden Hocker und zog ihre Handschuhe aus.

»Nun, Alana, was sollen wir mit dir machen?«

Murdo schob Alana näher zu Blanche, und in seinen Augen konnte sie seine Erwartung lesen. Auch wenn die Miene der Zigeunerin keinerlei Regung zeigte, bewegte sich ihr Busen doch auf und ab. Blanche war erleichtert, als Murdo das Mädchen zwang, auf die Knie zu gehen. Stumm betrachtete Blanche die feuchten, braunen Augen, die dichten Augenbrauen und die sinnlichen Lippen. Sie war fasziniert von Alanas Haut mit ihrem olivfarbenen Teint und glitt mit dem Finger über ihre Wange. Sie war unglaublich weich und zart, und sie fragte sich, ob es möglich war, dass sie sich auf dem ganzen Körper des Mädchens so anfühlte. Blanche errötete bis zu den Haarwurzeln; niemals zuvor hatte sie an eine andere Frau in dieser Art und Weise gedacht. Als hätte sie ihre Gedanken gelesen, drehte Alana in diesem Moment den Kopf und fand Blanches Finger. Ohne ihren Blick von Blanche zu lösen, nahm sie ihn langsam in der feuchten Hitze ihres Mundes auf, um zärtlich daran zu saugen und mit ihren Zähnen zu knabbern, ehe sie ihn wieder entließ. Blanche hörte, wie Murdo scharf einatmete und bemerkte den neugierigen Blick seines Bruders, der zwar nicht gesehen hatte, was Alana dort tat, doch wie mit einem sechsten Sinn die wachsende Erregung seines Bruders zu spüren schien. Sie zog ihre Hand zurück und legte sie wieder in ihren Schoß.

»Was sollen wir mit unserer kleinen Diebin anfangen?«

»Peitscht sie aus.« Murdos Antwort kam schnell. Das Mädchen versteifte sich und wand sich, um auf die Füße zu kommen, doch die Hand auf ihrer Schulter war zu stark.

»Nay.« Donald schlenderte herüber und stellte sich an Blanches Seite, sein Blick zog Alana förmlich aus. »Es wäre eine Schande, eine solch schöne Haut mit Narben zu entstellen. Eine Tracht Prügel wäre als Bestrafung ebenso wirkungsvoll. Meint ihr nicht auch, Herrin?«

Die Zigeunerin starrte sie an, als wollte sie sie herausfordern, die Strafe auszuführen. Der Augenblick schien sich ewig auszudehnen, und Blanche verlor sich fast in den braunen Tiefen in Alanas Iris, bis Alana langsam lächelte und Blanche frech zuzwinkerte. Blanche wusste nicht, ob sie lachen oder verärgert sein sollte.

»Einverstanden«, sagte sie. »Auch wenn ich bezweifle, dass irgendetwas imstande ist, diesem Mädchen eine Lektion zu erteilen.«

Donald packte die Handgelenke des Mädchens und zog sie, ohne auf ihre Gegenwehr zu achten, über Blanches Schoß. Murdo hielt ihre Füße in eisenhartem Griff, und Blanche zog das Kleid des Mädchens höher, bis ihre wohlgeformten braunen Beine entblößt waren. Stumm nahm sie ihre Ringe ab und steckte sie in ihre Tasche. Die Blicke der beiden Brüder lagen unverrückbar auf den beiden hervorragenden fleischigen Hügeln, die nur leidlich von einem Paar zerschlissener Unterhosen bedeckt wurden. Murdo lehnte sich vor und packte eine Hand voll des Stoffes. Ohne jeden Widerstand riss er den Stoff herunter, und der Hintern des Mädchens wurde in der

Kälte des Stalles entblößt. Blanche widerstand dem Bedürfnis, ihre Hand über das weiche Fleisch gleiten zu lassen, sondern hob sie an und ließ sie mit lautem Klatschen auf die ungeschützte Haut der Zigeunerin niederfahren. Das Mädchen quietschte auf, doch die beiden Männer hielten sie mit versteinerten Mienen fest auf ihrem Platz. Dann begann Blanche das Mädchen ernsthaft zu bearbeiten; immer wieder hob und senkte sich ihre Hand, hob und senkte sich, ließ einen Regen aus Schlägen auf das zitternde Fleisch fallen. Die Brüste des Mädchens drückten sich gegen ihre Knie; sie wand sich, um den Schlägen auszuweichen, doch Blanche machte weiter, bis der Hintern des Mädchens feuerrot war und ihre eigene Hand brannte. Manchmal zielte sie mit ihren Schlägen auf den fleischigen Teil des Hinterns, manchmal auf die Stelle, an der Po und Schenkel sich trafen und wo die Haut besonders empfindsam war. Alana begann leise zu schluchzen, und obwohl Blanche vermutete, dass sie nur so tat, als würde sie weinen, ließ sie ihren Arm sinken. Murdo und Donald ließen das Mädchen los, doch sie blieb einfach schlaff auf Blanches Schoß liegen. Blanche gab schließlich ihrem Bedürfnis, Alanas gerötete Haut zu streicheln, nach, und spürte, wie das Mädchen erschauerte.

»Das war doch gar nicht so schlimm, nicht wahr?«, fragte sie.

Als Antwort auf diese Frage nahm das Mädchen Blanches linke Hand und presste ihre Lippen auf die Handfläche, sodass Blanche die Tränen auf ihrem Gesicht spüren konnte. »Bitte«, wisperte sie. »Oh, bitte.«

Blanche wurde es warm unter ihrem Reitmantel. Sie streichelte Alana sanft weiter, während diese fortfuhr, ihre Hand immer drängender mit Küssen zu bedecken.

»Bitte, Mylady«, stöhnte Alana und hob den Hintern Blanches Hand entgegen.

Verblüfft über die Reaktion strich Blanche weiter über Alanas gerötete Haut, um sie zu beruhigen. Mit jedem Streicheln rutschte sie etwas tiefer, bis sie das Schamhaar zwischen Alanas gespreizten Schenkeln fühlen konnte, das ihre Hand kitzelte. Sie ließ ihre Fingerspitzen sanft den Spalt in Alanas Hintern entlangfahren, um sie in den feuchten Locken ruhen zu lassen. Mit versunkenem Blick fielen Donald und Murdo auf die Knie und beugten sich vor.

»Ja. Oh ja.« Alana schob sich rückwärts, und plötzlich versanken Blanches Finger in ihrer köstlichen, glitschigen Hitze. Die Röte auf ihren Wangen explodierte förmlich, und sie spürte ihr eigenes wachsendes Verlangen zwischen ihren Beinen anschwellen. Nie zuvor hatte sie etwas so Weiches, so Samtiges ertastet wie die Scham dieses Mädchens. Sie bewegte ihre Finger, als würde sie sich selbst befriedigen und hörte Alana leise stöhnen. Sie schloss die Augen, um das Gefühl dieses engen Tunnels zu genießen, der sich um ihre Finger schloss; zärtlich schob sie einen weiteren Finger hinein. Murdo hielt es nicht länger aus, er streichelte und knetete Alanas Hintern. Er zog die prallen Backen auseinander und gewährte so der faszinierten Blanche einen Blick auf den zuckenden Eingang dazwischen. Er vergrub sein Gesicht zwischen Alanas Hinterbacken und begann, in langen und ausgiebigen Zügen über ihren Anus zu lecken; die Zigeunerin wand sich und presste sich fester gegen Blanches Hand. Einige Augenblicke später griff Alana nach Donald. Während sie noch immer über Blanches Schoß gebeugt war, holte sie sein Glied zwischen den Falten seines Kilts hervor und leckte über seine haarigen Hoden. Blanche zog ihre Finger zurück, nur um sie zu der zuckenden Erhebung von Alanas Klitoris zu führen; sie umkreiste sie mit ihren Fingerspitzen. Alana bäumte sich auf und vertrieb so Murdos Zunge von ihrem Hintern. Doch der ließ sich davon nicht stören; er leckte über seinen Finger und vergrub ihn bis zum Ansatz in der engen Öffnung. Das Mädchen keuchte und streckte die Hand nach seinem Bruder aus. Sie zog Donald tiefer und nahm seine Erregung in den Mund. Der Ausdruck reiner Ekstase auf seinem Gesicht sorgte für mehr Nässe zwischen Blanches Schenkeln, und mit ihren Fingern rieb sie wie im Fieber über die Klitoris des Mädchens. Sie spürte, dass das zarte Fleisch bereits stark angeschwollen war, und ihre Hand war nass vom Saft des Mädchens. Murdo bewegte seinen Finger immer noch im Hintern des Mädchens, während ihr Mund sich weit öffnete, um Donalds dicken Schwanz aufzunehmen. Wieder und wieder stieß er in ihren Mund. Finger und Schwänze bewegten sich rhythmisch in langen, tiefen Stößen, die Alana immer näher an ihren Höhepunkt brachten. Blanche spürte, wie sie sich versteifte, und stieß ihre Finger noch einmal tief in sie, während ihr Daumen über die gierig zitternde Erhebung ihres Knöpfchens rieb. Stöhnend stieß Donald noch ein letztes Mal in den Mund des Mädchens und explodierte in ihr. Alana klammerte sich an Blanches Schenkel und heulte auf, als der Orgasmus in Wellen durch ihren Körper raste, und Blanches Hand wurde durch einen ungehemmten Schwall neuer Nässe getränkt. Donald zog seinen Schwanz aus Alanas Mund und Murdo seine Finger aus ihrem Hintern, woraufhin sie auf Blanches Knien zusammensackte. Doch Blanche war noch nicht befriedigt; Fieber hatte ihren Köper erfasst, ihr Herz hämmerte in ihrer Brust, und ihr Geschlecht pulsierte. Sie konnte es nicht mehr verbergen, als Alana von ihrem Schoß rutschte und sich vor sie kniete; Blanches Gesicht war rot und ihre Lider schwer vor Lust. »Jetzt seid Ihr dran, Mylady.« Alana beugte sich vor, um ihre Lippen auf Blanches zu pressen. Blanche konnte Donalds Samen in ihrem Atem schmecken, als die Zunge der Zigeunerin ihre Lippen öffnete und ihren Mund erkundete – ein Duft wie von Muscheln. Alana schob Blanches Saum höher und ließ ihre schwieligen braunen Hände über das weiche Fleisch ihrer Schenkel gleiten. Sie grunzte zufrieden, als sie bemerkte, dass Blanche keine Unterwäsche trug, und schob sich selbst zwischen ihre Schenkel. Ohne weiteres Vorspiel spreizte sie Blanches Schamlippen so weit es nur ging und setzte einen brennenden Kuss darauf, der mehr versprach. Blanche stöhnte und stieß das Mädchen von sich, rücklings auf das Stroh. Niemals zuvor hatte sie den Körper einer anderen Frau erkundet, und sie konnte es kaum erwarten, Alana nackt zu sehen. Die Männer hatte sie fast vergessen; einzig deren hungrige Blicke zählten noch, die Blanches Erregung weiter anfachten. Sie setzte sich rittlings auf das Zigeunermädchen und umfasste ihre vollen Brüste; ihre Nippel drückten sich durch den Stoff ihres Gewandes und rieben sich an ihren Handflächen. Sie knetete und massierte sie für ein paar Augenblicke und prüfte ihre Beschaffenheit und das Gewicht, ehe sie nach dem Band griff, das Alanas Kleid zusammenhielt. Blanche hielt den Atem an. Die Brüste der Zigeunerin waren wunderbar, voll und schwer, mit dunklen Brustwarzenhöfen und Nippeln, die wie steife kleine Finger in die Luft ragten. Bei näherer Betrachtung bemerkte sie ein paar wenige dunkle Haare, die um sie herum sprossen. Versuchsweise zupfte sie an einem davon und Alana zuckte vor Verlangen zusammen. Dann nahm sie einen der harten Nippel in ihren Mund und saugte daran. Er war hart und gleichzeitig empfindsam, und das Gefühl auf ihrer Zunge löste in ihr den Wunsch aus, hineinzubeißen. Widerwillig entließ sie ihn aus ihrem Mund und fingerte an dem Gürtel herum, der um die Taille des Mädchens saß. Sie zog ihr das Kleid vollständig aus, kniete sich dann auf den Boden und schob ihre Knie auseinander. Blanche konnte ihre Neugierde nicht mehr zügeln, ihre Augen waren auf das feuchte V fixiert, das die Haare des Mädchens zwischen ihren Beinen bildeten. Sie schob ihre

Schenkel weiter auseinander und starrte auf die weichen Hautfalten, die ihr Geschlecht, bis auf die Spitze der Klitoris, verdeckten. Blanche nahm die weichen Schamlippen zwischen ihre Finger und zog sie auseinander, um den kleinen geschwollenen Knopf gänzlich zu enthüllen. Unter ihren Blicken erzitterte er, und sie wollte ihn küssen, doch ein Anfall von Schüchternheit ließ sie zögern. Dann bemerkte sie, dass männliche Hände ihr bereits den Mantel von den Schultern gestreift hatten und nun die Rückseite ihres Kleides aufschnürten, um den Stoff über ihre Schultern nach unten zu schieben, sodass kühle Luft ihre Haut berührte.

Ungeduldig stand Blanche auf und erlaubte Murdo, sie ganz auszuziehen; seine Hände verweilten dabei auf ihren Kurven, berührten, streichelten und neckten, während sein gesättigter Bruder ihnen von seinem Stuhl aus zusah. Sie schob seine Hände beiseite und widmete sich wieder dem Mädchen, die noch immer auf dem Boden des Stalls wartete. Blanche fixierte sie mit ihren Knien auf dem Boden und blickte in ihre Augen, in denen dunkles Zigeunerfeuer loderte. Alana bäumte sich auf, ergriff eine Strähne von Blanches Haar und zog ihr Gesicht herunter zu ihrem eigenen. Dann küsste sie sie hart. Ihre Lippen waren rau, doch ganz anders als die eines Mannes. Sie plünderten Blanches Mund und ließen sie nach Atem ringend zurück, während Alanas Mund Blanches herabhängende Brust fand und daran saugte. Blanche stöhnte und krümmte sich, als das Mädchen erst nur leicht an ihrem Nippel knabberte, den Warzenhof mit den Zähnen streifte, und dann versuchte, so viel wie möglich von dem zart duftenden Fleisch in ihren Mund zu bekommen. Blanches Verlangen war nahezu schmerzhaft, und so dauerte es etwas, ehe sie bemerkte, dass es weiter von Händen, die ihre Pobacken kneteten, und Lippen, die ihre Spalte umgaben, angefacht wurde. Langsam stieß Murdos Zunge in sie hinein, und Blanche keuchte, während Alana weiter an ihren Brüsten knabberte, saugte und sie mit Speichel einrieb. Murdos Zunge schob sich tief in Blanche, untersuchte, probierte, bevor er sie herauszog und damit über ihre Klitoris leckte. Sie stöhnte angesichts des zarten, aber doch so intensiven Drucks und spürte, wie ihr Orgasmus begann, sich aus ihrem tiefsten Innern emporzuwinden – die Zunge verschwand und wurde nur Sekunden später durch die Spitze von etwas Größerem und eindeutig Härterem ersetzt. Murdo packte Blanches Hüften mit einem heiseren Stöhnen und schob seinen Schwanz tief in sie hinein. Sie war so nass, dass er bis zum Anschlag in sie glitt. Seine Hoden stießen gegen sie. Alana hob einen Finger zu Blanches Schoß und begann mit ihrer Klitoris zu spielen, während sie noch immer an ihren Brüsten saugte und knabberte. Murdo stieß derweil von hinten in sie.

Blanche befand sich in einem köstlichen Delirium und ließ ihren Kopf einfach herabsacken. Sie stöhnte und krümmte sich; ihr brach der Schweiß aus und bedeckte ihre Haut. Murdo griff nach einem ihrer Zöpfe, die sich unter ihrem Schleier hervorgestohlen hatten, und zwang sie, den Kopf wieder zu heben. Sie öffnete die Augen und sah Donalds vollständig genesene Erektion nur wenige Zentimeter vor ihrem Gesicht zittern. Die satinweiche Haut stieß behutsam gegen ihre Lippen und bettelte um Einlass, und sie gab nach. Nicht Donald bestimmte den Rhythmus, sondern er überließ ihn Blanche beziehungsweise seinem Bruder. Durch dessen Stöße bewegte sie sich vor und zurück, immer geführt durch den Schwanz seines Bruders. Alana erhöhte den Druck ihrer Finger auf Blanches Spalte, als Murdos Stöße heftiger wurden. Er krümmte den Rücken und zog sie an sich, während sein Orgasmus ihn überrollte, was ihm einen frustrierten Biss der Zigeunerin einbrachte. Doch er war längst darüber hinaus, sich darum zu scheren. Blanche spürte ihn in sich größer werden. Er zog sich rasch zurück, um auf ihren Pobacken und ihrem Rücken zu kommen. In fast genau demselben Moment versteifte sich Donald in ihrem Mund, und Blanche wich zurück, als sein Samen auf ihre Brüste und Alanas nach oben gewandtes Gesicht spritzte. Sie hatte den Mund in einem stummen Schrei geöffnet und erzitterte am Rand ihres eigenen Orgasmus; Alana kniff in diesem Moment schmerzhaft in ihre Klitoris und stieß Blanche damit über die Schwelle. Sie kam gewaltig und zitterte, noch immer in Murdos Umarmung gefangen.

Nachdem ihr eigener Orgasmus verebbt war, brach Blanche auf Alana zusammen, und Murdo zog sie herunter, damit sie es sich zwischen ihnen bequem machen konnte. Der Mann und die Frau wischten ihr den Samen mit einer Hand voll Stroh ab, legten sich dann wieder zu ihr und streichelten sie, während sie, zu kraftlos, um noch irgendetwas anderes zu tun, leise murmelnd ihre Dankbarkeit zum Ausdruck brachte. Irgendwann kam Blanche zu sich, als sie hörte, wie Donald sich im Stall hinter ihnen bewegte, um Alouette den Sattel abzunehmen und die Stute für die Nacht bereit zu machen. Erst jetzt bemerkte sie, wie dunkel es geworden war, und stützte sich auf ihren Ellbogen auf.

»Ich muss reingehen. Ich bin viel länger fortgewesen, als ich eigentlich vorhatte.«

Murdo sah verträumt zu ihr auf. »Hattet Ihr einen angenehmen Ritt, Mylady?«

Blanche lächelte. »Sehr angenehm.« Sie drehte sich um und sah, dass Alana schlief und dabei leise schnarchte. »Ich sehe schon, wir haben unserem Dieb eine Lektion erteilt.« Beide Männer lachten leise, und Blanche stand auf und suchte nach ihrem Gewand. Murdo sprang auf, um ihr beim Ankleiden behilflich zu sein, doch als er bemerkte, dass sie ihn misstrauisch ansah, zögerte er.

»Mylady?«

»Habe ich dich und Donald nicht mit Alana schon vor drei Wochen auf dem Fest gesehen?«

Murdo sah schuldbewusst drein, aber sein Bruder lachte. »Ihr habt scharfe Augen, Mylady.« Donald kam aus dem Stall zu ihr und wischte etwas Stroh von ihrem Kleid. »Ich muss zugeben, dass wir bereits unser Vergnügen mit dem Mädchen hatten. Aber wir haben eure Unruhe in letzter Zeit bemerkt und dachten uns, dass sie euch vielleicht von euren Sorgen ablenken könnte.«

»Ihr denkt zu viel!« Blanche stieß Donald spielerisch in die Seite und grinste. »Doch eure Kur hat wohl funktioniert; meine Laune ist jetzt wesentlich besser.«

Blanches beschwingte Laune hielt nur so lange an, bis sie das Gesicht ihres Cousins erblickte. »Wo warst du?«, wollte er wissen. »Wenn Alouette dich abgeworfen hätte, wir hätten dich niemals finden können. Bis zum Morgen wärst du erfroren.«

»Nun, sie hat mich nicht abgeworfen, und jetzt bin ich hier.«

»MacGregor hat um eine Audienz gebeten.«

»Wie kommt er darauf, dass ich sie ihm gewähren könnte?«

Rory zuckte mit den Achseln. »Er scheint zu glauben, dass es sich um etwas Wichtiges handelt.«

Blanche ließ sich auf ihren Sessel fallen und kaute an ihrem Daumennagel. Seit der Begebenheit im Kerker hatte sie MacGregor gemieden, aber sie wusste, dass er sich von seinem Fieber erholt hatte. Sobald sie davon erfahren hatte, hatte sie einen Boten zu Red MacGregor geschickt und ihm ihre Bedingungen unterbreitet, unter denen sie seinen Sohn und seine Männer freilassen würde. Nach ihrem Befehl, die übrigen Männer zu hängen, hatte sie ihre Meinung geändert; sie brachte es einfach nicht über sich, sie hinzurichten. Sie befanden sich nun in einem anderen Teil des Kerkers, um ihr Mütchen zu kühlen, und warteten auf die Antwort ihres Clanchefs. Es würde wahrscheinlich nur noch wenige Tage dauern, ehe sie sie alle loswurde, also warum sollte sie dem arroganten Gesuch von Black MacGregor nachgeben?

Rory beobachtete das angespannte Gesicht seiner Cousine und fragte sich, was ihr gerade durch den Kopf ging. Sie war schon immer ein Mysterium für ihn gewesen. »Soll ich ihm sagen, dass du ablehnst?«

»Nay.« Endlich gestand sich Blanche ein, dass sie sich danach sehnte, wieder mit MacGregor zusammenzutreffen. »Bring ihn her. Aber ruf erst einige der Männer. Was auch immer der Gefangene mir zu sagen hat, kann er uns allen sagen.«

Bereits zum zweiten Mal fand MacGregor sich in der großen Halle von Dunchar wieder. Nach der Dunkelheit des Kerkers schmerzte selbst das fahle Zwielicht, das durch die niedrigen Fenster sickerte, in seinen Augen. Er fühlte sich noch immer schwach, doch die Verwirrung, verursacht durch das Fieber, war verschwunden und hatte seinen Geist so scharf wie eine Klinge zurückgelassen. Zorn raste durch seine Adern, als er die Frau auf dem Podest entdeckte. Nahezu gleichgültig saß sie auf ihrem mit Schnitzereien verzierten Stuhl; einige Strähnen ihres Haares lugten unter ihrem Schleier hervor, und auf ihrem Überwurf und dem Saum ihres Kleides befand sich Stroh. Ihre ebenmäßigen Gesichtszüge waren mit Röte überzogen, und er spürte Verachtung in sich aufwallen; sie sah aus, als wäre sie gerade erst aus dem Bett gekrochen. Wie gern hätte er seine Hände um ihre weiße Kehle gelegt und sie einfach zerquetscht! Die Gespräche in der Halle waren zu einem erwartungsvollen Murmeln verebbt.

»Ihr wolltet mich sprechen.« Ihre kühle Stimme war völlig gegensätzlich zu ihrer Erscheinung.

»Ich will wissen, ob Ihr vorhabt, meinen Vater zu erpressen, oder ob ihr mich wie ein Schwein abschlachten werdet, so wie Ihr es mit meinen Männern getan habt.«

Lady McNaghten versteifte sich auf ihrem Sitz, und ein Raunen ging durch den Raum. Der rothaarige Riese hinter ihrem Stuhl legte ihr eine Hand auf die Schulter. »Es ist sehr kühn für jemanden in Eurer Position, solche herausfordernden Worte zu sprechen, MacGregor«, knurrte er.

MacGregor ignorierte den Mann und starrte weiter auf Lady McNaghten. »Wahrscheinlich kann ich einfach nicht glauben, dass eine Frau so kaltherzig sein kann.« Es war die Wahrheit. Als er gehört hatte, dass sie befohlen hatte, seine Männer zu hängen, hatte er sich seiner Trauer ergeben. Wären sie von Calum Campbell oder den MacLachlans gefangen genommen worden, hätte er keine Gnade erwartet. Doch Blanche McNaghten war eine Frau, und er hatte auf ihre Schwäche gezählt.

Sie beugte sich vor, die grünen Augen zu Schlitzen verengt. »Als Ihr und Eure Männer meine Höfe ausgeraubt, meine Frauen vergewaltigt und meine Felder niedergebrannt habt, habt Ihr da mein Geschlecht bedacht? Als Ihr die Hütte des Jägers angezündet habt und seine heimatlose Familie zu mir gekommen ist, damit sie Schutz finde, und als Euer Vater mir das Recht auf die Ländereien meines Mannes streitig machen wollte, hat irgendeiner von Euch darauf Rücksicht genommen, dass ich alleine und eine Frau bin? Ihr habt es nicht getan. Also warum solltet Ihr jetzt Gnade von mir erwarten?«

MacGregor blieb stumm. Seine Männer waren in der Vergangenheit oft über das Ziel hinausgeschossen, manchmal sogar übertrieben brutal vorgegangen, doch sie waren seine

Freunde und absolut loyal. Dank des Blutdurstes dieser Frau würden sie ihr geliebtes Killaird niemals wiedersehen. Sie waren wie Ratten gestorben, zuckend am Ende einer Schlinge. Er stürmte, so weit seine Ketten es zuließen, auf Lady McNaghten zu und sah, wie sie zusammenzuckte. »Was habt Ihr erwartet? Dass wir alle um Euch herumscharwänzeln würden? MacFarlane und Campbell mögen um Eure Hand angehalten haben, aber ein MacGregor wird sich niemals vom Gestank einer läufigen Hündin einwickeln lassen!«

Die Frau sprang von ihrem Stuhl auf und schlug ihn mit aller Kraft ins Gesicht. Die Stärke des Schlages überraschte ihn, und er wandte ihr langsam den Kopf zu, um ihr in das kalkweiße Gesicht zu sehen. Der Schlag hatte viel von seinem Ärger verrauchen lassen; alles was zurückgeblieben war, war die kühle Sicherheit, dass er seine Rache bekommen würde – und ein anderes Gefühl. War es Bedauern? Etwas in seinen Erinnerungen regte sich, als er ihren wütenden Blick erwiderte, und er runzelte die Stirn, während er versuchte, es zu fassen zu bekommen.

»Du Bastard!«, zischte sie. »Du dreckiger, räuberischer, verdammter Bastard!«

»Du solltest Gott danken, dass ich angekettet bin, Weib«, sagte er. »Denn wenn ich es nicht wäre, wärst du bereits tot.«

Sie wandte sich ab; ihr Rücken war kerzengerade und steif. »Schafft ihn mir aus den Augen«, sagte sie. »Und peitscht ihn aus. Ich will, dass er sich an die Beleidigungen, mit denen er mich bedacht hat, erinnert.«

Nachdem MacGregor weggebracht worden war, stürmte Blanche aus der Halle, hinauf in ihre Gemächer, ohne sich um die anderen Männer zu scheren. Sie wusste, dass sie sie respektierten; dennoch hatte sie in einigen Gesichtern eine lüsterne Freude entdeckt, als MacGregor sie beleidigt hatte. Verdammt sollte er sein! Wie hatte er es geschafft, sie so weit zu treiben, noch dazu vor aller Augen? Sie hatte keine andere Wahl gehabt, als ihn zu bestrafen. Sie biss sich auf die Lippen. Das Auspeitschen hätte vielleicht vermieden werden können, wenn sie ihm gesagt hätte, dass seine Männer noch am Leben waren. Warum hatte sie es also nicht getan? Sie nahm an, es war Stolz gewesen; sie war nicht darauf angewiesen, vor einem Mann Rechenschaft abzulegen. Sie schlug die Tür hinter sich zu und warf sich auf das Bett, der Fellüberwurf kitzelte ihre erhitzten Wangen, und sie atmete den Tiergeruch, der davon ausging, tief ein. Unaufhaltsam wanderten ihre Gedanken zu der Nacht zurück, in der sie MacGregor im Kerker aufgesucht hatte. Bilder zogen vor ihrem inneren Auge vorbei: seine Bernsteinaugen, die Art, wie er sie im Arm gehalten und sanft ihr Gesicht geküsst hatte, seine Finger, die ihre angeschwollene Scham neckten, und der Glanz des Schweißes auf seinen Schultern und der Brust, als er seinen Schwanz in sie geschoben und völlig ausgefüllt hatte, bis sie den Höhepunkt ihres Verlangens erreicht hatte. Sie schlug mit der Faust auf das Bett. Entweder erinnerte MacGregor sich nicht daran, oder es hatte ihm nichts bedeutet; sie hatte keine Spur von Wärme oder Erkennen in seinem Blick finden können. Sie musste zugeben, dass ihr Stolz tief gekränkt war. Und selbst als er in der Halle all diese furchtbaren Dinge zu ihr gesagt hatte, war alles, woran sie hatte denken können, der Wunsch gewesen, sein Gesicht mit ihren Händen zu umfassen und die Wut fortzuküssen. Sie wollte ihre Handflächen über seine Muskeln gleiten lassen, über seinen Bauch, die Schenkel, und seinen Schwanz mit ihren Händen ergreifen. Sie stöhnte. Ihr Fleisch war noch immer angeschwollen durch das Zusammentreffen im Stall. Sie sprang auf und lief zur Tür hinaus.

Als sie den Kerker erreicht hatte, sah sie, dass sie zu spät gekommen war. Die Bestrafung hatte bereits begonnen. Ihr Vogt Maxwell schwang genüsslich die neunschwänzige Katze und ließ sie auf die Schulter des Mannes rasseln, der zwischen zwei Pfählen angebunden war. Rory beobachtete ihn, die Arme vor der Brust verschränkt.

»Stop!« Beide Männer sahen überrascht auf, als sie in den Raum stürmte und zu MacGregor lief. Zu ihrer Bestürzung sah sie, dass er kaum noch bei Bewusstsein war, obwohl gerade einmal ein halbes Dutzend Striemen seinen Rücken bedeckte. »Dieser Mann ist noch immer krank. Er hält es noch nicht aus. Macht ihn los.« Sie beobachtete, wie Maxwell ihren Befehl ausführte, und kniete sich dann nieder, um die Verletzungen zu begutachten. Stumm dankte sie Gott, dass sie die Bestrafung unterbrochen hatte, ehe MacGregors Rücken nur noch aus blutigen Fetzen bestand. Sein Durchhaltevermögen war durch das Fieber geschwächt, aber die Schläge, die er erhalten hatte, würden rasch heilen. »Bringt ihn zurück in seine Zelle und ruft jemanden, der sich um seine Wunden kümmert.«

Sie drehte sich um und marschierte aus der entsetzlichen Kammer. Das Geräusch von Stiefeln ertönte hinter ihr, und sie erstarrte, als eine Hand nach ihrem Arm griff und sie herumdrehte, bis sie ihrem Cousin ins Gesicht sehen musste.

»Warum hast du ihn verschont?« Rorys Gesichtszüge waren vom Ansturm seiner Gefühle verzerrt. »Er hat es verdient zu sterben, für das, was er zu dir gesagt hat.«

»Ich weiß.«

»Merkst du nicht, wonach das aussieht? Die Männer werden dich für schwach halten.«

Blanche zuckte mit den Achseln. »Lass sie doch. Red MacGregor wird kein Lösegeld für einen Leichnam bezahlen. Außerdem würden wir damit unser eigenes Todesurteil unterschreiben. Die MacGregors sind zu mächtig.« Sie befreite sich aus Rorys Griff. »Und jetzt lass mich in Ruhe. Ich habe für heute genug von diesem verdammten Unglückstag.«

Sie stapfte zurück in ihre Gemächer. Auch wenn es nun völlig dunkel geworden war, waren die Fackeln noch nicht angezündet, und das Feuer erlosch langsam im Kamin. Wo, in Gottes Namen, war Mhairi? Wahrscheinlich ging sie ihr aus dem Weg, wie die anderen Frauen auch. Blanche sank auf einen Schemel und rief nach ihrer Magd.

Nach einigen langen Minuten erschien Mhairis rundes Gesicht wie der aufgehende Mond in der Tür. »Ich nahm an, Ihr würdet schlafen, Herrin.«

»Nun, offensichtlich schlafe ich nicht. Und selbst wenn es so wäre: Das verdammte Feuer geht aus. Willst du mich erfrieren lassen?«

Mhairi murmelte missmutig auf ihrem Weg zum Kamin: »Ach, was für eine Laune. Ich dachte, es wäre klug, Euch noch etwas abkühlen zu lassen.«

Blanche schmollte und lief durch den Raum. »Laune, in der Tat! Ist es denn so verwunderlich, dass ich so eine Laune habe, wenn ich derart beleidigt werde, noch dazu in meinem eigenen Haus, und gezwungen bin, meine Ehre selbst zu verteidigen?! Lebe ich mit Männern zusammen oder mit Mäusen?«

»Soweit ich es gehört habe, habt Ihr Eure Ehre auf sehr bewundernswerte Art und Weise selbst verteidigt, Mylady.« Mhairi legte mehr Holzscheite in das Feuer und stellte sie zusammen auf; schon bald leckten die ersten Flammen daran. »MacGregor bereut seine Worte gewiss bereits.«

Blanche entschied sich, ihrer Magd nicht zu erzählen, dass sie das Auspeitschen abgebrochen hatte. Die Nachricht würde sich ohnehin bald auf ganz Dunchar verbreiten, auch ohne dass Mhairis lose Zunge nachhalf. Sie hob ihr Gewand an und sah auf den Schmutz, der seit dem Stall noch immer an ihren Beinen klebte. »Ich brauche ein Bad.«

»Schon wieder? Einmal im Jahr ist mehr als gut für den Körper ist. Ihr werdet Euch noch den Tod holen!«

»Dann kann ich genauso gut beenden, was du begonnen hast«, fauchte Blanche. Sie wusste, dass ihre Gewohnheit, regelmäßig zu baden, für viel Stirnrunzeln sorgte. Sei es auch nur, weil es jedes Mal eine Armee an Dienern brauchte, um die Eimer die Treppen hinaufzuschaffen. »Sag ihnen, dass sie schon einmal anfangen sollen, in der Küche Wasser zu erhitzen.«

Der letzte Junge leerte seinen Eimer in die Badewanne, und Blanche schickte ihn hinaus. »Ruf eine meiner Mägde herein, damit sie mir behilflich ist.« Sie konnte es kaum noch erwarten, in das dampfende Wasser zu kommen. Sie zog ihr Überkleid, das Unterkleid und die Strümpfe aus und sank wohlig seufzend in das heiße Wasser. Egal, wie aufreibend der Tag für sie auch gewesen sein mochte, sie konnte immer darauf zählen, dass ein Bad ihre Sorgen lindern würde. Nach einigen Minuten griff sie nach einem Stück grober Laugenseife und begann sich damit einzuseifen, während sie abwesend in die Flammen des Kaminfeuers sah. Sie fuhr mit den Händen über ihre Brüste, den Bauch und hinab zu dem V zwischen ihren Schenkeln; ihre Finger wanderten zu den weichen Lippen um ihre Spalte. Sie schloss die Augen und gab sich ganz dem warmen Wasser hin; ihr Kopf sank auf den Rand der Wanne, und ihr Haar ergoss sich bis auf den Boden. Sie dachte an Alana, und ihre Klitoris begann leise zu pochen. War das aufregende Vergnügen, den Körper einer anderen Frau zu erkunden, mit irgendetwas vergleichbar? Es hatte dem Liebemachen eine ganz neue Dimension verliehen, mit der sie niemals gerechnet hätte. Ihre Glieder fühlten sich schwer und völlig entspannt an; ihr Atem wurde tiefer und sie verfiel in einen halbwachen Zustand, in dem sie alle Gedanken an MacGregor beiseiteschob und nur noch von dunklen, von spitzen Nippeln gekrönten Brüsten und hungrigen Lippen träumte.

Die Tür öffnete sich mit einem Knarren; Blanche hielt die Augen weiter geschlossen, da sie annahm, es wäre eine der Mägde, die kam, um ihr mit dem Bad zu helfen. Sie spürte ihr Näherkommen mehr, als dass sie sie hörte. Sie wusste, sie sollte der Frau zeigen, dass sie sie bemerkt hatte, doch sie fühlte sich so tief entspannt, so sinnlich, dass sie es einfach nicht über sich brachte, es zu tun. So wartete sie eine lange Zeit, ehe sie Wasser gegen ihre Beine tropfen fühlte und das nahezu unhörbare Geräusch von Seife, die aufgeschäumt wurde, vernahm. Alles, was sie tun konnte, war, die Illusion von Schlaf aufrechtzuerhalten, und mit Spannung wartete sie auf das, was als Nächstes kommen würde. Die erste Berührung war leicht, nahezu unfühlbar, und glitt über ihre gekrümmte Kehle, berührte ihren Adamsapfel und glitt tiefer, um auf ihrem Schlüsselbein zu verweilen. Der Druck wurde etwas stärker, und die Hand wanderte weiter, glitt tiefer über die eingeseifte Haut, um eine ihrer Brüste zu umfassen. Blanche stöhnte und hob sich ihr entgegen. Die Hand war schwielig und bedeckte das zarte Fleisch vollständig, umfasste es in einer besitzergreifenden Geste. Das war nicht die Berührung einer Frau. Sie kämpfte mit dem Drang, die Augen zu öffnen, während auch ihre zweite Brust in Besitz genommen wurde; es hatte etwas Befreiendes, einfach die Verantwortung für das abzugeben, was als Nächstes passieren würde. Langsam glitt die von der Seife glitschige Hand über ihre Brüste, und große Daumen begannen sich mit kreisenden Bewegungen um ihre Nippel zu bewegen; sie weckten sie aus ihrer trägen Schläfrigkeit, bis sie sich zu voller Aufmerksamkeit aufrichteten. Ihre Spalte pochte, und sie wusste nicht, wie lange sie sich noch schlafend stellen konnte. Die Hände wanderten tiefer, glitten über ihre Haut und hinterließen dort, wo sie gewesen waren, einen Pfad aus Feuer. Sie streiften nur leicht die Haare ihres Schamhügels und fuhren dann über ihre Schenkel, nur um wieder nach oben zu gleiten und ihre Brüste zu streicheln. Mit jeder Berührung spürte Blanche ihr Verlangen anwachsen, bis sie glaubte, zu explodieren. Doch noch immer hielt sie die Augen geschlossen und konzentrierte ihr ganzes Bewusstsein darauf, sich schlafend zu stellen.

Ihre Schauspielerei war offensichtlich überzeugend, denn die Hände wurden mutiger; sie streichelten ihren Schamhügel, als wäre er ein Kätzchen, strichen die nassen Löckchen glatt, bis die Finger gegen ihre Schamlippen stießen. Blanche merkte, dass sie den Atem anhielt, und zwang sich, regelmäßiger zu atmen. Eine Hand stahl sich zwischen ihre Schenkel und schob ihre Beine etwas auseinander; bald schon spürte sie, wie sich unterhalb des Wassers ein Finger zwischen ihre Schamlippen stahl. Zu ihrer Überraschung schob er sich nicht gleich bis zum Anschlag in sie, sondern verharrte einige Augenblicke in ihrer Hitze, ehe er zielsicher ihre Klitoris fand, die sich zwischen den weichen Falten ihrer Haut verbarg. Blanche wusste, dass ihr Gesichtsausdruck bald ihre Erregung verraten würde, daher stöhnte sie und bewegte sich, als hätte sie einen besonders erotischen Traum. Durch die Bewegung presste sie sich fester gegen die lustvoll quälenden Berührungen. Der Finger hielt inne, doch dann begann er wieder sich zu bewegen, er rieb ihre Klitoris in winzigen, nahezu unmerklichen Bewegungen. Blanche atmete tief, als sie spürte, wie ihr Orgasmus sich ankündigte. Er war süß, so süß, und köstlich sanft. Er baute sich in ihrem tiefsten Innern auf und breitete sich zu ihren Schenkeln aus, verströmte seine bebende

Hitze in ihrem Bauch und auf ihren Brüsten. Sie seufzte, während die letzten Wellen durch ihren Köper strömten und sie erschöpft, warm und völlig befriedigt zurückließen.

Sie schreckte auf und erwachte. Der Raum war dunkel und eiskalt, und für einen Moment wusste sie nicht, dass sie sich in ihrem eigenen Bett befand. Dann erinnerte sie sich an ihren mysteriösen Besucher und lächelte. Sie war nach ihrem Orgasmus tatsächlich eingeschlafen, und wer auch immer sie besucht hatte, hatte sie aus dem Bad gehoben und unter die Bettdecken gelegt. Er musste sehr stark und sehr rücksichtsvoll sein. Der offensichtlichste Kandidat dafür war Rory – wer sonst würde ihre Gemächer ohne zu klopfen betreten? Blanche konnte mit diesem Gedanken sehr gut leben und lächelte, während sie aus dem Bett stieg, um sich etwas anzuziehen. Ihre Truhe zeichnete sich in der Dunkelheit am Fußende ihres Bettes ab, und sie hob den Deckel an, um ein Nachthemd von dem Stapel zu nehmen. Der Stoff fühlte sich eiskalt auf ihrer Haut an, als sie es überstreifte.

Plötzlich drückte sich eine Hand auf ihren Mund, und sie spürte den kalten Biss einer Klinge an ihrer Kehle.

»Keine Bewegung, Schlampe, oder ich schlitze dir die Kehle von einem Ohr zum anderen auf.«

Kapitel 3

Blanche war sich sicher, dass sie krank werden würde. Jeder Aufschlag der Hufe auf der gefrorenen Erde schüttelte ihr sämtliche Knochen im Leib durch. Ihr Gesicht lag auf die verschwitzte Schulter des Pferdes gepresst, und sie konnte kaum atmen. Sie hob den Kopf, um durch ihren Knebel hindurch nach Luft zu schnappen, der wurde jedoch sofort ohne weiteres Aufsehen zurückgeschoben. Sie verfluchte ihre Nachlässigkeit, dass sie nicht schon früher befohlen hatte, MacGregors Pferd fortzubringen. Er hatte es mit Leichtigkeit in den Stallungen gefunden, und das verfluchte Tier hatte sich ohne das leiseste Wiehern von ihm satteln lassen, trotz der Tatsache, dass er ihr gleichzeitig ein Messer an die Kehle hielt. Blanche konnte noch immer nicht glauben, dass ihnen niemand auf dem Weg von ihren Gemächern hinunter zu den Stallungen begegnet war. Wo um alles in der Welt waren ihre Wachen? Sie würde sie auspeitschen lassen. Sollte sie lebendig zurückkehren.

Sie mussten bereits seit Stunden unterwegs sein, die Sonne würde bald aufgehen. Blanche konnte den Boden unter ihnen erkennen. Bald mussten sie Killaird erreichen, oder? Blanche merkte, dass sie sich wünschte, dort zu sein, ungeachtet dessen, was sie dort erwartete. Alles tat ihr weh, und die Stellen ihres Körpers, die nicht vor Schmerz schrien, waren vor Kälte bereits gefühllos. Ihr Nachthemd stellte ihren einzigen Schutz vor der nächtlichen Kälte dar, und ihre Füße waren nackt. Allein der Wärme des Pferdes war es zu verdanken, dass sie noch nicht erfroren war.

Plötzlich hielten sie an; Schatten umhüllten sie, und Blanche schätzte, dass sie sich unterhalb der Schlossmauern befanden. Ihr Verdacht wurde schon bald bestätigt, als MacGregor aus dem Sattel stieg und gegen das Tor schlug.

»Öffnet das Tor!«

»Wer ist dort?« Eine Stimme ertönte von der Mauer herab.

»Alexander MacGregor. Schaff deinen Hintern hier herunter und lass mich ein, Mann.«

Hinter dem Tor hörte man es poltern, und dann erklang das Geräusch eines Riegels, der beiseitegeschoben wurde. Jetzt, da das Pferd stillhielt, wurde Blanche so schlecht, wie sie es noch nie zuvor erlebt hatte. Sie versuchte die Galle zurückzuhalten, die sich hinter ihrem Knebel ansammelte und drohte, sie zu ersticken; ihre Lage war demütigend genug. Das Tor öffnete sich, und durch die Öffnung drang Licht auf den Boden; in Sekundenschnelle waren sie von Menschen umringt und wurden lautstark mit Grüßen und lauter Verwunderung willkommen geheißen. Sie fühlte sich furchtbar bloßgestellt, so wie sie da hing, wie ein Sack Mehl über den Hals des Pferdes geworfen, und sie dankte Gott dafür, dass ihr Haar und die Flanke des Tieres ihr Gesicht verbargen.

MacGregor wurde der Fragen, mit denen er bestürmt wurde, langsam müde. »Genug! Kümmert euch um Raven. Er ist erschöpft.«

»Und was ist mit der Frau, Mylord?«

Die schnatternden Stimmen verstummten angesichts dieser Frage. Viele der Männer hatten Blanche in der Dunkelheit noch gar nicht bemerkt. Sie spürte dutzende Augenpaare, die sich in sie hineinbohrten und auf der Wölbung ihres Hinterteils verweilten. Der Augenblick schien ewig anzudauern, bis MacGregor sprach.

»Bringt sie hinein.« Sie hörte, wie er über den Hof der Burg davonging.

Grobe Hände griffen nach ihr, zogen sie vom Pferd, und Blanche schloss die Augen. Sollten sie doch glauben, sie wäre in Ohnmacht gefallen; sie konnte die Schande nicht ertragen, in ihrem Nachthemd in das Innere von Killaird geschleift zu werden. Als ihre Füße den Boden berührten, merkte sie, dass sie gar nicht schauspielern musste; ihre Beine gaben unter ihr nach. Ein Paar starker Hände, das sich unter ihre Achseln schob, war das Einzige, das dafür sorgte, dass sie nicht zu Boden fiel.

»Langsam, Lassie.« Der Mann, wer auch immer er sein mochte, grunzte, als er sie auf seine Arme nahm. »Das arme Ding ist steifgefroren.«

»Wer ist sie?«

»Lass mal sehen.«

Blanche wurde über den Hof und endlich ins Warme getragen. Licht flackerte in orangefarbenen Flecken über ihre geschlossenen Augenlider, und an dem widerhallenden Summen vieler Stimmen erkannte sie, dass sie sich in einem großen Raum mit einer ebenso großen Menge an Menschen befand. Nur langsam verstummten die Gespräche. Dann hörte Blanche die Stimme, die sie am meisten gefürchtet hatte.

»Lasst sie runter.«

»Ich glaube nicht, dass sie stehen kann, Herr.«

»Sie kann stehen. Lass sie runter.«

Widerwillig ließ ihr Beschützer sie herunter, bis sie auf ihren Füßen stand, und stützte sie, als sie gegen ihn taumelte. Nun, da sie ihre Augen geöffnet hatte, sah sie, dass sie sich wirklich in einem großen Raum befand. Sie war in der großen Halle von Killaird; sie war viel größer und kostbarer geschmückt als die in Dunchar. Teure Tapeten und eine hohe vollständig ausgeleuchtete Decke lagen vor Blanches Augen, und sie wandte ihr Gesicht ihrem Wärter zu.

MacGregor stand neben einem großen geschnitzten Stuhl

auf einem Podest, ähnlich dem in Dunchar. Sein Gesicht war abgespannt und bleich, sein grobes Hemd und der Kilt, den er trug, waren schwarz von Blut. Blanche runzelte die Stirn, und plötzlich schoss Hitze in ihre Wangen, als sie sich daran erinnerte, dass sie ihn hatte auspeitschen lassen. Der Ritt war schlimm für sie gewesen, doch für ihn musste er unerträglich gewesen sein. Beschämt wandte sie den Blick ab und musterte stattdessen den Mann, der auf dem Stuhl saß. Er war alt, und doch umgab ihn eine Aura der Autorität, die noch immer alle Blicke auf ihn zog. Blanche nahm an, dass der lange Bart und sein Haar, das ihm bis über die Schultern reichte, einst so rot gewesen war wie Rorys, doch nun war es fast weiß, wie Frost auf einem Herbstblatt. Er trug einen weiten Mantel, und sein Gesicht war voller Furchen und Falten, wie das eines Affen, als er Blanche mit den gleichen bösen gelben Augen anstarrte, die auch sein Sohn besaß. Der Blick der beiden ähnelte sich.

»Und wer ist das?« Die Stimme von Red MacGregor war erstaunlich stark.

Blanche wollte die Frage selbst beantworten, doch sie traute ihrer Stimme nicht. Es war, als würden seine Worte sie durch einen langen Tunnel hindurch erreichen.

»Blanche McNaghten.«

Neugierde flackerte in den Augen des alten Mannes auf. »Oh, Ians hübscher französischer Bettwärmer. Sieh an, sieh an.« Er wandte sich an seinen Sohn. »Mir ist nicht entgangen, Junge, dass du Blut auf meinem Boden verteilst. Wie schwer bist du verwundet?«

»Nicht so schwer, wie es aussieht. Ich wurde nur ausgepeitscht.«

»Ausgepeitscht?« Red MacGregors Augenbrauen hoben sich bis zu seinem Haaransatz. »Und wer wäre dumm genug, dir so etwas anzutun?«

Der junge MacGregor antwortete nicht auf diese Frage, sah

aber zu Blanche. Der alte Mann folgte dem Blick seines Sohnes und runzelte die Stirn.

»Eigentlich sollte ich ihr dankbar sein«, sagte der jüngere Mann. »Das Auspeitschen hat mir wahrscheinlich das Leben gerettet. Diese Narren glaubten, ich stünde schon an der Schwelle zum Tod und haben mich daher nicht aufmerksam genug bewacht.«

»Die anderen hast du in Dunchar zurückgelassen?«

»Nay.« Stille lag schwer zwischen ihnen, und MacGregor legte seine Hand auf die Schulter seines Vaters. »Sie sind tot.«

Niemand im Raum bewegte sich. Der alte Mann wurde bleich. »Was? Sie alle?«

»Aye.« Black MacGregor starrte Blanche voller Bitterkeit an, und sie spürte, wie sich ihr der Magen umdrehte. »Einige wurden im Kampf getötet. Der Rest wurde gehängt.«

Alle Augen richteten sich wieder auf sie, und die, die durch die Nachricht nicht wie gelähmt waren, sahen sie mit ungezügeltem Hass an. Sie wusste, jetzt war der Moment da, um MacGregor zu sagen, dass seine Männer am Leben waren, und sie öffnete ihren Mund, um zu sprechen. Doch sie hatte ihren Knebel vergessen. Sie kämpfte dagegen an, aber ohne jeden Erfolg, und im Saal herrschte eine Stille wie auf einer Beerdigung. Im Kamin brach ein Holzscheit in sich zusammen, und ein Funkenschwarm flog bis zur Decke hinauf. Blanches Augen füllten sich mit Tränen.

»Was wirst du mit ihr tun?«, fragte der alte Mann seinen Sohn; sein Gesicht wirkte auf einen Schlag um ein Vielfaches gealtert.

»Wonach immer mir der Sinn steht.« Black MacGregor zog sich sein blutverkrustetes Hemd aus. Trotz ihrer Situation konnte Blanche nicht verhindern, dass sie fasziniert auf seinen Körper sah; das Licht tanzte über seine muskulöse Brust und die Schultern.

»Kein Lösegeld?«

»Niemals.« Er sah Blanche nicht einmal an und warf das Hemd zu Boden. Blanche ächzte. Dieses eine Wort kam einem Todesurteil gleich. Ihre Knie gaben wieder unter ihr nach, und diesmal gab es kein Entkommen vor der samtweichen Dunkelheit, die sie umfing.

»Steh auf.« Jemand trat gegen Blanches Beine und weckte sie damit aus dem schwarzen Traum. Sie blinzelte, um den Schlaf zu vertreiben. »Ich sagte, steh auf.« Der Mann beugte sich herab und zog sie auf die Füße. Sie machte ein finsteres Gesicht und versuchte, seine Hände abzuschütteln.

»Lass mich los, du Ochse.«

Der Mann grunzte, ließ aber ihre Handgelenke nicht los, die noch immer gefesselt waren. Er zerrte sie aus der Zelle, in der sie sich befunden hatte, seit sie in Killaird angekommen war. Es war möglich, dass sie sich erst seit Stunden oder schon seit Tagen hier befand; ihr war jegliches Gefühl für Zeit abhandengekommen, seit sie ohnmächtig gewesen war. Mit einem Mal schoss Furcht wie rotes Feuer durch ihren Körper. War es möglich, dass ihr Todesurteil jetzt vollstreckt werden sollte, und er sie dorthin schaffte? Mehr als ihren Tod konnte sie von MacGregor nicht erwarten, der noch immer glaubte, seine Männer seien tot. Sie stemmte sich mit den Füßen in den Boden, doch das sorgte nur dafür, dass ihr Gang, der durch endlos erscheinende Flure und dann viele Treppen hinaufführte, langsamer wurde. Schließlich schob ihr Wächter sie durch eine Tür am Ende der Treppe. Blanche fand sich in einer Kammer wieder, die von winterlich kühlem Sonnenlicht durchflutet war, und blinzelte. Auf den ersten Blick wirkte es so, als wäre die Kammer voller Leute, doch auf den zweiten Blick bemerkte sie, dass nur vier weitere Personen mit ihr im Raum waren. Offensichtlich hatten sie gerade erst ihr Mittagessen beendet; der Tisch war bedeckt mit schmutzigen Holztellern und halb aufgegessenen Fleischstücken. Blanches Magen knurrte; seit sie im Schloss angekommen war, hatte sie nichts gegessen. Nur mit Mühe löste sie ihren Blick vom Tisch und hob ihr Kinn an, um die Menschen im Raum anzusehen. Die erste Person, die sie sah, war MacGregor. Er stand am Kamin und starrte in die Flammen; sie konnte sich nur mühsam zurückhalten, um ihn nicht anzustarren. Nie zuvor hatte sie ihn anständig gekleidet gesehen und musste zugeben, dass er umwerfend aussah. Er hatte seinen Jagd-Kilt abgelegt und trug stattdessen eine eng anliegende Tunika und ein geschnürtes Wams; das alles wurde von einem verzierten Gürtel und einem mit Edelsteinen beschlagenen Schwertgürtel gehalten. Er hatte sich nicht umgedreht, als sie den Raum betreten hatte; sein Profil zeichnete sich scharf gegen die rußbeschmierten Wände des Kamins ab, wie das Bild auf einer römische Münze.

»Ist das die Frau? Sie ist nicht so schön, wie mir erzählt wurde.«

Blanche drehte sich um, um zu sehen, wer gesprochen hatte, und sah sich einem Bild der Schönheit gegenüber. Die Frau war groß und schlank, sie trug ein Kleid und darüber einen lavendelblauen Umhang, dessen Saum und Ärmel mit Hermelin besetzt waren. Auf ihrer der Mode entsprechend hohen Stirn saß ein Kopfputz mit Schleier, und ihr Gesichtsausdruck war pure kühle Gelassenheit. Auf ihren schmalen Hüften lag ein Gürtel aus Saphiren. Das Glitzern der kostbaren Steine fand sich in dem bösartigen Glitzern in ihren blauen Augen wieder. Blanche stöhnte stumm auf. Ihr eigenes Nachthemd war mittlerweile kläglich mit Dreck beschmiert, und ihr Haar hing ihr lose bis zur Hüfte. Sie wusste, dass sie schon besser ausgesehen hatte. Dennoch warf sie der Frau einen verächtlichen Blick zu, ehe sie die restlichen Menschen im Raum betrachtete. Es waren beides Männer. Beziehungsweise einer von ihnen war ein Mann, bei dem anderen handelte es sich eher um einen Jungen. Blanche schätzte ihn auf höchstens siebzehn Jahre, und auch wenn er bereits breite Schultern aufwies, bewegte er sich doch mit der Befangenheit eines Halbwüchsigen. Sie nahm an, dass er mit der Frau verwandt war, da er die gleichen saphirblauen Augen und das silberfarbene Haar hatte. Der ältere Fremde saß ihr am nächsten und war unleugbar attraktiv. Er besaß hohe Wangenknochen und olivfarbene Haut; seine Augen waren so blau wie ein Gletscher und sorgten dafür, dass sein Gesicht nicht zu weiblich erschien. Er schien direkt durch Blanche hindurchzusehen. Etwas an der Farbe dieser Augen und an seiner lässig-eleganten Haltung ließen Blanche glauben, dass sie einen ihrer Landsleute vor sich hatte, doch er sah sie einfach nur unter halb geschlossenen Lidern hervor an, ohne dass sie etwas in seinem Blick lesen konnte.

Die Frau stand auf und bewegte sich auf Blanche zu; ihr Blick bohrte sich regelrecht in sie. »Doch keine solche Schönheit wie gedacht. Sie ist zu dunkel, nicht wahr, Hubert?«

Der Mann zuckte mit den Achseln. Blanche hatte es schon geahnt; diese Geste war so gallisch wie ein Fass Bordeaux.

»Wenn du es sagst, Margaret, *chérie.*«

Blanche fühlte ihren Zorn wieder aufflammen. »Ihr könnt Eure Bemerkungen auch an mich richten. Ich bin nicht taub. Und ich bin auch keine Kuh oder ein Schaf, das man begutachten und dann Bemerkungen darüber machen kann.«

Es wurde still, dann blitzte ein nadelfeines Lächeln auf den Lippen der Frau auf, das aber nicht ihre Augen erreichte. »Was hast du mit ihr vor, Alex?« Sie glitt zum Kamin und legte ihre Arme um MacGregors Hals. »Willst du sie nicht mir geben, als Hochzeitsgeschenk? Ich könnte eine neue Dienstmagd gut gebrauchen.«

Zu Blanches Überraschung lachte MacGregor. »Ich befürchte, für diese Rolle ist sie nicht geschaffen, Liebste. Außerdem wirst du mehr als genug Diener haben, sobald wir verheiratet sind.« Er löste sich aus der Umarmung der Frau und warf Blanche einen düsteren Blick zu. »Nay. Sie wird bei mir bleiben.«

Die andere Frau bemerkte seinen Blick und lief rot an. »Aber ich kann sie gebrauchen, Alex. Ich kann mir nicht vorstellen, was du mit ihr anfangen willst, außer dich an ihr zu rächen. Gib sie mir, und ich werde das für dich übernehmen.«

»Nay.«

»Zweifelst du meine Fähigkeit zur Grausamkeit an?«

»Nicht im Geringsten.«

»Dann gib sie mir. Oder gib sie Jamie.« Sie zog den Jungen heran und fuhr ihm durch das Haar. »Es ist langsam an der Zeit, dass du lernst, wie man mit Frauen umgeht, nicht wahr, Bruder?«

Zum ersten Mal, seit Blanche den Raum betreten hatte, löste der Junge seinen Blick von ihr und sah MacGregor an, um zu hören, wie seine Antwort lautete. Er wurde enttäuscht. MacGregor schüttelte den Kopf.

Die Frau biss sich auf die Lippen, ihr Gesicht wurde noch röter. »Du wirst sie mir geben, Alex. Irgendwann.« Sie lief aus der Kammer und stieß Blanche an; dabei warf sie ihr einen Blick aus purem Gift zu.

Nachdem die Tür hinter seiner Verlobten zugeschlagen war, lachte MacGregor. »Deine Schwester ist so wankelmütig wie ein Wetterhahn, junger Jamie. Sie verlangt, dass diese Frau hergebracht wird, und kaum ist sie da, verlässt sie das Zimmer. Was sollen wir jetzt mit Lady McNaghten tun?« Er trat zu Blanche und hob ihr Kinn mit seinem Finger an; seine Bernsteinaugen bohrten sich in ihre. »Was sagst du dazu? Würde es dir gefallen, für eine Weile Jamies Spielzeug zu sein? Das würde einiges von diesem verdammten französischen Stolz ins Wanken bringen, nicht wahr?«

Blanche versuchte, ihr Gesicht abzuwenden, um die Angst in ihren Augen zu verbergen. »Wie Ihr wünscht«, spie sie aus. »Mir ist es gleich.«

»Dir ist es gleich?« MacGregors Augenbrauen hoben sich, und sein hämisches Gesicht überzog eine leichte Röte. »Nun, wir werden sehen.« Er winkte den Jungen zu sich heran, bis er neben ihm stand. »Hast du jemals zuvor eine Frau nackt gesehen, Jamie?«

Der Junge schüttelte den Kopf. Seine Augen waren auf einer Höhe mit Blanches, und sie konnte darin die gleiche verschleierte Wollust erkennen, die sie auch bei seiner Schwester gesehen hatte. So wie er sie ansah, konnte sie sich kaum vorstellen, dass er noch nie zuvor eine Frau gehabt hatte. Spannung füllte den Raum, und sie sah, wie der Franzose die Augen zu Schlitzen verengte. Trotz ihrer Lage rann ein Hauch von Erregung über ihr Rückgrat. Sie sah den Jungen nicht noch einmal an, sondern starrte stattdessen auf MacGregors breite Brust.

»Ich denke, es ist an der Zeit, mit deiner Ausbildung zu beginnen, Jamie. Diese Lady behauptet, gleichgültig allem gegenüber zu sein, was mit ihr geschieht. Bring mir einen Schemel.«

Der Junge beeilte sich, den Befehl auszuführen, und MacGregor griff nach seinem Dolch und zerschnitt Blanches Fesseln. »Ich denke, sie wären im Weg. Komm näher, Junge, von dort wirst du nichts sehen können.«

Blanche wusste, dass MacGregor damit rechnete, dass sie diese Worte einschüchtern würden. Er wollte sehen, wie sie bettelte und auf die Knie fiel, doch sie würde ihm nicht nachgeben, was auch immer geschehen mochte. Sie war keine unerfahrene Jungfrau, die sich davor fürchtete, von einem jungen Mann nackt gesehen zu werden. Sie rieb sich über die Handgelenke, um das Blut wieder zirkulieren zu lassen.

Doch es wartete Schlimmeres auf sie. »Hubert.« MacGregor gab seinem Freund ein Zeichen. »Du bist als großer Liebhaber des schwachen Geschlechts bekannt; würdest du es übernehmen, Jamie einzuweisen?« Er warf Blanche ein grausames Lächeln zu, die darauf achtete, keine Regung zu zeigen.

»Natürlich, *mon ami.* Es wäre mir eine Freude.«

MacGregor setzte sich auf den frei gewordenen Platz seines Freundes, während Hubert Blanches Arm fasste und sie auf den niedrigen Schemel dirigierte, den Jamie geholt hatte. Dann beugte sich der Franzose zu ihrer Überraschung zu ihr und flüsterte in ihr Ohr: »*Courage, ma fille.* Zeig uns, dass eine Französin weiß, was Würde ist.« Er sprach Französisch; seine Sprache trug den melodischen Akzent der Provence. »Kämpf nicht gegen mich an. Ich verspreche dir, ich werde dir nicht wehtun, aber wir werden gemeinsam solch ein Feuer in den Adern dieses arroganten Schotten entzünden, dass all der Regen dieses fürchterlichen Landes es nicht wird löschen können.«

Blanche war überrascht. War es möglich, dass sie einen Verbündeten in Killaird gefunden hatte? MacGregor runzelte die Stirn angesichts der geflüsterten Worte und verschränkte die Arme vor der Brust. Sanft zog Hubert Blanches Hände tiefer; sie hatte sie unbewusst ineinander verschränkt, seit MacGregor ihre Fesseln zerschnitten hatte. Der Franzose war größer als sie, selbst als sie auf dem Hocker stand, und sah mit kaltem Blick auf sie herab, ein krasser Gegensatz zu seinen geflüsterten Worten. Er fuhr mit dem Finger über ihre Wange und hob ihr Kinn an.

»Eines der ersten Dinge, die man über das andere Geschlecht wissen muss, Jamie, ist, dass es nicht die offensichtlichsten Unterschiede sind, die am verlockendsten sind.« Er hielt inne, um zu sehen, ob er die volle Aufmerksamkeit des Jungen hatte. Die hatte er. »Die Brüste einer Frau und ihre Vagina sind sicher delikat, doch es gibt andere, subtilere Vergnügen, die man genießen sollte. Zum Beispiel ihre Haut.« Er streichelte noch einmal über Blanches errötende Wange und fuhr mit den Fingerspitzen über ihren nackten Unterarm. »Bei einem Mann ist die Haut nichts weiter als etwas, dass Muskeln und Nerven um den Knochen herum zusammenhält. Doch bei einer Frau ist sie ein sensibles Organ. So weich, warm und nachgiebig, dass man sich in ihrer Beschaffenheit verlieren kann.« Hubert ließ seine Finger über Blanches Arm wandern; er schob die Ärmel ihres Nachthemdes höher und streichelte die weiche Haut auf der Innenseite ihres Ellbogens. Seine Berührung auf ihrer Haut versprach viel mehr, und Blanche schauderte. Er nahm eine ihrer Hände in seine. »Und die Hände. So zart. Und doch besitzen sie so viel Macht. Es gibt keinen aufregenderen Anblick als den solch anmutiger Finger wie dieser«, er küsste ihre Fingerspitzen, eine nach der anderen, »wie sie deine Männlichkeit umfassen und dir köstliche Erfüllung bescheren.«

»Denk daran, dass an diesen ›anmutigen Händen‹ Blut klebt, Hubert.« MacGregors Stimme war rau. Blanche warf ihm einen erschrockenen Blick zu, und Hubert runzelte die Stirn.

»Du hast mich gebeten, dem Jungen die Verlockungen des Körpers dieser Frau zu zeigen, nicht ihre Vergehen aufzuzählen.« Er zuckte mit den Schultern und ließ Blanches Hand fallen. »Oder soll ich die Lektion hier beenden?«

Jamie sah bittend zu MacGregor.

»Mach, was du willst.« MacGregor zuckte mit den Achseln. »Bring meinetwegen zu Ende, was du angefangen hast.«

Blanches Herz schlug schneller. Sie musste MacGregor

unbedingt sagen, dass seine Männer noch am Leben waren. Sie öffnete den Mund, um zu sprechen, doch der Franzose legte ihr einen Finger auf die Lippen. »Ssch. Also, wo waren wir? Die Haut, die Hände. Ah ja, das Haar.« Er hob eine Strähne von Blanches Haar an seine Lippen und küsste sie. Dann atmete er ihren Duft tief ein und lächelte. Er winkte Jamie heran und reichte die Strähne dem Jungen. Jamie starrte das Haar an, das sich um seine Finger lockte. »Ihm wohnt ein ganz eigenes Leben inne, nicht wahr? Im Haar einer Frau liegt ihre Seele.« Der Junge fuhr fort, sich die Strähne um seine Finger und dann die Faust zu winden; die Art und Weise, mit der er sie dabei betrachtete, ließ Blanches Mund trocken werden und rief ein Ziehen in ihrer Magengrube hervor. Er war wirklich ein gut aussehender Junge und die Botschaft, die sie in seinen Augen las, war nicht die eines Kindes. Hubert spürte, dass der richtige Moment gekommen war, und flüsterte ihr noch einmal ins Ohr. »Heb dein Haar an, *chérie.*«

Nach einem kurzen Moment des Zögerns tat sie, worum er sie gebeten hatte. Sie hob die herabgefallenen Wellen ihres Haares an und hielt sie hoch, um den entblößten Ansatz ihres Nackens zu präsentieren. Während sie das tat, erhaschte sie einen kurzen Blick auf MacGregor und stellte fest, dass dessen Gleichmütigkeit erste Risse zeigte. Sie bog den Rücken ein bisschen mehr durch. Ihre Brüste wurden dadurch in eine auffälligere Position gerückt und drückten sich gegen ihr Nachtgewand. Jamie stöhnte, und Hubert lächelte auf ihn herab.

»Nun, so viel zu den subtileren Vorzügen.« Er griff nach oben und nahm sich eine Hand voll des dünnen Stoffs, um ihr Nachthemd hinunterzureißen. Blanche zuckte angesichts der plötzlichen brutalen Geste zusammen und versuchte sich mit ihren Händen so gut es ging zu bedecken. Doch der Franzose stieß ihre Hände einfach beiseite. »Das Haar, wenn Ihr beliebt, Mylady.« Rot im Gesicht hob sie die Arme, um ihre

Haare wieder anzuheben; auf diese Weise wurden die blasse Haut ihrer Brüste, ihr Bauch und ihre Schenkel vor den drei Männern zur Schau gestellt. Jamies gierige Augen wanderten unruhig von den korallfarbenen Spitzen ihrer Brüste, von denen er sich wünschte, sie in seine Hände nehmen zu können, hin zu dem dunklen Dreieck zwischen ihren Schenkeln, in das er unerklärlicherweise sein Gesicht vergraben wollte. Blanche zitterte, doch hielt sie ihr Kinn angehoben; MacGregor würde niemals erleben, dass sie sich vor ihm niederwarf. Ihre Augen wanderten zu seinem Platz, doch er hatte ihr mit Absicht den Rücken zugedreht und begann mit seinem Dolch an einem Stück Holz herumzuschnitzen. Sie war wütend. Bei Gott, sie würde ihn dazu bringen, dass er Notiz von ihr nahm! Sie senkte den Blick und fing Jamies heißen Blick auf. Sie lächelte und wurde mit dunkler Röte auf dem jungen Gesicht belohnt. Hubert bemerkte den Blick, den sie austauschten.

»Das ist also deine erste nackte Frau, Jamie? Du hast Glück, dass es gleich so eine Schönheit ist. Welcher Teil gefällt dir am besten? Die Beine?« Seine Hand fuhr auf erfahrene Weise über die Innenseite von Blanches Schenkeln; er streifte ihr Schamhaar, und sie erschauerte. »Oder vielleicht die Brüste?« Er nahm eine ihrer Brüste und wog sie bewundernd in seiner Hand. »Sie sind wunderschön, nicht wahr?« Er kniff ihr genüsslich mit Daumen und Zeigefinger in die Brustwarzen; er zupfte an ihnen, bis sie steif waren, und brachte Blanche zum Keuchen. Der Blick des Jungen wurde wie ein Magnet von dem zarten Fleisch angezogen. Dann umrundete Hubert Blanche, bis er hinter ihr stand, und hob die Hände, um ihre Brüste in seine Hände zu nehmen. Er knetete sie und kniff in ihre Nippel. Seine Hände wanderten tiefer über die weiche Haut und machten Rast an ihrem Bauch, dessen Wölbungen und Kurven er sorgsam streichelte. Blanches Atem ging schneller, die erfahrenen Hände des Franzosen erregten sie, doch noch mehr erregte sie das Wissen, dass der Junge niemals zuvor eine nackte Frau gesehen hatte. Hubert nahm ihr Ohr zwischen die Zähne und flüsterte hinein.

»Ein wenig Widerspenstigkeit wird ihm gefallen.« Wieder sprach er in ihrer Muttersprache. Blanche wusste, dass er nicht über den Jungen sprach. Seine Finger krochen tiefer.

»Nein, bitte!« Sie wand sich, um von ihm loszukommen, doch er hielt sie mit Leichtigkeit fest, und ihr Keuchen klang nicht nach Angst, sondern verriet ihre wahren Gefühle.

»Nein?« Hubert sah vielsagend auf MacGregor, dessen Gleichgültigkeit durch ihr Flehen in tausend Scherben zerbrochen war. »Die Dame sagt nein, *mon ami.* Ich befürchte, wir können die Lektion nicht beenden.«

»Zum Teufel, und ob wir können!« MacGregor warf seinen Dolch auf den Boden und kam herüber; er baute sich vor Blanche auf. »Diese Schlampe hat es bis jetzt ohne Widerstand über sich ergehen lassen. Sie wird verdammt nochmal auch den Rest ertragen. Mach den Tisch frei, Jamie.«

Durch Blanche fuhr eine seltsame Mischung aus Angst und Erregung; diesmal versuchte sie wirklich zu entkommen, als man sie auf den Tisch hob. Sie fühlte Triumph, da sie es geschafft hatte, MacGregors Gleichgültigkeit zu erschüttern, gleichzeitig hatte sie Angst, wie weit er gehen würde, um ihr eine Lektion zu erteilen. Hubert zog sie hoch, bis ihre Kniekehlen gegen die Tischkante stießen, und drückte ihre Handgelenke über ihren Kopf auf den Tisch. Seine blauen Augen beobachteten das aufgeregte Heben und Senken ihrer Brüste, und er lächelte kalt. Ihr schlug das Herz bis zum Hals. War es ein Fehler gewesen, diesem Mann zu vertrauen? Immerhin war er für sie ein vollkommen Fremder und ein Freund von MacGregor. Sie presste ihre Knie zusammen; sie wollte ihnen nicht ihre Erregung zeigen, die schon bald nur zu deutlich werden würde.

MacGregor beugte sich über sie, und sie schloss die Augen angesichts der Kraft, mit der das Zittern ihren Köper durchschüttelte. Erst legte sich eine, dann zwei Hände zwischen ihre Knie und schoben sie ohne jede Mühe auseinander. Angespannte Stille herrschte.

Blanche beobachtete unter halb geschlossenen Augenlidern, wie Jamie zwischen ihre Beine starrte; sie fühlte sich mit einem Mal beschämt und wandte das Gesicht ab. Ihr Blick wurde von Hubert aufgefangen, der noch immer ihre Hände über ihrem Kopf festhielt. Er beugte sich zu ihr und flüsterte: »Hab nur Mut. Du bist das schönste Wesen, das der Junge jemals sehen wird.«

Bei diesen Worten entspannte sie sich ein wenig und war dankbar, dass sie nicht völlig der Kontrolle des Jungen ausgeliefert war. Ihr Schamhaar verhüllte ihren geheimsten Ort. Doch ihre Erleichterung sollte nicht lange anhalten. MacGregor blickte auf sie herab und bemerkte ihre Ruhe.

»Natürlich gibt es noch mehr als nur das. Ich zeige dir das wahre Zentrum der Lust einer Frau.«

Er beugte sich vor und schob vorsichtig die Lippen von Blanches Geschlecht auseinander. Jamie beugte sich näher, sein Gesicht befand sich nur noch wenige Zentimeter von den glänzenden Hautfalten entfernt. MacGregor streifte sanft ihre Klitoris, und sie wand sich.

»Siehst du das?«

Der Junge nickte.

»Das ist der geheime Punkt jeder Frau. Wenn du dich dem ein wenig widmest, frisst dir jede Frau aus der Hand.«

Blanche wand sich. »Nicht jede Frau.«

Zu spät bemerkte sie, dass sie eine unwiderstehliche Herausforderung ausgesprochen hatte. Ihr Herz schlug ihr bis zum Hals. Nach Huberts Aufmerksamkeit und MacGregors Berührungen sehnte sie sich verzweifelt nach sexueller Erlösung; ihr ganzer Köper schrie danach. Doch wenn der Preis dafür war, sich vor MacGregors Augen zu erniedrigen, würde sie ihrer Sehnsucht keine Beachtung schenken. Doch in dieser Sache blieb ihr keine Wahl. Ihr Folterknecht lächelte grausam und fuhr mit den Fingerspitzen über die empfindlichen Lippen ihrer Spalte, ehe er einen Finger in sie schob. Blanche biss sich auf die Lippen, und Jamie keuchte bei diesem Anblick.

»Darf ich es versuchen?«

MacGregor zog seinen Finger zurück; er glitzerte vor Nässe und wurde rasch von Jamies ersetzt. Der Finger des Jungen war kürzer, aber dennoch erregend. Er bewegte sich in ihr, anfangs nur zögerlich, dann mit wachsendem Selbstbewusstsein. »Sie ist so nass.«

»Das liegt daran, dass sie eine Hure ist.«

Blanche öffnet den Mund, um zu widersprechen, doch Huberts Lippen auf ihren brachten sie zum Schweigen. Der Franzose küsste sie so wissend und voller Leidenschaft, dass Blanche machtlos dagegen war, dass ihre Erregung anstieg. Sie brauchte ihre gesamte Beherrschung, um ihre Hüften nicht den Fingern des Jungen entgegenzubäumen. Sie schloss die Augen, als Hubert sich von ihren Lippen löste; er hatte sie also doch verraten. Doch ihre Lider öffneten sich sofort wieder. Ohne jede Vorwarnung hatte Jamie seinen Finger zurückgezogen und sich heruntergebeugt, um einen scheuen Kuss auf das Zentrum ihrer Lust zu setzen. Sie stöhnte.

MacGregor warf ihr einen wütenden Blick zu, und der Junge begann zögerlich an ihr zu lecken. Obwohl seine Zunge noch unerfahren war, traf er die kleine Erhebung ihrer Klitoris mit sicherem Instinkt. Sie presste sich ihm entgegen, halb beschämt und halb verzweifelt. Ein Tumult an verschiedenen Emotionen spülte über sie hinweg; ihre Nippel wurden zu Gipfeln brennender Sehnsucht, und sie spürte, wie ihr

Hintern und die Schenkel erzitterten. Ihr Orgasmus bahnte sich nur langsam an, was an der Unerfahrenheit des Jungen lag. Manchmal verfehlte seine Zunge ihr Ziel, oder er leckte über eine weniger empfindliche Stelle, doch das machte den nahenden Klimax nur süßer. Jamie hob den Kopf, als sich die Muskeln ihres Bauches zusammenzogen.

»Was passiert da?«

»Auch Frauen empfinden Erfüllung, Junge.« Huberts Stimme klang amüsiert. »Bei Gott, beende es endlich für sie.« Jamie tat, wie ihm befohlen; seine Zunge presste sich auf Blanches Klitoris und leckte wild daran, bis sie aufstöhnte und ihn mit den letzten Zügen ihres Orgasmus bespritzte.

Blanche öffnete ihre Augen und sah Jamie mit einer Mischung aus Entzückung und Frustration auf sie herabgrinsen. MacGregor war zu ihrer Überraschung gegangen oder befand sich außerhalb ihrer Sichtweite. Als Hubert ihr aufhalf, damit sie vom Tisch herunter konnte, sah sie, dass MacGregor wirklich den Raum verlassen hatte. Aus irgendeinem Grund machte Blanche das wütend. Galant hüllte Hubert sie in seinen Mantel ein, ehe er die Wachen rief.

»Du bringst sie doch nicht zurück in den Kerker?«

Jamie war entsetzt.

»Natürlich.«

»Kann sie nicht in meinen Gemächern bleiben?« Er wandte sich an Blanche. »Du würdest nicht versuchen zu entkommen, nicht wahr?«

Hubert lachte. »Doch, natürlich würde sie das tun.«

»Würdest du?« Jamie erwartete eine Antwort von ihr, doch Blanche wollte ihm keine geben. Wut, Frustration und Verzweiflung hielten sie gefangen und verwandelten die Ekstase, die sie so kurz zuvor erlebt hatte, in kalte Asche. Sie warf sich das Haar über die Schulter und zog den Mantel enger um sich, als die Wachen sie fortbrachten.

Zu Blanches Überraschung folgte der Franzose ihr hinunter in den Kerker und beobachtete ohne jede Gefühlsregung, wie sie an die Wand gekettet wurde. Die Ketten waren neu; sie waren schmaler als normale Ketten und wirkten so, als wären sie extra angefertigt worden. Trotz ihrer tiefen Wut brachte Blanche es fertig, ihre Gefühle zu verbergen. Sie machte lediglich ein finsteres Gesicht und setzte sich auf das Stroh, dass in der Zelle ausgelegt war, damit sie es ›bequem‹ hatte. Der Franzose ging nicht, sondern beobachtete sie weiter aus halb geschlossenen Augen.

Nach einigen Minuten konnte Blanche ihre Verwirrung nicht mehr zügeln. »Was wollt Ihr?«

Er zuckte mit den Schultern.

»Ihr habt mich verraten.«

»Wie das?«

»Ihr sagtet, Ihr würdet mir nicht wehtun.«

»Wurde dir wehgetan?«

»Nein, aber …« Sie sah den Franzosen nachdenklich an. »Warum habt Ihr mir geholfen?«

Wieder zuckte Hubert mit den Schultern. »Vielleicht aus Patriotismus. Welcher Edelmann würde einer Landsmännin nicht helfen, wenn sie in Not ist? Andererseits könnte der Grund natürlich sein, dass du so schön bist und ich verrückt vor Liebe nach dir bin.« Sein Grinsen strafte seine Worte Lügen. Dann wurde er ernst. »Wirklich, *chérie,* wenn du weiterleben willst, solltest du eine Möglichkeit finden, meinen Freund MacGregor friedlich zu stimmen. Er ist nicht gerade berühmt für seine Geduld. Mit der Zeit gelingt es dir möglicherweise, ihn so sehr zu faszinieren, dass seine Neugierde seinen Wunsch nach Rache übersteigt, doch es kann genauso gut schiefgehen.«

Blanche kam eine Idee. Möglicherweise konnte sie Hubert die Wahrheit über MacGregors Männer erzählen? Doch bevor sie etwas sagen konnte, warf ihr der Franzose einen flüchtigen Kuss zu. »*Au revoir, ma chérie.* Denk darüber nach, was ich dir gesagt habe.« Dann grinste er wieder und schlug die Tür hinter sich zu.

MacGregor fluchte wild, als er sich in den Sattel schwang. Verdammtes Weib! Wie zur Hölle hatte sie es geschafft, den Spieß einfach umzudrehen? Trotz all seiner Bemühungen sie zu demütigen war er derjenige gewesen, der schließlich den Raum hatte verlassen müssen. Und noch immer quälte ihn die Erinnerung an ihren blassen Köper, der sich der Ekstase, die Jamies Zunge auslöste, hingab, so sehr, dass er mit einer Erektion geschlagen war, die er unbedingt loswerden musste. Er gab seinem Pferd die Sporen und galoppierte in die Richtung, in die Margaret mit ihren Mägden verschwunden sein sollte. Zum Glück musste er nicht weit reiten, bis er sie entdeckte; ein Knäuel aus bunten Gewändern am Rande des Lochs. Die Frauen drehten sich zu ihm um, als er heranpreschte. Zuerst wirken ihre Gesichter selbstgefällig; offensichtlich dachten sie, dass er gekommen war, um die Streitereien zwischen ihm und ihrer Herrin zu beenden. Ihre zufriedenen Mienen wurden aber rasch von Unruhe erfüllt, als sie merkten, dass er nicht langsamer wurde. Sie stoben auseinander, und nur eine einzelne Gestalt in blau blieb zurück und stand in seinem Weg. Er lenkte Raven ein wenig zur Seite, galoppierte an ihr vorbei und packte die Frau um die Taille. Sie quietschte, als ihr Kopfschmuck herunterfiel, und wand sich in seinem Griff; er hob sie hoch und setzte sie vor sich in den Sattel.

Erst als sie sicher im nahen Wald verborgen waren, zügelte er Raven, der in Schritttempo verfiel.

»Alex!« Margarets Stimme war atemlos, und er vermutete, dass sein gewagtes Verhalten sie erregt hatte. Er zog an den Zügeln, und ohne Vorwarnung löste er den saphirbesetzten Gürtel und warf ihn zu Boden.

»Alex! Dieser Gürtel ist ein Vermögen wert!«

Er ignorierte ihre Beschwerde und zog ihr stattdessen das Überkleid über den Kopf und warf es neben den Gürtel, ehe er sich daranmachte, die Schnürung auf der Rückseite ihres Gewandes zu lösen. Sonnenlicht fiel durch die blätterbedeckten Kronen der Bäume und überzog Margarets Haut mit hellen Flecken, als er sie hastig auszog. Sie versuchte, sich zu ihm umzudrehen, aber er ließ sie nicht. Ihre Proteste verwandelten sich schnell in Stöhnen, als seine Hand den Weg zwischen das gelockerte Kleid und ihr warmes Fleisch fand, um ihre Brüste in die Hände zu nehmen. Sie waren klein, aber weich und riefen fast immer das Bedürfnis in ihm wach, sie zu kneifen. Er tat es auch diesmal, und Margaret antwortete ihm auf die übliche Weise: mit kleinen Seufzern der Lust. »Oh Alex, mein Liebster. Liebst du mich? Ahh. Sag es noch einmal.« Abermals versuchte sie, sich zu ihm umzudrehen, doch MacGregor hielt sie fest, sodass sie keine andere Wahl hatte, als sich seinen Händen zu ergeben. Er fuhr damit fort, das nachgiebige Fleisch ihrer Brüste zu kneten. Mit den Fingern strich er über die Nippel; sie lehnte sich an ihn und schloss die Augen. Er spürte, wie sie sich an seinem aufgerichteten Schwanz rieb, und keuchte. Das Pferd bewegte sich ruhelos unter ihnen, doch er beruhigte es mit einem sanften Druck seiner Schenkel. Er wusste, es war gefährlich: Raven war nicht für seine ausgeglichene Natur bekannt und konnte jeden Augenblick mit ihnen davongaloppieren. Aber er vertraute auf seine Reitkünste. Er entließ die Brüste seiner Verlobten aus seinen Händen und zog ihr das Kleid tiefer über die Schultern. Ihre Arme wurden dabei von ihren eigenen

Ärmeln gefesselt; er lächelte grimmig, als er es bemerkte. Er fasste den Saum ihres Rocks und schob den Stoff über ihre Schenkel. Eines ihrer Beine schob er über den Hals des Tieres, sodass sie mit gespreizten Beinen vor ihm saß, den Rücken ihm zugewandt und ohne jede Möglichkeit ihm ins Gesicht zu sehen.

Margaret gefror regelrecht, als sie bemerkte, was er vorhatte. »Alex! Das wagst du nicht!« Trotz ihres Widerwillens war sie nicht in der Lage, seine Hände wegzustoßen und kämpfte damit, ihre Arme aus den Ärmeln zu befreien.

»Still, Margaret, genieß es einfach.« Er schob seine Hände bis zu der Stelle, an der ihre Schenkel zusammentrafen, und ertastete die nassen Löckchen ihrer Schamhaare über dem kurzen Fell des Pferderückens. Sie stöhnte und presste sich fester an ihn, während er die weiche Haut am Ansatz ihrer Schenkel streichelte. Er spreizte sie mit seinen Daumen weit auseinander und schob all seine Finger in sie hinein. Seine Fingerspitzen rieben über die gekräuselte Haut ihrer Scham und offenbarten damit ihre Nässe und ihr Verlangen nach ihm.

»Oh Gott.« Ihr Kopf fiel kraftlos auf seine Schulter, und sie begann leise zu seufzen. Alex' Finger drangen tiefer in sie ein, und ihr Kopf rollte von einer Seite zur anderen. Raven wieherte.

»Ruhig.« Er wandte den Kopf zur Seite, biss in Margarets Ohrläppchen und hörte sie wimmern. Ein wenig Schmerz reichte oftmals aus, um sie in Ekstase zu versetzen, doch Alex hatte niemals ausgelotet, wie weit er sie wirklich treiben konnte. Normalerweise verwirrte ihn diese Tendenz in ihr, aber heute war er in so düsterer Stimmung, dass er bereit war herauszufinden, wie weit sie ihn gehen lassen würde. Eine seiner Hände verließ die Hitze ihres Geschlechts und zog eine nasse Spur über ihren Schenkel, um seine Finger in ihre Pobacken zu vergraben. Margaret quietschte, als er die empfindsame Haut kniff. Er fand die geheime Falte ihrer Hinterpforte und drückte einen Fingerknöchel dagegen. Obwohl sie im Liebesspiel mit ihm völlig ungehemmt war, hatte sie doch niemals zugelassen, dass er sie nahm, wie manche Männer es untereinander taten. Sie wand sich und presste sich gegen seine Hand, während die andere an ihrer Klitoris mit Daumen und Zeigefinger zupfte.

»Willst du mich, Lassie?« Er verstärkte den Druck.

»Aye.« Sie keuchte.

»Wie sehr willst du mich? Sag es mir.« Die Spitze seines Fingers kreiste um ihren Anus, während die Finger seiner anderen Hand sich tiefer in ihre Vagina schoben. »So sehr. Oh Gott, Alex. So sehr.«

»Willst du, dass ich dich jetzt nehme?«

»Aye.«

In diesem Moment scheute Raven. Er machte einige Sprünge zur Seite, und Margaret versteifte sich. MacGregor nutzte die Gelegenheit und schob seinen Finger sanft in ihren Hintern. Der enge Tunnel klammerte sich verzweifelt um seinen Finger, und Margaret gab einen Schrei voller Wonne von sich. »Hab Gnade!«

Doch er hatte keinerlei Wunsch danach, gnädig zu sein. Sein Schwanz presste sich hart gegen die Hose unter seiner Tunika, und er konnte es nicht erwarten, ihn dorthin zu führen, wo sein Finger bereits warm und eng eingehüllt war. »Gefällt es dir nicht?« Er rieb über die angeschwollene Blüte ihrer Klitoris und spürte einen frischen Schwall ihrer Säfte, der sich über seine Finger ergoss.

»Es gefällt mir.« Ihre Antwort klang wie ein Stöhnen.

»Hättest du meinen Schwanz nicht gerne hier«, er bewegte seinen Finger, »wo er dich ganz ausfüllt?«

»Aye, Alex. Mach schnell.«

Er zog seinen Finger zurück und öffnete den Verschluss

seiner Hose. Margaret war nun wie im Fieber, sie rieb sich wie besessen an der Hand, die ihre Klitoris neckte. Er stieß mit der Spitze seiner Männlichkeit gegen ihre Pobacken, umfasste sie sanft und hob sie an; ihr Hintern wurde gespreizt, sodass sich die Spitze seines Schwanzes gegen die verbotene Öffnung presste und Einlass begehrte.

»Tu es, tu es, tu es, Alex!«

Er tat es. Langsam senkte er sie zu sich herab, bis sie völlig von seinem steifen Fleisch durchbohrt wurde. Sie schrie vor Lust und begann sich zu bewegen, sodass Raven unter ihnen erzitterte. MacGregor brachte die Frau mit einem Arm dazu stillzuhalten; wenn sie so weitermachte, würde entweder das Pferd durchgehen, oder er selbst würde viel zu früh kommen. Er wartete, bis sie still wurde und zitternd unter ihm lag; er genoss das Gefühl des engen Kanals, der sich um seinen Schwanz klammerte, und fuhr fort, ihre Klitoris zu reizen. Seine Finger streichelten, rieben, folterten sie auf das Köstlichste. Er spürte die gewaltigen Zuckungen, die ihren Körper zum Erbeben brachten, die durch ihren Körper rasten und ihr mit ihrer Gewalt den Atem und dankenswerterweise auch die Stimme nahmen. Das Beben übertrug sich sofort auf seinen Schwanz, der in spasmischen Abständen gedrückt und losgelassen wurde, gedrückt und losgelassen, immer wieder. Trotz all seiner Vorsätze verlor er den Kopf und hob die Frau an, um sich in ihr zu bewegen. Es brauchte nur einen einzigen Stoß. Sein eigener Orgasmus explodierte sofort in ihr und erweckte in ihr einen weiteren köstlichen Orgasmus. Er hielt sie fest, bis sie fertig war und mit offenem Mund und erschöpft gegen ihn sank. Raven bewegte sich ruhelos, weil er nicht verstand, warum sie schon so lange an diesem Ort standen. Margaret wandte ihm das Gesicht zu.

»Liebst du mich, Alex?«

MacGregor verzog das Gesicht. Wie immer hatte das Liebemachen mit Margaret seinen Körper befriedigt, doch sein Kopf und sein Herz hatten damit nichts zu tun; fast so, als hätte er aus einiger Entfernung beobachtet, wie sie sich paarten. In dem Moment, in dem er den höchsten Punkt seiner Befriedigung erlebt hatte, waren alle seine Gedanken erfüllt gewesen von einem Paar grüner Augen. Er war deshalb wütend auf sich selbst, und diese Wut übertrug sich nun direkt auf Margaret.

»Muss ein Mann einer Frau seine Liebe erklären, wann immer er seinen Schwanz in sie steckt? Zieh dein Kleid an, Lass; wir müssen zurück nach Killaird. Es ist spät.«

Spät in der Nacht glitt ein Schatten über die steinernen Stufen, hinab in den Kerker. Er glitt zu einer der beschlagenen Türen und schob einen Schlüssel in das Schloss. Die Tür schwang auf, das Knarren war gerade laut genug, um den nächtlichen Besucher den Atem anhalten zu lassen, doch nicht laut genug, um die Frau zu wecken, die dahinter schlief. Der Schatten schlüpfte hinein.

Margaret Cameron starrte bitter auf Blanches schlafende Gestalt herab. Obwohl sie zuvor etwas anderes gesagt hatte, musste sie zugeben, dass die Frau von erstaunlicher Schönheit war. Selbst im tiefsten Schlaf, mit einem Bein über ihre Decke gehakt und das schmutzige und wirre Haar unter sich ausgebreitet, konnte Blanche McNaghten noch jede Frau am Hofe beschämen. Sie selbst eingeschlossen. Margaret hatte den Blick bemerkt, den Alex der Frau zugeworfen hatte; es war der Blick eines Habichts gewesen, der eine Taube beäugt. Sie wusste, es war nur eine Frage der Zeit, ehe er sie in sein Bett holen würde. Margaret konnte nur hoffen, dass er sie danach vergessen würde, wie die meisten seiner Eroberungen. Aber was, wenn er es nicht tat? Was, wenn einmal nicht ausreichte? Sie betrachtete Blanches schlafenden Körper und konnte sich gut vorstellen, dass es nicht bei einem Mal bleiben würde. Diese Frau hatte etwas an sich, das nicht einmal Margaret unberührt ließ und ein leise brennendes Feuer in ihren Lenden entfachte. Margaret biss sich auf die Unterlippe. Sie musste diese Frau aus Killaird fortschaffen. Und wenn sie sie dabei obendrein demütigen konnte, umso besser. Doch wie? Alex würde übermorgen nach Inverary aufbrechen. Dann musste sie etwas tun. In der Zwischenzeit hatte sie 24 Stunden, um zu entscheiden, wie ihr Plan aussehen sollte. Margaret warf Blanche einen letzten Blick zu, in dem sich Hass und Verlangen miteinander mischten, und glitt aus der Zelle. Dabei gab sie sich Mühe, alles genau so zu hinterlassen, wie sie es vorgefunden hatte.

Kapitel 4

»Die werde ich nicht wieder anlegen.«

»Das hast du nicht zu entscheiden. Hör auf, unsere Zeit zu verschwenden, du Flittchen, und gib deine Hände her.«

»Ich sagte, ich werde das nicht mehr tun.« Blanche starrte die Ketten an, die die beiden Frauen trugen, und behielt dickköpfig die Arme hinter dem Rücken versteckt. Sie hatte heute schon genug Erniedrigungen über sich ergehen lassen müssen. Zuerst hatte man sie ausgezogen und ihr dann die Haut rotgeschrubbt, dann hatte man sie wieder und wieder in kaltes Wasser getunkt, bis ihr Haar sauber war und jede Pore ihres Körpers zitterte. Die Frauen, die ihr diese Folter antaten, hatten keinen Protest gelten lassen; beide besaßen Arme wie Hufschmiede und dazu passende Barthaare auf der Oberlippe. Blanche musste ertragen, dass sie sie abtrockneten und in ein grobes Bauerngewand steckten, was immer noch besser war als ihr zerrissenes Nachthemd und der Mantel, den Hubert ihr gegeben hatte. Aber auf keinen Fall würde sie die Ketten kampflos akzeptieren. Sie empfand die Erniedrigung doppelt schlimm, da sie gehofft hatte, dass das Bad und das Essen ein Zeichen für eine Verbesserung ihres Standes auf Killaird waren.

»James! Hugh!« Eine der Frauen brüllte wie ein Ochse, und zwei Wächter stürmten durch die Tür. Dem Eifer in ihren Augen nach zu schließen hatten die beiden gelauscht, wahrscheinlich hatten sie sie sogar beim Baden durch das Schlüsselloch hindurch beobachtet. »Die Dirne lässt nicht zu, dass wir ihr wieder die Ketten anlegen.« Die beiden Männer bewegten sich auf Blanche zu, aber die streckte schnell ihre Arme aus und hätte angesichts der enttäuschten Mienen der beiden fast gelacht, als die Fesseln um ihre Handgelenke zuschnappten. »Na also. Da ihr schon einmal da seid, Jungs, könnt ihr sie auch gleich nach oben bringen.«

»Nach oben?« Blanche war bestürzt.

»Kein Kerker für dich heute Nacht.« Die ältere Frau grinste anzüglich. »Was glaubst du, warum wir uns die Mühe gemacht haben, dich sauberzuschrubben?«

Blanche wich zurück, als die beiden Männer ihre Arme ergriffen. »Ich gehe nirgendwo hin.«

»Tatsächlich?« Der größere der beiden Wächter lehnte sich vor, und sie konnte seinen sauren Atem riechen und die Krümel seines letzten Mahls in seinem Bart sehen. »Vielleicht brauchst du ein bisschen Überzeugungshilfe, was, Lass?«

Auch der andere Mann lehnte sich vor, und seine Augen blieben an der Wölbung ihrer Brüste hängen, die über den Ausschnitt des zu engen Kleides hervorquollen. Er streckte eine schmutzige Hand nach ihrem Ausschnitt aus.

»Wage es ja nicht!« Sie versuchte ihre Hände zur Abwehr zu heben, doch die Ketten waren zu schwer, als dass sie sich viel hätte bewegen können. Zum Glück griff eine der Frauen nach der Hand des Mannes, ehe sie ihr Ziel erreichen konnte.

»Lass sie in Ruhe, Hugh. Fass die mörderische Schlampe besser nicht an. Nach heute Nacht wird ohnehin nicht mehr viel von ihr übrig sein.«

Trotz seiner Enttäuschung kicherte der Wächter. »Aye. Ich bin froh, dass ich nicht in ihrer Haut stecke. Sehr bald wird sie sich wünschen, dass sie hier unten bei mir wäre. Was, glaubst du, wird der Laird mit ihr anstellen, James?«

Der andere Mann nahm Blanches Ketten und zog sie aus

dem Raum. »Es würde mich nicht wundern, wenn er die Daumenschrauben benutzt. Oder rotglühende Zangen«, kicherte er, »an ihren empfindlichsten Stellen.«

Das Gespräch der beiden Männer setzte sich in der gleichen Weise fort und wurde immer entsetzlicher, je höher sie stiegen. Blanche versuchte nicht hinzuhören, doch einige der Bilder drangen zu ihr durch und brannten sich in ihr gequältes Hirn: versengte Haut und verdrehte Gliedmaßen, zerrissenes Fleisch und klaffende Wunden. Als sie ihren Bestimmungsort erreichten, der sich als großer Raum auf dem höchsten Punkt der Burg herausstellte, war Blanche nahezu ohnmächtig vor Angst. Die beiden Männer zerrten sie in den Raum.

»Wo sollen wir sie hinbringen?«

»Schlag den Nagel hier hinein.« Der Wächter namens Hugh deutete auf einen Punkt an der Wand, nicht weit vom Kamin entfernt. Er wand die Kette um einen Stift aus Metall und schlug ihn in den Mörtel zwischen die Steine. Er zog hart an der Kette. »So. Das sollte sie gut festhalten, egal was Black Alexander mit ihr anstellt.« Dann verließen die beiden lachend den Raum und warfen ihr über die Schultern noch einen letzten hämischen Blick zu, ehe sie die Tür schlossen.

Für einige Minuten war Blanche zu verängstigt, um ihre Umgebung wahrzunehmen; nur langsam kehrten ihre Sinne zurück, und sie sah, dass der Raum reich mit Möbeln ausgestattet und zu ihrer Erleichterung ansonsten leer war. Auf einer erhöhten Plattform am Ende des Raumes standen ein überdachtes Bett und mit Schnitzereien geschmückte Stühle, die mit Fellen ausgekleidet waren; daneben befand sich ein großer Kamin, in dem ein Feuer brannte. Sie hörte ein klirrendes Geräusch und drehte sich um: In der Ecke des Raumes hinter ihr saß ein Habicht auf seiner Sitzstange und fixierte sie mit seinen gelben Augen. Sie zitterte. Augen wie diese hatte sie schon einmal gesehen.

Blanche untersuchte die Kette. Sie war in der Tat fest in der Wand verankert, doch durch ihre Länge wurde Blanche ein wenig Freiraum gewährt, in dem sie sich bewegen konnte. Sie kroch zum Feuer, um sich aufzuwärmen und kam sogar bis zum Rand eines der Felle. Sie hatte vergessen, wie es war, sich warm zu fühlen. Ihr Haar hing ihr in feuchten Strähnen auf den Rücken, sie rieb sie zwischen ihren Händen und hielt sie den Flammen entgegen, um sie zu trocknen. Jetzt, da die beiden Wachen verschwunden waren, erkannte sie auch, was deren Erzählungen wirklich gewesen waren: billige Tricks, die sie einschüchtern sollten. Nun, sie hatten damit Erfolg gehabt. Doch nur für kurze Zeit. Sie sah sich noch einmal im Raum um und entdeckte nichts Schlimmeres als ein gemütliches und sauberes Schlafzimmer. Blanche mied jeden Blick auf das Bett mit den gestreiften Satindecken und starrte in die Flammen. Wenn sie nur lange genug überlebte, bis Rory bei ihr wäre, würde sie Dunchar sicherlich wiedersehen. Sie ließ die Hitze der Flammen ihre ausgekühlten Glieder wärmen und befreite ihr Haar so gut es ging vom Wasser, bis es sich wieder anschmiegsam und weich anfühlte. Jetzt, da sie nicht mehr vor Angst wie besessen war, holte die Müdigkeit sie ein. Sie starrte in die Flammen, die sich in unzusammenhängende Bilder auflösten: Rorys Haar, Herbstblätter unter Alouettes Hufen, Sturmwolken über Dunchar, Meerjungfrauen im Loch und der glänzende Schein von Fackeln auf schweißüberzogenen Muskeln. Die Bilder selbst lösten sich langsam auf und verschwanden in der Dunkelheit.

Sie erwachte plötzlich, und alle ihre Sinne schrien Gefahr. Sie versuchte sich aufzusetzen, aber ein qualvoller Schmerz auf ihrem Kopf hielt sie davon ab. Es dauerte einige Sekunden, bis sie erkannte warum. Jemand stand auf ihrem Haar. Ihre Augen wanderten über den Knöchel eines schwarzen Stiefels und einen kräftigen Oberschenkel; dann sah sie, dass es MacGregor war, der auf sie herabsah. In der Hand hielt er eine Karaffe mit Wein, aus der er einen tiefen Schluck nahm, ohne den Blick von ihr abzuwenden. Seine geröteten Wangen und seine glitzernden Augen deuteten darauf hin, dass dies nicht sein erster Wein an diesem Abend war. Abermals versuchte sie, sich aufzusetzen, doch der Stiefel blieb auf ihrem Haar und hielt sie so am Boden.

»Lasst mich aufstehen.«

MacGregor antwortete ihr nicht, sondern starrte sie nur weiter an. Ein Kloß schnürte ihr die Kehle zu, und sie hatte Probleme zu sprechen. Sie schluckte und versuchte es noch einmal. »Lasst mich aufstehen.«

Wieder erhielt sie von ihm keine Antwort.

»Warum habt Ihr mich hierhergebracht?«

Diesmal antwortete ihr MacGregor. »Warum glaubst du wohl?« Er nahm einen weiteren Schluck Wein und lächelte sadistisch angesichts ihres Schweigens. »Glaubst du, du und ich hätten einander etwas zu *sagen?*«

Blanche überraschte sich selbst. Trotz der Tatsache, dass sie MacGregors Gnade ausgeliefert war, reagierte ihr Körper mit der urwüchsigsten aller Möglichkeiten. Ihr Herz schlug wild, und ihre Beine fühlten sich wie Wasser an, angesichts der Macht, mit der sie ihn begehrte – all das geschah innerhalb von nur einer Minute. Er war der attraktivste Mann, den sie jemals gesehen hatte, selbst jetzt, da sein Gesicht von Hass verzerrt war und damit die Narbe auf seiner Wange betonte. Die plötzliche Erinnerung an ihn, wie er geschlafen hatte und dabei so schön ausgesehen hatte wie ein gefallener Engel, sorgte für weiteres Pochen zwischen ihren Beinen. Und doch war die Mordlust in seinen Augen nicht zu übersehen. Sie musste es ihm sagen.

»Es gibt etwas, das ich Euch sagen muss.«

MacGregor runzelte die Stirn. »Ich bezweifle, dass es

mich in irgendeiner Art und Weise interessieren wird. Aber sprich.«

Abermals schluckte Blanche. Jetzt, da der Zeitpunkt gekommen war, ihm die Wahrheit zu erzählen, wusste sie nicht, wie sie anfangen sollte. Es half nicht, dass ihre Position auf dem Boden derartig war, dass sie zu ihm aufsehen musste. »Eure – Eure Männer«, der Ausdruck auf seinem Gesicht war alles andere als ermutigend, »Eure Männer sind noch am Leben.«

MacGregor bückte sich, packte eine Hand voll ihres Haares und zog ihren Kopf auf schmerzhafte Weise zu sich heran. »Du bist erbärmlich.« Er schüttelte sie hart, bis ihr die Tränen in die Augen traten. »Wenn du glaubst, dass diese ... diese erbärmliche Lüge deine Haut retten wird, dann hast du dich getäuscht. Du musst mich wirklich für einen Narren halten.« Er zerrte sie hoch, bis sie stand, das Gesicht noch immer nur wenige Zentimeter von ihrem eigenen entfernt. Es war, als würde sie direkt in die Hölle blicken; sie schloss die Augen.

»Es ist wahr! Sie befinden sich in Dunchar.«

»Genug! Deine Haut ist es nicht wert, gerettet zu werden.« Er stieß sie von sich fort; sie strauchelte und verlor durch das Gewicht der Ketten fast das Gleichgewicht, fand es aber bald wieder. Sie wusste nicht, was unerträglicher war, ihre Ketten oder ihre Verzweiflung. Sie hatte MacGregor die Wahrheit gesagt, aber er glaubte ihr nicht.

»Dann tötet mich. Tötet mich und bringt es endlich hinter Euch.«

MacGregor saß auf einem Stuhl und betrachtete seine Gefangene. Sie sah so verloren aus, so verletzlich und so verdammt verlockend. Er versuchte, nicht auf ihre Schulter zu starren, die durch das verrutschte Gewand entblößt worden war, oder auf ihren Mund, der wie eine reife Frucht an einem vom Wind geschüttelten Ast bebte. »Hast du es so eilig zu sterben?«, fragte er.

Blanche bemerkte die Veränderung an ihm und blinzelte die Tränen weg. »Nay. Ich habe es nicht eilig. Doch wenn mir der Tod bevorsteht, wäre es mir lieber, er käme schnell.«

»Mutige Worte. Doch ich befürchte, dass sie nicht wahr sind.« Er stand auf und durchquerte den Raum, bis er hinter ihr stand. Sie zwang sich stillzuhalten, als er die Haut ihrer Schulter streichelte. »Ich frage mich, wer von uns um jede weitere Minute seines Lebens betteln wird, wenn die Zeit gekommen ist, und sei es auch noch so schmerzhaft?«

»Nicht, wenn der Tod unausweichlich ist. Einige Dinge sind schlimmer als das.«

»Und die wären?«

»Beispielsweise gefoltert oder von einem Feind gedemütigt zu werden.«

»Siehst du hier irgendwelche Folterinstrumente?«

»Nay. Aber es gibt subtilere Grausamkeiten als eine Streckbank oder Daumenschrauben.«

»Das ist wahr.« Er lächelte. Sie hörte es an seiner Stimme. »Aber willst du damit sagen, du würdest lieber sterben als sie zu durchleiden?«

»Wenn es sicher wäre, dass ich daraufhin sterben würde?«

»Natürlich.«

»Dann würde ich lieber sterben und es hinter mich bringen.« Sobald die Worte ihre Lippen verlassen hatten, wusste Blanche, dass sie log. Doch MacGregor konnte unmöglich ahnen, wie sehr sie sich danach sehnte, dass er sie auf die gleiche Weise in Besitz nahm, wie er es im Kerker von Dunchar getan hatte. Er erinnerte sich ja nicht einmal mehr daran. Seine plötzlich grüblerische Laune sandte Schauer ihr Rückgrat hinab. Sie glaubte, dass er ihr nur vormachte, dass er sie töten würde. Sie musste nur genug Zeit schinden, bis Rory genug Männer zusammengerufen hatte und gen Killaird ziehen konnte. Sie spielte ein gefährliches Spiel, das wusste sie, doch die Gefahr vergrößerte ihre Erregung.

MacGregor begann ihre Schulter mit seinen Fingern zu massieren. »Du würdest es wirklich vorziehen, hier zu sterben, in diesem Moment, anstatt zuzulassen, dass ich Liebe mit dir mache, ehe ich dich töte?«

»*Dieu!*« Ihr Rücken versteifte sich angesichts seines verführerischen Tons. »Ich denke nicht, dass ›Liebe machen‹ die passende Bezeichnung dafür ist.«

»Ist es nicht?« Seine Knöchel glitten über ihr Schulterblatt und wanderten dann nach vorn, um an der Schnürung über ihrer Brust zu zupfen.

Sie zuckte zurück und wandte ihm das Gesicht zu. »Nein, ist es nicht!« Sie hob ihre gefesselten Hände und schüttelte sie vor seinen Augen. »Welcher Mann müsste eine Frau dazu erst einmal fesseln?«

MacGregor zuckte mit den Schultern und drängte sie zurück, indem er auf sie zuging. »Ich habe die Schlüssel nicht.« Unbarmherzig kam er immer weiter auf sie zu und trieb sie rücklings durch den Raum. Plötzlich musste sie stehenbleiben; sie hatte das Ende der Kette erreicht. Er lächelte angesichts ihres bestürzten Gesichtsausdrucks, während sie an ihr zerrte.

Panik überkam sie. »Lasst mich frei und ich werde freiwillig bei Euch liegen. Aber ich werde nicht zulassen, dass Ihr mich besteigt wie ein angekettetes Tier.«

»Ich habe die Schlüssel nicht. Und warum sollte ich dir glauben? Es ist nur ein weiterer Versuch zu entkommen, genau wie die Geschichte über meine Männer.« Er stand nun direkt vor ihr, und sie hatte das äußerste Ende der Reichweite der Kette erreicht. »Erst sagst du, du würdest lieber sterben als dich mir hinzugeben, und dann sagst du, dass du es aus freiem Willen tun wirst, wenn ich dir die Fesseln abnehme. Was soll ich glauben?« Er sah ihr in die Augen und heizte damit ein Feuer an, von dem sie sicher war, dass er es sehen musste. Sie wusste, dass er nur die Hand nach ihr auszustrecken brauchte, und sie würde dahinschmelzen. Dieses Wissen traf sie in ihrem Stolz, und das war es, was MacGregor in ihren Augen sah, nicht ihre Lust. Er knurrte und machte einen Satz nach vorn. Blanche sah ihn kommen, war aber nicht in der Lage, ihm auszuweichen. Bevor sie wusste, wie ihr geschah, fielen sie beide zu Boden; ihr Rock flatterte um sie herum, die Kette klirrte, und Zähne schlugen angesichts des Aufpralls aufeinander.

»Die Zeit für Spiele ist vorbei«, zischte MacGregor. Sie versuchte, um sich zu schlagen, als sich sein Gesicht dem ihren näherte, aber die straff gespannte Kette zwischen ihren Leibern verhinderte das. Sie kniff die Augen zusammen und bereitete ihren Körper so gut es ging auf den barbarischen Übergriff vor. Das Gewicht seines Köper erdrückte sie, und sein mit Wein geschwängerter Atem traf ihre Wange. Doch der Übergriff war anders als sie erwartet hatte. Sanfte Lippen berührten ihre Lider und dann ihre Ohren; sie zeichneten eine langsame Spur aus Feuer, die von ihrem Kiefer hinunter zu ihrer Kehle führte. Vor Überraschung riss sie die Augen auf und begegnete seinen. Sein suchender Blick war hitzig, doch ohne Zweifel amüsiert. »Hältst du mich für einen Barbaren?« Er sah die Antwort in ihren Augen und runzelte die Stirn. »Dann lass mich dir wenigstens Vergnügen bereiten, ehe du morgen gehängt wirst.«

Blanche öffnet den Mund, um zu sprechen, doch MacGregors Lippen legten sich auf ihre, um sie mit einer Intensität zu küssen, die drohte, ihre Seele zu versengen. Ihr Herzschlag wurde langsamer, setzte schließlich ganz aus, und sie fürchtete, er würde niemals wieder einsetzen. Leise schwelendes

Feuer flammte in ihrem Bauch auf und verwandelte ihre Glieder in Honig. Dann, begleitet von einem Gefühl grenzenlosen Verlusts, spürte sie, wie seine Lippen sich von ihren lösten. Er lachte dunkel angesichts ihrer verwirrten Miene und sah auf ihren Körper herab, der unter ihm gefangen war. Die Schnürung ihres Gewands hatte sich bereits gelöst und war während des Falls weiter aufgesprungen; der Spalt entblößte ein Stück ihrer cremefarbenen Brust; kaum bedeckte der raue Stoff noch ihre Brustwarzen. MacGregor senkte den dunklen Kopf und drückte einen brennenden Kuss auf das zarte elfenbeinfarbene Fleisch; dann wandte er sich ab, um die rosigen Nippel unter dem Korsett zu reizen. Seine Zunge leckte und neckte sie, bis sie sich unter ihm wand, auch wenn sie es nicht wollte. Ohne Eile streckte er die Hand nach ihr aus und löste die Schnürung oberhalb ihres Bauchnabels vollständig. Sie spürte die kühle Luft, die ihr Fleisch erzittern ließ, nur um kurz darauf wieder unter seinen Blicken erwärmt zu werden. Er stöhnte und rieb sein Gesicht an ihren Brüsten und nahm den Nippel zwischen seine Zähne. Nie zuvor in ihrem Leben hatte sie so etwas verspürt. Es fühlte sich an, als ob ein Faden zwischen ihre Beine durch ihren Bauch hindurch zu ihren Brüsten gelegt worden wäre, der sich unaufhaltsam anspannte. Sie fühlte, wie seine Zähne das weiche Fleisch streiften, und ihr Köper zitterte als Antwort darauf.

MacGregor hob sein dunkles Gesicht an und brachte es nah an ihres. »Nach dem Auspeitschen, dass du mir hast zuteilwerden lassen, schwor ich, dass ich dich eines Tages meiner Gnade unterwerfen würde.« Seine Augen, wie geschmolzenes Gold, sogen das Bild ihres bebenden Mundes und der langen Wimpern, die auf ihren Wangen lagen, auf. »Ich schwor, dass ich dir wehtun würde, so wie du mir wehgetan hast. Dass ich dich töten würde, so wie du meine Männer getötet hast. Aber jetzt, da der Zeitpunkt gekommen ist, denke ich …« Er brachte den Satz nicht zu Ende, sondern presste seinen harten Schwanz in ihre Handflächen, die sich wegen der Kette nicht bewegen konnten. Sie wollte sie auch nicht bewegen. Sie zwang sich, still zu liegen, ruhig und gleichmäßig zu atmen und nicht durch die Hose hindurch nach seiner Männlichkeit zu greifen, auch wenn diese sich ihrer Berührung entgegenreckte. MacGregor warf einen Blick auf ihre gefesselten Hände und die Kette, die zwischen ihnen lag, und runzelte die Stirn. »Das geht so nicht.« Er stand auf und zog sie auf die Füße. Dann führte er sie zurück an die Wand, in die die Kette eingelassen war, sodass sie nicht mehr spannte und ihnen mehr Freiheit ließ. Er streifte seine Tunika ab und löste den Verschluss seiner Hose; dann hob er ihre Arme über den Kopf, legte sie um seinen Hals. Auf diese Weise hing die Kette über seinen Rücken herab. Er presste sie gegen die rauen Steine, und seine Handflächen fanden eine weiteres Mal ihre Brüste; er stöhnte. Die Berührung seiner Hände und Finger waren eine süße Qual für Blanche; dünner Schweiß bedeckte ihre Haut, und ihr Geschlecht pochte so stark, dass es sie fast bis zum Steiß hin schmerzte.

»Küss mich«, sagte er, und seine Lippen drückten sich auf ihre, seine Zunge stieß in ihren Mund, und ihr Kopf wurde gegen die Wand gedrückt. »Küss mich!« Blanche nahm ihre ganze Willenskraft zusammen, um ihm die Antwort zu verweigern, die er sich wünschte; sie würde zulassen, dass seine Zunge sie in Besitz nahm, aber mehr nicht. Sie hatte ihm gesagt, dass sie sich nicht willfährig nehmen lassen würde, solange sie gefesselt war, und das galt noch immer. Auch wenn ihre Weigerung bedeutete, dass sie sich selbst ihre Wünsche verweigerte. Doch MacGregor fuhr fort, die Weichheit ihres Mundes mit seiner Zunge zu erforschen, sacht an ihren Lippen und ihrem Kinn zu knabbern, bis sein Mund ihre Brüste fand, die er leicht biss, und in die er hineinkniff, bis sie sich versteiften. Seine Finger kneteten das weiche Fleisch ihres Hinterns durch den Stoff des Rockes hindurch. Sein männlicher Duft und die Hitze, die er ausstrahlte, ließen Blanches Sinne verschwimmen; sie vergaß sogar die Schmerzen in ihren Armen, die von der schweren Kette herrührten. Mit einem Mal bückte er sich und hob den Saum ihres Kleides an. Seine Hand wanderte über das weiche Fleisch ihres Schenkels, und sie erschauerte angesichts seiner rauen Haut und der Schwielen, die der lange, tägliche Gebrauch von Waffen dort hinterlassen hatte. Als seine Fingerspitzen die faltige, weiche Haut zwischen ihren Schenkeln fanden, hielt er inne und sah ihr ins Gesicht. Sie wusste, dass er die Sehnsucht in ihren Augen lesen konnte, also ließ sie die Lider sinken – doch zu spät.

»Warum noch kämpfen?«, murmelte er. »Du versagst dir nur selbst Vergnügen.«

Es war, als hätten seine sanft gesprochenen Worte einen Damm in ihr gebrochen. Jeder Widerstand floss davon und wurde durch glühendes Begehren ersetzt. Sie küsste ihn so drängend, dass er überrascht war. Ihre Zunge erforschte seine Mundhöhle, so wie er es kurz davor bei ihr getan hatte. Sie vergrub ihre Finger am Haaransatz in seinem Nacken und zog daran. Ihre Zungen trafen sich, wanden sich umeinander, als MacGregors Hand ihr Geschlecht umfasste und sie dazu brachte, sich auf die Zehenspitzen zu stellen. Er rieb ihren Schamhügel rhythmisch mit dem Daumenansatz, und Blanche stöhnte. Ihre Knie wurden ihr weich, doch MacGregors Arm um ihre Taille hielt sie fest und sicher, ohne dass sein Mund von ihr abließ. Sein Mittelfinger schlüpfte zwischen ihre Lippen, um in ihrer heißen Feuchtigkeit zu baden. Sie wurde fast ohnmächtig angesichts des intimen Kontakts zwischen ihnen, als würde der Kern ihres Ichs schmelzen und zwischen ihren Schenkeln hinauslaufen. Er stöhnte angesichts des verräterischen Schwalls an Flüssigkeit, so glitschig wie Öl, und nach einem kurzen Moment zog er seinen Finger aus ihr zurück. Seine Hand folgte und Blanche stöhnte angesichts dieses Verlustes. Wortlos befreite er seinen Schwanz aus seiner Hose und griff mit beiden Händen um ihren Hintern. Er hob sie hoch und presste sie gegen die Wand. Ihre Nippel waren mittlerweile empfindlich bis zur Unerträglichkeit und rieben sich gegen das Haar auf seiner Brust. Er küsste sie und begann die äußeren Lippen ihres Geschlechts mit seinem Schwanz nachzufahren. Blanche öffnete ihre Schenkel weiter für ihn, sodass sie die satinweiche Haut direkt auf ihrer Klitoris spüren konnte, und presste sich gegen ihn. Sie fühlte ihn erschauern.

»Weißt du, was du mir da antust, Weib?«

Mit einem Mal verlor er jede Geduld und senkte sie auf seine harte Erregung. Wie in der Nacht im Kerker fühlte sie wieder, wie er sie vollkommen ausfüllte. Sie schlang ihre Beine um seine Hüften und rieb sich an ihm; er hielt ihre Pobacken umfasst, hob und senkte sie im Rhythmus mit ihren Bewegungen. Blanches Orgasmus durchströmte sie wie eine unterirdische Flut, die jeden gesunden Menschenverstand und selbst ihr Bewusstsein mit sich fortriss. Sie wurde unter den aufschlagenden Wellen begraben und hielt den Atem an, um nicht zu ertrinken, doch es half nichts. Sie tauchte für eine lange Zeit unter, bis sie wieder an die Oberfläche stieß und aus weiter Ferne eine Frau schluchzen hörte. Sie spürte nicht einmal, dass sie wieder und wieder gegen die Wand gestoßen wurde; MacGregors Orgasmus raste durch seinen Körper, und seine Muskeln verspannten sich.

»Oh Gott!« Seinen Aufschrei hörte Blanche auch nur wie aus weiter Ferne. Er war unbändig, heiser, als würde er ohne seine Zustimmung aus seiner Lunge gerissen. Als die letzten Wellen der Ekstase abebbten, brach sie in Tränen aus.

Sie verharrten in dieser Haltung, ohne jede Bewegung, für einen Moment, der sich ewig hinzog. MacGregors Kopf ruhte auf ihrer Schulter, und ihre Beine waren noch immer um seine Hüfte geschlungen. Nach einer Weile zwangen ihn die Krämpfe in seinen Gliedern dazu, den Kopf zu heben und Blanche ins Gesicht zu sehen. Sie konnte die Tränen auf ihren Wange nicht verbergen und schimpfte sich selbst eine närrische Hure. Nun, da er sich genommen hatte, was er wollte, gab es für MacGregor keinen Grund mehr, sie nicht zu töten. Eine weitere heiße Träne rann über ihre Wange, und sein Blick folgte ihr. Instinktiv hob er die Hand, als wollte er sie fortwischen. Sie zuckte zusammen, als hätte sie sich verbrannt, und wandte den Kopf ab. Der untypisch zärtliche Gesichtsausdruck auf MacGregors Miene schmolz dahin wie Schnee in der Sonne, und abrupt zog er sich aus ihr zurück, sodass sie fast das Gleichgewicht verlor. Er hob seine Tunika auf und schloss seine Hose. Dann nahm er die Weinkaraffe, die er zuvor abgestellt hatte, und nahm einen weiteren tiefen Schluck. Er wischte sich den Mund an einem Ärmel ab und lief zur Tür.

»Wachen! Bringt diese Frau zurück in ihre Zelle.«

Blanche fühlte nichts, während man sie durch die dämmrig beleuchteten Flure zog; die hämischen Blicke, die die Wachen ihr zuwarfen, bemerkte sie gar nicht. Sie hatte sich MacGregors Lust hingegeben, mit einer Leidenschaft, die jeder Logik widersprach, dennoch vollkommen und mit jeder Faser ihres Körpers. Und er hatte sie behandelt wie ein Tier. Vielleicht verdiente sich nicht mehr als das, aber sie würde nicht zulassen, dass es noch einmal geschah.

Eine Tür öffnete sich vor ihnen, und eine Gestalt trat heraus, die fast mit den bewaffneten Männern zusammengestoßen wäre. »*Alors!* Passt auf, wo ihr hintretet.« Hubert hielt inne und starrte Blanche an. Er bemerkte ihr tränennasses Gesicht und ihr derangiertes Gewand. »Was tut ihr mit dieser Frau?«

»Wir bringen sie zurück in den Kerker.«

»Wohl kaum.« Hubert streckte die Hand aus. »Gebt sie mir.«

»Aber ... mein Herr, Lord MacGregor befahl uns, sie zurückzubringen.«

»Ich nehme das auf meine Verantwortung, mein Freund.«

Widerstrebend übergab der Wächter Blanche an den Franzosen.

»Und der Schlüssel?«

Der Wächter runzelte die Stirn.

»Der Schlüssel, du Narr, für ihre Ketten.«

Der Mann errötete und fummelte an seinem Gürtel herum, ehe er Hubert gab, was er verlangt hatte.

»Gut. Nun geht.« Hubert schob Blanche in die Kammer und schloss die Tür hinter ihnen. Stumm sah er auf sie herab. »Ich muss nicht fragen, was mit Euch passiert ist.« Er winkte dem großen Pagen, der auf einem Stuhl am Feuer gesessen und Harfe gespielt hatte und Blanche nun mit offenem Mund ansah. »Florimund, schenk Lady McNaghten einen Becher Wein ein.«

Der Page stand nach Huberts Wunsch auf, und Blanche konnte nicht umhin zu bemerken, was für ein hübscher Bursche er war, mit seinen langen seidigen Locken und den mädchenhaft anmutenden Wimpern. Sie glaubte sogar einen Hauch von Rot auf seinen Lippen zu sehen. Hubert bemerkte ihr Interesse an dem Jungen und tätschelte seinen Hintern, während der den Wein einschenkte. »Meine sexuellen Vorlieben sind, wie sagt man – vielseitig.« Er zuckte mit den Schultern und lächelte auf seine charmante Weise. »Egal, ob ein hübscher Junge oder eine hübsche Frau – mir ist es einerlei. Mir gefällt die Abwechslung.«

Blanche war sich nicht sicher, wie sie seine Enthüllung deuten sollte, und streckte die Hände nach dem Wein aus, den der Page ihr reichte.

Hubert runzelte die Stirn. »Einen Moment. Lass mich dich davon befreien. Wie kann sich ein Edelmann mit einer Lady unterhalten, wenn diese nicht anständig gekleidet ist?«

»Einige Männer schreckt das nicht ab.«

Der Franzose hob mit einem ironischen Blick die Augenbraue und steckte den Schlüssel in das Schlüsselloch der Fesseln. Sie fielen zu Boden, und Blanche hätte vor Erleichterung fast aufgestöhnt.

»Komm, komm, setz dich eine Weile ans Feuer. Ich wollte gerade ein Bad nehmen, aber das kann warten. Jetzt kannst du Lady McNaghten ihren Wein geben, Florimund.« Der Page tat wie ihm geheißen, doch fletschte er seine Zähne in Blanches Richtung, als sein Herr ihnen den Rücken zugewandt hatte. Blanche wich zurück. Der Junge war so eifersüchtig wie ein Schoßhündchen. »Nimm die Harfe und spiel uns etwas zur Beruhigung.«

Der Junge begann eine Ballade zu trällern, und Hubert streckte seine Beine aus; unter seinem lose verknoteten Mantel waren sie nackt. Er fixierte Blanche mit einem langen und offen fragenden Blick. Sie nippte von ihrem Wein und fühlte, wie die Flüssigkeit ihre Kehle wärmte und ihren Bauch füllte. Schließlich gab Hubert seiner Neugierde nach. »Also?«

»Was?«

»Ich darf also annehmen, dass der schwarze Ritter die weiße Königin schlussendlich doch genommen hat?«

Blanches Gesicht verfinsterte sich. »Habt Ihr daran gezweifelt, dass es so kommen würde?«

»Natürlich nicht. Nicht bei einer Frau wie dir. Aber ich kann an deinem Gesicht ablesen, dass es nicht gut verlaufen ist.«

»Ich will nicht darüber reden.« Blanches Blick wanderte

durch den Raum, der kleiner war als der, den sie gerade verlassen hatte, aber ebenso kostbar eingerichtet. Zwei Jagdhunde lagen schnarchend am Fuß des Bettes, das mit einer aufwendig smaragdgrün und schwarz gestreiften Überdecke bedeckt war. Darüber spannte sich ein farblich passender Baldachin. Was Blanches Augen aber anzog, war die Badewanne. Man sah deutlich, dass sie gerade erst frisch gefüllt worden war; der Raum war erfüllt von nach Veilchenwurzeln duftenden Dampf.

»Ich war gerade dabei, mehr kaltes Wasser zu bestellen«, sagte Hubert. »Aber falls es dir, so wie es ist, genehm ist, bist du herzlich eingeladen, ein Bad zu nehmen.«

Blanches Blick löste sich von der Wanne, und sie errötete. »Seid bedankt, aber nein.«

»Du musst dir wegen mir keine Sorgen machen. Ich habe für heute Abend andere amouröse Pläne.«

Blanche sah wieder auf die Wanne und biss sich auf die Unterlippe. »Seid Ihr euch sicher?«

»Sehr sicher. Florimund wird dir helfen, dich zu entkleiden.«

Die Musik verstummte abrupt, und der Page warf Hubert einen düsteren Blick zu. Hubert lachte. »Komm, komm, mein Lieber, sei gnädig. Ich sagte bereits, dass ich sie nicht anrühren werde.«

Blanche sehnte sich so sehr danach, ein Bad zu nehmen, dass sie sogar die Kniffe ignorieren konnte, mit denen der Page sie quälte, während er ihr Kleid aufschnürte. Auch wenn sie zuvor schon gebadet hatte: kaltes Wasser und Laugenseife waren kein Vergleich zu heißem, parfümiertem Wasser. Sie sank bis zu ihrem Kinn hinein und seufzte. Hubert goss sich selbst einen Becher Wein ein und machte es sich auf seinem Stuhl bequem, um sie zu betrachten. Sie versuchte, sich nicht zu genieren; immerhin enthüllte sie nicht mehr von sich als das, was Hubert bereits gesehen hatte, und außerdem hatte er gesagt, dass er nicht an ihr interessiert war, zumindest nicht heute Nacht.

»Ist er ein guter Liebhaber?«

»Wer?« Die Frage des Franzosen überraschte sie.

»Mein Freund MacGregor natürlich.«

Blanche erinnerte sich an seine langen Finger, die ihr Ziel nicht verfehlten, und an die erschütternden Orgasmen, die er ihr entlockt hatte, und zitterte. »Ich denke schon.« Sie sah rasch in Huberts Gesicht und war erstaunt darüber, welche Gefühle sich auf den hübschen Zügen abzeichneten. War es möglich, dass er eifersüchtig war?

Hubert bemerkte ihren Blick und lächelte traurig. »Bist du überrascht? Mit Frauen und Jungen ist es gut und schön, aber ein Mann wie dieser –« Er zuckte mit den Achseln.

»Habt Ihr jemals …« Blanches Stimme verklang beschämt.

»Bei Gottes Güte, nein! Mein Freund ist, wie soll ich sagen, ein ganzer Mann.«

»Hatte er bereits viele Geliebte?«

»Es würde mich nicht wundern, wenn es Hunderte wären.«

»Und er ist mit Lady Margaret verlobt?«

»Sie sind einander versprochen, seit sie Kinder waren. Aber ich verstehe, warum der Bruce darüber nicht glücklich ist. Ihm wäre es lieber, wenn er Alexander in eine Ehe verheiraten könnte, aus der eine fruchtbare Allianz entsteht. Die Krone des Königs mag seit dem Sieg von Bannockburn sicherer auf seinem Kopf sitzen, aber er ist kein Mann, der sich auf seinen Erfolgen ausruht.«

»Ihr wart bei der Schlacht dabei?« Das Bild von Hubert in einer Rüstung wirkte unpassend; sie konnte ihn sich in nichts anderem vorstellen als in Samt und Seide gekleidet.

»*Oui.*« Der Franzose schloss die Augen. »Es handelt sich

dabei aber um eine Erfahrung, die ich nicht wiederholen möchte.«

»MacGregor kämpfte ebenfalls?«

»Natürlich. Dort erhielt er seine eindrucksvolle Narbe; eine englische Axt schnitt ihm das Gesicht bis zum Knochen auf.«

Blanche schauderte und griff nach der Seife.

»Warte, ich helfe dir.« Hubert kniete nieder, um sich die Hände einzuseifen, und begann Blanches Nacken zu massieren; seine Berührung war ungeheuer entspannend, und sie spürte, wie die Spannung aus ihrer Begegnung mit MacGregor zu verblassen begann. Die weichen Finger riefen die Erinnerung an ein anderes Bad wach, das, welches sie in Dunchar genossen hatte, als ihr geheimnisvoller Liebhaber sie gestreichelt und zur Erfüllung gebracht hatte. Wie lange mochte das her sein? Zwei Tage? Drei? Sie hatte ihr Gefühl für Zeit völlig verloren.

Hubert hatte das jedoch nicht. »*Eh bien!* Beeil dich und komm zu einem Ende, mein Liebhaber für heute Abend kann jeden Moment hier sein.« Er kicherte. »Es würde mich einige Erklärungen kosten, wenn er dich hier sehen würde. Steh auf und lass mich dich abtrocknen. Reich mir ein Handtuch, Florimund.«

Blanche stand auf, und das Wasser strömte ihren Körper hinab. Auf dem Flur erklang das Geräusch von schweren Stiefeln.

»Zu spät«, stöhnte Hubert. »Das war es dann wohl.«

Es klopfte, und die Tür wurde aufgestoßen. Niemand rührte sich. Es war nicht Huberts Liebhaber, der im Türrahmen stand, sondern MacGregor. Es war unmöglich zu sagen, wessen Überraschung am größten war. MacGregors Gesicht wirkte, als hätte ihn der Blitz getroffen, und Blanche war sich sicher, dass sie selbst ähnlich aussah. Sie riss Hubert das Handtuch aus der Hand und wickelte sich darin ein.

MacGregor bekam sich wieder in den Griff. »Verzeih mir, Hubert«, zischte er, und seine Stimme war fast nicht zu verstehen. »Ich wusste nicht, dass du beschäftigt bist.« Dann drehte er sich um und schlug die Tür hinter sich zu.

Kapitel 5

Margaret blinzelte in das schräg herabfallende Sonnenlicht; die Sehne ihres Bogens straffte sich und zitterte vor Anspannung. Dies würde ihr letzter Schuss an diesem Nachmittag sein, und sie würde damit treffen. Sie hielt die Sehne noch einen Augenblick länger gespannt, um sicherzugehen, dass sie genau ins Schwarze zielte, und ließ dann den Pfeil vom Bogen schnellen. Er sirrte durch die Luft und vergrub sich fast genau in der Mitte des Ziels, gut vier Zentimeter oberhalb ihres letzten Schusses.

»Bravo, Lady Margaret!« Lauter Applaus ging durch die kleine Gruppe aus Edelmännern und Damen. Margaret reichte ihren Bogen an einen Diener, auf dem Gesicht ein zufriedenes Lächeln. Sie mochte es, zu gewinnen. Und der Himmel mochte ihrem Gefolge beistehen, wenn sie nicht gewann.

»Noch eine Runde!«, rief Gilbert von Annandale. »Kommt, meine Dame. Ihr könnt uns die Chance, mit Euch gleichzuziehen, nicht verweigern.«

»Leider muss ich das aber. Ich habe zu viel zu tun.« Margaret löste den ledernen Schutz von ihrem Unterarm.

Gilbert trat näher zu ihr. »Ich habe gehört, dass Ihr heute Abend eine besondere Überraschung für uns habt. Ich war entzückt, als ich meine Einladung erhalten habe – Eure letzte Abendgesellschaft ist schon viele Monate her.« Er zögerte. »Auch wenn ich zugeben muss, dass es mich überrascht, dass Ihr es riskiert, uns hier auf Killaird zu unterhalten.«

Hinter ihnen hielt Hubert de Valonis inne, als er seinen

Köcher wieder an sich nahm. Dann drehte er sich um und nahm die unterbrochene Unterhaltung mit seinem eigenen Gesprächspartner wieder auf.

»Warum überrascht Euch das, Gilbert? Mylord MacGregor ist fort.« Sie hatte schlechte Laune. Früh am Morgen hatte sie erfahren, dass Alex die Nacht mit Blanche McNaghten verbracht hatte. Er war am Morgen ohne ein Wort an sie oder sonst irgendwen gegangen, und das machte sie misstrauisch – sie mochte den Gedanken nicht, dass diese Frau einen solchen Aufruhr in ihm verursachte. Außerdem hatte sie, dank der geschwätzigen Zunge des Pagen Florimund, erfahren, dass Alex später das McNaghten-Weib und Hubert de Valonis *in flagrante* ertappt hatte. Sein Stolz musste durch das Wissen, dass sie nach ihm direkt das Bett eines anderen Mannes aufgesucht hatte, gelitten haben. Margaret setzte das Gespräch nicht fort, sondern drehte sich um und kehrte in die Burg zurück, um die letzten Vorbereitungen für die Abendgesellschaft zu treffen.

Blanche sank das Herz, als sie hörte, wie sich der Schlüssel im Schloss ihrer Zelle drehte. Sie hatte gewusst, dass die Männer kommen würden, um sie zu holen, aber sie hatte sie bereits im Morgengrauen erwartet. Als der Tagesanbruch kam und zum Tag wurde, hatte sie gedacht, sie kämen um die Mittagszeit, doch es war bereits dunkel, als sie sie holten. Sie erhob sich von ihrem Bett aus Stroh und erlaubte ihnen, sie ohne jede Gegenwehr aus der Zelle zu führen. Sie würde sich nicht entehren, indem sie bettelte und schrie. MacGregors Worte wirbelten in ihrem Kopf umher: »Lass mich dir Vergnügen bereiten, ehe ich dich morgen hängen lasse.« Nun, dieser Zeitpunkt war gekommen. Sie würde ihren Feinden zeigen, dass sie selbst im Tod ihren Stolz behielt.

Doch anstatt in den Burghof führte man sie hinauf zum Bergfried, und Hoffnung begann sich in ihrer Brust zu regen. War es möglich, dass sie sie noch einmal in MacGregors Kammer brachten? Aber nein. Sie hielten an, ehe sie so weit waren, und nahmen ihr die Ketten ab. Dann stießen sie sie durch eine Tür hindurch.

»Willkommen, Lady McNaghten.«

Blanche atmete scharf ein. Margaret Cameron war die letzte Person, die sie hier erwartet hätte.

»Habe ich Euch erschreckt?« Die andere Frau musterte Blanches bleiches Gesicht und lächelte entschuldigend. »Dachtet Ihr, Ihr müsstet zum Schafott? Wie unsensibel von mir.« Ihre blauen Augen wurden groß vor Sorge. »Ihr armes Wesen, Ihr zittert ja. Jean, schenk Lady McNaghten einen Becher Met ein.«

Blanche war überrascht, als sie bemerkte, dass sie wirklich zitterte. Die weißglühende Angst, die über sie hereingebrochen war, ebbte nur langsam ab und ließ sie erschöpft und schwach zurück. Sie nahm den Kelch, den man ihr anbot, und nippte dankbar daran.

Margaret beobachtete sie. »Trinkt ihn ganz aus. Danach werdet Ihr Euch besser fühlen.«

Blanche tat, wie ihr geheißen. Der Met schmeckte ein wenig bitter, dennoch war sie dankbar für das Getränk. Es brannte in ihrer Kehle bis hinunter zu ihrem Bauch; ihr wurde ein wenig schlecht davon. »Warum habt Ihr mich herbringen lassen?«

Die Frau wirkte überrascht angesichts ihrer Frage. »Ich dachte, das läge auf der Hand.« Sie nahm eine von Blanches kalten Händen in ihre. »Ich habe erfahren, wie monströs mein Verlobter Euch behandelt hat. Er hat damit jede Vertreterin unseres Geschlechts beleidigt.«

Blanche senkte den Blick. »Also?«

»Also … wollte ich Euch helfen, Eurer Hinrichtung morgen zu entgehen.«

»Morgen?«

»Sie sollte heute stattfinden – das Schafott ist bereits im Burghof aufgestellt worden –, doch Alexander musste überraschend nach Inverary reisen. Also hat er sie verschoben. Ich kann verstehen, dass er sich das Spektakel nicht entgehen lassen will.«

Blanche spürte etwas in sich sterben. Sie traute Margaret Cameron nicht, aber ihre Worte klangen ehrlich. Sie zweifelte nicht daran, dass MacGregor es nicht verpassen wollte, sie sterben zu sehen. Sie schloss die Augen.

»Aber meine Liebe, Ihr friert ja. Ich bitte Euch, kommt an den Kamin und wärmt Euch auf.« Margaret zog Blanche zu einem Stuhl am Feuer und begann ihre Hände zu reiben. Blanche spürte die Hitze in sich eindringen, und mit ihr kam noch etwas anderes. Eine seltsame Wärme kitzelte sie tief im Magen. Margaret sah sie so freundlich an, und lächerlicherweise spürte Blanche Tränen in ihre Augen schießen. »Aber warum solltet Ihr mir helfen? Ich verstehe das nicht.«

»Tut Ihr das nicht? Es ist eigentlich ganz einfach.« Margarets Augen wurden größer, breiteten sich zu riesigen Seen aus Sympathie und Wärme aus. »Ich werde Alexander im Frühjahr heiraten. Wie könnte ich leichten Herzens mein Ehebett mit ihm teilen, wenn ich wüsste, dass Euer Blut an seinen Händen klebt? Ich könnte seine Berührung nicht ertragen.« Sie schauderte und hob die Hand und streichelte Blanches Gesicht.

»Er hat bereits viel Blut an seinen Händen«, sagte Blanche. »Warum heiratet Ihr ihn, wenn er Euch so abscheulich ist?«

Margaret zuckte mit den Achseln. »Wir sind seit unserer Geburt verlobt. Es ist der Wunsch unserer Familien, dass wir heiraten, und ich bin nicht stark genug, um mich dagegen aufzulehnen.« In ihren Augen blitzte Entschlossenheit auf. »Aber ich werde Euch helfen zu fliehen.«

»Wie?«

»Offensichtlich kann ich es nicht selbst tun. Eure Wächter folgen Euch überallhin. Wir müssen jemand anderen finden. Einen Beschützer. Jemand, der sich auch mit Euch den Weg durch die Burg freikämpfen könnte, wenn es nötig ist.«

Blanche wurde die Hitze langsam zu viel. Margarets Berührung und ihre Finger auf ihrer Haut entzündeten ein Feuer in ihr. Sie schloss die Augen und sah Alanas Brüste und lange, geschmeidige Glieder vor sich, und zwischen ihren Schenkeln wurde es immer wärmer. Ihre Muskeln und Augenlider wurden schwer. »Wie soll ich so einen Mann finden?«

»Vertraut mir.« Margaret bemerkte den Wechsel in Blanches Augen und lächelte sinnlich. »Ich habe einen Plan. Ich habe für den heutigen Abend einige Edelmänner eingeladen. Wir müssen ihr Blut derart entflammen, dass jeder von ihnen alles dafür geben würde, um Euch zu der Seinen zu machen. Selbst wenn das hieße, Alexander herauszufordern und zu besiegen.« Noch immer streichelte Margaret Blanches Wange, dann ließ sie ihre Hand tiefer gleiten, bis sie ihre Kehle und die Rundungen ihres Busen oberhalb des Ausschnitts berührte. »Doch Ihr müsst genau das tun, was ich Euch sage. Vertraut Ihr mir?«

Die Frage schien für Blanche wie aus weiter Ferne zu kommen und wirkte nicht halb so wichtig wie das glühende Verlangen, das sich ihres Körpers bemächtigte. Sie beugte sich vor und küsste Margaret auf den Mund. Zuerst zögerte die andere Frau, doch dann nahm sie Blanches Gesicht zwischen ihre Hände und erwiderte ihren Kuss. Er war tief, ihre Zunge schlängelte sich sanft in den anderen Mund und versprach weitere Genüsse. »Vertraut Ihr mir?«, fragte sie abermals. Blanche nickte langsam. »Gut. Dann zieht Euer Kleid aus. Wir müssen Euch angemessen kleiden. Jean, komm und hilf uns hier.«

Blanche stand auf und ließ zu, dass die beiden Frauen ihr Kleid öffneten. Sie konnte sich nicht daran erinnern, jemals derart träge gewesen zu sein; sie fühlte sich wie ein Insekt, das in Honig gefangen war. Ihr kam ein Gedanke, und mit schwerer Zunge versuchte sie, ihn auszusprechen. »Der Met ...?« Margaret hielt dabei inne, die Schnürung zu lösen, und lächelte. »Macht Euch keine Sorgen. Ich habe Euch etwas gegeben, damit Ihr Euch entspannt. Es wird Euch helfen, Eure üblichen Hemmungen zu überwinden, aber es wird Euch nicht dazu bringen, irgendetwas zu tun, was Euch nicht behagt. Vergebt Ihr mir, Liebes?« Margaret schob das Kleid über Blanches Schultern und hob eine ihrer Brüste an ihren Mund. Ihre Zunge kreiste um die Brustwarze, bis sie hart war. Blanche keuchte, es kam ihr vor, als würden alle ihre Nervenenden in diesem einen Punkt zusammenlaufen. Sie bog sich Margarets Mund entgegen. Margaret seufzte. »Offensichtlich tut Ihr das. Kommt. Sie warten auf uns.«

Die Magd und die Edeldame zogen Blanche vor dem Kamin ganz aus, und sie zitterte angesichts der Hitze der Flammen, die ihre Haut erreichte. Die Magd begann Blanches Haar zu kämmen, bis sich die roten Flammen darin spiegelten, dann flocht sie es und steckte es auf ihrem Kopf fest.

»Bring mir die Schatulle, Jean.« Margaret öffnete sie und zog etwas heraus, das blitzende grüne Lichter im Raum verteilte. Es war ein Kragen aus Gold, barbarisch schwer und mit Smaragden besetzt. Margaret befestigte ihn so fest um Blanches Hals, dass sie für einen Moment glaubte, zu ersticken. Doch nach und nach verschwand die Panik. Dann nahm die andere Frau ein passendes Paar Ohrringe und steckte sie in Blanches Ohrlöcher; Blanche konnte sie an ihrer Wange fühlen, als sie leicht schwankte. Sie fragte sich nicht mehr, warum Margaret sie in dieser Art ankleidete, sondern gab sich einfach dem Gefühl des Metalls auf ihrer Haut hin, das sich langsam erwärmte.

»Bring mir den Gürtel.«

Jean lief rasch zum *Armoire* und kam mit etwas Schwerem zurück, und beide Frauen waren nötig, um es um Blanches Hüfte zu schlingen. Ein Riegel mit Scharnier daran wurde zwischen ihren Beinen hindurchgeschoben, und sie hörte ein Klicken, als Margaret sich vorbeugte und einen Schlüssel in dem winzigen Schloss an der Vorderseite herumdrehte. Der Gürtel fühlte sich schwer auf ihren Hüften an und sie sich selbst umso träger. Schließlich griff Margaret noch einmal in die Schatulle und nahm ein letztes Stück heraus: zwei winzige Klammern, die ebenfalls mit Smaragden besetzt waren. Sie hob die Hand und kniff in eine von Blanches Brustwarzen. Sie rollte das sensible Fleisch ein wenig hin und her und sandte damit Schauer bis hinab zu Blanches Zehen. Als sie sicher war, dass der Nippel vollständig aufgerichtet war, befestigte sie rasch eine der Klammern daran. Es stach furchtbar, und Blanche stöhnte auf.

»Sch, Liebes«, flüsterte Margaret. »Denkt daran, dies ist Eure einzige Chance, dem Tod zu entkommen. Wir müssen heute Abend einen Meister für Euch finden.« Dann tat sie das Gleiche mit dem anderen Nippel, und Blanche spürte, wie die Klammern sie, zwei kleinen Mündern gleich, malträtierten. Ihre Haut war unerträglich sensibel, jeder Zentimeter kribbelte und war mit einem feinen Schweißfilm bedeckt.

»Fast fertig.« Margaret nahm eine schwere Goldkette aus einer anderen Truhe und befestigte sie an dem Halsband um Blanches Kehle. Sie trat einen Schritt zurück, wobei sie die Kette auf Armeslänge von sich hielt, und lachte hell auf. Ihre Gefangene wirkte wie ein exotisches und wunderschönes

Tier. Ihre Haut hob sich unglaublich weiß gegen das barbarisch wirkende Metall und die Juwelen ab. »Wir werden einen neuen Herrn für dich finden, dessen bin ich mir sicher.« Sie schnippte mit den Fingern, und Jean legte einen Zobelmantel um Blanches Schultern. »Kommt. Meine Gäste warten auf ihre Unterhaltung.«

Blanche erlaubte Margaret, sie an der Kette und ihrem Halsband durch die dämmrig beleuchteten Gänge zu führen. Sie war zuvor schon nicht schwer zu erregen gewesen, doch heute Nacht war sie auf nahezu schmerzhafte Weise empfänglich, als wäre ihr Innerstes geschmolzen. Selbst das Ziehen der Klammern an ihren Nippeln sorgte nur dafür, dass sich ihre Erregung vergrößerte, als sie gegen das Innenfutter des Mantels strichen. Ihre nackten Füße kühlten auf dem Steinboden aus, aber sie waren ihr so fern, dass sie genauso gut jemand anderem hätten gehören können. Ihre Nippel, ihre Lippen und ihr Geschlecht waren die einzigen Stellen ihres Körpers, die sie noch wahrnahm. Besonders ihr Schoß, der sich anfühlte, als wäre er auf die doppelte Größe angeschwollen. Sie konnte fühlen, wie ihre Schamlippen bei jedem Schritt aneinanderrieben, und jeder Schritt fachte das Feuer in ihren Adern weiter an. Begeisterung durchfuhr sie. Sie war am Leben! Und sie würde alles dafür tun, dass es so blieb, selbst wenn das bedeutete, sich jedem Mann hinzugeben, der ihr die Flucht ermöglichen konnte.

Zuerst fiel ihr gar nicht auf, dass sie ihr Ziel bereits erreicht hatten, doch dann bemerkte sie die Spannung im Raum. Sie sah sich um. Die Kammer war nur spärlich beleuchtet und roch nach Räucherwerk, das in Vorrichtungen an der Wand verbrannt wurde; die kleinen Flammen malten flackernde Lichter auf reichlich unzüchtige Wandteppiche. Blanche kam nicht umhin, auf die verschlungenen Glieder und die lustverzerrten Gesichter zu starren, die in die Teppiche gestickt waren – dort war ein Zentaur zu sehen, der eine Nymphe bestieg, die an einen Baum gekettet war, und an einer anderen Stelle wurde ein junger Satyr von einem riesigen Phallus gepfählt, der von zwei unglaublich fetten Frauen geführt wurde. In einer anderen Szenerie hob ein Mönch gerade die Röcke einer betenden Nonne an; seine freie Hand lag um seinen riesigen Penis, während ihre Begleiter es hinter ihnen in einer wilden Orgie aus verschlungenen Gliedmaßen trieben. Obwohl sie abgestoßen hätte sein müssen, empfand Blanche die Bilder seltsamerweise als anregend und konnte ihre Augen kaum davon losreißen. Als sie es endlich tat, bemerkte sie, dass sich noch weitere Personen im Raum aufhielten. Sie konnte sich nicht genug konzentrieren, um sie zählen zu können, doch ihr allgemeiner Eindruck der versammelten Personen zeigte ihr Folgendes: brennende Blicke, nasse Münder, breite Schultern, eine große Hand lag auf dem Schenkel einer Dienerin, ein bis zur Taille geöffnetes Wams, das eine muskulöse Brust entblößte. Blanche wollte ihre Zunge daran entlanggleiten lassen. Sie leckte sich über die Lippen.

»Um Himmels willen, Margaret. Was habt Ihr uns heute Abend mitgebracht?« Der größte der Männer, derjenige mit der entblößten Brust, schob die Dienerin, die bisher auf seinem Schoß gesessen hatte, beiseite. Sein Gesicht war von Pockennarben gezeichnet, und seine Augen hatten etwas Boshaftes.

Ein anderer Mann, blond und athletisch, stand auf. »Das ist die McNaghten-Hure, nicht wahr?«

Margaret nickte und setzte sich ungerührt auf einen der Stühle am Tisch; Blanche ließ sie in der Mitte des Raums zurück, noch immer an ihre Kette gebunden. »Das ist sie. Alexander hat sie mir für heute Nacht gegeben.«

»Und was habt Ihr mit ihr vor?«, wollte eine weitere männliche Stimme von der anderen Seite des Raums her wissen.

»Alles zu seiner Zeit.« Margaret schenkte sich selbst einen Becher Wein ein und nippte daran. Aus schmalen Augen beobachtete sie Blanche durch den parfümierten Rauch im Zimmer hindurch. »Warum zieht ihr Euch nicht den Mantel aus, Lady McNaghten? Es ist warm hier drin.« Blanche hörte den Befehl, doch war sie nicht imstande, ihre Arme zu heben und ihn auszuführen. Margaret lächelte höhnisch. »Ihr helft ihr besser, McDougal.« Der pockennarbige Riese eilte auf sie zu und öffnete den Verschluss des Mantels. Er fiel zu Boden, und Stille breitete sich im Raum aus.

Ein Dutzend Augenpaare bohrten sich in Blanche; sie brannten sich durch ihre Haut bis zu ihrem empfindlichsten Innern; sie brachten die smaragdbesetzten Klammern zum Glühen, glitten tiefer bis zu ihrem Geschlecht, das von dem schweren Gürtel eingeschlossen war. Mehrere Männer stöhnten auf. Margaret stellte den Weinkelch ab und nahm einen Schlüssel aus dem Beutel an ihrer Hüfte. Sie hob ihn in die Höhe, und das flackernde Licht im Raum fing sich darin.

»Ich dachte mir, dass wir eine kleine Auktion abhalten. Dieser Schlüssel geht an denjenigen, der das höchste Gebot abgibt.«

Spannung machte sich im Zimmer breit. Blanche konnte sie auf ihrer nackten Haut prickeln spüren, konnte spüren, wie sie dem Schimmern ihrer schweißbedeckten Haut einen zusätzlichen Glanz verlieh. Ihr Herz schlug unnatürlich schnell, aber sie konnte sich nicht aus der erotischen Starre lösen, die sie festhielt. Sie wollte es nicht. Margaret stand auf. »Aber zuerst solltet ihr sehen, was ihr für euer Geld bekommt.« Sie begann Blanche an Halsband und Kette durch den Raum zu führen. Die Männer verfolgten Blanche mit gierigen Blicken. Sie errötete und war froh, dass der Gürtel den flüssigen Beweis ihrer Lust zwischen ihren Beinen verbarg. Sie hätte alles dafür gegeben, alles, dass einer der Männer sie gleich hier nahm, seinen Schwanz in sie rammte, um das Verlangen, das sich in ihr angestaut hatte, zu stillen. Sie sehnte sich danach, Hände auf ihrer Haut und ihren Nippeln zu spüren, die mittlerweile schon unablässig zwischen den Klammern zuckten; sie wünschte sich einen feuchten Mund, der die nadelfeinen Stiche der Klammern beruhigte. Ihr Schoß schwoll an und wurde noch glitschiger, bis sie die angesammelte Nässe nicht mehr halten konnte. Sie bahnte sich ihren Weg an dem Metall vorbei und tropfte an der Innenseite ihrer Schenkel hinab. Der blonde Mann, der sich praktisch auf Augenhöhe mit ihrem Geschlecht befand, stöhnte und streckte die Hand aus, um den salzigen Tropfen, der auf ihrer Haut glitzerte, aufzufangen. Er leckte über seinen Finger und schloss die Augen.

»Ich sagte, Ihr könnt sie anschauen, aber nicht anfassen, Gilbert! Ihr habt ohnehin bereits genug gesehen. Lasst uns essen, ehe wir mit der Auktion beginnen.« Magaret führte Blanche zum Tisch. »Ich weiß nicht, wie es mit Euch steht, meine Herren, aber ich sterbe vor Hunger.« Sie deutete auf den Tisch und stieß Blanche nach vorn. »Steig da rauf und leg dich hin.«

Blanche hörte die Tücke in Margarets Stimme, beschloss aber, sie zu ignorieren. Sie kletterte auf den Tisch und legte sich darauf. Das Holz unter ihr war hart, aber es fühlte sich gut an, darauf zu liegen. Sie entspannte ihre Muskeln mit einem leisen Seufzen; Margaret beugte sich über sie und nahm ihr die Nippelklammern ab. Blanche wimmerte.

»Du kannst jetzt das Essen servieren«, befahl Margaret dem Diener, der mit offenem Mund in der Ecke des Raumes stand. »Und arrangier es genau so, wie ich es dir heute früh erklärt habe.«

Der Junge hob ein kleines Kännchen und goss Honig über Blanche; er bedeckte ihre Brüste, den Bauch und ihre Spalte mit der klebrigen Flüssigkeit. Dann wurde der Rest der Mahlzeit auf ihr drapiert: kleine Pfefferküchlein, Kirschen, Feigen, Birnen, eingelegt in Brandy, Honigkuchen und weingetränkte Brotstücke. Der Honig und der Wein rannen über Blanches Seiten und sammelten sich unter ihrem Rücken und dem Hintern; sie tropften unter ihren Gürtel und vermischten sich mit den Säften zwischen ihren Schenkeln. Der Diener verbeugte sich und entfernte sich dann. Margaret zog einen Stuhl heran und nahm eines der Weizenküchlein von Blanches angespanntem Bauch und tunkte es in den Honig, der sich in ihrem Bauchnabel angesammelt hatte. Sie biss hinein und lächelte die Männer an. »Meine Herren, seid Ihr nicht hungrig? Ich bitte Euch, bedient Euch.«

Blanche schloss die Augen, und die Männer drängten sich um den Tisch. Zu Anfang standen sie noch im Kreis um sie herum und streckten die Hand nur aus, um sich etwas von den Köstlichkeiten zu holen, doch dann wurden sie mutiger. Blanche spürten die ersten Finger, die, während sie nach einer Feige griffen, über ihre linke Brust glitten. Andere streichelten ihren Bauch und die Schenkel, verschmierten den Honig darauf mit den Küchlein. Heißer Atem versengte ihre Haut, als die Männer begannen sich vorzubeugen und die Früchte direkt von ihrem Körper zu essen. Ihr Atem legte sich auf ihre Brüste, den Bauch und das Metall, das ihre Spalte verbarg. Irgendjemand entblößte ihren bis dahin verdeckten Nippel und leckte den Honig davon auf, beruhigte so ihre von der Klammer malträtierte Brust. Blanche keuchte. Andere Zungen begannen den Honig aufzulecken. Es dauerte nicht lange, bis gierige Münder an ihrem anderen Nippel, an ihren Schultern, ihrem Hals, den Knien, den Armen und den Ohren knabberten. Eine Zunge tauchte in ihren Bauchnabel und schlängelte sich tief hinein, bis Blanche sich vor langsam anwachsendem Verlangen wand. Von den Früchten und den Kuchen war mittlerweile nichts mehr übrig, doch die Zungen und Lippen fuhren fort, ihre klebrige Nacktheit zu erforschen; immer weiter wanderten sie auf die Löckchen zu, die sich unter dem Gürtel hervorgestohlen hatten. Die erste Zunge tastete sich über die Falte ihrer Lenden und schlängelte sich unter das Metall, um den Honig aufzulecken, der sich dort angesammelt hatte. Rasch gesellte sich eine zweite dazu und bald eine dritte; jede von ihnen versuchte so weit unter den Gürtel zu gelangen wie möglich.

»Um Himmels willen! Was geht hier vor?« Mit einem Schlag verschwanden die Zungen von Blanche. Sie lag noch immer mit geschlossenen Augen da; mit Bedauern fühlte sie die Zungen sich entfernen und fragte sich leise, warum der Klang dieser Stimme ihr Schauer über den Rücken jagte. »Wie ist dieses Weib hergekommen? Margaret?«

»Alex, ich ...«

»Es tut nichts zur Sache. Raus hier. Ihr alle.« Stühle wurden über den Boden geschoben, und sie hörte Füße zur Tür rennen. »Du auch, Margaret. Aber gib mir zuerst den Schlüssel.«

»Aber Alex!«

»Ich sagte, geh. Wir sprechen uns später.«

Endlich fiel die Tür ins Schloss. Blanche hörte Schritte, die sich dem Tisch näherten.

»Denkst du, es geht ihr gut, Hubert?«

Eine kühle Hand legte sich auf ihre Stirn. »Ich denke, sie wurde unter Drogen gesetzt.«

»Bei der heiligen Jungfrau! Ich wusste, dass Margaret grausam sein kann, aber ich hätte nie gedacht, dass ihre Eifersucht sie so weit treiben würde. Wenn du sie und diesen Milchbart Annandale nicht belauscht hättest ...«

»Wir hatten in der Tat Glück.« Eine bedeutungsvolle Pause

entstand. »Für jemand, der vorhat, diese Frau zu hängen, bist du aber sehr um ihre Gesundheit bemüht, *mon ami.*«

In der folgenden Stille hielt Blanche den Atem an.

»Du bist zu neugierig, Hubert. Eines Tages wird dich das noch in Schwierigkeiten bringen.«

Blanche konnte den Atem nicht länger anhalten und atmete tief aus.

»Sie ist wach. Komm, Mädchen, setz dich auf.« Sanfte Hände halfen Blanche in eine aufrechte Position, und ihre Berührung entflammte ihre bereits angefachten Sinne. Sie blickte MacGregor unter halb verhangenen Lidern an und bemerkte seinen heute ungewohnt offenen Blick. Ohne nachzudenken hob sie die Hand und berührte eine Locke, die ihm in die Stirn gefallen war.

Hubert hüstelte. »Ich habe unten noch etwas zu tun.« Er ging hinaus und schloss die Tür hinter sich.

MacGregor runzelte die Stirn und packte Blanches Schultern. »Weißt du, wo du bist?«

Blanche lächelte träge. Sie wusste, wo sie war, und sie wusste, was sie im Begriff war zu tun. Sie beugte sich vor und küsste die Lippen, die den ihren so nah waren. MacGregor versteifte sich und zog sich von ihr zurück. »Du kannst nicht bei Sinnen sein, dass du mich so in Versuchung führst.«

Blanche ignorierte ihn und nahm eine seiner großen Hände; sie zog sie höher und legte sie auf ihre Brust, damit sie das klebrige Fleisch bedeckte. Angesichts seiner Berührung stöhnte sie und schloss die Augen. Er starrte auf sie herunter; seine Männlichkeit verhärtete sich unter seinem Kilt, als er sah, wie ihre Wimpern zitternd auf ihren Wangen lagen und ihr Kopf zurückfiel, als wäre ihm das Gewicht ihres Haares zu schwer. Offensichtlich war sie noch immer ein wenig betrunken. Er sollte die Situation nicht ausnutzen. Und doch waren sie noch immer Feinde. Das hier konnte doch nicht schlimmer sein als die Nacht zuvor, in der er sie in Ketten genommen hatte.

Außerdem war sie, selbst in nüchternem Zustand, ebenso gierig in ihrer Lust gewesen wie er selbst. Sie griff unter seinen Kilt, um ihre Finger um seinen Schaft zu legen, und er keuchte. Verdammt, er war kein Heiliger! Er küsste sie, und ihre vollen Lippen und ihre Zähne öffneten sich für ihn, um seine Zunge willkommen zu heißen. Seine Hände fanden ein weiteres Mal den Weg zu ihren Brüsten, und er quälte sie mit seinen Fingern, ehe er seinen Kopf senkte und einen ihrer Nippel in den Mund nahm. Er schmeckte süß, nach Wein und Honig, und er saugte an ihm, um den Geschmack vollständig auszukosten. Seine Zunge glitt darüber, und sie wand sich. Er biss hinein, und diesmal stöhnte sie aus tiefster Seele. Er zog sie zu sich, bis sie auf der Tischkante saß, und beugte sich hinunter, um den Gürtel um ihre Hüfte zu öffnen. Das Metall fiel zu Boden, und ohne jedes Vorspiel fanden seine Finger ihre Spalte. Ihr Schamhaar war noch immer verklebt von Sirup und ihren eigenen Säften; die angeschwollenen Schamlippen pulsierten und pochten unter seiner Berührung. Blanche bäumte sich ihm entgegen. Er fiel auf die Knie, bis sein Gesicht auf gleicher Höhe mit ihrem Geschlecht war, und nahm jedes Detail auf: die üppige Schambehaarung, die sich auf den klebrigen äußeren Schamlippen kräuselte, und die geröteten inneren Lippen, die zwischen den dunklen Löckchen kaum zu sehen waren. Er zögerte, aber dann schob er seine Zunge in die süß duftende Öffnung. Er nahm etwas von dem Honig auf, der sich darin angesammelt hatte, und schob den Rest tiefer in sie hinein, bis ihre Klitoris völlig von der klebrigen Flüssigkeit bedeckt war. Er zog sich zurück und spreizte ihre Spalte mit all seinen Fingern so weit wie möglich, um sie genau betrachten zu können. Sie zitterte, als ein kühler Hauch das brennende Zentrum ihrer selbst fand, und hatte das Gefühl, dass seine aufmerksamen Blicke ihre Seele berührten. Die aufgerichtete Härte ihrer Klitoris lag umgeben von honigbeschmiertem Fleisch und war verborgen, wie eine Perle in einer Auster. Er öffnete sie noch weiter und begann an ihr zu saugen und zu knabbern. Blanche stöhnte und fuhr mit ihren Händen durch sein Haar, zog daran und vergrub die Finger tief darin. Das Feuer, das in ihr brannte, seit Margaret ihr diesen Trank gegeben hatte, drohte sie zu verbrennen und ihn mit ihr. Es sandte unsichtbare Flammen über ihre Haut und durch ihre Adern. MacGregor schob einen Finger tief in ihre Vagina und umkreiste die harte Perle ihrer Klitoris mit seiner Zunge. Blanche fühlte die ersten Zuckungen in ihrem Geschlecht und bewegte ihre Hüften, um MacGregors Zunge zu helfen, ihre Aufgabe zu beenden. Er zog eine Hand zurück, um ihre Nippel wieder zu reizen, und sie zog eine feuchtglänzende Spur über die weiße Haut, bewegte sich von einem hungrig aufgerichteten Gipfel zum anderen und wieder zurück. Seine Zunge hörte dabei nicht auf, sie auf sanfte Weise Tantalusqualen auszusetzen. Blanches Zuckungen häuften sich, hielten sie immer fester und fester, bis sie sie völlig erfüllten. Sie rissen sie mit sich empor und schüttelten sie wieder und wieder, bis sie in der Stille des Raumes aufschrie.

Noch ehe ihr Zittern beendet war, zog MacGregor sie an sich und wickelte sie in seinen Mantel ein. Ohne ein Wort hob er sie hoch und trug sie aus dem Zimmer in seine Gemächer ein Stockwerk höher.

Als er sie auf die Felle auf seinem Bett legte, war sie fast eingeschlafen. Sie hörte Wasser aus einem Wasserkrug plätschern und keuchte, als ein eiskalter Lappen auf ihrem Bauch landete.

»Halt still, Weib. Du bist klebriger als Pfefferkuchen.« Er fuhr mit dem Tuch über ihren Bauch, die Brüste und die Beine und wusch damit die letzten Spuren von Honig und Wein fort. Dann drehte er sie um und kümmerte sich mit der gleichen Sorgfalt um ihre Schultern, den Rücken und die Erhebung ihres Pos. Müdigkeit bemächtigte sich ihrer trotz des kalten Wassers. Er drehte sie wieder um. »Wach auf! Wag es ja nicht, vor meinen Augen einzuschlafen!«

»Ich bin nicht müde.«

»Gut.« Er warf das Tuch in eine Ecke und stand auf, um die Schnalle auf seiner Schulter zu öffnen. Dann nahm er seinen Kilt ab, ließ ihn einfach zu Boden fallen und zog sich sein Hemd über den Kopf. Blanche stützte sich auf ihre Ellbogen und sah ihm mit verhangenem Blick dabei zu. Er war noch immer so muskulös, wie sie ihn in Erinnerung hatte, und seine langen, starken Beine erzählten von vielen Stunden im Sattel. Sie sah, dass er mehr Narben besaß als nur die auf seiner Wange. Sie bedeckten seinen Torso mit dünnen weißen Linien. Er trug noch immer Verbände über den Striemen, die Maxwells Peitsche ihm zugefügt hatte. Ihre Augen wanderten tiefer, glitten über die harten Bauchmuskeln bis zu seiner ebenso harten Männlichkeit. Er sah, wohin ihr Blick ging, und knurrte rau in der Kehle. »Bei Gott, wenn es das ist, was Margarets Trank mit dir angestellt hat, dann will ich mehr davon haben.« Er stieg aufs Bett und sah ihr ins Gesicht. Sie schien noch immer nicht recht zu begreifen, was geschah; in ihrem Blick las er nur nacktes, reines Begehren. »Du weißt wirklich nicht, was du tust, oder?«

Als Antwort griff Blanche nach ihm und zog ihn hinunter an ihre Seite. Sie wusste ganz genau, was sie tat; ihr Orgasmus hatte die letzten Reste des Tranks aus ihren Adern gespült. Doch wenn MacGregor dachte, dass sie noch immer unter Drogen stand, war es umso besser. Sie würde alles mitnehmen, was diese Nacht ihr zu bieten hatte; sie würde alle ihre Fähigkeiten einsetzen, um sich vor dem Schafott zu bewahren. Sie zitterte unter der Berührung von MacGregors Körper und lag für einen Augenblick einfach an seiner Seite, um seine Wärme und seine Stärke zu genießen. Doch er konnte sich nicht länger gedulden. Seine Hände fuhren über ihren Köper, streichelten, massierten, kniffen. Seine Finger schoben sich zwischen ihre Schenkel.

»Nay.« Sie drückte ihn auf das Bett und hockte sich mit gespreizten Beinen über ihn. Er schob die Hände in ihr Haar, um die Nadeln darin zu lösen und die geflochtenen Zöpfe zu öffnen. Er vergrub seine Hände in den seidigen Strähnen und genoss das Gefühl zwischen seinen Fingern. Sie beugte sich über ihn, ließ ihr Haar und ihre Lippen über seine Brust und die erwartungsvollen Nippel streichen. Er sog scharf die Luft ein, als sie einen davon mit ihren Zähnen streifte, ehe sie sich mit kleinen, flatternden Küssen über seinen Verband hinwegbewegte bis zu seinem schwarzen Haar, das sich unterhalb seines Bauches kringelte. Er ächzte, als Blanche seinen Schwanz in die Hand nahm und ihre Lippen auf die zuckende Spitze presste. Die Spitze ihrer Zunge fuhr über den winzigen Schlitz darin, wie eine Katze, die Milch aufleckt. Für einen Moment reizte sie seine empfindlichste Stelle mit den Zähnen, ehe sie sie wieder hinter ihren Lippen verbarg und ihn ganz in den Mund nahm. Stück für Stück nahm sie ihn in sich auf, öffnete ihren Mund weit, bis er so tief in ihr steckte, wie es möglich war. Die Spitze seines Schwanzes stieß gegen ihre Kehle, und sein Haar kitzelte ihr Kinn. Dann zog sie den Kopf ein wenig zurück und tastete nach seinen Hoden. Die empfindliche Haut kräuselte sich unter ihrer Berührung. Sie streichelte sie sanft, spürte ihr Gewicht und rollte sie zwischen den Fingern. MacGregor bäumte sich auf und spürte, wie sein Schwanz noch einmal gegen ihre Kehle stieß. Sie war gerade dabei, ihn noch intensiver zu verwöhnen, als er sie sanft von sich schob.

»Das war nicht, was ich im Sinn hatte.«

Sie bemerkte den brennenden Blick in seinen Augen und beugte sich zu ihm, um ihn zu küssen. Dann senkte sie sich selbst auf seinen Schwanz. Langsam, Stück für Stück, nahm sie ihn tiefer und tiefer in sich auf, und er schloss die Augen. Sie passte sich seiner Größe an und schob sich weiter, bis sie das harte Stück Fleisch vollständig in sich aufgenommen hatte. Sie lehnte sich zurück, und er stöhnte und tastete nach ihren Brüsten. Er überließ ihr die Wahl des Rhythmus, und sie schob sich langsam auf ihm vor und zurück, wobei ihr Schamhügel gegen ihn rieb. Seine Hand drückte ihre Brüste und glitt dann zu ihrer Spalte. Er schob die Schamlippen auseinander, und seine großen Daumen fanden ihre Klitoris. Sie biss sich auf die Lippen und presste sich ihm entgegen. Der Ansturm aus Lust, den seine Daumen auslösten, war umso intensiver, als sie durch ihren vorangegangenen Orgasmus noch immer sehr empfindlich war. Die Muskeln in ihrer Scham zogen sich zusammen, und sie hörte ihn stöhnen. Ein Gefühl der Macht überkam sie, und sie umklammerte ihn und ließ ihn los, ganz nach ihrem Willen, und sie merkte, wie er sich völlig diesen Gefühlen hingab. Seine Finger gruben sich in ihre Pobacken, um sie dazu zu bringen, schneller zu werden, doch sie ließ es nicht zu und behielt den alten Rhythmus bei. Ihre Bewegungen führten ihn unaufhaltsam an die Schwelle seines Orgasmus. Er war fast da. Seine Augen schlossen sich angesichts der Ekstase, die ihn überkam, und sein Schwanz wurde für einen Moment sogar noch härter in ihr. Sie verharrte für einen Augenblick und schob ihn dann so tief in sich, bis er in ihr anstieß. Er bäumte sich auf und klammerte sich an sie. Sie kam einen Moment nach ihm, erlöst durch sein Pulsieren in ihr. Sie fiel über die Klippe und hinab ins Nichts, wo schwarze Wellen sich brachen und wirbelten.

Still lag sie auf der starken Brust, die sich im Takt mit MacGregors gleichmäßigem Atem hob und senkte. Wegen des dämmrigen Lichts, das den Raum ausfüllte, nahm sie an, dass es bald Morgen sein würde. Vorsichtig, um den Mann unter ihr nicht aufzuwecken, richtete sie sich auf einen Ellbogen auf und betrachtete ihn. Er sah so verletzlich aus im Schlaf, alle Wut war aus seinen Zügen verschwunden, und seine sinnlichen Lippen lächelten, als ob er träumte. Sie wollte die Linie seiner Narbe mit den Fingern nachfahren, wagte es aber nicht. Dann kam ihr ein Gedanke. Der Raum war unbewacht; niemand wusste, dass sie hier war. Ihr Herz schlug mit einem Mal schneller. Sollte sie es wagen zu fliehen?

Kaum war ihr der Gedanke gekommen, war es auch schon beschlossene Sache. Der MacGregor hatte sehr stark auf sie reagiert, doch er blieb unberechenbar. Sie wusste nicht, ob sie dem Schafott wirklich entkommen war, das draußen auf sie wartete. Sie rutschte zum Bettende und schwang ihre Beine über die Kante; dabei wagte sie kaum zu atmen. Ihre Füße berührten den zobelbesetzten Mantel, in dem MacGregor sie in der Nacht hergetragen hatte, und sie bückte sich danach, um sich darin einzuwickeln. Sie schlich zur Tür und drückte den Türgriff herunter.

»Du musst mich für einen Narren halten.« Blanches Blick ruckte zum Bett, und sie sah, dass MacGregor wach war und sie aus kalten Augen beobachtete. »Hast du wirklich geglaubt, ich würde nicht abschließen?«

Ihr Mund wurde trocken. Sie hätte es besser wissen müssen. Ihr Blick glitt zu Boden und blieb an etwas hängen, das aus MacGregors achtlos zu Boden geworfenem Kilt ragte. Es war der Griff seines Dolchs.

»Komm zurück ins Bett.« Der Ton in der Stimme des Mannes duldete keinen Widerspruch, aber sie drückte sich gegen die Tür. Er bemerkte ihren Widerstand und runzelte die Stirn.

»Oder ist es dir lieber, wenn ich komme und dich hole?« Er stand vom Bett auf und kam auf sie zu. Sie warf sich zur Seite und hob den Dolch vom Boden auf. Er blieb stehen, als sie die Klinge in seine Richtung stieß.

»Bleibt weg von mir. Kommt nicht näher!« Blanche wich vor MacGregor zurück; ihre Verzweiflung zeigte sich deutlich auf ihrem Gesicht. Ihre Hand, die den Dolch hielt, zitterte unkontrolliert, und sie versuchte sie wieder ruhig zu halten. »Der Schlüssel! Wo ist der Schlüssel für die Tür?«

MacGregor zuckte mit den Achseln; seine Nacktheit hatte er vollkommen vergessen, seine Augen waren auf das Messer in ihrer Hand gerichtet. »Du wirst ihn suchen müssen.«

»Sagt es mir«, zischte sie und machte einen Schritt auf ihn zu, »oder ich steche Euch ab, wie das Schwein, das Ihr seid.«

Er lächelte bitter. »Du zeigst also wieder dein wahres Gesicht.«

»Den Schlüssel!«

»Ich werde ihn dir nicht geben.« Er wusste wirklich nicht, ob sie ihn erstechen würde oder nicht. Nah genug, um es zu tun, war sie.

Blanche biss sich auf die Lippen. Sie wollte entkommen, doch um das zu erreichen, würde sie MacGregor töten müssen. Sein Leben oder das ihre. Aber konnte sie ihn wirklich kaltblütig ermorden? Er sah die Unschlüssigkeit in ihren Augen und sprang sie an. Bevor sie ihre Hand heben und zustechen konnte, hielt er ihr Handgelenk mit grausamer Gewalt fest und stieß sie zu Boden. Sie fand sich rücklings auf dem Boden wieder, und MacGregors Gewicht verhinderte, dass sie aufstehen konnte. Er drückte ihre Hand mit dem Dolch darin schmerzhaft zusammen, bis die Waffe zu Boden fiel. Widerwillig begegnete sie seinem Blick. Hatten seine Augen zuvor nur wütend gewirkt, flackerte in ihnen nun echte Mordlust.

»Gott steh mir bei!«, zischte er. »Wie konnte ich letzte Nacht nur vergessen, dass du meine Männer ermordet hast? Ohne diesen Trank in deinen Adern bist du nichts weiter als eine blutrünstige Katze! Das Schafott ist noch zu gut für dich.« Er fixierte ihre Hände über ihrem Kopf und brachte sein Gesicht näher an das ihre. »Wie wünscht Ihr zu sterben, Lady McNaghten? Ich könnte Euch hängen, Euch vierteilen oder Euren weißen Körper ausweiden. Oder zieht Ihr es vor, verbrannt zu werden? Die Wahl liegt bei Euch, natürlich erst, nachdem ich Euch meinen Männern zum Vergnügen vorgeworfen habe.« Sie wand sich unter ihm und spürte, wie seine Männlichkeit sich schmerzhaft gegen ihren Schenkel drückte, doch ehe der Angriff weitergehen konnte, klopfte es laut an der Tür.

»Mylord. Mylord!«

»Verdammt, verschwinde!«

»Aber Mylord! Die Burg ist von bewaffneten Männern umzingelt. Euer Vater erwartet Eure Anwesenheit auf der Burgmauer.«

»Rory!« Blanches Stimme brach vor Erleichterung. MacGregor warf ihr einen wütenden Blick zu, während er sie vom Boden hochzerrte und in der Tasche des Umhangs wühlte. Sie schluchzte, als sie sah, was er hervorzog. Sie hatte den Schlüssel die ganze Zeit über gehabt!

»Glaube ja nicht, dass deine kostbaren Gefolgsmänner dich retten können.« Er zerrte ihr Gesicht an ihren Haaren näher. »Ich werde meine Rache bekommen.« Er zog sie zur Tür, öffnete sie und stieß sie gegen den überraschten Diener. »Bring diese Frau nach unten und schick jemanden, der mir hilft, mich anzukleiden.«

Der Wind peitschte um die Zinnen der Burg Killaird und stach den Männern, die dort versammelt waren, ins Gesicht und ließ ihre Augen tränen. Kleine Eiskristalle hatten sich auf Red MacGregors Bart und seinem Umhang aus Marderpelz gebildet, und er musterte die kleine Armee, die sie umstellt hatte, von oben herab.

»Ist das McNaghtens Armee?«

Sein Sohn grunzte. »Aye. Es wundert mich nur, dass sie so lange gebraucht haben.«

Der alte Mann spähte über die Zinnen. »Es sieht so aus, als hätten sie ihre Zeit gut genutzt.«

MacGregor musste ihm zustimmen. Es waren insgesamt knapp zweihundert Männer, die sich dort unten versammelt hatten, auf Pferden und zu Fuß. Sie hatten sogar einen Proviantwagen mitgebracht. Es sah aus, als hätten sie sich auf einen längeren Aufenthalt vorbereitet. »Sie sind uns trotzdem nicht gewachsen. Wenn sie einen Kampf wollen, sollen sie einen bekommen.«

Red MacGregor hob eine buschige Braue und deutete auf einen der Reiter, der sein Pferd vorwärtstrieb. »Nicht so hastig, mein Junge. Sie wollen verhandeln.«

Der Reiter näherte sich und trug eine Lanze mit einem weißen Wimpel mit sich. Den Bogenschützen, die mit gespannten Bögen auf den Mauern standen und auf den Reiter zielten, rief MacGregor zu: »Nicht schießen.« Der Reiter näherte sich der Mauer, und unter dem Helm blitzte rotes Haar auf. Red MacGregor runzelte die Stirn. Er war nicht in der Stimmung, Zugeständnisse zu machen, vor allem nicht diesem Mann.

Rory McNaghten zügelte sein Pferd. »MacGregor«, brüllte er. »Wir sind hier, um unsere Lady zu holen.«

»Dann seid ihr umsonst gekommen.« Der Wind drohte, MacGregors Worte einfach mit sich fortzureißen, aber er sah den düsteren Ausdruck auf McNaghtens Gesicht und wusste, dass er ihn gehört hatte.

»Wenn sie tot sein sollte, wirst du dafür bezahlen!«

»Nay. Sie lebt. Aber sie bleibt bei uns.«

McNaghtens Pferd scheute, und er brauchte einen Moment, um das große Tier wieder unter Kontrolle zu bekommen. »Wir bieten euch einen Austausch an.«

»Einen Austausch!« MacGregor lachte verächtlich. »Du hast nichts, was ich haben will, McNaghten.«

»Wir geben dir drei Leben im Austausch für ein einziges.«

»Was für Leben?«

»Das der Männer, die mit dir zusammen gefangen genommen wurden.«

Red MacGregor packte das Kettenhemd seines Sohnes. »Du hast mir gesagt, man hätte sie gehängt!«

Kapitel 6

Seine Gedanken rasten. Hatte Blanche McNaghten am Ende doch die Wahrheit gesagt? Falls das die Wahrheit war, warum hatte sie nicht weiter versucht, ihn zu überzeugen? Er mochte kaum daran denken, was er ihr heute Morgen fast angetan hätte …

»Was denkst du?«, fragte er den älteren Mann. »Könnte es ein Trick sein?«

MacGregor zuckte mit den Achseln und brüllte dann über die Mauer hinweg: »Woher wissen wir, dass du nicht lügst, McNaghten?«

»Ich werde euch eure Männer zeigen. Aber erst wollen wir sehen, ob unsere Lady wirklich noch am Leben ist. Zeigt sie uns.«

Red MacGregor gab einem der bewaffneten Männer ein Zeichen. »Bringt das Mädchen her. Rasch.« Dann wandte er sich an seinen Sohn. »Ich nehme an, dass sie unversehrt ist?«

MacGregor knurrte: »Das ist sie.«

»Gut. Dann können wir vielleicht ein Blutvergießen vermeiden.«

Der jüngere Mann machte ein finsteres Gesicht. Hätte er seinen Lenden nicht erlaubt, über seinen Kopf zu bestimmen, würde Blanche McNaghten jetzt bereits in einem kühlen Grab ruhen. Er grübelte über diesen Gedanken nach, während sie auf die Rückkehr des Soldaten warteten.

»Hier ist die Frau, Mylords.« Blanche war noch immer in den Zobelmantel eingehüllt und war ohne Zweifel noch immer nackt darunter. Der Wind schlug ihr ihr schwarzes Haar ins Gesicht, und ihre bitteren grünen Augen weigerten sich, MacGregors Blick zu erwidern. Er nahm sie am Arm und zog sie bis zu den Zinnen, damit ihre Gefolgsmänner sie sehen konnten.

»Rory!« Sie zog ihn vorwärts, als sie den Reiter unter sich sah, und ein Lächeln erblühte auf ihrem Gesicht. MacGregors Eingeweide verknoteten sich. Er zog sie zurück und stieß sie zu ihrem Wächter.

»Du hast sie gesehen, McNaghten. Was ist mit meinen Männern?«

Der Reiter gab der wartenden Armee ein Zeichen, und sie bildete eine Schneise, um eine kleine Gruppe aus Gefangenen durchzulassen. Sie wurden an ihren Ketten nach vorn gezerrt.

»Sind sie das, Junge?«, wollte Red MacGregor wissen. »Ich kann nicht so weit sehen.«

»Aye.«

»Dann sag McNaghten, dass wir die Frau austauschen werden.«

MacGregor sagte kein Wort.

Sein Vater sah ihn an. »Du weißt, dass es so kommen muss.«

»Mir wäre es lieber, wir würden diese Hurensöhne angreifen, als zuzulassen, dass sie uns derart in die Ecke drängen. Wir sind ihnen zahlenmäßig überlegen und könnten gewinnen.«

»Aye, wir könnten gewinnen. Aber zu welchem Preis? Sie würden die Gefangenen töten, und viele unserer Männer würden verletzt oder ebenfalls getötet werden. Und wofür? Wegen einer Frau. Das werde ich nicht zulassen.«

MacGregors Miene verfinsterte sich, und ohne jede Vorwarnung schlug er mit der gepanzerten Faust gegen die Mauer. Der alte Mann runzelte die Stirn und beugte sich über die Zinnen. »McNaghten! Ihr habt unsere Gefangene gesehen und wir eure. Für den Moment reicht das. Kommt bei Sonnenuntergang zurück, und wir werden weiterverhandeln.«

Im Schlafzimmer von Red MacGregor gab es nur wenig Licht, und es roch nach Kampfer, Kräutern und Kerzenwachs. Das Feuer brannte hell im Kamin; auf dem Tisch stand eine Schale, die Blut aus Schröpfungen auffangen sollte, und daneben lag ein Druckverband. Die Werkzeuge eines Kranken hatte die eines Kriegers abgelöst. Der alte Mann zog seine Robe enger um sich und schob eine Hündin mit grauen Barthaaren von seinem Lieblingsstuhl neben dem Kamin. Er atmete mühsam, doch die Augen in seinem faltigen Gesicht blickten noch so wachsam wie seit eh und je.

»Du weißt, dass du die Frau austauschen musst.« Es war keine Frage, sondern eine Feststellung.

MacGregor schob sein Schwert beiseite, ehe er sich hinsetzte. Er hatte die Lippen zu einer dünnen, grimmigen Linie zusammengepresst. Er bedachte seinen Vater nicht mit einer Antwort, und so fuhr der alte Mann fort: »Das sind unsere Männer, Junge. Sie haben schon oft an unserer Seite gekämpft.«

»Ich weiß.« MacGregor starrte in die Flammen.

»Diese Frau – bedeutet sie dir etwas?«

»Um Himmels willen, nay!«

»Also, wo liegst das Problem? Hast du sie noch nicht in deinem Bett gehabt?«

»Aye, aber ...«

»Mein Sohn«, sagte der alte Mann und beugte sich vor, den durchdringenden Blick auf den jungen Mann gerichtet, »eines Tages, und dieser Tag wird sehr bald sein, wird diese Burg und all ihre Ländereien dir gehören. Du brauchst legitime Söhne, um deine Position hier zu sichern. Keine Bastarde.« Er hustete, und die Krämpfe schüttelten seinen gebrechlichen Körper. Das Husten ebbte ab, und er sprach weiter, aber seine Stimme war heiserer als zuvor: »Wir werden die McNaghten-Frau morgen früh austauschen. Höre auf meinen Rat und nutze diese Nacht, um sie ein für alle Mal aus deinem Blut zu tilgen.«

Margaret presste ihr Ohr an MacGregors Schlafzimmertür. Kein Laut war zu hören, aber sie wusste, dass er da war. Er hatte sich direkt nach dem Abendessen zurückgezogen, und ihre Spione hatten ihr erzählt, dass er sich mehrere Flaschen Wein hatte nach oben bringen lassen. Sie klopfte. Von drinnen kam keine Antwort. Sie öffnete die Tür dennoch und schlüpfte hindurch.

»Ich kann mich nicht entsinnen, dir erlaubt zu haben, hereinzukommen.« Er saß auf dem Stuhl neben dem Kamin. Seine Füße steckten noch in den Stiefeln, er hatte seine Beine ausgestreckt und sein Wams bis zur Taille aufgeschnürt. Seine Lider waren schwer und seine Augen funkelten.

»Das hast du nicht.« Sie lächelte ihr entwaffnendes Lächeln. »Aber ich dachte, du würdest dich über meine Gesellschaft freuen. Außerdem wollte ich mich entschuldigen.«

»Und für was bitte?«

»Für letzte Nacht.« Sie kam zu ihm und warf sich ihm zu Füßen. »Ich – ich weiß nicht, was mit mir los war! Diese McNaghten-Frau reizt mich zu den schlimmsten Übeltaten.«

»Es gibt nichts zu vergeben, Margaret.« Er wandte den Kopf ab, um wieder in die Flammen zu starren. »Ich wage zu behaupten, dass es der Hure ohnehin gefallen hat.«

»Bedeutet das, dass du mich nicht bestrafen wirst?«

Die Enttäuschung in ihrer Stimme überraschte ihn, und er

wandte ihr wieder das Gesicht zu. »Dich bestrafen? Es ist die Aufgabe deines Vaters, dich zu bestrafen, nicht meine.«

»Aye, aber wir werden bald verheiratet sein.« Sie sah ihn an, und in ihrem Blick lag eine eindeutige Einladung. »Ich bin neugierig zu erfahren, wie du eine eigensinnige Ehefrau züchtigst.«

MacGregor lächelte bitter. »Ja, bist du das? Führ mich nicht in Versuchung, Lass, denn ich bin in der Stimmung, deiner Bitte nachzukommen.«

Margaret spürte Lust zwischen ihren Schenkeln aufwallen, die sie in Wasser zu verwandeln schien. Sie sehnte sich nach seinen Händen auf ihrem Köper, je härter, desto besser. Ihre Vorfreude wurde durch die Erwartung einer Strafe noch angeheizt. Aber wie konnte sie ihn dazu bringen? Sie lächelte verschmitzt. »Ich habe gesehen, wie dein Vater mit dem rothaarigen Riesen verhandelt hat. Ich habe gehört, dass er nur einer von vielen von Blanche McNaghtens Liebhabern ist. Wusstest du, dass praktisch schon jeder Mann sie gehabt hat, seit sie auf Killaird ist? Sogar Jamie. Und mit allen ging sie freiwillig mit.«

»Achte auf deine Zunge.«

»Aber ich bin froh, dass wenigstens du ihr widerstehen konntest. Du hast sie als das erkannt, was sie wirklich ist: eine schmutzige, verschlagene Hure.«

»Ich sagte, achte auf deine verdammte Zunge!«

Margaret starrte MacGregor an, als würde sie ihn zum ersten Mal sehen. »Lieber Gott! Du hast sie auch gehabt, nicht wahr?«

Er antwortete ihr nicht, sondern nahm einen weiteren Schluck Wein. Sie sprang auf und schlug ihm den Becher aus der Hand. »Wie konntest du?! Wie Hunde, die um eine läufige Hündin herumschnüffeln; du bist nicht besser als die anderen.«

»Sei vorsichtig, Weib«, knurrte er.

Triumph blitzte in ihr auf; sie gab gerade die beste Vorstellung ihres Lebens. »Warst du nicht Manns genug, um sie zu befriedigen, Alex, oder warum hat sie sich in der Burg Sklaven und sogar einen grünen Jungen gesucht, um dein Versäumnis auszugleichen?« Sie lachte verächtlich. »Ich will keinen halben Mann als Gatten.«

»Genug!« MacGregor sprang auf die Füße und packte ihren Arm. »Du willst sehen, wie ich meine Frau züchtigen würde? Bei Gott, dann wirst du es jetzt sehen.« Er zerrte sie zum *Armoire* und zog eine kleine Jagdpeitsche hervor. Durch den Nebel ihrer Erregung hindurch bemerkte Margaret, dass sie aus weichem, biegsamen Leder gefertigt war. Sie würde wunderbar brennen, ohne ihre Haut zu zeichnen. Margaret war so erregt, dass sie sich kaum auf den Beinen halten konnte; nur MacGregors Griff bewahrte sie davor, einfach zu Boden zu sinken. Er zwang sie über den Rücken des Stuhls und schob ihre Röcke bis über ihren Kopf. Sie wand sich, um den erstickenden Stofffalten zu entgehen, doch er schob ihr Gesicht bestimmt wieder nach unten. Sie spürte, wie er ihre Unterwäsche öffnete und sie ihr auszog.

»Tu das nicht, Alex!« Sie versuchte die Erregung, die ihre Stimme belegte, zu verbergen. Der erste Schlag der Peitsche traf ihren Hintern, und sie schrie auf. Sie wand sich angesichts der brennenden Schläge, aber das schien seine Wut noch weiter anzustacheln, und die Schläge folgten immer schneller aufeinander. Jeder Schlag verursachte einen weiteren nassen Schwall zwischen ihren Schenkeln, bis sie glaubte, sich vollständig aufzulösen. Und noch immer sang die Peitsche durch die Luft. »Ich flehe dich an! Genug!«, keuchte sie. Ihr Köper war ein brodelnder Kessel voller Begehren. »Gnade!«

Die Peitsche hielt inne, und Margaret versuchte, wieder zu Atem zu kommen. Hände streichelten über ihr brennendes

Fleisch; sie beruhigten die weichen Kurven und riefen damit ein kitzelndes Lustgefühl hervor. Ihr Geschlecht wurde von hinten von langen Fingern geteilt, die sich in sie schoben. Sie glitten ohne Widerstand in den zuckenden Tunnel. Margaret stöhnte laut. »Oh! Mein Liebster!« Sie wand sich, um sich aufsetzen zu können, wurde aber wieder zurück über die Stuhllehne gedrückt. Sie war vollkommen hilflos und verletzlich, mit ihrem Hintern in die Höhe gereckt und ihrem entblößten Geschlecht. Diese Erkenntnis sorgte dafür, dass ihr Schoß pulsierte und die suchenden Finger mit noch mehr Nässe benetzte. Sie versteifte sich, als etwas Fremdes gegen den Eingang zu ihrer Vagina stieß. Es war kein angeschwollenes Fleisch, so wie sie es erwartet hatte, sondern etwas Härteres, Unerbittlicheres. Sie hob ihre Hüften an, um dem Griff der Peitsche besseren Zugang zu ihrer Spalte zu gewähren. MacGregor ließ sie in sie hinein- und wieder herausgleiten. Sie bewegte ihren Hintern auf und ab, um das Leder tiefer stoßen zu lassen, aber sie war in ihren Bewegungen eingeschränkt und konnte ihren Hunger daher nicht stillen. Er schob den Griff so tief in sie hinein, wie es ihm möglich war, und ließ ihn dort; seine Finger spreizten die Backen ihres Hinterns. Sie erbebte und wand sich unter ihm und spürte dann einen langen Finger, den er in ihren Anus schob. Sie schrie, als die Gefühle, die er damit in ihr auslöste, sie überwältigten. Er hatte ihr Blut derart in Wallung gebracht, dass sie nicht mehr fähig war, einen klaren Gedanken zu fassen. Sie konnte an nichts anderes mehr denken als an ihre Befriedigung. Er war sich sicher, dass sie nun für ihn bereit war, und zog seinen Finger heraus, nur um ihn gleich darauf mit seinem Schwanz zu ersetzen. Er fühlte sich heiß und unglaublich dick an; Zentimeter für Zentimeter schob er ihn in sie, bis seine Hoden gegen die Peitsche stießen, die noch immer in ihrem Schoß steckte. Sie war vollkommen ausgefüllt von Fleisch und

Leder; beides sorgte für einen unerträglichen Druck in ihr, und sie rieb ihre Klitoris an der Rückseite des Stuhls, um sich irgendwie Erleichterung zu verschaffen. MacGregor bemerkte ihre Frustration und bewegte die Peitsche wieder in ihr, während er seinen Schwanz in ihrer engen Öffnung vollkommen still hielt. Er bewegte das Leder in gleichmäßigem Rhythmus in ihr mit langen, bedachtsamen Stößen. Sie wand sich und zappelte unter der doppelten Folter; etwas in ihr zog sich zusammen und zerbrach. Sie zitterte und schrie ihre Erleichterung hinaus, während ihr Liebhaber in ihr pulsierte.

Er zog sich fast sofort aus ihr zurück und zog auch die von Nässe getränkte Peitsche aus ihrer engen Scheide; rasch zog er ihre Röcke herunter, um sie wieder zu bedecken. Sie stand auf, noch immer zittrig, und warf sich in seine Arme.

»Oh, Alex, es tut mir leid.« Sie küsste ihn auf den Mund, die Wangen und das Kinn. »Ich kann manchmal ein richtiger Drachen sein. Sag, dass du mir verzeihst.«

»Sei nicht kindisch, Lass.« Er zog sie zu seinem Stuhl am Kamin und dann auf seinen Schoß. »Du spielst zu viele Spiele. Eines Tages wird dich das noch in Schwierigkeiten bringen.« Er lehnte den Kopf zurück und schloss die Augen.

»Schlaf nicht ein, Alex!«

»Ich schlafe nicht. Noch nicht. Zuerst werde ich mich bis zur Besinnungslosigkeit betrinken.«

»Und was ist mit mir?«, schmollte Margaret.

»Du kannst hierbleiben, wenn du willst. Mir ist es egal.«

Das Stroh stach in Blanches Hände und Beine, und sie versuchte, eine bequemere Position zu finden. Dank des Zobelmantels war ihr warm, und sie war satt, aber noch immer konnte sie nicht schlafen. Schließlich gab sie es auf und sah zu den Schatten an der gewölbten Decke hinauf. Es war ihre letzte Nacht im Kerker von Killaird. Die Wachen hatten ihr erzählt, dass sie am Morgen gegen MacGregors Männer ausgetauscht werden sollte. Sie hatte fast erwartet, dass MacGregor nach ihr schicken würde, aber viele Stunden waren bereits vergangen, und die Nacht war fast um. Sie versuchte, sich nicht zu sehr auf ihre Gefühle deswegen zu konzentrieren, sondern stattdessen an die Dinge zu denken, die sie so sehr vermisste: ihr bequemes Bett in Dunchar, die Freiheit, sich ohne Ketten frei zu bewegen, gutes Essen und vertraute, geliebte Gesichter. Und doch. Und doch – sie schloss die Augen und atmete den männlichen Duft des Mantels ein, der ihr Kinn kitzelte.

Das Schaben von Metall auf Metall ließ sie die Augen wieder aufreißen. Sie setzte sich auf. Die Tür öffnete sich; das Licht einer flackernden Laterne drang in die Zelle. Sie versteifte sich und entspannte sich wieder, als sie den jungen Jamie Cameron erkannte. Sein sonst so angenehmes Gesicht wirkte in dem flackernden Licht traurig und gespenstisch zugleich. Er stellte die Laterne auf den Boden und stand vor ihr, den Blick unbehaglich auf den Boden gesenkt.

Sie ahnte, dass er nicht als Erster das Wort ergreifen würde. »Jamie. Womit habe ich dieses Vergnügen verdient?«

»Du erinnerst dich an meinen Namen?«

»Natürlich.«

»Ich – ich dachte nicht, dass du es tun würdest.«

»Wie könnte ich einen solchen Kavalier vergessen?«

»Verspotte mich nicht!« Sein Gesicht verzog sich, und für einen grässlichen Moment dachte Blanche, dass er gleich weinen würde.

»Das tue ich nicht. Du warst sehr zärtlich zu mir an jenem Tag.«

»Wirklich?«

»Wirklich.«

Er legte seinen Mantel auf den kalten Stein und setzte sich darauf. »Wie hat es sich angefühlt … als du … du weißt schon.«

»Es war sehr schön.«

»Fühlt es sich für einen Mann ebenso an? Ich frage, weil ich bisher …« Er stockte und errötete. »Ich habe bisher noch nie ein Mädchen mit in mein Bett genommen.«

»Und du hast dir bisher noch niemals selbst Erleichterung verschafft? Es fällt mir schwer, das zu glauben.«

»Also, aye, natürlich habe ich das getan. Aber das ist nicht dasselbe. Oder?«

»Das weiß ich nicht. Das solltest du einen deiner Leute fragen, nicht mich.«

Jamie zuckte mit den Achseln, und seine Augen ließen ihren Blick los. »Ich habe gehört, dass du uns morgen verlässt.«

»Ja, das hoffe ich.«

»Hast du – hast du einen Liebsten zuhause?«

Blanche lächelte. »Warum?«

»Weil –«, er zögerte, »weil ich dich liebe.« Die Worte platzten aus ihm heraus, und er errötete bis zu den Wurzeln seines silbrigblonden Haares.

Blanche war für einen Moment wie vom Donner gerührt. Dann begann sie zu lachen. »Unsinn! Was du da fühlst, das ist keine Liebe.«

»Du verspottest mich schon wieder.«

»Nay. Das tue ich nicht.«

»Wenn dieses furchtbare, brennende Gefühl, das ich empfinde, keine Liebe ist, was ist es dann?«

»Verlangen. Einfach und simpel. Es ist nichts Ernstes, und du kannst leicht davon erlöst werden.«

»Wie?«

Blanche sah auf den Schritt des Jungen, wo sich seine Erregung deutlich abzeichnete, dann blickte sie zur Seite. Die Antwort lag auf der Hand, aber sie würde sie nicht aussprechen.

Er hatte sie aber bereits geahnt. Er streckte die Hand aus und berührte ihren Arm. »Wirst du heute Nacht bei mir liegen?«

Blanche schüttelte den Kopf und lächelte ihn an.

»Aber ich habe dich bereits nackt gesehen und selbst ...«

»Ich weiß.« Blanche nahm seine Hand. »Aber du solltest dir ein Mädchen in deinem Alter suchen, damit ihr gemeinsam lernen könnt. Dein erstes Mal sollte etwas Besonderes sein.«

Der rebellische Ausdruck auf seinem Gesicht zeigte, dass er nicht überzeugt war. Er nahm seine Hand aus ihrer. »Ich könnte dich trotz allem nehmen. Ich bin stärker als du. Niemand würde dich hören.«

»Ja, das könntest du.« Blanche sah ihn traurig an. »Aber willst du deine erste Frau wirklich mit Gewalt nehmen?«

»Magst du mich nicht?«

»Natürlich mag ich dich! Aber sieh dich um. Willst du, dass wir uns im Dreck wälzen wie die Schweine?«

Der Junge biss sich auf die Lippen. »Nein.« Er streckte die Hand aus, um eine von Blanches Locken zu berühren, die sich auf dem schwarzen Pelz kringelten. »Aber du bist so wunderschön. Ich will dich einfach nur ansehen.« Seine zitternde Hand streichelte ihre Wange.

»Nicht, Jamie.« Blanche errötete. Die Stärke seiner Erregung begann sich auf sie zu übertragen.

»Aber möglicherweise sehe ich dich nach heute Nacht niemals wieder. Du kehrst zu deiner Burg zurück und vergisst mich. Bitte – bitte lass mich dich nackt sehen, zumindest ein letztes Mal. Ich verspreche, ich werde dich nicht anfassen.«

Sie biss sich auf die Unterlippe. Es wäre grausam, den Jungen zu quälen, wenn sie nicht vorhatte, auch zuzulassen, dass er sie nehmen konnte. Jamie bemerkte ihr Zögern und schob seine Hand unter den Mantel, um ihre Brüste ungeschickt durch den Stoff ihres Kleides hindurch zu befingern. Er besaß noch keine Erfahrung, aber er war kein Narr. Der hitzige Blick aus seinen Augen ließ ihre Entschlossenheit schwinden. Doch nicht ganz.

»Nay.« Sie schob seine Hand von ihren Brüsten und hoffte im Stillen, dass er nicht gespürt hatte, wie sich ihre Nippel unter dem groben Stoff verhärtet hatten, oder dass er die Bedeutung dessen nicht verstand. »Du hast deine Hände nicht unter Kontrolle.«

Sein Gesicht zeigte reine Frustration. »Wenn du schon nicht zulässt, dass ich dich haben kann oder ich dich nackt sehe, dann lass mich dich wenigstens küssen. Ein Abschiedskuss.« Er beugte sich zu ihr, bis ihre Lippen sich fast berührten, und sie konnte seinen gehetzt gehenden Atem spüren. »Nur einen.«

Was konnte an einem Kuss schon schlimm sein? Sie war sich sicher, dass sie ihn stoppen konnte, falls er weiter gehen wollte. »Na gut.« Kaum hatten die Worte ihre Lippen verlassen, legte sein Mund sich auf ihren. Zuerst hielt sie die Lippen fest verschlossen, um den Kuss so keusch wie möglich zu gestalten, doch schnell bekam ihre Entschlossenheit Sprünge. Seine Lippen neckten ihre, heiß und fordernd, und seine Hände legten sich auf ihren Hinterkopf, sodass sie sich nicht mehr zurückziehen konnte. In Blanches vernebeltem Kopf tauchte der Gedanke auf, dass er zwar noch mit keiner Frau geschlafen hatte, aber mit Sicherheit schon oft das Küssen geübt hatte. Seine Zunge fand ihren Weg zwischen ihre Zähne und zwang sie, sich zu öffnen; er erkundete das weiche Innere ihres Mundes und verwandelte ihre Knie in Gelee und ließ ihr Herz schneller schlagen. Er knabberte und biss in ihre

Lippen, bis er ihre Zunge fand. Er zog sie zu sich und saugte daran, bis sie stöhnte. Blanche spürte, wie sie sanft rücklings zurück aufs Stroh gedrückt wurde, doch das Gefühl, das seine Lippen und seine Zunge in ihr auslösten, nahm sie völlig ein, sodass sie nicht protestierte. Jamies Mund lag noch immer auf ihrem; er tastete unter den Mantel und fand ein weiteres Mal ihre Brüste. Seine zielsichere Berührung an ihrem aufgerichteten Nippel riss Blanche aus ihrer Trance, und sie schob ihn von sich.

»*Dieu!*«, keuchte sie. »Du musst mich für eine vollkommene Närrin halten. Du bist auf keinen Fall mehr Jungfrau.«

»Doch, das bin ich, ich schwöre es.« Jamie griff nach ihrer Hand. »Ich habe schon Mädchen berührt – Morag aus der Molkerei lässt es manchmal zu, aber ich schwöre, ich habe noch nie mit einer geschlafen!«

»Falls du jemals ein so fähiger Liebhaber wirst, wie du küssen kannst, Jamie, dann wirst du Hunderte von Herzen brechen.«

»Glaubst du?«

»Geh zu Morag und brich ihres. Ich brauche meines noch.«

»Aber ich will nicht mit einem Mädchen schlafen. Ich will eine Frau. Ich will dich.« Er packte Blanches Hand und küsste sie wie im Fieber. »Ich weiß, dass du mich auch willst. Ich – ich konnte es fühlen.« Er drückte ihre Hand tiefer und presste ihre Finger auf die Ausbuchtung in seiner Hose. »Spürst du, wie sehr ich dich will? Ich will kein Junge mehr sein, ich will ein Mann sein.«

Blanche versuchte, ihre Hand zurückzuziehen, doch er presste sie härter auf sich und begann, damit die ganze Länge seiner Erektion hinauf- und hinabzureiben. Trotz dem, was sie gesagt hatte, spürte sie, wie ihre eigene Erregung wuchs. Er war ein hübscher, gut gebauter Junge und würde für eine andere Frau eines Tages einen großartigen Liebhaber abgeben. Aber nicht heute. Wie konnte sie ihn zurückweisen, ohne sein zerbrechliches Ego zu verletzen?

»Du bist bereits ein Mann, Jamie.« Blanche lächelte sanft. Die Augen des Jungen wurden groß, als ihre Finger begannen, seine Männlichkeit von selbst zu streicheln. »Du bist so schön und hart.«

Er stöhnte und presste sich gegen ihre massierenden Finger. »Bitte. Oh, bitte, hör nicht auf.«

Vorsichtig befreite sie seinen Schwanz aus der Hose. Er war bereits derart angeschwollen, dass es schon schmerzhaft aussah. Er zitterte. Sie schloss die Finger um den zarten Schaft und legte die andere Hand um seine Hoden. Sie hatten sich so sehr zusammengezogen, dass sie wusste, dass es nicht viel brauchen würde, um ihn zum Kommen zu bringen. Langsam ließ sie ihre Finger an seinem Schaft auf- und abfahren. »Oh, Mylady, bitte!« Wie sie sich gedacht hatte, dauerte es nur wenige Sekunden, ehe er sich versteifte. Sie hielt inne und drückte vorsichtig die zitternde Spitze mit ihren Fingerspitzen; sie konnte die ersten glitschigen Tropfen seiner Lust darauf ertasten. Sie wartete, bis sein Atem sich ein wenig beruhigt hatte, ehe sie damit fortfuhr, ihn zu massieren. Wieder brachte sie ihn bis zur Schwelle seines Höhepunkts und drückte dann die Spitze seines Schwanzes zusammen, um ihn daran zu hindern zu kommen. Er war den Tränen nahe. Die schäbige Zelle, der Boden, selbst Blanche waren vergessen, als er von den Gefühlen erschüttert wurde, die sie in seinen Lenden auslösten. Seine Welt bestand nur noch aus seinem schmerzenden, zum Bersten gefüllten Schwanz und seinen Hoden. Sie ließ ihn wieder los und fuhr mit der Hand wieder langsam an ihm hinab und hinauf, ohne dabei die Massage an seinen Hoden zu unterbrechen. Er zitterte am ganzen Körper, sein Schwanz wurde noch härter in ihrer Hand, die ihre träge Bewegung fortsetzte. Er schluchzte und explodierte in ihrer

Hand; sein Samen befleckte sie und ihn. Dann fiel er gegen sie. Sie hielt ihn fest, bis er schlaff wurde, und beugte sich dann herunter, um einen Kuss auf das erschöpfte Fleisch zu setzen, ehe sie ihn wieder in seiner Hose verstaute. Er schien sie küssen zu wollen, doch sie hielt ihre Hand hoch. »Ich muss jetzt wirklich schlafen, Jamie«, sagte sie. »Und das musst du auch. Geh in dein eigenes Bett.«

Der Junge schaffte es, ihr einen dankbaren Kuss auf die Wange zu geben, als er sie an sich drückte. Dann stand er auf und ließ sie in der Dunkelheit allein.

Es war noch immer dunkel, als Blanche in den Burghof gebracht wurde, damit der Austausch der Gefangenen ausgeführt werden konnte. MacGregor trug ein Kettenhemd, darüber einen Überwurf und das Schwertgehänge, das sie vor einigen Tagen bereits gesehen hatte. Sein Gesicht war noch wilder als sonst, sein Mund war nur eine dünne Linie, und die Narbe stach prominent hervor. Ein Diener reichte ihm seinen Helm und sein Schwert, das er in die Scheide des Gehänges steckte. Als er sich den Helm überstreifte, hielt er kurz inne, und sein Blick glitt zu Blanche, die in ihrem zu engen Bauernkleid dastand und jeden seiner Blicke wie ein feines Prickeln auf der Haut spürte.

»Wo ist mein Mantel?« Sein Atem stieg in kleinen Schwaden in die Luft.

»Im Kerker.«

»Du, Junge, hol ihn für Lady McNaghten. Wir wollen doch nicht, dass sie sich erkältet.« Der Diener verschwand, und MacGregor kam auf sie zu, ungeachtet der interessiert prüfenden Blicke der Männer und Frauen seines Haushalts, die sich auf den Burgmauern versammelt hatten, um den Austausch zu verfolgen. Falls er sich des Starrens aus den saphirblauen

Augen von Margaret Cameron bewusst war, die neben seinem Vater auf der Mauer stand, zeigte er es nicht. »Bist du bereit, deinen Gefolgsleuten zu begegnen?« Blanche hob das Kinn, ließ sich jedoch nicht dazu herab, ihm eine Antwort zu geben. Er runzelte die Stirn. »Du hättest mir früher sagen sollen, dass meine Männer am Leben sind. Dann hätte ich dich nicht so hart behandelt.«

»Ich habe es Euch gesagt. Aber Ihr wolltet lieber das Schlimmste von mir glauben.«

Der Diener brachte den Nerzmantel und übergab ihn seinem Herrn, der ihn um Blanches Schultern legte. Sie wich vor seiner Berührung zurück. »Ich will nichts von Euch haben.«

»Das Kleid gehört ebenfalls mir. Willst du nackt nach Dunchar reiten?«

Sie biss sich auf die Lippen. Sie traute MacGregor durchaus zu, dass er seine Drohung wahr machte. Er schwang sich in Ravens Sattel und hielt ihr die Hand hin.

»Nay.« Sie schüttelte den Kopf. »Ich werde laufen.«

Seine Miene verdüsterte sich. »Bei Gott, das wirst du nicht tun. Nimm meine Hand, Weib, oder ich werde dich quer über meinen Sattel legen und dich so hinausbringen, wie ich dich hereingebracht habe.«

Rory rückte die geknöpfte Weste unter seinem Kettenhemd zurecht und ordnete die Falten seines Kilts. Dann wies er den Diener an, die Schlafmatten einzupacken. Die Nacht auf dem Boden hatte ihren Tribut gefordert, und er zitterte und schwang die Arme, um das Blut wieder zirkulieren zu lassen. Obwohl die Dämmerung noch kaum am Himmel zu sehen war, füllten bereits die typischen Geräusche einer Armee, die sich auf den Tag vorbereitete, seine Ohren: das Schaben der

Kochtöpfe, das Stampfen der Hufe, das Klirren der Trensen und das metallische Zischen von Wetzsteinen auf Klingen.

»Hier, Mylord. Das wird Euch wärmen.« Sein Diener reichte ihm eine Schale mit Brühe; er zwang sich, sie zu trinken, auch wenn seine Innereien einen einzigen festen Knoten gebildet hatten. Heute würde eine echte Prüfung werden. Entweder würde er Blanche zurück nach Dunchar bringen können, oder er würde beim Versuch, sie den MacGregors zu entreißen, sterben. Auch wenn Red MacGregor geschworen hatte, dass der Austausch stattfinden würde, brachte Rory es einfach nicht fertig, diesem Mann vollkommen zu vertrauen. Er seufzte. Killaird war robust und gut befestigt, und der Gedanke, die Burg anzugreifen, behagte ihm gar nicht. Aber wenn sie Blanche von ihm fernhielten, würde er jeden einzelnen Stein niederreißen, um sie zu finden.

»Es ist fast Tag, Mylord. Die Männer sind bereit.« Maxwell, Blanches Vogt, unterbrach Rorys düstere Gedanken. Am Himmel schimmerte nicht das übliche perlmuttartige Licht des anbrechenden Morgens, sondern ein düsteres, gelbes Glimmen. Rory fluchte und schüttete die Reste seiner Brühe ins Feuer. Falls MacGregor nicht vorhatte, Blanche auszutauschen, so müsste er sich nur in seiner Burg verschanzen und darauf warten, dass sie alle einfach erfroren. Das Wetter würde sie ebenso sicher umbringen, wie es eine Armee tun würde.

»Kommt. Es ist Zeit.« Er bestieg sein Pferd und trieb es an in Richtung der massiven Mauern von Killaird. »Bleib an meiner Seite, Maxwell. Und Ihr, MacLeod, sorgt dafür, dass die Gefangenen herausgebracht werden, sobald ich das Signal dazu gebe.« Donald beeilte sich, Rorys Befehl nachzukommen, und Rory und Maxwell ritten zwischen den Bäumen hindurch hinaus auf das freie, ungeschützte Feld.

Gut zehn Meter vor den Mauern der Burg hielten sie an; ihre Nackenhaare sträubten sich angesichts von Dutzenden von Pfeilen, die auf sie gerichtet waren. Kohlepfannen brannten auf der Mauer und machten der düsteren Sonne Konkurrenz, die endlich am Himmel erschienen war. Schneeflocken begannen herabzusegeln und fielen auf den eisenhart gefrorenen Grund. Ketten rasselten, als das Tor geöffnet wurde und das Fallgitter angehoben wurde. Für einige Augenblicke geschah gar nichts, und Rory musste sich dazu zwingen, seine Ungeduld zu zügeln. Dann löste sich ein Reiter aus den flackernden Schatten der Feuer im Innern und ritt auf sie zu. Sein Helm verdeckte sein Gesicht, aber der Hengst und sein arrogantes Gehabe waren unverwechselbar. Aber wo war Blanche? Dann bemerkte Rory eine schmalere Gestalt, die hinter dem Mann saß. Er blinzelte, konnte aber unter der Kapuze kein Gesicht ausmachen.

Die zwei Reiter hielten wenige Meter von ihnen entfernt; und als hätte sie Rorys Frustration gespürt, schlug Blanche die Kapuze zurück. Rory atmete aus. Sie war blass, und unter ihren Augen zeichneten sich Ringe ab, die von schlaflosen Nächten sprachen, aber es war eindeutig sie.

MacGregor sprach: »Hier ist deine Gefangene, McNaghten. Wo sind meine?«

Rory ignorierte ihn. »Geht es Euch gut, Mylady?«

Blanches Lächeln wirkte angespannt. »Gut genug, Cousin.«

»Ich nehme an, du hast Lady McNaghten mit dem Respekt behandelt, der ihrem Stand gebührt, MacGregor?«

Der Kiefer des anderen Mannes verkrampfte sich. »Sie wurde besser behandelt als ich, als ich in euren Händen war. Wo sind meine Männer?«

Rory gab Donald das vereinbarte Signal, und die drei Gefangenen stolperten aus dem Gewirr der McNaghten-Armee vorwärts zu den vier Reitern. Ihre Gesichter zeigten einen Ausdruck vorsichtiger Hoffnung, und sie liefen so schnell es die Ketten zuließen, die Augen dabei beständig auf ihren Anführer und die Burgmauern gerichtet, von denen sie geglaubt hatten, dass sie sie niemals wiedersehen würden. MacGregor ließ Blanche zu Boden gleiten, und sie lief schnell an Rorys Seite. Rory nahm ihre kalte Hand und zog sie vor sich in den Sattel.

»Gibst du mir deinen Mantel, Cousin?«, fragte sie müde.

»Aye, natürlich.« Er öffnete seinen Mantel. »Aber du hast bereits einen.«

Blanche öffnete die Schnalle des Nerzmantels und ließ ihn zu Boden fallen, direkt unter die stampfenden Hufe der Pferde. »Bring mich nach Hause, Rory.«

MacGregor starrte den davonreitenden Reitern hinterher. Verdammtes Weib! Sie hätte ihre Verachtung ihm gegenüber nicht deutlicher machen können. Er wünschte sich, dass er dem Rat seines Vaters gefolgt wäre und die Nacht mit ihr verbracht hätte, bis ihnen beiden die Sinne geschwunden wären, anstatt der Flasche Wein und Margarets perversen Vergnügen zu erliegen. Nun, was geschehen war, war geschehen. Er würde sie wahrscheinlich niemals wiedersehen. Um den Mantel aufzuheben, war er zu stolz, und so trieb er Raven die Hacken in die Seiten und folgte seinen Männern durch die wirbelnden Schneeflocken hindurch zurück nach Killaird.

Allmählich ging Blanche auf, dass ihre Reise zurück nach Dunchar ein ebensolcher Albtraum werden würde wie der Ritt nach Killaird. Obwohl sie in Rorys Armen lag, drang ihr die Kälte bis in die Knochen, und der unbändige Nordwind blies ihnen den Schnee so stark in den Rücken, dass sie kaum die Umrisse der Männer, die vor ihnen ritten, ausmachen konnte. Die Mähne des Pferdes war dick mit Schnee bedeckt. Rorys Hände waren in den Panzerhandschuhen schon ganz steif, sodass er sie immer wieder spannen und entspannen musste, um sie überhaupt noch zu spüren. Blanche versuchte, ihr eingefrorenes Gesicht und das Eis auf ihren Wimpern zu vergessen und sich stattdessen auf Rorys Wärme an ihrem Rücken zu konzentrieren. Schnee wirbelte vor ihnen auf, zog sie in einen Strudel, und sie spürte, wie ihre Augenlider schwer wurden. Plötzlich zeichnete sich eine Figur auf einem Pferd vor ihnen ab, und sie zuckte zusammen.

»Mylord. Wir müssen anhalten.« Blanche erkannte Maxwell kaum, so eng schirmten ihn Kapuze und Pelzmantel von dem Sturm ab.

»Das sehe ich auch so. Wir könnten zu leicht vom Weg abkommen. Aber wir müssen einen Unterschlupf für Lady McNaghten finden.«

»Der Hof der McRobbs ist nicht weit entfernt, wenn wir ihn nicht schon längst passiert haben. In diesem höllischen Schneesturm kann man das unmöglich sagen. Sollen wir es dort versuchen?« Rory nickte zustimmend, und Maxwell drehte wieder um; sofort wurde er von dem dichter werdenden Weiß verschluckt. Rorys Griff um Blanche wurde fester, und er trieb sein Pferd vorwärts, ohne seine Augen von dem Reiter vor sich zu nehmen. Nur wenige Minuten verstrichen, ehe die Gestalten vor ihnen anhielten und Blanche von vorne einen gedämpften Ausruf hörte.

»Wir müssen McRobbs Hof erreicht haben.« Rory führte sein Pferd um die anderen Reiter herum, und mit einem Mal befanden sie sich vor der geisterhaften Silhouette einer Hütte und einigen kleineren Nebengebäuden. Maxwell ergriff die Zügel des Pferdes und gab Rory so die Gelegenheit abzusteigen und Blanche vom Pferd zu heben. Ihre Füße fühlten sich taub an; sie stolperte und wäre fast hingefallen. »Komm, lass uns reingehen.«

»Was ist mit den Männern?«

»Sie können sich selbst Platz im Holzschuppen oder unter den Bäumen bei ihren Pferden schaffen. Ihre Haut ist dicker als deine.« Rory schob sie zur Tür der Hütte, und sie traten ein und brachten Schneegestöber mit sich, das Schnee auf dem ganzen Boden verteilte und die Flammen im Kamin fast zum Ersterben brachte.

»Mylady! Ach, was für ein furchtbarer Tag! Ihr seid ja ganz durchgefroren, armes Ding, kommt herein und wärmt Euch auf.« Blanche erkannte die roten Wangen und vorquellenden Augen der Frau des Försters. Im Frühling war sie zu ihr gekommen, um ihre Hilfe gegen MacGregors Männer zu erbitten, die ihre Familie aus ihrem Zuhause vertrieben hatten. Beide McRobbs trugen noch ihr Nachtgewand, und ihre Haare standen wild ab, aber sie beeilten sich, Holz aufs Feuer zu legen und den Besuchern die Mäntel abzunehmen. Eine Reihe naseweise Gesichter erschien auf dem Bett im Alkoven und musterte Blanche und Rory.

»Was ist da los, Mam?«

»Still, ihr. Ihre Ladyschaft ist höchstpersönlich gekommen, um uns zu besuchen.«

Die Augen der Kinder wurden größer, selbst dann noch, als Blanche ihnen trotz ihrer steif gefrorenen Wangen zulächelte.

»Habt ihr etwas Warmes zu essen, Mrs McRobb?«, fragte Rory.

»Aye, natürlich. Welche gute Highland-Frau hat keinen Kessel mit Suppe auf dem Herd? Denkt Ihr, ich wäre eine Heidin? Zieht das Kleid aus, meine Liebe, und zieht das Gewand hier an. Es ist nichts besonderes, aber ein wenig wärmer als das Kleid, das Ihr tragt. Dreh dich um, McRobb, und Ihr auch, mein Herr. Wir werden Euch schon warm bekommen. Na also, ist das nicht besser? Hier habt Ihr ein Tuch, um Eure Haare zu trocknen. Kommt und setzt Euch ein wenig an den Kamin. Nay, nicht auf den harten, alten Sessel, nehmt den Stuhl, der ist bequemer. Gib Mylady etwas Suppe, Mann. Nicht in die Schüssel! Nimm die gute, dort, vom Regal. Bitte sehr, Eure Ladyschaft, esst das, und Ihr werdet Euch gleich besser fühlen. Dort ist eine Decke hinter der Tür, Mylord, falls Ihr Eure nassen Sachen auch ausziehen wollt. Schnell, schnell, kein Grund, schamhaft zu sein. Ich habe schon interessantere Dinge gesehen, das kann ich Euch sagen. Na also, ist das nicht besser?«

Blanche schielte über den Rand ihrer Schüssel zu Rory und unterdrückte ein Kichern. Mrs McRobb war eine Naturgewalt, der man sich nicht entgegenzustellen traute, aber ihre Gastfreundschaft war mehr als willkommen. Blanche wagte kaum sich auszumalen, was gewesen wäre, wenn sie den Hof nicht erreicht hätten. Sie dachte an die Männer im Holzschuppen und unter den Bäumen und runzelte die Stirn. Als hätte sie ihre Gedanken gelesen, schob Mrs McRobb ihren Mann zur Tür.

»Sag den armen Kreaturen da draußen, dass sie ein paar Feuer anzünden können, um sich etwas aufzuwärmen«, wies sie ihn an. »Gott weiß, wir haben genug Holz.« McRobb wollte gerade die Tür öffnen, als seine Frau ihn zurückrief. »Und sag den Jungs im Holzschober, dass sie auf die Funken achten sollen. Ich will nicht, dass der ganze Hof in Flammen aufgeht. Zumindest nicht jetzt.«

»Halten wir Euch von Eurer Arbeit ab, Mrs McRobb?«, fragte Blanche.

»Um Himmels willen, nein! Was soll ich in diesem Wetter schon tun?« Die Frau wirkte ertappt. »Um die Wahrheit zu sagen, wir wollten das Ende des Sturms im Bett abwarten. Und ich denke, wir sollten das auch weiterhin tun, trotz Eurer Anwesenheit. Selbst mit dem Feuer ist es furchtbar kalt hier drin.«

»Eine ausgezeichnete Idee«, sagte Rory. »Macht euch keine

Sorgen um uns, wir rollen uns einfach vor dem Kamin zusammen.«

Der Förster kam zurück und schüttelte sich wie ein Hund, um seinen Bart und sein Haar vom Schnee zu befreien.

»Komm zurück ins Bett, McRobb. Mylord und Mylady benötigen unsere Dienste nicht mehr.« Die Frau stieg in das größere Bett, das im Alkoven stand. Ihr Mann streifte seinen nassen Umhang ab und offenbarte unter dem Nachthemd dürre Beinchen. Er zog die Vorhänge vor dem Bett seiner Sprösslinge zu und stieg zu seiner Frau ins Bett. »Zieh unsere Vorhänge auch zu, Mann, damit unsere Gäste ein wenig Privatsphäre haben.« Er zog den Vorhang vor dem Alkoven komplett zu, sodass das ausgeleierte Bett und die Menschen darin nicht mehr zu sehen waren.

Rory grinste. »Um ehrlich zu sein, hätte ich mich lieber dem Blizzard gestellt als der Zunge dieser Frau. Ist dir schon etwas wärmer?«

»Ein bisschen.« Blanche leerte die Schüssel mit Suppe. »Aber Mrs McRobb hat recht, es ist immer noch sehr kalt hier drin.«

»Komm und leg dich mit mir vor den Kamin. Dann wird uns schnell warm.«

»Ich habe das Gefühl, ich habe mein halbes Leben in diesem teuflischen Land damit zugebracht, die Kälte aus meinen Knochen zu vertreiben. Ich hätte Frankreich niemals verlassen sollen.« Trotz ihrer Beschwerden ließ Blanche zu, dass Rory seine Decke um sie legte und sie zu sich auf den Boden zog. Er drückte seinen Körper gegen ihren Rücken und begann ihre Hände unter der Decke zu reiben, damit ihr warm wurde.

»Das meinst du nicht so. Deine Freunde und deine Familie sind jetzt hier in Schottland.«

»Ich weiß nicht, ob ich so weitermachen kann. Immer nur

kämpfen. Immer nur von einem Mann zum anderen weitergereicht zu werden wie eine Trophäe.« Sie seufzte und genoss die Wärme des Feuers, die ihr Gesicht erhitzte. Rory sagte nichts, aber seine Arme schlossen sich um sie. »Ich will frei sein, frei, um meine eigenen Entscheidungen zu treffen und mein eigenes Leben zu leben.«

Rory räusperte sich. »Ich muss dich etwas fragen, Blanche.« Er zögerte und suchte nach Worten, um die Frage zu formulieren, von der sie wusste, dass sie kommen würde. »Während du in Killaird warst, hat dich irgendjemand –«

»Dieu!«, unterbrach sie ihn. »Du tust es schon wieder! Du bist genauso schlimm wie alle anderen, behandelst mich, als würde ich dir gehören!«

»Das mache ich nur, weil ich dich liebe und den Gedanken nicht ertragen kann, dass dich irgendjemand –«

»Nun, sie haben es nicht getan!« Sie befreite ihn mit einer Lüge aus seinem Elend, das war besser für sie beide. Sie wollte nicht erklären müssen, was zwischen ihr und MacGregor vorgefallen war. Sie wusste nicht einmal, wie sie es sich selbst erklären sollte.

Rory streichelte sanft ihr Haar, bis etwas von der Spannung aus ihrem Körper gewichen war. Hinter den Vorhängen des Alkovens hörten sie eine Mischung aus gedämpften Grunzern und Seufzen. Blanches Augen wurden groß. »Sie werden doch sicherlich nicht …«

Rory lachte leise. »Ich denke, dass sie genau das tun, Mylady. Was glaubst du, wieso sie so viele Bälger haben?«

»Aber …«

»Privatsphäre ist etwas, das sich nur reiche Leute leisten können.«

Blanche kicherte. »Wie sollen wir denn schlafen, wenn sie so viel Lärm machen?«

»Vielleicht sollten wir währenddessen etwas anderes tun.«

Rorys Hand wurde mutiger; sie glitt tiefer um Blanches Schulter und streichelte ihren Nacken.

»Was, hier? Ich denke nicht. Es ist zu kalt.«

»Dann entspann dich einfach und versuche zu schlafen.« Rory fuhr fort, sie zu massieren, und sie schmiegte sich an ihn. Nach einiger Zeit hatten seine hypnotischen Berührungen sie schläfrig gestreichelt; ihre Glieder fühlten sich in seiner Umarmung schwer und warm an. Sie lächelte leise, als seine Hand ihre Brüste erreichte. Sein Atem ging jetzt schneller, und er streichelte ihren Nippel durch das Kleid hindurch. Sie bewegte sich vor ihm.

»Rory, ich bin so müde –«

»Sch. Ich werde dich nicht stören.« Seine Hand streichelte tiefer und hob ihren Rock an, bis die weiche Haut auf der Innenseite ihrer Schenkel entblößt war. Sie seufzte, als seine Finger sie rhythmisch streichelten; jede Bewegung brachte seine Finger näher an das Zentrum ihrer Sehnsucht. Er legte seine Hand besitzergreifend über ihr Geschlecht, spürte die Locken ihrer Schamhaare und die großen, angeschwollenen Lippen ihres Geschlechts. Mit seinem Zeigefinger streichelte er über die gekräuselte Haut, die Spitze glitt immer wieder über die empfindliche Haut ihrer Schamlippen, bis sie stöhnte und mehr wollte. Langsam schob er seinen Finger in sie und merkte, dass sie mehr als nur bereit für die intime Berührung war. Seine Fingerspitze glitt über die Knospe ihrer Klitoris. Er umkreiste sie, erhöhte dabei langsam den Druck, bis Blanche sich auf die Lippen beißen musste, um nicht zu laut aufzustöhnen; sie war sich der McRobbs hinter dem Vorhang sehr wohl bewusst. Sein Finger neckte sie und reizte den anschwellenden Knopf aus Fleisch, und sie spürte, wie ihr Höhepunkt sich rasch näherte. Sie verspannte sich, als Rory sie mit seinem Finger penetrierte und weiterhin mit seinem Daumen Druck auf ihre Klitoris ausübte. Ihre Bauchmuskeln spannten sich an, und der Orgasmus fegte über sie hinweg und berührte ihr tiefstes Inneres; ihre Glieder schienen sich aufzulösen, und sie sank geschwächt gegen ihn.

»Ich danke dir«, seufzte sie. »Du bist immer so gut darin.«

»Immer?« Blanche hörte das Erstaunen in seiner Stimme. »Was meinst du mit immer?«

Blanche lächelte. »Du musst dich nicht verstellen, Rory. Ich weiß, dass du es in jener Nacht in Dunchar warst, als ich im Bad war. In Wirklichkeit war ich wach, aber ich dachte, das hättest du schon gemerkt, so stark, wie ich auf deine Finger reagiert habe.«

»Ich weiß nicht, was du meinst.« Rory klang noch verwunderter. »Ich habe dich niemals angefasst, während du gebadet hast.«

Kapitel 7

Blanche löste den Stoff des Kleides von ihrem Rücken und fuhr fort, die Kräuter in dem Mörser mit dem Stößel zu bearbeiten. Es war zu warm für die Jahreszeit, und obwohl die Tür der Speisekammer offen stand, sodass die Sonne auf den Steinboden fiel, ging kein Lüftchen, das ein wenig Erleichterung verschafft hätte. Die Festivitäten zum Maifeiertag sollten in wenigen Stunden beginnen, aber sie musste noch einen Kräutertee und eine Salbe herstellen, ehe sie daran denken konnte, sich ein wenig zu amüsieren. Die Salbe, ein altes Rezept, das sie von ihrer Großmutter erlernt hatte, war besonders dringend. Nur einen Tag zuvor hatte einer ihrer Leibeigenen von der anderen Seite des Lochs ans Tor von Dunchar angeklopft, halb bewusstlos wegen einer Wunde in der Schulter. Seine Angreifer hatten sein Vieh gestohlen und ihn zum Sterben zurückgelassen. Es waren entweder MacFarlanes oder MacGregors gewesen.

Blanche seufzte. Sie würde den König um Hilfe bitten müssen, und sie wusste, dass er wahrscheinlich darauf bestehen würde, dass sie eines der Heiratsangebote annahm, die sie erhalten hatte. Seit Rory aufgebrochen war, um nach den Ländereien seines Vaters im Norden zu sehen, lebten Neil MacLachlan und Calum Campbell praktisch auf ihrer Türschwelle, und sie wurde ihrer permanenten Streitereien und Versuche, sie mit Geschenken zu verführen, allmählich überdrüssig. Wenn sie nicht bald einen von ihnen erwählte, würden sich ohne Zweifel beide gegen sie wenden; falls sie aber doch eine Entscheidung traf, wäre das Ergebnis eine Blutfehde. Egal, wie sie sich entschied, sie konnte unmöglich gewinnen.

Und sie hatte noch ein anderes Problem: Rory hatte die MacLeod-Zwillinge mit in den Norden genommen, und deshalb war Blanche jetzt ohne Liebhaber, und das schon seit über einem Monat. Unter den eifersüchtigen Blicken ihrer Verehrer hatte sie es nicht gewagt, sich einen anderen zu suchen, und das erzwungene Zölibat begann ihr auf die Nerven zu gehen. Sie schob eine Haarsträhne zurück unter das Kopftuch und fügte einen Tropfen Kampferöl zu der Paste im Mörser hinzu. Der belebende Duft füllte ihre Nasenlöcher, und plötzlich spürte sie überdeutlich die glatte Oberfläche des steinernen Stößels in ihrer Hand und die Schweißtropfen zwischen ihren Schulterblättern.

Aufgeregte Stimmen drangen von draußen in die Stille der Speisekammer ein.

»Mylady!« Eine Dienerin streckte ihren Kopf durch die offene Tür. »Die Zigeuner sind zurück. Und sie haben einen Bären dabei!«

Blanche errötete bei der Erinnerung an Alana, die zusammen mit den anderen Zigeunern für den Winter nach Perth gegangen war, kurz nachdem man Blanche nach Killaird entführt hatte. Sie versuchte ihre Unruhe durch harsche Befehle zu überspielen. »Mach dich nützlich, Mary. Gib diese Salbe der alten Kathleen. Sie wartet darauf, um die Wunden des verletzten Mannes damit zu behandeln.«

»Aye, Mylady.« Das Mädchen nahm den Mörser von Blanche entgegen, zögerte aber zu gehen. »Mylady – Maxwell sagt, dass Ihr uns heute Abend nicht zum Jahrmarkt in Inverary gehen lasst. Stimmt das?«

Blanche lachte. »Nay! Natürlich nicht. Er will dich nur aufziehen. Glaubst du wirklich, ich wäre so herzlos?«

Das Mädchen grinste und rannte zur Tür hinaus, sie war begierig darauf, ihre Aufgabe auszuführen. Blanche rief ihr nach: »Und bring mir den Mörser zurück!« Sie goss etwas Wasser aus einer kleinen Karaffe in ein Becken, um den Geruch des Kampfers von ihren Händen zu waschen. Sie schüttelte gerade die letzten Tropfen von ihren Fingern, als das Licht dunkler wurde, weil jemand im Türrahmen stand. Blanche drehte sich um und sah das Zigeunermädchen vor sich, mit ihren schwarzen wilden Locken und vollen Lippen, als hätte sie sich aus ihren Gedanken heraus materialisiert. Mit einem provozierenden Schwung ihrer Hüften lehnte sie sich an den Türrahmen.

»Mylady.« Das Mädchen schloss die Tür der Kammer und lief im düsteren Zwielicht des Raumes auf Blanche zu, um ihr einen Kuss auf die Lippen zu drücken. »Habt Ihr mich vermisst? Ich musste oft an Euch denken, auch wenn ich eine Menge anderer Liebhaber hatte, die mein Bett wärmten.«

Die frustrierte Lust, die sich in Blanche aufgestaut hatte, schwoll an, strömte über ihre Haut und ließ ihren Atem schneller gehen. Alana sah das und lachte sanft, aber triumphierend. Blanche erbebte und lehnte sich rücklings gegen die Bank. Ihr Herz raste in der Brust, und sie konnte ihre eigene Erregung unter dem Duft nach Schweiß und Kampfer riechen. Alana näherte sich ihr mit geöffneten Lippen; Blanche konnte nur die Spitze ihrer Zunge ausmachen. Die Zigeunerin beugte sich vor und drückte einen Kuss auf die anschwellenden Halbkugeln, die Blanches Brüste waren, dort, wo sie aus dem Kleid hervortraten. Dann hob Alana den Kopf und küsste sie. Die weichen Lippen bewegten sich hungrig auf ihren, und Blanche erwiderte den Kuss mit fiebriger Leidenschaft, die nur allzu gut zu der Inbrunst des Mädchens passte. Alana bückte sich und hob Blanches Röcke an, ihre schmalen Finger mit den gefeilten Nägeln streichelten das weiße Fleisch ihrer Knie und Schenkel. Blanche stöhnte und führte den Kopf des Mädchens tiefer, schob sie unter ihre Röcke, bis sie fast vollständig unter dem seidenen Stoff verschwunden war. Sie bäumte sich auf, als Alanas kundige Finger ihr Geschlecht fanden und dessen Lippen weit spreizten, bis sie ihren süßen Atem auf ihrem geheimen Punkt spürte. Alana schob ihre Zunge in sie und trank begierig die Flüssigkeit, die sich dort angesammelt hatte. Blanche presste sich gegen den gierigen Mund und gab sich ganz der Erregung hin, die er auslöste. Wie gut dieses Zigeunermädchen doch wusste, wie man einer anderen Frau Lust bereitete!

Mit einem Mal wurde die Tür geöffnet, und Licht erfüllte den Raum. »Hier ist Euer Mörser, Mylady.« Mary lächelte und stellte die leere Schüssel auf die Bank. Blanche erschrak, aber dann bemerkte sie die gelassene Miene des Mädchens und erkannte, dass sie Alana nicht entdeckt hatte. Die Zigeunerin hockte ohne einen Muskel zu rühren unter ihrem Rock, die Lippen noch immer auf Blanches Geschlecht gepresst. »Braucht Ihr sonst noch etwas, Mylady?«

Blanche wollte gerade antworten, als Alana hinterrücks begann, an ihrer Klitoris zu saugen. Der Schock verschlug ihr für einen Moment den Atem.

»Mylady? Fühlt Ihr Euch nicht gut?«

»Doch – doch, danke, Mary. Mir ist nur sehr warm, das ist alles.« Der Mund des Mädchens zupfte nun beharrlicher an ihrer Knospe, und Blanche war sich sicher, dass die Dienerin die hämmernden Schläge ihres Herzens in der Stille des Raumes hören musste. Alanas Finger gruben sich in ihre Schenkel, und Blanche spürte, wie eine süße Hitze von ihren Zehen bis zu ihren Knien anstieg.

»Darf ich gehen und mich für die Kirmes umziehen, Mylady?«

»Natürlich.« Die Zigeunerin fuhr fort zu lecken und zu

saugen und reizte damit Feuchtigkeit aus den tiefsten, geheimsten Plätzen zwischen Blanches Beinen. Sie brachte sie bis zur Schwelle eines qualvollen Höhepunkts.

»Soll ich die Tür offen lassen, um ein wenig Luft hereinzulassen?«

Blanche keuchte. »Ah – ah – nein, schließe sie bitte, Mary.«

»Wie Ihr wünscht, Mylady.« Das Mädchen verließ den Raum, warf ihrer Herrin aber einen neugierigen Blick zu, doch sie konnte noch immer nicht die andere Frau unter ihren Röcken sehen.

Sobald sie allein waren, öffnete Blanche ihre Schenkel so weit es ging und packte Alanas Kopf unter dem Stoff, um die Zunge des Mädchens tiefer zu treiben. Sie wand sich, kitzelte und strich über die verborgensten Stellen, und Blanches Knie begannen zu zittern. Sie bebte angesichts ihres Höhepunkts und bäumte sich rücklings über die Bank. Seine Macht war so überwältigend, so ungehemmt, dass ein weiter Schwall von Feuchtigkeit den Mund der Zigeunerin netzte. Blanche sank gegen Alana, die sich mit einem schelmischen Lächeln unter Blanches Röcken hervorarbeitete. Die Zigeunerin küsste ihre geschlossenen Augenlider, dann ihren Mund, vermischte ihren Speichel mit ihren eigenen moschusartigen Säften. Blanche öffnet beschämt ihre Augen, und die Zigeunerin zog sich zurück und erwiderte ihren Blick.

»Das war gut, nicht wahr? Aber ich denke, Ihr braucht mehr.« Sie küsste sie wieder. »Ihr braucht einen Mann, Herrin. Kommt heute Abend zum Jahrmarkt. Meine Leute feiern ein besonderes Fest, um die Götter des Sommers willkommen zu heißen. Ich verspreche Euch, an diese Nacht werdet Ihr Euch noch lange erinnern.« Mit diesen Worten verschwand Alana aus der Kammer und ließ Blanche zurück, die sich noch von den Nachwirkungen ihres intensiven Orgasmus erholen musste.

So heiß der Tag auch gewesen war, so fühlte sich die abendliche Luft doch kühl auf Blanches Schultern an, als sie den Weg am Loch entlang nach Inverary lief. Zur Feier des Tages hatte sie sich besonders festlich gekleidet: Sie trug eines ihrer schönsten Gewänder aus rosiger Seide, mit langen engen Ärmeln und einem Ausschnitt, der auch die Schultern freiließ. Um den Anstand zu wahren, trug sie ein Übergewand, das mit Gold bestickt und mit Eichhörnchenfell besetzt war. Ein goldfarbenes Mieder schloss das Gewand auf ihrer Brust. Ihr Haar war zu Zöpfen geflochten und locker unter ihren Kopfschmuck gesteckt. Die Enden ihrer Haarnadeln waren mit Bändern geschmückt, die von ihrem Kopf herabhingen. Blanche sah umwerfend aus, und sie wusste es. Deshalb ging sie leichten Schrittes die Straße hinunter, die zur Stadt führte, während Mhairi hinter ihr herkeuchte. Die Magd war das Einzige, was nicht in diesen ansonsten perfekten Tag passte, aber Blanche wusste, dass es undenkbar war, sich ohne eine Anstandsdame an ihrer Seite hierherzuwagen. Es würde jedoch nicht schwer werden, die alte Frau abzuschütteln, wenn es Zeit war – das hatte Blanche schon unzählige Male zuvor getan.

Sie erreichten die Hauptstraße und schlossen sich der Menge an, die sich dort versammelt hatte. Der Jahrmarkt fand nur einmal im Jahr statt, und die Leute kamen von weit her, um sich dort zu amüsieren. Der Nachmittag war bereits weit vorangeschritten, und die Festivitäten hatten ihren Höhepunkt erreicht. Da ihr Tagwerk bereits getan war, konnten die Frauen sich nun ins Getümmel stürzen; sie hatten sich ihre besten Kleider übergestreift und brannten darauf, Schleifen und anderen Tand von den vielen Händlern zu erstehen, die ihre Waren zur Schau stellten. Barfüßige Kinder bahnten sich ihren Weg durch die aneinandergepressten Körper, und ihre Gesichter und Finger waren klebrig von Marzipan. Sie schrien vor Aufregung angesichts der Jongleure, Sänger, Akrobaten und dressierten Affen, die alle um ihre Aufmerksamkeit buhlten. Blanche vergewisserte sich, ob Mhairis Börse noch an ihrem Gürtel hing – der Jahrmarkt war auch die lukrativste Zeit für Taschendiebe.

Anfangs schlenderten die beiden Frauen einfach umher und bestaunten die Stände, ihre Sinne übervoll von dem unglaublichen Lärm und den Gerüchen, den Anblicken und den Geräuschen. Langsam begannen sie sich zu entspannen und konnten den Trubel mehr genießen. Sie lauschten jedem einzelnen Sänger, der angesichts des reich gekleideten Paares sofort seine fröhlichen Lieder durch etwas Schwermütigeres ersetzte und dadurch der sentimentalen alten Frau die Tränen in die Augen trieb, was ihm eine Münze für seine Mühen einbrachte. Beim Umhergehen knabberten Blanche und Mhairi ein Stück Pfefferkuchen, Marzipan und Kapaunschenkelchen, bis sie satt waren. Sie sahen sich den tanzenden Bären der Zigeuner für ein paar Minuten an, doch Blanche ertrug es nicht, das arme, von Flöhen geplagte Tier auf seinen Hinterbeinen umhertapsen zu sehen, daher zog sie die andere Frau rasch weiter.

Der Abend brach an, und die Menge begann sich aufzulösen. Sie hielten an, um sich einen Ringkampf anzusehen. Beide Kämpfer waren starke, große Männer und schienen einander ebenbürtig. Ihre beeindruckenden Muskeln spannten sich, während beide versuchten, den schweißglänzenden Köper des anderen zu fassen zu bekommen. Blanche betrachtete die Vorführung am Rand der brüllenden, erregten Menge und spürte, wie sie davon mitgerissen wurde. Nach wenigen Minuten, in denen keiner der beiden Männer es geschafft hatte, die Oberhand zu gewinnen, verlor einer von beiden plötzlich seinen sicheren Stand, und sein Gegner warf ihn so hart zu Boden, dass Blanche den Aufschlag noch unter ihren

Füßen spüren konnte. Die Menge jubelte und warf ihre Hüte in die Luft. Der Gewinner richtete sich auf – Blanche hielt die Luft an, und jegliches Blut wich ihr aus dem Gesicht. Es war McDougal, einer der Männer, die bei Margaret Camerons anrüchigem Abendessen zu Gast gewesen waren. Seine pockennarbigen Gesichtszüge erstrahlten im Triumph seines Sieges, doch sie erkannte ihn trotzdem. Blanche war so gefangen gewesen von dem Spiel der sich windenden Körper, dass sie ihn zunächst nicht erkannt hatte. Sie wich vor der Menschenmenge zurück und zog die widerstrebende Mhairi hinter sich her. McDougal warf die Arme über den Kopf und feierte dröhnend seinen Sieg, seine Augen suchten den Pulk nach seinem nächsten Opfer ab. Sie fanden Blanches erschrockenen Blick und hielten ihn fest. Er hatte sie gesehen! Angst durchfuhr sie, und sie wirbelte herum, um in der Menge hinter ihr unterzutauchen.

»Was fehlt Euch, Herrin?« Mhairi musste rennen, um mit Blanche Schritt zu halten, und musste laut rufen, damit sie sie hörte.

»Nichts.«

»Wollt Ihr zurück nach Dunchar?«

Blanche schüttelte den Kopf. Plötzlich auf McDougal zu treffen, hatte sie erschreckt, aber sie würde nicht zulassen, dass ihr das den Tag verdarb. Für die nächsten paar Stunden war er mit Ringen beschäftigt, und sie musste Alana finden. Zwar hatte sie vor ein paar Stunden noch viele Zigeuner gesehen; sie hatten die Menge mit dem Bären unterhalten oder mit ihren flinken Fingern die Börsen erleichtert. Aber jetzt waren sie alle auf mysteriöse Weise verschwunden.

Mittlerweile war es vollständig dunkel, und man hatte entlang der Hauptstraße Fackeln aufgestellt, damit die Menge es warm hatte und den Weg nach Hause fand. Die meisten Kinder lagen bereits in ihren Betten, müde und glücklich, und die

Feier wurde ausgelassener. Blanche hielt Mhairi an, um zwei Jongleuren zuzuschauen, die ihre Kunst mit brennenden Keulen zur Schau stellten. Sie hatten erst kurze Zeit zugesehen, als plötzlich einer der Jongleure die Kontrolle über eine Keule verlor; sie fiel in die Menge und setzte das Gewand eines fetten Händlers in Brand. Der Händler heulte auf und lief aufgeregt umher; rasch fanden sich viele Hände, die nur allzu gerne auf ihn einschlugen, um die Flammen zu löschen. Die Schläge prasselten auch noch dann auf ihn ein, als das Feuer längst aus war, und der Händler heulte noch lauter. Blanche musste lachen, so sehr, dass sie einen regelrechten Lachkrampf bekam.

Mhairi zupfte an Blanches Ärmel. »Herrin, ich muss meine Beine eine Weile ausruhen. Sie schmerzen mich zu sehr.«

»Natürlich.« Sie ließen sich an einer Regentonne nieder und Blanche beschloss, dass es an der Zeit war, ihre Zofe loszuwerden. Sie fächerte sich nachdenklich Luft zu, bis sie glaubte, dass die alte Frau sich ein wenig erholt hatte.

»Erinnerst du dich noch, wo der Pfefferkuchenverkäufer war, Mhairi? Ich habe Lust auf etwas Süßes.«

»Was, schon wieder? Habt acht, Mylady, wenn Ihr so weitermacht, werdet Ihr noch so rund wie eine Taube im Sommer.« Trotz ihrer Belehrungen stand die alte Frau auf und watschelte durch die kleiner gewordene Menge, um den Händler zu finden. Sobald sie aus Blanches Blickfeld verschwunden war, duckte Blanche sich in die Schatten des Gebäudes. Nun, wie sollte sie die Zigeunerin finden? Sie zuckte zusammen, als eine schmale Hand sich in ihre legte. Als sie auf den Jungen in den zerlumpten Kleidern herabsah und dessen schwarze Augen bemerkte, die in ihre blickten, wusste sie, dass ihr Problem sich bereits gelöst hatte.

»Bist du gekommen, um mich zu Alana zu bringen?«

Der Junge nickte eifrig, als er den Namen des Mädchens

hörte, und zog Blanche an der Hand, damit sie ihm folgte. Bereitwillig folgte sie ihm zum Stadtrand und verschwand mit ihm zwischen den Bäumen. Sie liefen einige Zeit durch das Unterholz, bis sie eine Lichtung erreichten, und mit einem Mal wusste Blanche, wohin die ganzen Zigeuner verschwunden waren. Die Lichtung wimmelte von Leuten, und in der Mitte brannte ein riesiges Feuer. Einige saßen, andere tanzten zur Musik, wieder andere klatschten, lachten und reichten Pfeifen umher. Einige standen am Rand der Menge und begutachteten Pferde, die sie soeben gekauft hatten. Sie diskutierten die Merkmale der Tiere, immer mit ernstem Gesicht, und oft wurden Köpfe geschüttelt. Blanches Führer deutete auf einen Platz auf dem Boden neben einer alten, zahnlosen Frau, und sie setzte sich hin. Lange Zeit nahm niemand Notiz von ihr, trotz ihrer feinen Kleider, und sie dachte schon, dass sie unsichtbar wäre, als sich plötzlich jemand auf den Platz neben ihr setzte.

»Willkommen zu unserem Fest, Mylady.« Alana reichte ihr einen Weinschlauch. »Der Tanz wird bald beginnen, und dann werden wir essen. Trinkt das hier in der Zwischenzeit. Es wird Euer Blut wärmen. Ich habe mein Versprechen nicht vergessen.«

Blanche nahm den Schlauch entgegen und trank einen tiefen Schluck. Die Flüssigkeit brannte in ihrem Mund, schmeckte jedoch gut genug, dass sie sie herunterschluckte. Sie glühte warm in ihrem Bauch. Alana nahm ihr den Weinschlauch ab und trank selbst; dabei verschüttete sie den Wein, sodass er ihr aus dem Mund lief und von ihrem Kinn bis hinunter auf ihre nahezu nackten Brüste tropfte. Blanche beobachtete, wie sich der rote Tropfen über die braune Haut schlängelte. Alana wischte sich den Mund mit dem Handrücken ab. »Die heutige Nacht ist sehr wichtig im Kalender der Zigeuner. Wir müssen die Götter des Sommers und der Straße besänftigen und die Fruchtbarkeit unserer Frauen für das kommende Jahr sichern.« Sie lächelt stolz. »Ich werde heute Nacht tanzen. Das ist eine große Ehre.«

»Wann wirst du tanzen?«

»Noch nicht. Die Nacht ist noch jung. Entspannt Euch und genießt das Fest.«

In den kommenden zwei Stunden taten Blanche und Alana sich an gebratenem Geflügel und Früchten gütlich und beobachteten, wie die anderen Tänzer sich drehten und in den Feuerkreis sprangen. Dabei leckten sie sich gegenseitig Wein von der Haut. Inzwischen hatte der Himmel eine samtschwarze Färbung angenommen, und das Feuer war zu glühenden Kohlen heruntergebrannt. Irgendwann verschwand Alana. Blanche bemerkte anfangs nicht, dass ihre Gefährtin fort war; der Wein und ihr voller Bauch hatten sie schläfrig gemacht. Doch dann merkte Blanche plötzlich auf; auf irgendeine Weise wusste sie, dass etwas geschehen würde. Sie setzte sich aufrechter hin. So wie Alana verschwunden war, veränderte sich nun auch der Klang der Musik; sie wurde weniger laut, dafür umso sinnlicher. Blanche spürte den langsamen Takt der Trommeln durch den Boden vibrieren; er kroch über ihre Kehrseite hinauf und pochte in ihrer Brust. Dann traten zwei Personen in den Kreis, den die Zigeuner gebildet hatten.

Sie erkannte Alana sofort, auch wenn deren Miene einen wilden Ausdruck zeigte und ein langes Messer in ihrer Hand lag. Den Mann hatte sie noch nie zuvor gesehen. Er war groß und bewegte sich geschmeidig. Sein langes Haar und die Augen waren so schwarz wie der Himmel über ihnen. Das Feuer warf einen flackernden Widerschein auf seine nackte Brust und glitzerte auf dem Gold in seinen Ohren; sein Profil zeichnete sich scharf gegen die Dunkelheit ab. Etwas an seiner Art sich zu bewegen erinnerte sie schmerzlich an einen anderen Mann, einen, von dem sie dachte, dass sie ihn schon längst aus ihrem Gedächtnis getilgt hätte. Der Zigeuner war nicht so muskulös wie er, und die Augenfarbe stimmte nicht, aber er hatte die gleiche Aura nur mühsam zurückgehaltener Wildheit. Wie Alana hielt auch der Zigeuner ein Messer, und die beiden umkreisten sich. Blanches Mund wurde trocken. Sie würden doch nicht miteinander kämpfen? Es wäre ein sehr ungleicher Kampf. Ängstlich blickte sie in die Gesichter der anderen im Kreis und sah, dass niemand von ihnen besonders besorgt wirkte. Sie beobachteten die Kontrahenten mit einem gierigen, erwartungsvollen Ausdruck in den Augen.

Die Musik lief wieder in ihrem sonoren Takt; Alana griff den Mann an, und die Musik schwoll an. Ihre Hand war erhoben, als wollte sie zustechen, und fast wäre es ihr auch gelungen, aber er wich ihr im letzten Moment aus und parierte ihren Schlag. Blanche keuchte. Auch wenn sie nicht wirklich kämpften, war das, was sie da taten, gefährlich. Alanas Klinge blitzte auf und schoss auf die Brust des Mannes zu, aber wieder parierte er und entkam ihrem Angriff. Die Musik hatte sich zu einem drängenderen, berauschenden Rhythmus gewandelt; die Tänzer näherten sich wieder einander, trennten sich, kamen wieder näher. Sie sprangen vor, wichen aus, um der Klinge des anderen zu entkommen, und umkreisten sich um das Feuer, das ihre verschwitzten Gesichter erhellte. Blanche konnte das wachsende Interesse der Menge spüren, und sie beugte sich vor, als der Mann mit einem Mal auf Alana zuschoss, und ihre Klingen sich mit einem Zischen trafen. Dieses Mal war die mangelnde Stärke der Frau ihr Verhängnis; der Mann fing ihre Klinge mit einem Beugen seines Handgelenks und warf das Messer so durch die Luft, dass es sich wenige Zentimeter vor Blanches Füßen in den Boden grub. Blanche keuchte.

Mit einem Mal, als wären sie mit einem Zauber belegt worden, änderte sich das Verhalten der Tänzer zueinander. Sie waren noch immer aggressiv, doch darunter lag etwas anderes, etwas Primitives, so alt wie die Zeit selbst. Ihre Augen ließen nicht voneinander, sie nahmen nur noch den anderen wahr und die Musik, die sie in ihrem Bann hielt. Der große Zigeuner warf sein eigenes Messer fort; er zog das Mädchen zu sich heran und warf sie wieder fort, sodass sie taumelte und zu Boden fiel. Er zog sie wieder hoch und hielt sie fest an seine Brust gedrückt; er beugte sich über sie, und sie musste seiner Bewegung folgen, bis ihre Haare über den Boden strichen. Alana schob ihn zurück und klammerte sich an ihn, ihre Augen waren geschlossen, und ihr Atem kam in raschen Stößen, die nicht nur den Strapazen des Tanzes geschuldet waren. Auch die Erregung des Mannes wurde sichtbar, während er seinen Schritt rhythmisch gegen die Hüften der Frau rieb. Alana stieß ihn von sich und tanzte weiter. Sie machte einige Schritte auf ihn zu und kam ihm so nah, dass ihre Münder sich fast berührten, dann wirbelte sie außerhalb seiner Reichweite auf die andere Seite des Kreises.

Alana bewegte sich zur Musik, und ihre Augen hielten seinen Blick fest. Sie begann die Schnürung ihrer Bluse zu öffnen. Der Stoff glitt auseinander und entblößte ihre Brüste, die sie ihm entgegenreckte. Blanche konnte ihre Augen nicht von dem wiegenden Fleisch abwenden, das von feinem Schweiß bedeckt war und im Schein des Feuers glänzte. Alana bewegte sich noch immer im Takt der Musik, doch nun öffnete sie den Verschluss ihres Rockes, den Blick noch immer fest auf den dunkelhäutigen Mann gerichtet. Sie ließ den Stoff zu Boden fallen und ließ die Bluse mit einem Zucken ihrer Schultern folgen, bis sie völlig nackt im Kreis stand. Blanches Beine wurden weich, als sie die langen braunen Beine und das glänzende V aus Schamhaar dazwischen betrachtete. Die Musik war mittlerweile zu einem wilden Takt angestiegen, steigerte sich zu einem Crescendo, und Alana bewegte ihre Schultern in kleinen Wellen, sodass ihre Brüste tanzten. Die Bewegung setzte sich fort, breitete sich über ihren flachen Bauch aus, bis hinunter zu ihren Hüften, die sich auf die gleiche Weise bewegten. Der Mann glitt mit geschmeidigen Bewegungen vor und blieb kurz vor ihr stehen; seine Bewegungen imitierten ihre, und sie tanzten aufeinander zu, nur um sich dann wieder zu trennen. Er lächelte; seine Zähne waren blendend weiß. Es hatte etwas Teuflisches. Alana schloss die Augen, er nahm ihre Hände und wirbelte sie herum, ließ ihr Haar um ihren Körper tanzen und an den nassen Kurven ihres Körpers kleben. Er packte sie um die Taille, zog sie näher und legte sie dann sacht auf den Boden.

Blanche hätte die Augen nicht von diesem Paar lösen können, selbst wenn es sie ihr Leben gekostet hätte. Sie passten perfekt zusammen in Schönheit, Anmut und Hautfarbe. Der Anblick der beiden zusammen rief einen dumpfen Schmerz zwischen Blanches Schenkeln hervor. Die Musik glitt über sie hinweg, sodass sie das Gefühl hatte, selbst Teil des erotischen Tanzes zu werden.

Der Zigeuner packte Alanas Pobacken und zog sie zu sich heran. Dann stieß er seine Hüften gegen ihren angehobenen Schamhügel. Blanche schluckte und glaubte, dass sie und der Rest des Publikums gerade gesehen hatten, wie er in sie eingedrungen war, doch dann erkannte sie, dass die Hose des Mannes noch geschlossen war. Die Tänzer schliefen nicht wirklich miteinander, sondern spielten eine sinnliche, stark stilisierte Imitation nach. Sie erhoben sich vom Boden und fielen wieder zurück, Hüften kreisten aneinander und ihre Arme schlangen sich umeinander; ihre Bewegungen wurden immer drängender. Die Hand des Mannes strich über Alanas Brüste, die Taille und die Hüften; er zog sie an sich, und ihre Nippel strichen über seine nackte Brust. Sie legte die Beine an seinen Hals und ließ sie auf seinen Schultern ruhen; ihr

Gesicht war vor Ekstase verzerrt, während er weiter gegen sie stieß und die Muskeln seines Rückens vor Anspannung hervortraten. Die Musik erreichte ihr letztes aufreibendes Crescendo, und das Paar verspannte sich im letzten Ringen der Leidenschaft. Das Publikum applaudierte stürmisch, sprang auf die Füße und nahm Blanche damit die Sicht auf die Tänzer.

Für einige Sekunden blieb Blanche einfach sitzen, wo sie war, dann sprang sie auf die Füße. Ihre Handflächen waren feucht und schmerzten an den Stellen, an denen sie ihre Fingernägel hineingegraben hatte, und sie rieb sie an ihrem Rock. Sie war so gefesselt von dem Tanz gewesen, dass sie den ansteigenden Druck auf ihre Blase nicht gespürt hatte, und mit einem Mal merkte sie, dass sie sich unbedingt erleichtern musste. Wackelig auf den Beinen erreichte sie die Bäume und musste ein Stück in den Wald hineingehen, bis sie einen passenden ruhigen Ort fand. Sie wollte gerade ihre Röcke anheben und sich hinhocken, als eine große Hand sich auf ihr Gesicht legte.

»Haben deine Zigeuner-Freunde dich so heiß gemacht?« Blanche erkannte die Stimme nicht und wurde vor Angst fast ohnmächtig, als ihr Angreifer sie herumdrehte und sich sein pockennarbiges Gesicht aus der Dunkelheit schälte. »Gott weiß, du hast mich ganz schön an der Nase herumgeführt.« McDougal stopfte ihr einen Lappen in den Mund; sie versuchte ihn auszuspucken, blieb aber erfolglos. »Ich habe dich in meinen Träumen gesehen, wie du ausgestreckt auf diesem Tisch in Killaird gelegen hast. Dieser Bastard MacGregor! Ich hätte jede Summe geboten, um den Schlüssel von Margaret zu bekommen.« Er kicherte, und seine Augen wanderten über ihren Körper, wie Insekten. »Ich konnte mein Glück kaum fassen, als ich dich in der Menge gesehen habe.« Er drehte ihr die Hände auf den Rücken und fesselte sie. »Die

Schau, die deine Freunde geliefert haben, hat mich in Stimmung gebracht. Jetzt möchte ich auch etwas Spaß haben. Was sagst du dazu, Lass?« Er drückte sie rücklings gegen einen Baum, ihre Schultern rieben sich an der Rinde; dann band er ihre gefesselten Hände am Stamm des Baumes fest. Er schnitt ihr das schöne Kleid auf, und es fiel auf den Boden. Ihre Brüste wurden im Ausschnitt ihres Unterkleides sichtbar. Sie schimmerten blass im Mondlicht, das durch die Baumkronen fiel.

Er beugte sich zu ihr herab, wich aber plötzlich zurück und presste die Hand gegen seinen Kopf. Ein Messer hatte sich in den Baumstamm gebohrt, genau an der Stelle, an der McDougals Kopf gewesen war, und hatte ihm im Flug das Ohr aufgeschnitten. Er wirbelte herum und starrte wild zwischen die Bäume; Blut schoss zwischen seinen Fingern hervor. Nichts rührte sich. Sein Gesicht wurde weiß vor Angst und Schmerz. McDougal warf Blanche einen letzten hasserfüllten Blick zu und verschwand im Wald. Blanche hörte, wie er durch das Unterholz stapfte und starrte das blutige Messer an, das noch immer zitterte und in der Rinde über ihrer Schulter steckte. Eine Gestalt löste sich aus dem Dunkel und bewegte sich auf sie zu. Sie war so dunkel, dass sie vollständig aus Schatten gemacht zu sein schien, und erst als sie direkt vor ihr stand, erkannte Blanche die goldenen Anhänger in ihren Ohrläppchen. Der Mann lächelte, und seine Zähne blitzten wie weißes Elfenbein im Mondlicht.

»Roman!« Alana rannte zwischen den Bäumen hervor, und ihr Haar wehte im Wind. »Dank sei den dunklen Göttern! Ich hatte befürchtet, du hättest auf diese Entfernung Mylady getroffen.« Sie zog den Dolch aus dem Baum und reichte ihn ihrem Gefährten, der noch immer wortlos Blanche ansah. Blanches Mund wurde trocken. Seit dem ersten Moment, da sie den Zigeuner gesehen hatte, wie er mit Alana den Kreis betreten hatte, hatte sie sich von ihm angezogen gefühlt. Wahrscheinlich, weil er sie an MacGregor erinnerte. All die sexuelle Spannung, die sich in den letzten Monaten in ihr angestaut hatte, stieg in ihr auf. Sie war durch den erotischen Tanz weiter angefacht worden; ihre Angst und ihre Verletzlichkeit, so an den Baum gefesselt zu sein, ihre Brüste halb entblößt, heizten diese Lust noch an. Sie schloss die Augen und lehnte sich gegen den Baum. Alana nahm ihr den Lappen aus ihrem Mund und küsste sie zögernd. Dann lachte sie.

»Ich weiß, dass ich gesagt habe, Ihr braucht einen Mann, Mylady, aber Ihr hättet doch nicht gleich irgendeinen dahergelaufenen Grobian nehmen müssen. Ihr hättet auf Roman warten sollen.«

Das Lächeln des Mannes wurde breiter, seine tintenschwarzen Augen blickten mit fast beängstigender Intensität in Blanches. »Ich glaube, du hast mein Leben gerettet«, sagte sie mit rauer Stimme. »Wie kann ich dir danken?«

»Spart Euch Euren Atem, Herrin, er kann Euch nicht antworten«, sagte Alana. »Er ist stumm.«

»Oh!« Blanche sah den Zigeuner unsicher an, und in seinen Augen flackerte Trotz auf, sollte sie je wagen, ihn zu bedauern. Doch Mitleid war das Letzte, was sie gerade empfand.

»Ich bin mir sicher, dass Roman schon weiß, wie Ihr ihm danken könnt.« Alana schnitt Blanches Fesseln durch, und der Mann nahm ihr den Dolch ab. »So wie es aussieht, hat er sich bereits entschieden.« Abermals küsste sie Blanche. »Wir sehen uns später, Mylady.«

»Willst du mich etwa so zurücklassen?« Blanche stemmte sich gegen ihre Fesseln und rief dem Mädchen nach, das bereits mit dem Wald verschmolzen war. Sie begriff, dass Alana fort war, und sah wieder den Zigeuner an. Lange Zeit machte er keine Anstalten, sie zu berühren, sondern starrte sie einfach nur an, als würde er darauf warten, dass sie sprach. Sie konnte an nichts denken, wusste aber, dass er das Begehren in ihren Augen lesen konnte. Er trat näher, bis sie sich fast berührten, und sie konnte seine Hitze durch ihr dünnes Gewand hindurch spüren. Er hob seine Hände an ihre Brüste und streichelte die empfindsame Haut genau über dem Ausschnitt; seine langen Finger verursachten ihr Schauer. Sie zitterte. Er hob seinen Dolch und schnitt ihr Unterkleid auf; er schnitt nicht nur die rosenfarbene Seide, sondern auch durch die Kleider darunter, bis sie mit nichts dastand, außer ihren Schuhen, einer Hose und ihren Strümpfen. Das Bedürfnis sich zu erleichtern fiel Blanche wieder ein, aber ebenso sehr sehnte sie sich danach, die Hände des Zigeuners auf sich zu spüren. Sie drängte vorwärts, um ihn küssen zu können. Er zog sich zurück, schüttelte den Kopf und lächelte traurig. Blanche fragte sich, was nicht stimmte, und dann verstand sie. Möglicherweise hatte er keine Zunge und wollte nicht, dass sie es herausfand. Ein Schauer des Grauens schüttelte sie, wurde aber schnell durch etwas Drängenderes ersetzt, als Romans lange Finger sich auf ihre Kehle legten, um sie zu erkunden. Er löste ihren Kopfschmuck und zog ihn über ihre Schultern; die Enden strichen leicht über Blanches Brüste und neckten ihre Nippel mit ihrer federleichten Berührung. Dann nahm er das volle Fleisch in seine Hände, spürte ihr Gewicht und rieb mit den Daumen über die Nippel, dabei lag ein verträumter Ausdruck auf seinem Gesicht. Es war etwas in seinem dunklem Gesicht, dass Blanches Kehle schmerzen ließ. All die Wildheit, die er im Tanz gezeigt hatte, war dahingeschmolzen, und darunter zeigte sich eine geradezu weibliche Sanftmut, die nichts mehr mit ihrer Erinnerung an MacGregor zu tun hatte. Blanche beobachtete, wie seine empfindsamen Finger an ihren Nippeln zupften, sie dazu brachten, sich begierig aufzustellen. Es erfüllte sie mit süßem Schmerz, bis sie glaubte, es nicht länger ertragen zu können. Er beugte den Kopf und rieb seine Wange an ihrer Brust; die rauen Stoppeln auf ihrer Haut ließen sie stöhnen. Er sah sie an, und zu ihrer Überraschung griff er um sie herum, um die Fesseln aufzuschneiden. Sie schlang die Arme um seinen Hals und vergrub die Finger in seinem langen Haar.

»Ich muss Wasser lassen«, stammelte sie beschämt. Aber der Zigeuner lächelte und schüttelte den Kopf; sein Gesicht zeigte seine Lust, und er legte sie auf den Boden. Kiefernnadeln und Farnkraut stachen ihr in Rücken und Po, aber sie war schon zu weit weg, um es noch zu bemerken. Der Zigeuner stand auf und zog seine Hose aus; er war völlig unbefangen, während Blanche ihn unter halb geschlossenen Lidern ansah. Sie bewunderte, wie das Mondlicht die elegante Kurven seines Torsos mit silbernem Licht erhellte und wie stolz seine Männlichkeit aus dem schwarzen Haar seiner Leisten abstand. Er kniete sich zu ihr.

Blanche hielt die Knie zusammengepresst, damit sie nicht doch Wasser ließ, aber nun schob der Mann sie auseinander und blickte auf die dunklen Locken auf ihrem Geschlecht herab, als könnte er sie allein mit seinem Blick nehmen. Dann drehte er sie herum und streichelte die perfekten Halbmonde ihres Hinterns; er schob die Backen auseinander und ließ seine Fingerspitzen durch den verführerischen Spalt gleiten. Blanche stöhnte und hob ihren Po an, um seinen streichelnden Kosungen näher zu kommen. Roman packte ihre Hüften und hob sie an, bis sie auf Händen und Knien stand. Er beugte sich über sie und fasste einmal mehr ihre Brüste und quälte noch einmal ihre Brustwarzen. Sie spürte seinen Schwanz, der sich steinhart und heiß gegen ihren Hintern drückte. Er hielt sie noch immer mit einem Arm gepackt, mit der anderen Hand streichelte er ihren gesamten Köper; er begann bei ihrer Kehle, glitt tiefer zu ihren Brüsten, der Taille, den Hüften. An ihren Schenkeln verharrte er und streichelte die glatte Haut mit seiner wahnsinnig machenden Berührung. Zärtlich schob er ihre Beine auseinander, sodass sie besseren Halt fand, dann schob er einen langen Zeigefinger in sie. Blanches Geschlecht schwoll an, und sie spürte, wie sie noch nasser wurde; der Tunnel, der seinen Finger umklammerte, wurde noch glitschiger.

Ihr Begehren wurde von der Angst, Wasser zu lassen, bedroht, und sie ließ den Kopf hängen, sodass ihre Zöpfe auf dem Boden schleiften. Sie stöhnte angesichts des Gefühls, vollständig ausgefüllt zu sein, drängte ihn dazu, seinen Finger schneller in ihr zu bewegen, indem sie ihm ihre Spalte entgegenstieß. Er schob einen weiteren Finger in sie und dann noch einen, einen weiteren, bis sie vollständig von zuckenden, stoßenden Fingern ausgefüllt war, die sich drehten und wanden und ihr Geschlecht weiter dehnten, bis sie unter ihm schwitzte wie ein wildes Tier, bis sie die Erlösung herbeisehnte und gleichzeitig dagegen ankämpfte. Gerade als sie kurz davor war, den Höhepunkt zu erreichen, zog er seine Hand zurück und stand auf. Er hob sie an und ließ sie sich über einen umgestürzten Baumstamm beugen, sodass ihr Hintern steil in die Luft ragte. Die Rinde kratzte rau über ihre Haut, und ihr eigenes Gewicht drückte auf ihren angeschwollenen Unterleib, und sie konnte es kaum erwarten, den Zigeuner in sich zu spüren. Doch er war noch nicht bereit. Er spreizte ihre Pobacken weit auseinander und schob einen seiner noch immer feuchten Finger hinein. Das Gefühl war köstlich, und er schob einen weiteren Finger hinein. Er genoss den engen, kleinen Gang ausgiebig, sodass Blanches ganzer Köper von einem bittersüßen Gefühl durchzogen wurde. Ein weiterer Finger gesellte sich zu den beiden ersten in der Passage und dehnte sie noch weiter, knetete das zarte Fleisch, bis sie sich entspannte und sich ihm vollständig öffnete. Er nahm seine andere Hand hinzu, ließ sie weiter unten forschen, bis sie ihre

Spalte fanden; seine Finger rieben sich zwischen den Lippen, öffneten sie, rieben das angeschwollene Fleisch, bis Blanche das Gefühl hatte, jeder Zentimeter ihres Körpers stünde in Flammen. Sie verlor jegliche Beherrschung und schob sich weiter gegen seine Finger, die in ihre Vorder- und Rückseite stießen, um sich so selbst zum Höhepunkt zu bringen.

Aber noch war es nicht so weit. Gerade als sie sich verspannte und das Gefühl hatte, gleich explodieren zu müssen, zog der Zigeuner abermals seine Finger zurück und schob eine Hand unter ihren angeschwollenen Unterleib und drückte und streichelte das aufgeblähte Fleisch. Dabei schob er seinen Schwanz in sie hinein. Sie wurde schamrot, als ihr ein winziger Strahl Urin entschlüpfte und die Innenseite ihres Schenkels hinabrann. Aus Romans Kehle drang ein leiser, animalischer Laut; er beugte sich über sie, rieb seine Wange gegen ihre und legte sich mit seinem ganzen Gewicht auf sie, sodass sie hart auf den Baumstamm und seine Hand gedrückt wurde. Blanche erkannte schockiert, dass er versuchte, sie dazu zu bringen, ihr Wasser abzuschlagen, und obwohl der Gedanke sie in Erregung versetzte, hielt sie ihre Muskeln fest zusammengepresst, um ihm das zu verweigern.

Doch der Zigeuner stand bereits am Rande seiner Beherrschung und begann seinen Schwanz hart in sie zu stoßen; er traf immer wieder klatschend auf ihren Hintern und presste sie mit jedem Stoß härter gegen seine Hand. Er trieb sie bis an den Rand des Orgasmus, aber sie biss sich auf die Lippen und kämpfte dagegen an, um sich nicht selbst zu beschämen. Gerade als sie dachte, dass es fast vorbei war und der Zigeuner seinen eigenen Orgasmus erreicht zu haben schien, hielt er inne, spreizte ihre Pobacken mit seinen Daumen und schob sie in den engen Gang dazwischen. Er überraschte sie damit völlig, und das Gefühl, völlig geöffnet worden zu sein, riss sie fast auseinander und zerschlug ihre Hemmungen. Blanches

Höhepunkt brach über sie herein und befreite damit einen Strahl heißer Flüssigkeit, der ihre Schenkel und den Schwanz des Mannes, der noch tief in ihr steckte, benetzte. Das rief seinen eigenen Orgasmus hervor, und er stieß noch ein letztes Mal mit einem gutturalen Aufschrei in sie, ehe seine eigene Erleichterung aus ihm herausschoss und er über ihr zusammenbrach.

Blanche lehnte sich mit erhitzten Wangen gegen die Rinde, während sie die letzten Zuckungen ihres Höhepunkts schüttelten. Langsam stieg Roman von ihr herunter und half ihr auf die Beine. Sie war zu beschämt, um ihm in die Augen zu sehen, doch als sie ihm einen kurzen Blick zuwarf, sah sie, was für ein zufriedenes Gesicht er machte. Er zog ihr die nassen Strümpfe und Schuhe aus und warf sie ins Gebüsch. Blanche sah sich um. Ihr Unterkleid und das Kleid darüber lagen in Streifen geschnitten auf dem Boden, und ihr Kopfputz war in eine Pfütze mit Schlamm gerollt. Sie war völlig nackt, ohne Aussicht, sich irgendwie bedecken zu können. Roman lächelte, offensichtlich genoss er ihre Bestürzung, und dann bedeutete er ihr, ihm zu folgen. Er verschmolz mit den Schatten. Blanche stand unschlüssig da. Das war absurd! Ihr dämmerte, dass sie keine andere Wahl hatte als ihm zu folgen, splitternackt, wie sie war, und sie ging tiefer in die Schatten. Sie verfolgte Romans dahingleitenden Schatten für einige Minuten, ehe sie das Flackern eines Feuers durch die Bäume entdeckte. Blanche blieb zurück, doch der Zigeuner kam zu ihr, nahm ihr Handgelenk und zog sie vorwärts auf eine Lichtung. Sie seufzte erleichtert, als sie sah, dass nur Alana dort saß und nachdenklich ins Feuer starrte. Das Mädchen sprang auf.

»Ich dachte schon, ihr kommt gar nicht mehr.« Sie hob nicht einmal eine Augenbraue angesichts der Tatsache, dass sowohl Blanche als auch Roman nackt waren.

»Ich muss mir einen Umhang leihen, Alana«, sagte Blanche. Sie sah sich um und bemerkte zu ihrer Überraschung, dass verschiedene Steine auf der Lichtung standen, arrangiert in einem Kreis.

»Ihr werdet aber doch noch nicht so früh gehen? Es sind noch einige Stunden bis Tagesanbruch.« Alana wirkte niedergeschlagen, und Roman nahm Blanches Hand, küsste sie und drückte sie an seine Brust. Er schüttelte den Kopf, und seine Augen waren so grimmig wie zuvor.

Blanche lächelte gezwungen. »Na gut. Ich werde noch ein bisschen bleiben.« Sie ließ zu, dass die anderen sie näher ans Feuer führten. »Aber was, wenn jemand kommt?« Sie warf einen nervösen Blick in Richtung der Bäume und dachte dabei vor allem an McDougal. Aus irgendeinem Grund hatte sie das Gefühl, dass er sie nicht so einfach in Ruhe lassen würde.

»Niemand wagt sich zu so später Stunde noch so tief in den Wald. Sie glauben, hier würde es spuken. Roman und ich haben schon oft hier übernachtet.« Während Alana sprach, zog sie ihr Kleid aus und setzte sich neben Blanche. Blanche wusste nicht, wo sie hinsehen sollte: zu Alanas prallem Körper oder Romans harter Männlichkeit, die wieder begierig zum Leben erwacht war.

Der Zigeuner betrachtete beide Frauen, beide dunkel auf ihre eigene Art und doch so unterschiedlich. Alana bot einen üppigen Kontrast zu der blassen, schlanken Gestalt der Edelfrau, und er musste tief Atem holen. Ihre Augen waren wie Ebenholz und Smaragd, beide funkelten voller Sinnlichkeit und voller Versprechen in seine Richtung. In dieser Nacht konnte er sich zu Recht als den glücklichsten Mann auf dieser Erde bezeichnen,

»Was ist das hier für ein Ort?«, fragte Blanche und drehte sich, um die Lichtung mit dem unheimlichen Steinkreis näher in Augenschein zu nehmen. Es gab insgesamt dreizehn Steine, zwölf deuteten zum Himmel und einer lag flach in der

Mitte; in dessen monströsem Schatten brannte das Feuer. Mondlicht tauchte die Szenerie außerhalb des Feuers in fahles Licht, sodass die Körper ihrer Gefährten mit unterschiedlichen Lichtern bedeckt waren; Orange tanzte auf der einen Seite, kühles Licht schimmerte auf der anderen. Es ließ sie exotisch wirken und ein wenig gefährlich. Blanche blieb dabei verborgen, dass auch sie sich dieser magischen Verwandlung unterzogen hatte.

Alana zuckte mit den Achseln als Antwort auf Blanches Frage. »Das weiß niemand. Es gibt Gerüchte, die besagen, dass er bereits seit Jahrhunderten existiert, aufgestellt vom kleinen Volk, ehe die Priester kamen und sie dazu zwangen, sich zu verstecken. Es ist ein Ort der Kraft. Könnt Ihr die Magie nicht spüren?« Alana ging zu dem liegenden Stein, strich mit den Handflächen über die raue Oberfläche und beugte sich dann hinunter, um ihre Wange dagegenzudrücken, die Augen geschlossen, als würde sie beten. Blanche schauderte. Das Feuer der Erregung brannte noch immer in ihren Adern, und doch fühlte sie sich, als wäre sie am Boden festgenagelt. Ihre Glieder fühlten sich schwer an, als stünde sie unter Drogen oder wäre verzaubert. Sie zuckte zusammen, als ein Funkenschauer vom Feuer aufstieg, um unter dem Mondlicht zu Asche zu verglühen.

Als hätte das plötzliche Geräusch ihn von seinem ganz eigenen Zauber befreit, stand Roman auf und kam zu dem Platz, an dem Blanche saß. Er reichte ihr seine Hand, um ihr aufzuhelfen. Sie nahm sie, und er zog sie auf die Füße, doch als sie stand, fiel Roman auf die Knie, sodass sein Gesicht sich auf der gleichen Höhe mit ihrem Schoß befand. Er presste sein Gesicht gegen die Löckchen darauf und atmete ihren Geruch in kleinen, schniefenden Atemstößen ein. Blanches Gesicht wurde feuerrot.

Alana öffnete die Augen und kam zu ihnen herüber. Sie

nahm ihre Hände und zog sie zu dem Altar-Stein, wie Blanche ihn insgeheim bezeichnete. Ihre Brust streifte Blanches Arm, und Blanche wurde einmal mehr von dem Verlangen übermannt, den Körper des Zigeunermädchens zu erkunden, doch diesmal mit mehr Zeit als bei ihrem ersten Zusammentreffen in den Ställen. Sie fasste Alana um die Taille und drückte einen Kuss auf deren Kehle und brachte sie dazu, sich rücklings auf den Stein zu legen. Das Parfüm des Mädchens, eine Mischung aus berauschendem Moschus und Öl, ließ ihre Sinne schwinden. Sie flocht ihre Finger in die Locken der Zigeunerin und genoss ihre Weichheit und Nachgiebigkeit. Sie hüpften zwischen ihre Fingern, als wären sie lebendig. Alana lachte und schlang ihren Arm um Blanches Nacken, bäumte sich ihr entgegen. Blanche war bis an den Rand ihrer Geduld versucht und hob die Hand, um die Brüste des Mädchens zu streicheln; sie bewunderte die Zartheit der Haut und ließ ihre Finger über die weichen Kugeln gleiten, bis deren Brustwarzen sich verhärtet hatten. Alana stöhnte, als Blanche den Kopf senkte, um an ihnen zu saugen. Ihre Zunge glitt über das harte Fleisch, und sie widmete sich erst der einen, dann der anderen mit liebevoller Aufmerksamkeit.

Blanche bemerkte eine Bewegung aus dem Augenwinkel, und sie sah Roman auf einen der Steine neben ihnen klettern. In ihrem Verlangen nach Alana hatte sie ihn ganz vergessen. Er zog Alana zu sich herauf und setzte sie zwischen seine Beine. Blanche stöhnte vor Enttäuschung; der Mund und die Brüste der Zigeunerin waren nun außerhalb ihrer Reichweite. Roman grinste und hob lässig eines von Alanas Knien über seines. Blanche atmete scharf ein; Alanas Geschlecht war nun weit gespreizt und frei für sie, es zu beobachten. Roman kicherte angesichts des dankbaren Blicks, den sie ihm zuwarf, und nahm Alanas Brüste in seine Hände. Er neckte und zwickte sie, bis sie sich in seinem Griff vor unerfülltem Begehren wand.

»Bitte, Mylady. Oh, bitte.« Das Mädchen stöhnte und rieb sich selbst mit ihren Fingern, keuchte nach Erlösung. Blanche brauchte keine weitere Ermunterung. Sanft schob sie die Hände des Mädchens weg und beugte sich vor, um das samtene Fleisch genauer in Augenschein zu nehmen. Es war rosafarben und ganz zart; Feuchtigkeit glitzerte auf dem Haar wie kleine Juwelen im Feuerschein. Alana stöhnte und spreizte ihre Schenkel weiter auseinander. Sanft, ganz sanft, berührte Blanche die Klitoris des Mädchens mit ihrer Fingerspitze und beobachtete, wie die vollen korallfarbenen Lippen darum angesichts dieses Gefühls zuckten. Das Mädchen bäumte sich auf, und mit einem kleinen zufriedenen Lächeln schob Blanche ihren Finger zwischen die geöffneten Schamlippen; sie genoss die Feuchtigkeit im Innern des pulsierenden Fleisches, und sanft bewegte sie ihre Fingerspitze in ihr, um Alana ein weiteres Stöhnen zu entlocken. Mit der anderen Hand begann sie, die Klitoris zu umkreisen und zu reiben, sie glitt um und über den kleinen schlüpfrigen Knopf. Während sie das tat, beobachtete sie Alana, die ihren Kopf gegen Romans Schulter gedrückt hatte; ihr Gesicht war gerötet, die Lippen geöffnet, ihre Brüste lagen unter seiner Handfläche. Sie bot ein Bild völliger erotischer Hingabe, aufgelöst in ihrem eigenen Vergnügen, und der Anblick genügte, um Erregung in Blanches Schoß aufkeimen zu lassen. Alanas Bauch spannte sich an, und Blanche fühlte, wie ihre Spalte sie noch fester umklammert hielt. Widerstrebend hörte sie auf; sie wollte Alana nicht mit den Fingern zum Orgasmus bringen.

Roman erkannte, was sie vorhatte, und ließ Alanas Brüste los; seine Hände glitten zu ihrem Schoß. Er nahm die fleischigen Lippen zwischen seine Finger und zog sie sacht noch weiter auseinander. Blanche stöhnte und gab dann ihrem Sehnen nach, das sie empfand, seit sie das Mädchen das erste Mal getroffen hatte: Sie hauchte einen Kuss direkt auf Alanas pulsierende Klitoris. Die Berührung löste eine Flut zwischen den Schamlippen des Mädchens aus, und sie bäumte sich auf, um sie in Blanches Gesicht zu drücken. Blanches Mund wurde mit Moschusduft erfüllt. Sie spürte wie Alana zitterte, als ihre Zunge zwischen die inneren Lippen glitt. Zu ihrer Überraschung schmeckte das Mädchen süß und nach Kupfer; ganz anders als sie erwartet hatte und ganz anders als ein Mann. Sie schob ihre Zunge zwischen den Lippen ein und aus und schob sie dann tiefer und tiefer in die satinweiche Nische; sie bemerkte, wie sich der Geschmack veränderte; er wurde erdiger, voller. Alana stieß mittlerweile ihr Becken hoch, Blanches Stößen entgegen, und verlor dabei fast Romans Finger, die sie noch immer gespreizt hielten. Ihr Atem entkam ihrem Körper in kleinen halb erstickten Schluchzern und Bitten. Ein Gefühl ungeheurer Macht überkam Blanche und löste fast ihren eigenen Orgasmus aus. Sie stieß ihre Zunge so tief in Alana, wie es nur ging, und schenkte der Spalte ein letztes abschließendes Kitzeln, ehe sie die Klitoris in ihren Mund nahm und hart an ihr saugte und ihre Zunge einige Male darüberstreifen ließ. Alana keuchte ein letztes Mal verzweifelt auf; Blanche trat einen Schritt zurück, um dabei zuzusehen, wie sie kam. Es war ein herrlicher Anblick. Alana lag zurückgelehnt in Romans Armen, ihr ganzer Körper erbebte und schüttelte sich mit jedem Zucken; ihre Augen waren geschlossen und ihre Lippen halb geöffnet, ihr Geschlecht pulsierte und zuckte mit jedem Beben, das es schüttelte. Ein letztes Mal hob sie sich an, schloss ihre Beine, als das Vergnügen langsam abebbte, richtete sich noch einmal auf und blieb dann schluchzend in Romans Schoß liegen.

Während Alana sich erholte, löste Roman sich von ihr und legte sie sanft auf den Stein. Dann bot er Blanche die Hand, damit sie sich zu ihnen auf den Stein setzen konnte. Alana öffnete die Augen und griff ebenfalls nach Blanche, zog sie zu sich in ihre Umarmung, sodass sie auf ihr lag, Bauch an Bauch, Brust an Brust, Schoß an Schoß. Blanche küsste das Zigeunermädchen, anfangs noch zögerlich, falls es sich nicht selbst auf ihren Lippen schmecken wollte, doch dann mit größerem Vergnügen, als Alana ihren Kuss leidenschaftlich erwiderte. Sie neckte die weichen Lippen mit ihren eigenen und drückte sie gegen die Zähne des Mädchens. Alana vergrub als Antwort ihre Finger in Blanches Haar, zog deren Gesicht tiefer zu ihrem eigenen. Blanches eigene Erregung war bereits seit Alanas Orgasmus auf dem Siedepunkt und loderte nun heftig auf. Hitze brannte zwischen ihren Schenkeln, und sie drückte ihren Schamhügel gegen den der anderen Frau; beide Öffnungen klafften dadurch weit auf, und sie spürte Alanas Klitoris, die im Gewirr ihrer beider Schamhaare gegen ihre eigene rieb. Blanche keuchte, als Roman seinen langen Körper über sie legte und sie seinen Schwanz gegen ihren Hintern stoßen fühlte. Er senkte seine Hände auf beide Seiten von Alanas Kopf, die weiterhin nach Blanches Küssen verlangte, um sich abzustützen.

Angesichts der beiden Köper, die sich an sie pressten, schwanden Blanche fast die Sinne. Der Köper unter ihr war so weich, der andere hart und schwer; er verbrannte ihren Rücken mit der Hitze, die von ihm ausging. Wie von selbst begann Blanches Spalte sich rhythmisch gegen Alanas zu reiben, ihre Klitoris rieb sich mit jedem kleinen Stoß an ihrem Gegenstück. Die wollüstigen Bewegungen von Blanches Hintern wurden zu viel für Roman; er schob seinen Schwanz von hinten in sie hinein. Blanche verspannte sich für einen Augenblick, sie war hin- und hergerissen zwischen dem Wunsch, zu fühlen, wie er sich in ihr bewegte, und dem Sehnen, die Reibung an ihrer Klitoris weiter zu spüren. Alana gab einen ungeduldigen Laut von sich und wand sich ungestümer unter Blanche. Wärme floss über Blanches Hals und die Schultern, während sie sich ihren Bewegungen mit größerem Drängen als noch zuvor hingab. Durch den Nebel aus Lust, der sie umgab, kam Blanche der Gedanke, dass Roman eine unglaubliche Selbstbeherrschung besitzen musste, da er nicht in sie stieß. Er hielt absolut still und ließ zu, dass Blanches Bewegungen auf Alana ihn zu einer subtilen aber ungeheuren Erfüllung brachten. Blanche hielt ebenfalls still, als ihr Orgasmus sich langsam aufbaute, aber die Frau unter ihr dachte gar nicht daran. Sie war schon zu nah an ihrem Höhepunkt. Blanche betrachtete Alana aus halbgeschlossenen Augen; sie wusste, dass ihr Gesicht ebenso erregt aussah wie Alanas, die Lippen halb geöffnet und die Wangen gerötet. Sie umarmte das Mädchen fester, als der Sturm der sexuellen Erfüllung über sie hereinbrach. Ihr Hintern wand sich zuckend, als ihre Gefühle sie übermannten. Beide Frauen erreichten den Klimax fast gleichzeitig und benetzten sich gegenseitig mit ihrer Lust, bis Blanche als zitterndes Häufchen auf dem Zigeunermädchen zusammenbrach. Roman stöhnte frustriert auf und stieß einige Male in sie, ehe er sich zurückzog und mit einem unartikulierten Schrei auf Blanches Hintern und Rücken kam.

Alana bewegte sich als Erste, wahrscheinlich wegen des vereinten Gewichts der beiden, das sie auf den Stein presste. Blanche öffnete ihre Augen und starrte in die feuchte Tiefe der anderen Frau, ehe sie lächelte. Roman nahm sie beide kurz in seine Arme, dann richtete er sich auf und half ihnen von dem Stein herunter. Vor dem Feuer fielen sie einfach hin, wo sie waren, ein warmes Knäuel aus Gliedmaßen, Lippen und streichelnden Fingern, ehe sie gemeinsam einschliefen.

Als Blanche erwachte, war ihr erster Gedanke, dass sie nach Dunchar zurückmusste. Sie hatte nicht vorgehabt, die ganze Nacht bei den Zigeunern zu verbringen und nahm an, dass

Mhairi wahrscheinlich schon ganz krank vor Sorge war. Sie lieh sich einen Umhang von Alana, und Roman begleitete sie durch den Wald bis zum Ende der Straße am Loch, sodass sie nur noch wenige hunderte Meter alleine gehen musste. Als sie des Anblick des Schlosses gewahr wurde, hielt sie jedoch inne. Trotz der frühen Stunde standen die Tore offen, und eine Gruppe von Reitern in Rüstung stand herum. Blanche hörte den Tumult aufgeregt rufender Stimmen und stampfender Hufe selbst aus dieser Entfernung. Was in aller Welt ging hier vor? Wer waren sie? Sie konnte unmöglich an ihnen vorbei in die Burg gehen, barfuß und nackt unter ihrem Mantel. Verärgert lenkte sie ihre Schritte zu einer anderen Seite der Burg und verschwand zwischen einigen Büschen, die den Ansatz der Burgmauern bedeckten. Sie fand gleich auf den ersten Blick, was sie suchte, und drückte gegen die versteckte Tür. Zuerst bewegte sie sich nicht, und Blanche fürchtete schon, dass sie verschlossen wäre, aber schließlich schwang sie doch mit quietschenden Angeln auf. Blanche wimmerte und hoffte, dass das Geräusch sie nicht verraten hatte und die Wachen auf der Mauer nichts gehört hatten. Die Passage von der Tür führte sie bis zu einem winzigen Alkoven auf der Rückseite der großen Halle, der mit Wandteppichen verhängt war. Zu ihrer immensen Verärgerung musste sie dort eine Weile ausharren und durch eine Lücke in dem dicken Stoff spähen, ehe sie zu den Treppen der Dienerschaft laufen konnte. Was um Himmels willen ging hier vor? Noch nie zuvor hatte sie so viel Unruhe auf Dunchar erlebt!

Blanche hatte es fast bis zur Tür ihrer Gemächer geschafft, als Mhairi herausgestürmt kam und sie fast umrannte.

»Mylady!« Die alte Frau hielt die Hand an ihre üppige Brust gepresst. »Dank sei der heiligen Jungfrau Maria. Wir nahmen an, dass Euch etwas Furchtbares zugestoßen sei. Mylord McNaghten sucht in diesem Moment nach Euch.«

»Rory?« Blanche runzelte die Stirn. »Aber was will er hier?«

Mhairi sprang von einem Fuß auf den anderen, und ihre Wangen waren so rot wie Äpfel. »Ach, Mylady! Ihr werdet es nicht für möglich halten! Er hat den König mitgebracht!«

Kapitel 8

Robert Bruce, König von Schottland, musterte die Frau, die vor ihm einen tiefen Hofknicks vollführte. Ihr Kleid war aus rotem Samt gefertigt und mit Gold bestickt; der Schnitt betonte ihre Hüften, von denen es in weiten Falten auf den Boden fiel und wie ein Teich aus Blut zu ihren Füßen lag. Ihren Hals und ihre Ohrläppchen schmückte mit Granat besetzter Schmuck. Die kostbaren Steine zierten auch das Diadem auf ihrem Schleier. Der König saß auf dem Podest und konnte von dort aus beobachten, wie ihre Brüste sich über dem Ausschnitt ihres Kleides hoben und senkten, und als sich die Frau erhob und ihm in die Augen sah, bemerkte er, dass ihre Augen grün waren. Ein Funken von Verschmitztheit glomm darin. Sie erinnerte ihn ein wenig an seine Geliebte, Isobel von Buchan, auch wenn ihr Blick weniger Ehrgeiz verriet als Isobels und dafür mehr Sinnlichkeit. Seine Stimme war schroff, als er ihr befahl, sich wieder zu erheben.

»So. Lady McNaghten. Es ist eine Freude, Euch endlich kennenzulernen und Eure Gastfreundschaft genießen zu können.«

»Ihr seid uns mehr als willkommen, Sire.« Ihre Stimme war sanft und schmeichelte dem Ohr in gleicher Weise, wie ihre Figur dem Auge schmeichelte. Er verstand langsam, warum sie der Grund für so viele Streitereien in den Reihen seiner Edelmänner war.

»Es ist ein Jammer, dass Ihr nicht hier wart, um mich zu begrüßen, als ich eintraf, obwohl ich zuvor einen Reiter geschickt hatte. McNaghten erzählte mir, dass man Euch schlafend in den Ställen gefunden hat, und ihr daher von dem Geschrei und dem Lärm nichts mitbekommen habt.«

Die Frau errötete. »Ja, Sire. Meine Stute Alouette ist gerade erst von einem von Lord Campbells Hengsten gedeckt worden. Ich ging zu ihr, um zu sehen, wie es ihr geht, und bin dann eingeschlafen. Das Wetter war so warm.«

Der Bruce hob skeptisch eine Augenbraue. Eine Witwe, die so aussah wie Blanche McNaghten, hatte in einer Sommernacht sicher Besseres zu tun als Hebamme für eine schwangere Stute zu spielen. Rory McNaghtens finsterer Blick zeigte ihm, dass er nicht der Einzige war, der so dachte, und er beschloss, die aufkeimenden Wogen zu glätten. »Um die Wahrheit zu sagen, es scheint Euch gut bekommen zu sein, Mylady. Ihr solltet öfter in den Ställen schlafen.« Sein Scherz sorgte für Erheiterung im königlichen Gefolge und wurde mit einem umwerfenden Lächeln von Lady McNaghten belohnt. Das Lächeln brachte den Bruce ganz durcheinander; falls sie auf all seine Scherze derart reagierte, wäre er versucht, mit seinem Hofnarren die Plätze zu tauschen. »Kommt und setzt Euch zu mir, Mylady.« Er deutete auf den Stuhl an seiner Seite. »Mir wurde von Euren jüngsten Schwierigkeiten berichtet, und ich würde gerne mehr darüber erfahren. Sagt mir, wie viel Vieh habt Ihr im letzten Jahr verloren?«

»Sechzig Tiere, Sire. Und ein Mann wurde verletzt.«

»Ich nehme an, dass Ihr Euch einen solchen Verlust nicht leisten könnt?«

Blanche lächelte; die Geste hatte etwas Ironisches. »Kaum, Sire. Diese Zahl stellt einen nicht unbeträchtlichen Anteil meines Besitzes dar.«

»Ich habe auch gehört, dass die Dinge am Ende des letzten Jahres eine ernstere Wendung nahmen?«

Blanche McNaghtens Gesicht verdunkelte sich, als sie ihm

in groben Zügen MacGregors Gefangennahme und die darauf folgende Entführung erzählte. Sie legte nur die nötigsten Fakten dar, und Bruce, als Politiker, der er war, ahnte, dass an dieser Geschichte mehr dran war, als sie ihm erzählte. Als sie geendet hatte, sah sie zu Boden.

»Natürlich«, sagte der Bruce,«habe ich eine Version der Geschichte bereits von meinem alten Freund Red MacGregor gehört.« Blanche verspannte sich, doch er lächelte sie an. »Macht Euch keine Sorgen, Lady McNaghten, seine Erzählung stimmt nahezu mit der Euren überein, wenn man ein oder zwei Vorurteile abzieht.« Seine Stimme wurde ernst. »Aber Ihr müsst verstehen, dass ich nicht zulassen kann, dass sich die adligen Familien auf diese Weise miteinander streiten.«

»Das weiß ich, Sire.« Blanche nahm den Tadel widerstandslos hin.

»Mir kam zu Ohren, dass man um Eure Hand angehalten hat?«

»Ja, Sire. Calum Campbell und Neil MacLachlan haben mir einen Antrag gemacht.«

»Ihr seid schon zu lange Witwe, Mylady.« Der Bruce stand auf. »Aber darüber werden wir heute Abend weitersprechen. Ich erwarte, dass Ihr Eure beiden Bauernburschen zum gemeinsamen Abendessen einladet. McNaghten!« Er bedeutete Rory näher zu kommen. »Was für Falken habt Ihr? Ich will unbedingt wissen, ob die Jagd hier wirklich so lohnend ist, wie Ihr mir weismachen wolltet.«

Einige Stunden später hörte Blanche die Jagdgesellschaft wieder in ihren Hof poltern. Ihre aufgeregten Rufe und Schreie deuteten darauf hin, dass sie bester Laune waren. Sie sah aus dem Fenster auf die herantrabenden Tiere und beobachtete den König dabei, wie er von seinem Pferd stieg und Rory auf den Rücken klopfte. Die Schildknappen trugen zwei tropfende Hirsche in den Innenhof und traten nach den Hunden, damit sie verschwanden, ehe sie die Tiere niederlegten, um sie zerteilen zu können. Blanche drehte sich wieder zu Maxwell um und überprüfte die Liste der Fleischgerichte, die sie am Abend servieren wollten: zwanzig junge Enten, vier Rehlenden, acht Hasen und zwei Schwäne, die sie glücklicherweise am östlichen Ufer des Lochs gefunden hatten. Neben dem gebratenen Fleisch hatten die Köche auch Hammelpasteten, Hering in Wein und Honigkuchen für die niederen Adligen zubereitet. Insgeheim war Blanche dankbar, dass der König nur für eine Nacht bleiben wollte – die Vorratskammer von Dunchar war durch diesen Besuch praktisch geplündert.

»*Dieu!*« Blanche schlug sich mit der Hand gegen die Stirn. »Was ist mit der Unterhaltung? Ich habe die Unterhaltung völlig vergessen.«

»Seine Majestät hat seinen eigenen Barden mitgebracht, Mylady.«

»Die Pocken über seinen Barden! Wir müssen doch in der Lage sein, etwas Besseres zu beschaffen als das.« Ihr kam eine Idee. »Die Zigeuner! Sind die Zigeuner bereits von Inverary aus weitergezogen?«

Maxwell sah sie ein wenig angewidert an. »Das weiß ich nicht mit Sicherheit, Mylady.«

»Dann schick jemanden, der es herausfindet. Falls sie noch da sind, fragt nach Alana oder Roman.« Sie lächelte leise, als sie an den Tanz in der vorherigen Nacht dachte. Die Zigeuner würden sich für den König etwas weniger Schlüpfriges ausdenken müssen, aber sie zweifelte nicht daran, dass sie kommen würden. Die Verlockung, vor Ihrer Majestät ihr Können zeigen zu können – und die Aussicht auf einen schweren

Geldbeutel als Entschädigung für ihre Mühen –, war zu groß, um ihr widerstehen zu können. Sie entließ Maxwell und wandte sich den beiden Kleidern zu, die Mhairi emporhielt. Eines hatte eine dunkle, violette Farbe und war mit Silber besetzt. Das andere bestand aus grüner Seide, aber keines von beiden war so schön wie das, das sie bereits trug. »Ich denke, ich werde das hier anbehalten. Habe ich noch Zeit, ein Bad zu nehmen und mein Haar zu richten, Mhairi?«

»Aye, Mylady, wenn wir das Wasser sofort aufsetzen.«

»Dann setz es auf, setz es auf! Lass es in mein Zimmer bringen, sobald es fertig ist.« Blanche bemerkte den bekümmerten Gesichtsausdruck der alten Frau und hatte Mitleid mit ihr. Sie nahm ihr die Kleider ab. »Setz das Wasser in der Spülküche auf, sag Maxwell, dass ich meine Meinung wegen des rheinländischen Weines geändert habe, wir werden stattdessen Bordeaux nehmen, und dann komm in meine Gemächer und hilf mir beim Ankleiden.«

»Aye, Mylady.« Mhairi lief zur Tür hinaus, und Blanche fürchtete schon, dass sie vor Aufregung platzen würde, so rot ihr Gesicht war und so heftig ihr Busen wogte. Die Andeutungen, die der Bruce bezüglich ihrer möglichen Hochzeit gemacht hatte, hatten Blanches Stimmung einen deutlichen Dämpfer verpasst, besonders, da er auf Campbells und MacLachlans Anwesenheit an diesem Abend bestanden hatte. Was hatte der König vor? Beide Männer waren auf ihre eigene Art gut aussehend, aber MacLachlan war zu alt, und Campbell spielte für ihren Geschmack zu viel. Falls sie gezwungen wäre, zu heiraten, würde sie Rory wählen, aber sie wusste, dass der König seinen Antrag nicht gutheißen würde. Ihr Cousin war zu nah mit ihr verwandt und bot nicht die strategischen Vorteile, die eine Verbindung mit Campbell oder MacLachlan hatte. Rory wusste das auch; sein Gesicht war eine einzige Leidensmiene gewesen, als sie zur Jagd aufgebrochen waren. Blanche seufzte. Sie hatte das Gefühl, dass dieser Abend für keinen von ihnen gut ausgehen würde.

Die Zigeuner trampelten und sprangen auf die Tanzfläche, die in der großen Halle von Dunchar leergeräumt worden war. Blanche saß am Kopf des Tisches, mit dem König zu ihrer Linken und Calum Campbell zu ihrer Rechten. Zu ihrer Verwunderung presste Campbell seinen Schenkel gegen ihren und zwang sie immer weiter in die Richtung des Königs, wenn sie ihm ausweichen wollte. Sie betrachtete die reichlichen Speisen vor sich auf dem Tisch, nahm vorsichtig ein Stück von einer jungen Ente und vermied dabei sorgsam, Neil MacLachlans unheilvollem Starren zu begegnen. Er schmollte, weil er nicht neben ihr saß. Sie vermied es auch, zu Rory zu sehen, der am anderen Ende des Tisches saß, für den Fall, dass sein Leid sich als ansteckend erwies. Sie richtete ihre Aufmerksamkeit lieber auf die Tänzer. Alana war unter ihnen sowie Roman; beide waren leicht zu erkennen, auch wenn sie Masken trugen. Die Zigeuner hatten sich für ihre Darbietung eine Jagd als Handlung ausgesucht, mit Hunden und Jägern. Roman war der Anführer der Jäger und Alana die Hirschkuh. Auch wenn sich das Motiv von dem der vorangegangenen Nacht unterschied, lag doch eine unterschwellige Sinnlichkeit in ihrem Tanz, die alle Aufmerksamkeit des Publikums auf sich zog und natürlich auch auf die geschmeidigen Körper der Tänzer. Als Roman den *coup de grâce* auf Alanas gebeugtem Kopf ausführte, zwickten Campbells Finger Blanches Schenkel und ließen sie aufschrecken.

»Bravo«, jubelte der König und schlug mit der Hand auf den Tisch. »Bravo. Was für eine ausgezeichnete Vorstellung.« Er wandte sich an Blanche, und das Licht der Wandleuchter flackerte in seinen Augen. »Wo habt Ihr diese Zigeuner gefunden?«

»Sie kommen jedes Jahr nach Inverary, Sire, zu den Feierlichkeiten zum Maitag, und im Herbst kehren sie noch einmal zurück.«

»Denkt Ihr, sie würden auch meine Königin und ihre Damen in Edinburgh unterhalten?«

»Dessen bin ich mir sicher.« Blanche lächelte. »Natürlich vorausgesetzt, Ihr seid bereit, sie für ihre Mühen zu entlohnen. Sie haben eine recht geldsüchtige Ader.«

Der König lachte. »Ich danke Euch für die Warnung. Ich werde das Nötige veranlassen. Aber ihr Tanz erinnert mich an etwas.« Er klatschte in die Hände und rief damit einen Pagen herbei; alle Augen im Saal richteten sich auf ihn und die Musik verstummte. »Ich habe Euch ein Geschenk mitgebracht, Mylady.« Der Page reichte dem Bruce etwas, das im Licht schimmerte, und der reichte es an Blanche weiter. Sie atmete scharf ein. Es war ein schweres Mieder, auf dem in Emaille eine Jagdszene dargestellt war. Die Jäger waren jedoch keine Menschen, sondern Affen, die in die Hörner bliesen und mit ihren Hunden Hasen und Hirsche jagten. Es war das komischste und gleichzeitig erlesenste Ding, das sie jemals gesehen hatte.

»Sire!«, keuchte sie. »Es ist wunderschön!«

»Ich freue mich, dass es Euch gefällt. Nehmt es als Dank für Eure Gastfreundschaft und als Geschenk zu Eurer Verlobung.« Blanche riss ihren Blick von den intensiven Farben des Mieders los. »Wie ich bereits gesagt habe«, fuhr der König fort, »seid Ihr schon zu lange allein. Der Mann, den ich für Euch ausgesucht habe, wird meine Sorgen um Euer Wohlergehen zum Schweigen bringen.«

»Ihr – Ihr habt entschieden, Sire?« Blanches Herz setzte für einen Schlag aus, und es schien, als würden alle im Saal den Atem anhalten.

»Das habe ich.« Der Bruce nahm bewusst ungezwungen einen Schluck Wein. »Wenn wir uns das nächste Mal begegnen, werdet ihr nicht mehr Lady McNaghten sein, sondern Lady MacGregor von Killaird.«

Blanche drohte den Boden unter den Füßen zu verlieren. Die Stille im Raum war nahezu greifbar und hielt eine ganze Minute lang an, ehe der Sturm losbrach.

»Aber, das kann nicht sein!«

»Sire, Ihr beliebt zu scherzen! MacGregor ist ein alter Mann!«

Sowohl Calum Campbell als auch Neil MacLachlan sprangen auf, und ihre Stühle schlugen krachend auf den Boden auf. MacLachlans Gesicht war rot vor Zorn, und Campbells Hand lag auf seinem Dolch.

»Setzt euch, alle beide!«, befahl der König. Er hob die Stimme nicht an, sondern brachte die Männer allein durch die Kraft seiner Persönlichkeit dazu, sich wieder zu setzen. »Ich spreche nicht vom Vater, ihr Narren, sondern von seinem Sohn. Denkt ihr, ich will, dass Lady McNaghten bald wieder zur Witwe wird?«

»Aber, Sire«, flüsterte Blanche, »sollten meine Gefühle in dieser Sache nicht auch eine Rolle spielen?«

»Ich weiß, dass Ihr und MacGregor eure Differenzen hattet. Diese Hochzeit ist der perfekte Weg, um diese auszuräumen.« Der König sah Blanche an, und sein Blick wurde weich. »Ich wette darauf, sobald Kinder an Euren Rockzipfeln hängen, werdet Ihr die vergangenen Streitigkeiten vergessen.« Er bemerkte Rorys kalkweißes Gesicht. »Ich weiß, wie Eure eigenen Wünsche in diesem Fall lauten, aber das hätte weder Eurem König noch Eurem Land geholfen. Eure Pflicht ist eindeutig.«

»Aber Black MacGregor ist bereits verlobt.« Verzweifelt klammerte sich Blanche an diesen Punkt. »Er wird nicht einwilligen, mit ihr zu brechen.«

»Pah! Dieses Arrangement war nicht viel mehr als eine Lappalie. Es ist bereits gelöst worden. Red MacGregor hat den Vorteil, seinen König bei Laune zu halten, schnell eingesehen.«

»Was?! Ihr habt bereits mit ihm gesprochen?«

»Natürlich.«

»Und wie hat sein Sohn diese Neuigkeit aufgenommen?«

»Um die Wahrheit zu sagen, er wirkte ein wenig verstört.« Der Bruce tätschelte ihre Hand. »Aber er wird die Vorteile dieses Arrangements bald erkennen, und er hat einen ganzen Monat, um sich an den Gedanken zu gewöhnen.«

Einen Monat! Gerade als Blanche dachte, dass die Dinge nicht noch hoffnungsloser werden konnten, bewies das Schicksal ihr das Gegenteil. Nur ein Monat!

Der König sah ihre Bestürzung. »Es gibt keinen Grund, die Zeremonie weiter hinauszuzögern. Je eher Ihr verheiratet seid, desto besser. Die Hochzeit wird Anfang Juni stattfinden, der Bischof von St. Andrews wird euch trauen.« Die Diskussion schien damit beendet zu sein, denn er klatschte in die Hände, damit die Spielleute fortfuhren zu spielen.

Blanche schwieg. Wie konnte sie Black MacGregor heiraten? Die Erinnerung an ihr letztes Zusammentreffen hatte sich wie ein Brandmal in ihr Gedächtnis gebrannt. Sie zweifelte nicht daran, dass er wirklich vorgehabt hatte, sie zu hängen – oder Schlimmeres zu tun –, anstatt sie so zärtlich zu lieben wie er es in der Nacht zuvor getan hatte. Es stimmte, sie konnte nicht verleugnen, dass er sie körperlich stark anzog, und dass ihr Körper sie immer verriet, sobald er in ihrer Nähe war – aber für den Rest ihres Lebens an ihn gekettet zu sein! Sie würde wahnsinnig werden. Wie konnte man von ihr erwarten, dass sie als Herrin in Killaird lebte, wenn man sie dort so voller Verachtung behandelt hatte? Sie blickte auf das Mieder in ihren Händen herab und merkte, dass sie es so fest umklammert hielt, dass ihre Knöchel weiß hervortraten. Sie ließ es auf den Tisch fallen und sah sich im Saal um.

Campbell und MacLachlan tuschelten miteinander; sie hatten ihre gegenseitige Abneigung im Zuge ihrer Empörung über ihre Verlobung mit MacGregor ganz vergessen. Blanche fiel zum ersten Mal auf, wie klug der König eigentlich gehandelt hatte. Selbst wenn ihre ehemaligen Bewerber sich zusammenschlossen, würden sie doch nicht einmal im Traum daran denken, ihren mächtigen neuen Ehemann herauszufordern, erst recht nicht, da der König selbst die Verlobung öffentlich verkündet hatte. Ohne dass sie es verhindern konnte, wanderten ihre Augen zum anderen Ende des Tisches. Rory hatte sich nicht gerührt, seit der Bruce die Neuigkeit verkündet hatte. Sein Gesicht war verhärtet und blass, als wäre er eine aus Eis gehauene Statue. Seine Augen trafen ihre. Er würde die Verlobung niemals akzeptieren. Sie wusste, wie dickköpfig er sein konnte, und sie ahnte, dass sie ihn nach der Hochzeit niemals wiedersehen würde. Er war ihr engster Freund, seit ihr Ehemann sie als Kind aus Frankreich hergebracht hatte. Wie sollte sie es ertragen können, ihn zu verlieren?

Der Rest des Abends zog wie ein schlechter Traum an ihr vorbei. Blanche entschuldigte sich, als die Gespräche zu hitzig wurden, und brachte den Weg zu ihrem Zimmer hinter sich, als könnte sie bei jedem Schritt zusammenbrechen. Ihr ganzer Köper fühlte sich zerbrechlich an und schien kurz davor zu sein, einfach zu zerspringen. Sie verstaute das Geschenk des Königs in ihrer Truhe und erlaubte es Mhairi dann, ihr beim Auskleiden zu helfen und sie ins Bett zu bringen. Ausnahmsweise war die alte Frau still; sie spürte die Laune, in der sich ihre Herrin befand. Blanche hatte gerade ihre Decke bis ans Kinn hochgezogen, als die Tür aufgestoßen wurde. Mhairi warf einen Blick auf Rorys Gesicht und ging hinaus, um ihn mit ihrer Herrin allein zu lassen.

Zuerst sagte er nichts, sondern lief nur im Zimmer umher, Wut quoll aus jeder Pore seines Körpers. Er marschierte von der Tür zum Kamin, zum Fenster und dann wieder zum Feuer, ohne Blanche auch nur ein einziges Mal anzusehen. Es war, als würde er sich selbst nicht trauen, sobald er den Mund aufmachte, um zu reden. Sie hätte ihm geholfen, wenn sie es gekonnt hätte, doch ihr eigenes Unglück ließ sie stumm bleiben.

»MacGregor!« Endlich brach er die Stille und spie das Wort aus, als wäre es Gift. »Wie kann der Bruce nur so grausam sein?«

»Nicht grausam«, sagte Blanche. »Pragmatisch.«

Doch ihr Cousin hörte ihr nicht zu. »Ich hätte es mit der Zeit möglicherweise ertragen, wenn es Campbell oder MacLachlan gewesen wäre, aber MacGregor? Wie kann ich dich mit ruhigem Gewissen zu diesem Bastard gehen lassen? Eher würde ich in der Hölle schmoren!«

Blanche lehnte sich gegen die Kissen; ihre eigene Angst wurde von Rorys zügelloser Trauer umschlossen. Er kam zu ihrem Bett. »Du sagtest, du würdest mich heiraten. Du hast es versprochen. Du sagtest, wenn du jemanden heiraten würdest, dann wäre ich es.«

Blanche spürte Wut in sich aufkeimen. »Ich habe keine Wahl!«

Rorys Augen verengten sich. »Also hast du dich mit dieser Idee schon arrangiert?«

»Nay.« Sie streckte die Hand aus. »Komm und setz dich zu mir, Cousin. Du ermüdest dich nur selbst.«

Der große Mann ließ zu, dass sie ihn neben sich zog und ihm das Haar aus der Stirn strich. »Ich weiß nicht, was ich tun soll.«

Sie sah, dass seine Augen unnatürlich glänzten, und Mitleid drückte ihr das Herz zusammen. Sie wollte nicht sehen, wie er in Tränen ausbrach, daher fasste sie sein Kinn und drehte sein Gesicht zu sich. »Du musst es ertragen, Rory. So wie ich es muss.«

Er senkte den Blick. Blanches Bewegung hatte die Decke zur Seite fallen lassen und entblößte damit eine cremeweiße Brust. Sein Gesicht verhärtete sich, und er hob die Hand, um sie zu umfassen. »Lass mich richtig bei dir liegen, ehe du zu ihm gehst.«

Blanche seufzte, ihr Blut erhitzte sich durch den Druck seines Daumens auf ihrer Brustwarze. »Denkst du wirklich, dass das irgendeinen Nutzen haben wird?« Doch er hörte ihr nicht zu; sein Blick lag auf ihrem Mund. Sie erkannte, dass es unmöglich war, ihn davon abzubringen, Liebe mit ihr machen zu wollen. Er beugte sich zu ihr, um sie zu küssen; sie erzitterte unter ihm und gab schließlich vor dem Unausweichlichen nach. Er spürte ihre Einwilligung und vertiefte den Kuss, ließ seine Hand über die Stellen ihres Körpers fahren, die die verrutschte Decke entblößt hatte. Triumph rauschte durch seine Adern; er senkte den Kopf, um an einem rosigen Nippel zu saugen und spürte dabei ihre Finger, die sich in sein Haar gruben.

Jemand klopfte an die Tür. »Mylady! Ich habe eine Nachricht vom König.«

»Um Gottes willen!« Rory sprang auf und stieß dabei einen Stuhl um. Blanche bekämpfte das unpassende Bedürfnis zu kichern. Rory hätte ihr niemals verziehen, wenn sie dem nachgegeben hätte. Sie zog die Decke wieder hoch.

»Komm herein.«

Der Bote schlich auf Zehenspitzen herein und errötete, als er Rory sah.

»Wie lautet die Nachricht?«

»Seine Majestät erwartet Eure Anwesenheit in seinen Gemächern, Mylady, so bald wie möglich.«

»In seinen Gemächern?«

»Aye, Mylady.«

»Nun gut, sagt ihm, ich bin auf dem Weg.«

Der Junge verbeugte sich und verschwand rasch wieder aus dem Raum, nervös wegen Rorys finsterem Gesicht.

»Gib mir bitte mein Kleid, Rory.«

»Was kann der König wollen?«

Blanche zuckte mit den Schultern. Sie wusste es nicht, aber sie würde es sicher bald herausfinden.

Als sie zum König vorgelassen wurde, war sie überrascht zu sehen, dass er sich ebenfalls schon für das Bett angezogen hatte. Seine pelzverbrämte Robe war bis zur Taille offen, und sie konnte nicht aufhören, auf seine Brust und das dunkle Haar darauf zu starren. Diese Anziehungskraft überraschte sie; normalerweise wurde sie nicht von solch stämmigen, muskulösen Männern wie dem Bruce angezogen. Sie knickste vor ihm und hielt den Blick fest auf ihre Schuhe gerichtet; dabei grübelte sie darüber nach, dass Macht offensichtlich doch ein Aphrodisiakum war.

»Ihr habt nach mir geschickt, Sire?«

»Das tat ich.« Der König legte einen Finger unter ihr Kinn und hob es an, auf seinem kantigen, attraktiven Gesicht lag ein verwirrter Ausdruck. »Aber um ehrlich zu sein, dachte ich nicht, dass es notwendig wäre.«

»Sire?« Blanche war verwirrt.

»Um frei zu sprechen, Ihr habt beim Abendessen Euer Bein so liebevoll an meines gepresst, da dachte ich …« Er führte den Satz nicht zu Ende.

Blanche errötete bis zu den Haarwurzeln. »Vergebt mir, Sire. Calum Campbell presste von der anderen Seite sein Bein an mich. Ich habe nicht bemerkt, dass ich Euer Majestät belästigt habe, als ich versuchte, ihm zu entkommen.«

Der Bruce sah sie für einen Moment an und begann dann zu ihrer Überraschung, sich auf die Schenkel zu klopfen und lauthals zu lachen. »Bei Gott, hat er das wirklich getan? Nun, ich kann es ihm nicht verdenken. Jetzt, da Ihr hier seid, könntet Ihr mir doch etwas Gesellschaft leisten? Die Nacht drückt mir zuweilen schwer aufs Gemüt.« Er führte sie zu einem Sessel am Kamin. »Hat Euch mein Geschenk gefallen?«

Blanche biss sich auf die Lippe. »Ja, Sire.«

»Aber die Verlobung, die ich für Euch arrangiert habe, gefällt Euch nicht, habe ich recht?« Er betrachtete ihr Gesicht und fand seine Antwort darin. Er setzte sich neben sie. »Um die Wahrheit zu sagen: Es schmerzt mich, dass diese Verlobung Euch nicht gefällt, aber mein Entschluss steht fest.« Er streckte seine Beine am Feuer aus. Seine Robe klaffte auf und entblößte einen muskulösen Oberschenkel.

»Ich hätte mir gewünscht, dass Eure Wahl auf irgendeinen anderen fällt, nur nicht auf MacGregor«, murmelte sie.

»Aber warum denn? Trotz seiner Narbe sieht er sehr gut aus, oder?« Er sah Blanche neugierig an. »Er ist reich und hat sich im Kampf unzählige Male bewiesen. Ihr Frauen verwirrt mich. Ich frage mich, was es braucht, um euch zufrieden zu stellen.«

»Respekt.«

»Hat er Euch in Killaird so schlecht behandelt?«

»Er wollte mich hängen, Sire.«

»Er dachte, dass ihr das Gleiche seinen Männer angetan hattet. Auge um Auge, das ist verständlich. Es ist nur verwunderlich, dass er so lange damit gewartet hat.«

»Und ... und er hat mich vergewaltigt.« Genau genommen war das nicht die ganze Wahrheit, und Blanches Wangen erröteten ein wenig.

»Hat er das?« Der König runzelte die Stirn. »Um ganz ehrlich zu sein, das überrascht mich. MacGregor war zwar immer ein Hitzkopf, aber ich hätte nie gedacht, dass er sich eine Frau mit Gewalt nimmt. Soweit ich es gehört habe, gibt es ohnehin genügend, die sich ihm freiwillig hingeben.« Er sah Blanche eindringlich an, bis Blanche den Blick senken musste. »Und doch – Hass kann der Liebe manchmal gefährlich nah sein.«

»Sire! Ihr verspottet mich!« Sie knetete ihre Hände in ihrem Schoß. Was der König da andeutete, war lächerlich. MacGregor war zu solchen Empfindungen gar nicht fähig. Blanches Augen wurden feucht, und sie biss sich auf die Unterlippe.

»Nay. Das tue ich nicht.« Der König nahm ein Taschentuch aus seiner Tasche und reichte es Blanche. »Hier, trocknet Eure Tränen. Ich hasse es, Frauen weinen zu sehen.«

Sie schniefte und wischte sich über das Gesicht; sie fühlte sich dumm und kindisch. »Ihr werdet es Euch nicht noch einmal überlegen, mein König?«

»Ich sagte bereits, dass meine Entscheidung feststeht, oder habe ich das nicht? Strapaziert meine Geduld nicht zu sehr.« Mit einem Mal war die Stimme des Königs wieder streng. »Ihr geht besser zu Bett, Lady McNaghten.«

Blanches Gesicht war wie versteinert, als sie das Taschentuch zusammenfaltete und ihm zurückgab. Sie knickste und wollte sich gerade aufrichten, als der König ihre Hand nahm und sie an sich zog. Er küsste den Rücken hart, ehe er sie so abrupt wieder losließ, dass sie beinahe gestolpert wäre.

»MacGregor ist ein glücklicher Mann. Nun geht und schlaft etwas. Ihr werdet es nach Eurer Nacht in den Ställen gestern brauchen.«

Sie kehrte in ihr eigenes Zimmer zurück; Rory war fort. Das Feuer war zu Glut heruntergebrannt, und die Kerzen waren bereits vor langer Zeit ausgebrannt, sodass der Raum dunkel und freudlos wirkte. Das hob ihre Laune nicht gerade an. Zitternd entledigte sie sich ihres Kleides und schlüpfte in ein Nachthemd, ehe sie sich zum zweiten Mal in ihr Bett begab. Taub vor Kälte und dem Schock, den ihre Verlobung ausgelöst hatte, zweifelte sie ernstlich daran, dass sie jemals wieder Schlaf finden würde.

Blanche bemerkte, dass sie damit falsch lag und eingedöst war, als sie durch das Gewicht eines Körpers geweckt wurde, der hinter ihr ins Bett kletterte. Er drückte sich gegen ihre Kehrseite und den Hintern, kuschelte sich an ihren Leib und wärmte sein ausgekühltes Fleisch an ihrem vom Schlaf erwärmten Nachtgewand. Sie seufzte und kuschelte sich an ihn, froh, dass Rory gekommen war, um das zu beenden, was er begonnen hatte. Sie sehnte sich nach einem Paar liebevoller Arme. Er griff um sie herum, um ihre Brüste in seine Hände zu nehmen, und sie streckte sich wohlig. Sie spürte, wie seine großen Handflächen über ihre Hüften und den Bauch glitten und die Form ihres Körpers durch das Nachthemd hindurch nachfuhren. Sie drehte sich in seiner Umarmung um, um ihm ins Gesicht sehen zu können, und hob die Hände, um sein Gesicht zu umfassen. Dann erstarrte sie. Der Bart war zu kurz, als dass er ihrem Cousin gehören könnte, und der Duft stimmte auch nicht. Sie wich vor ihm zurück und tastete unter ihrem Kissen nach dem Dolch, den sie dort aufbewahrte. Sie schlug wild in die Dunkelheit hinein. Ein gedämpfter Fluch zeigte ihr, dass sie ihr Ziel getroffen hatte. Sie hörte, wie ihr Angreifer aus dem Bett floh und gegen die Möbel stieß, während sie zum Kamin lief und eine Kerze an den letzten glühenden Funken anzündete. Sie schirmte das flackernde Flämmchen mit der Hand ab, das mit seinem unsteten Licht das Zimmer erhellte, und ihr Herz sank ihr in die Hose. Der König stand vor ihr, die Hand auf seine Schulter gepresst, und nackt bis auf ein Kissen, dass er vom Bett genommen hatte, um seine Blöße zu bedecken. Er stöhnte.

»Sire – es tut mir so leid – ich habe nicht gewusst, dass Ihr es seid.«

»Nein. Das habe ich mir schon gedacht.« Er zuckte zusammen. »Umwerbt Ihr Eure Liebhaber immer mit einem Dolch?«

»Ich schlafe damit unter meinem Kissen, seit ich aus Killaird zurückgekehrt bin. Mir wurde hier in diesem Zimmer schon einmal ein Messer an die Kehle gehalten.«

»Natürlich, das hatte ich vergessen. Aber das werde ich mit Sicherheit kein zweites Mal tun.« »Seid Ihr schwer verletzt?« Blanche trat näher, die Kerze noch immer in ihrer Hand.

»Es ist nur ein Kratzer.« Er zog seine Hand weg, damit Blanche die Wunde betrachten konnte, wodurch aber frisches Blut aus dem oberflächlichen Schnitt sprudelte.

»Sie muss gereinigt und verbunden werden. Infektionen können sich leicht dort einnisten. Ich habe Männer schon wegen weniger sterben sehen.« Blanches Gesicht war vor Scham und aus Angst bereits tiefrot. Ein Angriff auf den König konnte mit dem Tode bestraft werden, selbst wenn es sich dabei um eine Verwechslung handelte. Sie sah zu dem Bruce auf, atmete aber leichter, als sie Humor in seinen braunen Augen aufblitzen sah. »Bitte, setzt Euch, Sire«, sagte sie. »Ich werde etwas Wasser holen, um die Wunde zu säubern.«

»Ich kann auch in meine Gemächer zurückkehren und meine Männer das tun lassen«, sagte der König. Der Ausdruck in seinen Augen zeigte, dass seine Worte mehr eine Frage als eine Feststellung waren.

Blanche zögerte nicht. »Nay, Sire, ich bitte Euch, das ist das Mindeste, was ich tun kann.« Sie goss Wasser aus einer Kanne in ein Becken und tauchte ein Tuch hinein. Der König setzte sich aufs Bett und hielt das Kissen strategisch auf seine Lenden gepresst, während Blanche die Wunde reinigte. Nach einer Minute sagte sie sanft: »Ihr hättet mir sagen sollen, dass

Ihr mir die Ehre macht, mein Bett aufzusuchen, Sire. Ich hätte Euch nicht so harsch begrüßt.«

»Normalerweise erwarte ich auch das *droit de seigneur* nicht von meinen Edeldamen.« Der Bruce beobachtete ihre Finger, die sich sanft über seinen Arm bewegten. »Es war schwierig, dieses Thema anzusprechen, vor allem, da ich Eure Intentionen beim Abendessen so furchtbar falsch verstanden hatte.«

Blanche lachte. »Also habt Ihr beschlossen, einfach in mein Bett zu kommen und zu hoffen, dass das Thema sich von allein entwickeln würde.«

Auch der Bruce lachte. »Aye, ich schätze ja. Ich bin ein Soldat, kein Liebhaber.«

Blanche verband die Wunde mit einem sauberen Taschentuch. »Ich denke, Ihr werdet es überleben.«

Der König legte seine Hand auf ihren Arm. Sein Blick war kühn und ließ keinen Zweifel zu, was er gerade dachte. »Dann bringe ich das Thema jetzt wieder zur Sprache. Was sagt Ihr, Lady McNaghten? Kann ich mein königliches Privileg geltend machen und meine Nacht vor Eurer Hochzeit einfordern?« Die Frage schickte ein Schaudern durch ihren Körpern. So nah beim König zu sein, ließ ihre Sinne tanzen. Sie wusste nicht, ob es seine animalische Vitalität war oder die Aura aus Macht, die ihn umgab, die sie so stark anzog. Doch bevor sie antworten konnte, sagte er: »Ich warne Euch, ich bin kein Mann, der leicht zufriedenzustellen ist, also denkt gut nach, ehe Ihr antwortet.«

Nach einem kurzen Augenblick nickte Blanche. »Was immer Euch gefällt, Sire.«

Sein Gesicht verhärtete sich vor Lust, und er ließ ihren Arm los. Für einen Augenblick sah er aus, als wüsste er nicht, was er als Nächstes tun sollte. Er errötete. »Würdet Ihr Euer Nachtgewand ausziehen?«, fragte er.

Blanche trat zurück. Sie wollte die Bewegung so lange ausreizen wie möglich. Sie hatten nur eine Nacht zusammen, und sie hatte das Gefühl, dass der Appetit des Bruce aufs Liebemachen so groß war wie ihr eigener. Sie wollte sich nicht einfach nur ausziehen, ohne jegliches Vorspiel. Also löste sie erst ihren Zopf, ohne die Augen von ihm zu nehmen; sie löste die einzelnen Strähnen mit ihren Fingern und schüttelte sie aus, sodass sie ihre Schultern bedeckten. Dann öffnete sie langsam den Verschluss am Ausschnitt ihres Gewands. Der Bruce beobachtete ihre Finger, während sie das tat, doch seine Aufmerksamkeit galt ihrem Körper. Blanche spürte das vertraute, lodernd heiße Kitzeln der Lust, eine berauschende Mischung aus Ungeduld, Macht und Verletzlichkeit, die sie immer wieder frohlocken ließ, dass sie eine Frau war. Das Nachthemd löste sich, und sie ließ es einfach zu ihren Füßen auf den Boden gleiten, wo es wie eine Schneewehe liegen blieb. Die Augen des Bruce streichelten jede Kontur ihrer Schultern, ihres weißen Halses und der Brüste mit den verführerischen Spitzen. Dann glitt sein Blick tiefer über die Kurve ihres Bauchs und der langen Beine, ehe er wieder höher glitt zu der dunklen Blüte aus Haar zwischen ihnen. Blanches Brustwarzen wurden steif, als sein Blick sie berührte, und Hitze erfasste ihren Körper, ganz so, als ob er sie wirklich mit seinen Händen berührte. Sie spürte, wie sie feucht wurde. Doch noch immer bewegte er sich nicht.

»Dreht Euch um.«

Sie tat, wie ihr geheißen, und schob ihr Haar über die Schultern nach vorn, sodass ihr Rücken und ihr Hinterteil seinem königlichen Blick präsentiert wurden. Der Bruce atmete in einem Seufzen aus Verlangen aus, und sie lächelte leise, fiebrig vor Ungeduld auf das, was noch folgen mochte. Er ließ sie länger warten, als sie gedacht hatte, ehe sie die erste Berührung seiner Finger an ihrem Nacken spürte. Seine Hand umfasste ihn besitzergreifend, und sie wurde sich ihrer eigenen Zerbrechlichkeit bewusst. Dann glitt seine Hand tiefer, über ihr Rückgrat, um ihre Pobacken zu packen, wo sie auf seine andere Hand traf. Beide spielten nicht allzu sanft mit dem robusten Fleisch. Er umfasste ihre Oberarme und drehte sie herum, bis sie ihm ins Gesicht sah. Sie blickte in sein starkes, kantiges Gesicht und die nussbraunen Augen, ehe ihr Blick unausweichlich tiefer zu seinem Schritt glitt. Das Kissen, mit dem er sich vor ihren Blicken geschützt hatte, lag auf dem Boden, und er war nun vollständig nackt. Seine Männlichkeit ragte steif aus einem Busch aus Haaren hervor, wie eine Baumwurzel, nicht unbedingt lang, aber dick und hart. Seine Erektion zitterte und ragte fast bis zu seinem Bauchnabel auf, als hätte sie ein eigenes Bewusstsein, abgeschnitten vom Rest seines Körpers. Sie erinnerte Blanche an ihren Besitzer, muskulös und unabhängig. Der Bruce war ein Mann wie jeder andere. Er wurde von den gleichen Sehnsüchten und Leidenschaften getrieben, von den gleichen primitiven Gelüsten. Sie trat zu ihm und streichelte mit den Händen über seine Schultern, spürte die festen Oberflächen der Muskeln, die die Knochen bedeckten, und tastete tiefer zu dem Haar auf seiner Brust und dem Bauch. Sie umfasste seine Männlichkeit und entlockte ihm ein Stöhnen. Er beugte sich zu ihr, um sie zu küssen, und sie vergaß, dass er der König war.

Sein Kuss war rau, fast ungeschickt, mehr wie ein Junge als ein erwachsener Mann, doch es berührte sie seltsamerweise und erfüllte sie mit unerwarteter Zärtlichkeit. Sie ergab sich seiner Zunge, ließ zu, dass sie ihre Zartheit plünderte. Es war der Kuss eines Soldaten; was er an Finesse missen ließ, ersetzte er durch bloße Zielstrebigkeit. Er beugte ihren Kopf unter seinem Angriff, seine Hände hielten noch immer ihre Oberarme umfasst, als rechnete er damit, dass sie vor ihm floh. Als er jedoch merkte, wie sie sich entspannte, entließ er sie aus seinem festen Griff, und seine Handflächen fanden ihre Brüste; sie zogen, streichelten und drückten sie, bis sie ihm entgegenkamen. Sein Mund entließ den ihren.

»Steigt aufs Bett«, sagte er mit rauer und gebieterischer Stimme. Er war ein Mann, der damit aufgewachsen war, dass die Menschen ihm gehorchten. Blanche kam seinem Befehl nach und streckte sich wollüstig auf dem kühlen Fell des Überwurfs aus. Sie zitterte unter seinem Blick, als er sie betrachtete.

»Mir ist kalt, Sire. Darf ich unter die Decken?«

»Nay.« Er schüttelte den Kopf und stieg neben ihr aufs Bett. »Ich werde Euer Schutz vor der Kälte sein, Mylady.« Ohne weitere Vorwarnung stieg er auf sie, doch mit dem Gesicht zu ihren Füßen, sodass seine Hoden neben ihrem Kinn hingen. Es kam so unerwartet, dass sie ein Kichern ersticken musste. Doch Lust bemächtigte sich ihrer und besiegte das Lachen. Sie hob die Hand, um seinen Hintern zu streicheln und seine Hoden sanft zwischen den Fingern hin- und herzurollen. Sie erforschte ihre Beschaffenheit, die Haut, die sich wie die eines Pfirsichs anfühlte, und die Festigkeit. Sie war so fasziniert von ihnen, dass sie sich selbst für einen Moment vergaß, bis sie spürte, wie die Finger des Königs sie weit spreizten, und seine Zunge mit langen, tiefen Zügen über ihr intimstes Fleisch leckte und in die Tiefen ihres geheimsten Punktes drang. Blanche spürte, wie ihre eigenen Säfte anstiegen, um die fremde Zunge zu grüßen.

Die Zunge des Bruce wurde härter, beharrlicher und drang immer wieder in sie hinein. Der Grund lag auf der Hand: Er wollte sie so schnell wie möglich zum Kommen bringen. Quecksilber rann durch ihre Adern, und sie umfasste seinen Schwanz mit den Händen, bäumte sich auf, um ihre Brüste gegen seinen Schwanz zu reiben und das weiche, nachgiebige Fleisch gegen den heißen Schaft zu drücken. Seine Zunge stieß mit neu gefundenem Elan in ihre Spalte. Sie wusste, unter seinem gezielten Angriff würde sie nicht mehr lange durchhalten, und so griff sie wieder nach dem Schaft seines Schwanzes und bewegte ihre Hand rasch auf und ab mit schnellen, zielstrebigen Bewegungen. Unter ihren Fingern bewegte sich die samtige Haut. Sie hob den Kopf und benetzte seine Hoden mit ihrer Zunge; sie erzitterten unter ihrer Berührung. Der König stöhnte in ihren Schoß, seine Lippen gruben sich in die empfindliche Membran, während seine Zunge noch immer in sie stieß. Die zuckende Wurzel seines Penis war mittlerweile so hart wie Eisen in ihrer Hand, und erste Samentropfen drangen aus der Spitze und bedeckten ihre Fingerspitzen. Dann, ohne jede Vorwarnung, überschritt Blanche den Punkt, an dem sie nicht mehr zurückkehren konnte, und nur noch das Bedürfnis nach Erlösung trieb sie an. Sie entspannte sich und ließ es einfach kommen, nahm die Wellen der Lust auf, die sie schüttelten und hin- und herwarfen, während die Zunge des Königs noch immer in ihr arbeitete, und die Bewegungen ihrer Hand an seinem Schwanz nachahmte. Er ließ ihren Höhepunkt nicht abklingen, streichelte ihren Schoß, bis sie so empfindlich wurde, dass es fast schmerzhaft war. Dann versteifte er sich und bäumte sich ihr entgegen, als sein Samen in milchigen Spritzern aus ihm herausschoss und ihre Brüste und den Bauch bedeckte und sogar auf den Ansatz ihrer Schenkel spritzte. Seine Zunge hielt endlich still, und Blanches Höhepunkt ebbte ab.

Zu ihrer Überraschung brach er nicht auf ihr zusammen, sondern drehte sich herum und lächelte sie an. Sein Gesicht hatte sich durch den intensiven Höhepunkt verändert, seine kantigen Gesichtszüge waren weicher geworden und strotzten vor Zufriedenheit. Nach einigen Augenblicken, in denen er sie einfach nur angesehen hatte, fuhr er mit den Fingern über ihr Schlüsselbein und durch den Samen, der sich auf ihrer Haut angesammelt hatte und ausgekühlt war. Er verteilte ihn auf ihrer Haut, bedeckte ihre Brüste und die Nippel damit und schob ihn tief in die Mulde ihres Bauchnabels. Sein Gesichtsausdruck wirkte dabei abwesend, wie ein Kind, und dann beugte er sich zu ihr und begann, den Samen von ihrer Haut zu lecken. Blanche war erstaunt – ihr war noch kein Mann begegnet, der den Geschmack seines eigenen Samens mochte –, doch die gierige Aufmerksamkeit des Königs ließ darauf schließen, dass er ihn nicht nur mochte, sondern ihn sogar regelrecht genoss, als wäre er der Hauptgrund für seinen Besuch bei ihr gewesen. Es war eine Form absoluter Selbstverliebtheit, wahrscheinlich nicht einmal wirklich überraschend bei einem König. Als kein Tropfen seines Samens mehr zu finden war, begann der Bruce sie mit kleinen harten Küssen zu traktieren, die durch seinen Bart auch noch kitzelten. Ihr Köper war noch durch ihren Orgasmus sensibilisiert, und Blanche spürte, wie ein Kichern ihre Kehle hinaufdrängte. Sie versuchte es zurückzuhalten, doch es war zu spät. Von ihrer Reaktion überrascht, lachte der Bruce und verdoppelte seine Bemühungen, er küsste sie schneller und härter, küsste sie auf ihre empfindlichsten Stellen, bis sie lauthals lachte und ihr ganzer Körper sich vor Heiterkeit schüttelte. Sie konnte es einfach nicht unterdrücken.

»Gnade!«, keuchte sie.

»Ich wusste nicht, dass eine Frau so kitzelig sein kann.«

»Ich ... ich bin's nicht ... normalerweise.« Sie versuchte zu Atem zu kommen. »Aber ich weiß nicht ...«

Doch der König ließ sie den Satz nicht zu Ende bringen. Er wiederholte seinen Angriff, diesmal mit seinen Händen, und konzentrierte sich auf ihre empfindsamsten Stellen, als führte ihn etwas instinktiv dorthin. Sein wildes Kitzeln ließ Blanche zu hilflosem Wackelpudding werden, sie bebte und quietschte vor Lachen und warf ihren Kopf hin und her in dem vergeblichen Versuch ihm zu entkommen.

»Nicht mehr, nicht mehr, bitte – ich ertrage nicht noch mehr.«

Der König bemerkte, dass sie es ernst meinte, und hielt inne; er sah auf ihr atemloses Gesicht herab. Seine eigene Brust hob und senkte sich vor Anstrengung und Gelächter. Ohne jede Vorwarnung schob er seine Finger in ihren Schoß. Sie keuchte, spürte, wie der noch immer angeschwollene und feuchte Tunnel sich ihm unter seiner Berührung öffnete. Sie stöhnte und bäumte sich ihm entgegen, die Knie auseinandergeschoben, um ihm einen tieferen Zugang zu gewähren. Der Bruce antwortete mit einem Stöhnen.

»Bei Gott, Frau, Ihr genießt es, die Hände eines Mannes auf Euch zu haben. Ich wünschte, meine Königin würde es nur halb so sehr genießen, mit mir das Bett zu teilen. Ihr seid schamlos, Mylady.«

Blanche öffnete die Augen, doch sie war blind vor Lust, und ohne auf die Worte des Königs zu achten, hob sie den Kopf, um ihn zu küssen. Sie saugte hart an seiner Unterlippe. Er erwiderte den Kuss stürmisch und erhöhte den Druck seiner Finger in ihrem Geschlecht. Sie rieb sich selbst an der suchenden Hand, hungrig nach mehr. Der Bruce fluchte leise und tat, wovon sie gehofft hatte, dass er es tun würde: Er ersetzte seine Finger durch seinen Schwanz, der schnell wieder steif geworden war. Mit einem leisen Grunzen packte er ihre Pobacken und stieß sich gänzlich in sie hinein. Sein Schwanz war dick, doch nicht lang, und daher schob er ihre Knie höher und klemmte sie in seine Achselhöhlen, um tiefer in sie eindringen zu können. Es hatte auf Blanche den gewünschten Effekt; sie spürte, wie er den magischen Punkt tief in ihr traf. Er stieß sie dem Höhepunkt entgegen mit schnellen, effizienten Stößen, die wie seine Küsse zielstrebig und ungeschliffen waren. Obwohl Blanches Blut in Flammen stand, wollte sie den Moment noch etwas hinauszögern. Sie packte die Schultern des Königs.

»Sire!«, keuchte sie. »Ich bitte Euch, etwas langsamer.«

Der König hielt inne; ohne sich aus ihr zurückzuziehen, ließ er ihre Knie los und zog sie auf seinen Schoß. So hatte er weniger Bewegungsfreiheit und erlaubte Blanche, das Tempo zu bestimmen. Langsam hob und senkte sie sich auf den dicken Schaft seines Schwanzes und beobachtete, wie der König seinen Kopf zurückwarf und die Augen schloss, angesichts der Gewalt der Gefühle, die sie hervorrief. Sie biss sich auf die Lippen und war entschlossen, auch den letzten Tropfen Vergnügen aus ihm herauszupressen. Sie spürte ihr eigenes Verlangen ansteigen. Sie legte eine Hand auf ihren Schoß und schob einen Finger zwischen ihre Schamlippen, bis sie die geschwollene, glitschige Knospe ihrer Klitoris fand. Sie reagierte noch immer zu empfindlich auf direkte Berührung, daher umkreiste sie sie nur mit der Fingerspitze, anfangs langsam, dann schneller und immer schneller, während sie sich mit scharfen Stößen selbst immer wieder auf ihn rammte. Er griff um sie herum, um seine Finger in ihrem Hintern zu vergraben, und presste sie auf sich. Als er das tat, wurde sie völlig von Lust übermannt, die sich in ihrem tiefsten Inneren ausbreitete, wie Wellen vor einem Schiffsbug, die sich bis zu ihrem Steiß ausbreiteten und ihr Geschlecht von innen nach außen zu wenden schienen. Der Bruce hielt sich mit eiserner Selbstbeherrschung zurück. Er packte sie und, noch immer tief in ihr vergraben, hob sie vom Bett. Ihr schwanden die Sinne in seinen Armen, sie war von ihrem eigenen Höhepunkt ausgelaugt und gab jegliche Verantwortung ab für das, was als Nächstes geschehen mochte. Der König stand in der Mitte des Raumes und hob sie immer wieder an, um sie dann auf seinen Schaft sinken zu lassen; die Muskeln seiner Schultern wölbten sich unter ihren Fingern, seine Gesichtszüge verzerrten sich vor Anstrengung und seinem animalischen Trieb, Erlösung zu finden. Blanche bemerkte kaum noch wirklich, was vor sich ging, ihre Haut lag feucht an der seinen, und sie erlaubte ihm, ihren Körper zu benutzen, um sein Verlangen zu stillen. Immer härter rammte er sie auf sich, bis sie spürte, wie sein Schwanz einen letzten Sprung tat und er ihr seinen Triumph ins Ohr brüllte. Beide fielen auf das Bett und rollten auseinander.

Für einige endlos scheinende Minuten lagen sie so da, ohne jede Berührung, und genossen einfach die eigene Befriedigung, während der Schweiß auf ihrer Haut trocknete. Trotz der Intimität des Aktes, den sie gerade geteilt hatten, fühlte Blanche sich mit einem Mal sehr einsam. Sie riskierte einen Blick zur Seite auf den Bruce und spürte Erleichterung, dass sie nicht mit ihm verheiratet war. Obwohl er zu großem Verlangen fähig war, gab es doch in seinem Innersten eine Kälte, von der sie sicher war, dass keine Frau sie jemals berühren konnte. Sie schloss die Augen, und plötzlich tauchte MacGregors Gesicht vor ihrem inneren Auge auf. Sie stöhnte.

»Stimmt etwas nicht?« Der König stützte sich auf seine Ellenbogen und sah auf sie herab.

»Nay. Ich hoffe nur, dass unsere gemeinsame Nacht keine Früchte tragen wird.«

»Ich würde es nicht bedauern, wenn es wirklich so wäre. Ein König kann niemals zu viele Söhne haben, auch wenn ich zugebe, dass es einiges an Erklärungen nach sich ziehen würde.«

»Ich würde keinem meiner Kinder wünschen, nur der Zweitbeste zu sein. Außerdem werde ich bald verheiratet sein. Ich denke nicht, dass MacGregor es Euch danken würde, wenn Ihr seine Krippe mit Euren königlichen Bastarden füllt.«

»Bei Gott, das ist wahr.« Der Bruce ließ sich selbst wieder schwer aufs Bett fallen. Er schwieg eine Weile, ehe er sich ihr wieder zuwandte. »Ist Euch noch immer kalt, Mylady? Lasst uns ins Bett gehen.«

Sie taten es und kuschelten sich dankbar unter die Decken, die durch ihre Körper angewärmt worden waren. Es dauerte nicht lange, ehe der Bruce wieder seine Hand nach ihr ausstreckte und bewies, dass seine Warnung, dass er kein leicht zu befriedigender Liebhaber sei, der Wahrheit entsprach. Sie liebten sich wieder und wieder in dieser Nacht, weckten und steigerten ihre Lust; verbanden ihre Glieder miteinander, ihr Atem wurde eins, und ihre Körper vereinigten sich in vielen lustvollen Formen, während ihre Herzen und Köpfe getrennt blieben.

Kapitel 9

»Der Mutter Gottes sei Dank!« Blanche stieß ein inbrünstiges Gebet aus, als die Kutsche endlich anhielt. Ihr Gesicht und ihre Kleider waren steif vor Staub, und ihr Kleid klebte an ihrem Hintern und der Rückseite ihrer Beine; die Stellen, an denen sie auf den Kissen gesessen hatte. Sie hatte das Gefühl, schon seit Tagen unterwegs zu sein, auch wenn es in Wirklichkeit nur wenige Stunden gewesen waren. Das Wetter hatte nicht geholfen. Es war noch immer ungewöhnlich warm für die Jahreszeit, und das hatte die normalerweise schlammige Straße durch die Moorlandschaft in eine zerfurchte Passage verwandelt, die sie durchschüttelte, als wären sie Vieh auf dem Weg zum Markt. Zunächst hatten Blanche und Mhairi noch versucht, dem schlimmsten Staub zu entgehen, indem sie die Vorhänge der Kutsche zugezogen ließen, aber es hatte sich bald angefühlt, als würden sie bei lebendigem Leibe gekocht, sodass sie gezwungen waren, die Vorhänge wieder zu öffnen und Luft – und den Dreck – wieder hereinzulassen.

»Wir werden hier für etwa eine Stunde Rast machen, damit die Pferde sich erholen können. Wir müssten Lomond bis Sonnenuntergang erreichen.« Rorys Stimme drang deutlich bis zu den beiden Frauen in der Kutsche. Blanche schnitt eine Grimasse und spie ein Stück Schotter aus, das irgendwie den Weg in ihren Mund gefunden hatte. Seit der König abgereist war, hatte sie ihren Cousin kaum gesehen. Zuerst war sie ihm aus dem Weg gegangen, weil sie sich nicht quälen wollte, wenn sie den Schmerz und die unerfüllte Sehnsucht in seinem Gesicht sah. Er hatte ihren Rückzug bemerkt und war fortgegangen, um die Ländereien seines Onkels bei Perth aufzusuchen, und war nur zurückgekehrt, um sein Versprechen einzulösen, Blanches Eskorte nach Stirling für die Hochzeit zu übernehmen. Blanche hatte das Gefühl, dass sie ihn ohne diese Fahrt möglicherweise niemals wiedergesehen hätte.

»Ach, mir ist heißer als die Hose eines Hurenbocks«, grummelte Mhairi und kletterte aus der Kutsche. »Und ich bin mindestens genauso steif. Diese Vorrichtung wurde eindeutig vom Teufel erfunden. Wollt Ihr Euch nicht ein wenig die Beine vertreten, Mylady?«

Blanche stieg gleich nach der alten Frau aus der Kutsche und lockerte ihre Glieder ein wenig. »Ich muss mich erleichtern, Mhairi. Es wird nicht lange dauern.« Sie spazierte von der Straße und der Gruppe Reisender fort. Sie musste nicht wirklich Wasser lassen, sondern hatte nur eine Entschuldigung gebraucht, um fünf Minuten für sich allein zu haben. Seit der König nach Edinburgh zurückgekehrt war, waren ihre Tage erfüllt von Näherinnen, Händlern und entfernten Verwandten, die ihr Glückwünsche schickten. Sie fühlte sich, als würde sie vollkommen hilflos auf ein schwarzes Loch zugeschoben.

Die Sonne brannte ihr heiß auf den Kopf und die Arme, als sie die Straße hinter sich ließ und die Spitze eines Hügels erspähte. Sie stieg mit den Füßen durch das trockene Heidekraut und schreckte einen Kiebitz auf. Er lief über das Moorland davon und stieß dabei einen wehleidigen Schrei aus, ehe er hinter dem nächsten Anstieg verschwand. Blanche folgte ihm; sie wusste, sie hätte zu den anderen zurückgehen sollen, aber sie wollte diesen Moment des Friedens noch nicht aufgeben. Als sie den Gipfel des Anstiegs erreicht hatte, hielt sie inne. Ein kleiner Tümpel lag in der Mulde vor ihr, das Ufer säumten Kiefern, und die Oberfläche war so ruhig, dass sie ein ungebrochenes, strahlendes Blau zeigte. Blanche lief schneller, bis sie am Ufer stand, und wischte sich den Schweiß von der Oberlippe. Aus der Nähe betrachtet hatte das Wasser einen goldenen, torfigen Farbton, wie Ale. Sie fuhr mit den Fingern hindurch. Es war wunderbar kalt.

Sie stand wieder auf und sah in Richtung der Straße. Die Reisegruppe war außer Sicht, auch wenn sie das Klingen der Geschirre und das Gemurmel ihrer Stimmen vernehmen konnte. Sie zögerte und öffnete dann den Verschluss ihres Kleides und schüttelte es ab. Sie nahm eine Hand voll des eiskalten Wassers und spritzte es sich ins Gesicht, auf den Hals und die Brüste. Ihr Unterkleid saugte die Tropfen auf und ließ sie bis zu ihrer hitzegeplagten Haut durch. Der Schock durch das Wasser brachte ihre Brustwarzen dazu, sich zu verhärten und dann vor Erregung zu prickeln. Sie tätschelte ihre erhitzten Wangen und stand auf, um noch einmal in Richtung Straße zu sehen. Noch immer war niemand anders in Sicht.

Mit einem Mal war die Entscheidung gefallen. Sie zog sich bis auf das Unterkleid aus, schlüpfte aus den Schuhen und Strumpfhaltern und schließlich auch aus den Strümpfen. Sie tauchte einen Fuß ins Wasser und watete in den Tümpel hinein; die Kälte des Wassers raubte ihr den Atem und ließ ihre Brust schmerzen. Die Kälte umklammerte ihre Beine und ihre Hüften in eisiger Umarmung, während der Rest von ihr von der Sonne gewärmt wurde. Blanche stieß sich vom Ufer ab, und Wasser schwappte über ihr Kinn; sie ließ sich bis zur Mitte des Tümpels treiben. Dort paddelte sie einige Zeit, bis ihre Füße den Boden nicht mehr berührten, und schwamm dann zum Ufer zurück; dabei sah sie zu den entfernt liegenden Hügeln. Der Kiebitz pfiff wieder, ganz in der Nähe, und sie sah, dass er von einem Gefährten begleitet wurde; beide Vögel berührten kurz die Wasseroberfläche.

»Guter Gott, du bist ja noch dümmer als ich dachte.«

Ertappt drehte Blanche sich um und sah Rory auf dem Rücken seines Pferdes am Ufer, sein Gesicht von Wut verzerrt. Sein Pferd hielt auf das Wasser zu, doch übellaunig zog er es zurück. Sie kreuzte die Arme über ihrer Brust und wusste, dass ihr Unterkleid in sehr eindeutiger Weise an ihrem Körper klebte.

»Warum bist du so weit weg gegangen? Du weißt, wie gefährlich es hier ist. Komm schon raus da.«

Blanche schüttelte den Kopf und duckte sich tiefer in die Wellen, bis die wieder ihr Kinn streiften. Rory erschien ihr mit einem Mal wie ein Fremder; sie wurde schüchtern und wollte nicht aus dem schützenden Wasser steigen.

»Kommst du heraus oder soll ich reinkommen und dich holen?«

Für einen Augenblick glaubte sie, dass Rory mit dem Pferd in den Tümpel reiten würde, aber dann überlegte er es sich anders und stieg ab. Er warf ihr einen finsteren Blick zu, dann zog er seine Tunika aus. Blanche fiel auf, wie blass seine starke Brust und seine Schultern waren, und wie seine Haut sich nur an Hals, Gesicht und Unterarmen dunkel verfärbt hatte. Er hatte eindeutig die Haut eines echten Rotschopfs.

Ihr Mund wurde trocken. »Ich komme heraus.«

Rory knurrte und watete ins Wasser und auf sie zu. Sie wich zurück, bis ihre Füße den Grund nicht mehr berührten. »Nicht!«, schrie sie, nicht nur aus Angst vor dem Wasser, sondern wegen des Ausdrucks auf dem Gesicht ihres Cousins. Sie hatte schon früher Verlangen darin gesehen, aber niemals zuvor mit solcher Entschlossenheit.

»Rory, du machst mir Angst. Hör auf, Spielchen zu spielen.«

Er machte ein finsteres Gesicht. »Mir war es niemals ernster. Ich will dich haben, genau jetzt. Gott weiß, ich bin zu oft zurückgewiesen worden.«

»Aber – aber – ich werde übermorgen verheiratet.« Ihre Zähne klapperten.

»Dann habe ich noch mehr Grund dazu.«

Blanche quietschte, und auf einen Schlag waren all die Male, in denen Rory zärtlich zu ihr gewesen war, vergessen. Sie wandte sich ab und versuchte auf die andere Seite des Tümpels zu kommen, als sie ein Platschen hinter sich hörte. Sie schwamm einige nervöse Schläge, ehe sie innehielt und zurückblickte. Rory war verschwunden und hatte nur einige Wasserkreise hinterlassen, die sich auf der Wasseroberfläche ausbreiteten. Sie sah sich nach Wellen, Luftblasen oder irgendetwas anderem um, das ihr verraten würde, wo er sich verbarg. Aber da war nichts. Dann, ohne jede Warnung, griff etwas nach ihrem Knöchel und zog sie tiefer. Kaltes Wasser schlug über ihrem Kopf zusammen, und sie keuchte und schluckte einige Mundvoll, ehe sie freigelassen wurde und wieder an die Oberfläche kam. Rory tauchte neben ihr auf und nahm sie in seine Arme. Er wischte die Wasserrinnsale mit seiner großen Hand aus ihrem Gesicht und hielt sie an sich gedrückt. Sie hielt sich nervös an ihm fest, zog sich aber zurück, als er sie küsste.

»Bitte, Rory. Das wird so kurz vor der Hochzeit nichts ändern.«

»Ich weiß etwas, das es ändern wird.« Er nahm ihre Hand und drückte sie auf seinen Schwanz. Er war steif und so heiß, dass sie fast erwartete, dass das Wasser darum herum zu kochen begann.

»Wenn das alles ist, was du willst.«

»Nay. Du weißt, dass es das nicht ist.« Sein Gesicht zeigte eine grimmige Miene. »Aber es kann nichts anderes geben, nicht wahr?«

Blanche entspannte sich, als er sie abermals küsste. Sie konnte Torf auf seinen Lippen schmecken und den leicht scharfen Geschmack von Schweiß. Sie ließ zu, dass er ihren Körper unter Wasser, durch den Stoff ihres Unterkleides hindurch, berührte. Ihr war so kalt, dass sie seine Berührung kaum spürte, selbst als er ihre harten Nippel zwickte und ihren Hintern packte, um sie näher an sich heranzuziehen. Nur die Stellen, an denen die Sonne sie verbrannte, waren warm, der Kopf und die Schultern, und dort, wo ihre Haut unter Wasser seine berührte und sich an ihm rieb. Er packte ihren Hinterkopf und brachte sie dazu, ihn zu küssen. Diesmal stöhnte sie und erwiderte den Kuss. Sie drückte ihren Schoß an ihn und zog sich dann wieder zurück, bis er stöhnte und sie wieder zu sich zog. Sie schlang ihre tauben Schenkel um seine Hüfte, damit sie nicht davontrieb, und hielt sich an ihm fest, als er aus dem Wasser stieg. Weder ihr Gewicht noch das Wasser, das an ihnen herablief, brachte Rory aus dem Gleichgewicht. Er legte sie auf einem flachen Felsen am Ufer ab. Der Stein fühlte sich heiß unter ihren Schultern und dem Rücken an und taute ihren Körper auf, sodass sie sich erstmals ihrer eigenen Erregung bewusst wurde. Rory riss seine Hose auf und sah auf sie herab, ehe er ihr das nasse Unterkleid auszog, bis sie nackt vor ihm lag. Sie konnte nicht sagen, was heißer brannte: Rorys Blick oder die Sonne, die begonnen hatte, ihre Haut zu trocknen.

Seine großen Hände umfassten ihre Knie, bewegten sich weiter zur Innenseite ihrer Schenkel und streichelten das kühle Fleisch. Seine Fingerspitzen strichen sanft über die platt gedrückten Löckchen des Vs zwischen ihren Schenkeln. Sie stöhnte und hob ihre Hüften an, um seiner Berührung entgegenzukommen. Sein Zeigefinger stieß zwischen die Lippen ihres Geschlechts; anfangs fühlte er sich wie ein Eiszapfen in einem Ofen an. Aber dann taute er auf, während er sich langsam in ihr bewegte. Sie keuchte, als er sie mit seinen Daumen weit spreizte und sein Gesicht näher brachte, um das empfindliche Fleisch zu betrachten, wie es unter der Macht ihres Verlangens anschwoll und nach seiner Berührung bettelte. Seine Daumen glitten höher zu ihrer Klitoris und umfassten sie sanft und ließen sie erzittern. Er drückte seine Daumen mit der Klitoris dazwischen zusammen, sodass alles Blut, das in den kleinen, runden Knopf aus Fleisch geflossen war, dort gefangen war, wie eine winzige, hechelnde Zunge. Blanche fühlte den Druck und Rorys heißen Atem und spürte, wie ihr die Knie weich wurden; ihr Schoß schmerzte regelrecht, als weitere Flüssigkeit daraus hervordrang. Sie glaubte, sterben zu müssen, wenn seine Zunge nicht endlich ihre Klitoris fand, und auch, dass sie sterben müsste, wenn er es täte. Sein kupferfarbener Kopf senkte sich, sein Bart strich über die Innenseiten ihrer Schenkel und hielt dann inne. Dann begann er sanft an ihr zu saugen. Sie zuckte unter ihm zusammen, und das köstliche Gefühl breitete sich von ihren Zehen über ihre Schenkel bis hin zu ihrem Hintern aus. Sie fuhr sich mit den Händen über die Brüste, zupfte an den Nippeln in dem fieberhaften Versuch, den Sturm zwischen ihren Schenkeln irgendwie abzumildern, aber sie kämpfte auf verlorenem Posten. Sie erbebte unter dem Ansturm, nicht nur in ihrer Klitoris, sondern in ihrem gesamten Schoß. Ihre Bauchmuskeln verkrampften sich, und ihr Hintern hob sich vom Fels ab, um sich fester gegen Rorys Mund zu drücken. Er hob ihren Hintern weiter an, als wäre sie ein Kelch, aus dem er trank, und stieß seine Zunge tief in sie, als ihr Höhepunkt über sie hinwegbrandete.

Sie öffnete die Augen und seufzte; der Blick in seinen Augen sagte ihr, dass das nur der Anfang gewesen war.

»Deine Männer ... werden sie nicht nach uns suchen?«

»Sie werden es nicht wagen. Lass sie warten.«

Das Pferd stolperte, und der Mann auf seinem Rücken fluchte leise. Sollte Gott sein Pech verfluchen! Zuerst hatte er wegen eines Problems mit seinem Verwalter seinen Tross nach Stirling vorausschicken müssen, während er selbst zurückblieb und sich darum kümmerte. Und jetzt war sein Hengst auch noch lahm. Er würde die anderen nicht mehr einholen, bevor sie die Stadt erreichten. Es schien fast so, als wollte das Schicksal ihn warnen. Er schnaubte. Er brauchte keinen windigen Verwalter und kein lahmes Pferd, die ihm sagten, dass er direkt auf ein Desaster zusteuerte. Er beugte sich hinunter und winkelte das Bein des Pferdes auf seinem Knie an, um den Huf des Tieres zu begutachten. Dort hatte sich eine Menge Blut angesammelt, und der Fußballen sah geschwollen aus; was genau die Wunde verursacht hatte, würde er aber erst sehen können, wenn er ihn auswusch. Er stand auf und führte sein Reittier durch die Bäume in Richtung des Blackett-Tümpels.

Die Kraft der Sonne schien auf MacGregor herab, als er zwischen den Bäumen hervortrat. Sie humpelten zum Ufer, wo er seine Handschuhe auszog und sich niederkniete, um sein Taschentuch nass zu machen. Das Wasser war eisig, und dankbar wischte er sich das Gesicht ab, ehe er das Tuch auswrang. Er richtete sich wieder auf und erstarrte.

Ein Mann und eine Frau lagen an der Seite des Tümpels, nicht einmal fünf Meter von ihm entfernt. Beide waren nackt und nass, trotz der Sonne. MacGregor beobachtete, wie die Frau ihre weißen Schenkel spreizte und um die Taille ihres Liebhabers legte; ihre Hände klammerten sich an seinen Rücken und die Schultern. Seine eigene Männlichkeit wurde hart, als er sie beobachtete. Sie konnten unterschiedlicher nicht sein: Der Mann war stark und die Frau so zart, dass es aussah, als müsste sie unter dem Ansturm auseinanderbrechen. Sie waren so nah, dass er den Schwanz des Mannes in die Frau stoßen sehen konnte; er spießte die dunkel gelockten Schamlippen auf, und MacGregor konnte den Schweiß sehen, der sich auf seinem Rücken zu Tropfen vereinigte. Das Paar war völlig in seiner Lust versunken. An seiner Stelle hätte auch eine ganze Armee dort stehen können, und sie hätten es nicht bemerkt.

Er grinste und zog das Pferd wieder in Richtung der Bäume; er wollte das Paar aus den sicheren Schatten heraus beobachten. Aber während er das tat, verschwand das Grinsen langsam aus seinem Gesicht. Die Sonne hatte das Haar des Mannes fast getrocknet und verwandelte das Schwarz der nassen Haare in flammendes Rot. Auch das Haar der Frau trocknete, doch ihres blieb so schwarz wie Tinte, wie es auf dem Fels unter ihr ausgebreitet lag. Ihre Brüste waren voll und die Spitzen korallfarben. Als sie vor Verzückung aufschrie, erkannte er ohne jeden Zweifel ihre Stimme.

»Blanche! Meine Liebste!« McNaghten drückte seinen Rücken durch und stieß ein letztes Mal in die Frau, die Stimme brüchig vor Lust und den Gefühlen, die ihn übermannten. Nachdem die Zuckungen verebbt waren, zog er sie an sich, während sie sein Haar streichelte und mit den Locken spielte. MacGregor stand wie versteinert an seinem Platz, als hätte ihn ein böser Fluch getroffen, und wurde kaum noch von den Schatten verborgen. Sein Herz schlug so hart in der Brust, dass er befürchtete, es würde ihm aus der Brust springen. Das Paar lag für einige Minuten da, ehe McNaghten aufstand und der Frau seine Hand reichte. Sie nahm sie, und MacGregors Augen sogen jede ihrer Bewegungen auf, als sie ihr Haar aufschüttelte, ihre Kleider nahm und sich langsam anzog.

»Komm.« McNaghtens Worte schwebten deutlich durch die Luft zu dem verborgenen Mann. »Wir müssen Lomond heute noch erreichen, wenn wir es rechtzeitig nach Stirling schaffen wollen.«

Das befriedigte Gesicht der Frau wurde mit einem Mal melancholisch, aber sie nahm die Hand des Mannes und schwang sich vor ihm in den Sattel des Pferdes. Erst als der Klang der Hufe in der Luft verflogen war, verließ MacGregor den Schutz der Bäume und starrte ihnen hinterher.

Die einmalige zerklüftete Silhouette von Stirling kam in Sicht, und Blanche fiel es schwer zu glauben, dass es weniger als vierzehn Monate zuvor noch in englischer Hand gewesen war. Das Schloss wirkte uneinnehmbar, wie es hoch oben auf den Vulkanfelsen saß, und doch war es während des Krieges mehrfach in die Hand der Engländer gefallen. Dank des Sieges in Bannockburn war es nun aber wieder in schottischer Hand und würde es wohl auch bleiben.

Die Straßen am Stadtrand waren mit Staub und Unrat bedeckt, und Hunde wühlten darin und bellten sich gegenseitig an, über das Gelärme der Stadtbewohner hinweg. Blanche zog die Nase kraus. Sie hatte das Land immer der Stadt vorgezogen, selbst als sie als junges Mädchen in Toulouse aufgewachsen war. Zu viel Lärm und Schmutz hatten sie immer unruhig und reizbar gemacht und dafür gesorgt, dass sie sich unbehaglich fühlte. Und sie war unruhig genug. Heute Abend würde sie MacGregor wiedersehen, zum ersten Mal seit Killaird. Natürlich hatte er ihr Hochzeitsgeschenke geschickt – einen Ring mit einem Topas besetzt und eine Menge Goldbrokat – und seine Glückwünsche. Sie waren höflich formuliert, aber Blanche ließ sich nicht täuschen. Sie konnte die Wut spüren, die unter diesen Worten schwelte. Die Geschenke verärgerten sie umso mehr: Glaubte er etwa, die Verlobung wäre ihre Idee? Sie war genauso ein Opfer der königlichen Politik wie er. Sogar mehr noch, denn als Frau wurde sie zum Eigentum ihres Ehemannes, mitsamt ihrem Land. Es war grausam und unfair.

Sie erreichten die Tore des Schlosses und wurden in der großen Halle vom Statthalter und seiner Frau in Empfang genommen, die sicherstellen wollten, dass es ihren adligen Gästen gut ging, vor allem, da der König selbst den Wunsch geäußert hatte, dass sie es angenehm haben sollten. Nach viel lebhafter Begrüßung und dem Austausch von Höflichkeiten wurde Blanche zu ihrer Unterkunft geführt. Das Zimmer war klein, jedoch geschmackvoll eingerichtet. Die getäfelte Decke und die Wände waren von einem Wanderkünstler mit Blumen und exotischen Tieren bemalt worden, und der Kamin war mit geschnitzten Weinranken geschmückt; aromatisierte Kräuter brannten im Feuer. Der Boden war mit frischen Binsen ausgestreut, und auf dem Bett lag ein wunderschöner Überwurf aus Zobel, gesäumt von Eichhörnchenschwänzen. Ihre Truhen waren bereits in das Zimmer hinaufgebracht worden und standen in der Mitte des Raumes, sodass es schwierig war, sich zu bewegen.

»Wollt Ihr nicht auspacken, Mylady?«, fragte Mhairi.

»Das hat keinen Sinn, wir müssen morgen sowieso wieder für Killaird packen. Such mir einfach ein Kleid und Juwelen für heute Abend heraus und häng mein Hochzeitskleid auf den *Armoire.* Die übrigen Truhen schieben wir einfach in die Ecken des Zimmers.«

»Aye, Mylady. Warum ruht Ihr Euch nicht ein wenig aus, ehe Ihr Euch für das Abendessen umzieht?«

Mit einem Mal fühlte sich Blanche ebenso ausgelaugt wie niedergeschlagen, und so kam sie dem Vorschlag der alten Frau gerne nach. Sie ließ sich auf das Bett fallen und beobachtete Mhairi, wie sie geschäftig umherlief. Der Zobelüberwurf kitzelte ihre Wange, und sie schloss die Augen. Sie dachte an den Zobelmantel, den MacGregor ihr geliehen hatte, den, den sie im Schlamm Killairds zurückgelassen hatte. Sie erinnerte sich daran, wie zärtlich er sie darin eingehüllt hatte, in der

Nacht, als er sie vor Margaret Cameron gerettet hatte, und wie sie ihn auch am Morgen danach getragen hatte, als sie versucht hatte zu fliehen. Das intensive Gefühl, das sie überkommen hatte, als MacGregor sie so brutal angerührt hatte, überkam sie wieder, und sie stöhnte und drückte ihr Gesicht in den Überwurf.

»Geht es Euch nicht gut, Mylady? Ach, ich hoffe, Ihr habt Euch kein Fieber zugezogen.«

Blanche setzte sich auf. Sie wollte MacGregor vor der Zeremonie nicht sehen, und Mhairi hatte sie auf eine Idee gebracht. »Um ehrlich zu sein, fühle ich mich tatsächlich ein wenig fiebrig.«

Mhairi betastete Blanches Augenbraue. »Ihr seid ein wenig warm.« Sie runzelte besorgt die Stirn. »Vielleicht wäre es besser, wenn Ihr Euer Abendessen heute hier oben einnehmt. Nicht, dass Ihr Euch morgen noch unwohl fühlt.«

Blanche kuschelte sich wieder in den Überwurf. »Ich bin mir sicher, dass es mir nach einer guten Nachtruhe wieder besser gehen wird.«

Stunden später lag Blanche in der Dunkelheit und lauschte den nächtlichen Geräuschen des Schlosses: dem Ruf der Wache, dem fernen Bellen eines Hundes aus der Stadt und Mhairis Schnarchen aus ihrem Klappbett. Blanche selbst konnte nicht schlafen. Ihre Gedanken wirbelten durcheinander. Würde MacGregor sie als seine Frau akzeptieren oder sie mit Missachtung strafen? Was war aus Margaret Cameron geworden? Sie konnte sich nicht vorstellen, dass diese Frau ihren Liebhaber ohne Weiteres einfach aufgab. Wie konnte sie erhobenen Hauptes durch die große Halle von Killaird gehen und gleichzeitig wissen, dass die meisten Menschen dort sie zuletzt als erbärmliche Gefangene und einige der Männer sie sogar nackt gesehen hatten? Und wäre McDougal dort? Er dürstete wahrscheinlich noch immer nach Rache, nach der

Demütigung, die Roman ihm am Lager der Zigeuner beigebracht hatte. Die ganze Situation war ein einziger Albtraum. In Wahrheit war es sogar schlimmer: In einem Albtraum bliebe ihr zumindest noch die Möglichkeit aufzuwachen.

Rory traf um elf Uhr am nächsten Morgen ein, um sie zur Kapelle zu begleiten. Ihre Dienstmägde hatten ganze zwei Stunden gebraucht, um sie anzukleiden, und als Mhairi ihr ihr Spiegelbild zeigte, erkannte Blanche sich selbst kaum wieder. Ihr Mieder bestand aus goldener Seide und lag eng an. Man hatte sie in die Ärmel ihres Kleides eingenäht, die ihr bis auf die Handknöchel reichten. Das Überkleid war aus dem Goldbrokat gefertigt, den MacGregor ihr geschenkt hatte, und mit Goldfäden bestickt. Man hatte es mit winzigen Topasen besetzt und mit einem aufwändig gearbeiteten Gürtel geschlossen, der ebenfalls mit Topasen besetzt war, passend zu dem Ring, den sie von MacGregor erhalten hatte. Ihre Schultern bedeckte ein mit kostbarem Satin gefütterter Mantel, der lose herabhing und mit einem Band mit Quasten am Ende geschlossen wurde, in die Juwelen eingearbeitet waren. Ihr Haar war mit parfümiertem Wasser gewaschen worden und aufwändig über ihren Ohren hochgesteckt; ein durchsichtiger goldfarbener Schleier bedeckte die Frisur, gesichert mit einem Diadem. Das Kleid und die lange Schleppe daran waren so steif, dass es fast von alleine stand. Blanche kam der absurde Gedanke, dass sie das Kleid alleine zur Zeremonie schicken konnte, und niemand würde den Unterschied bemerken. Die Vorstellung, wie MacGregor versuchte, seine Braut am Altar zu küssen, nur um dann bestürzt festzustellen, dass es sich dabei um eine leere Hülle handelte, ließ sie fast lächeln.

Sie stand steif aufrecht, wie zur Flucht bereit, fernab von

allem und unberührbar in ihrer schimmernden, goldfarbenen Hülle. Der Schlafmangel verlieh ihrem Gesicht unter dem Schleier eine ätherische Schönheit, und ihre Bewegungen waren durch das Gewicht des Kleides und des Diadems langsam und anmutig. Rory blieb im Türrahmen stehen; sein Gesicht war so fahl, dass sie die dunklen Punkte seiner Sommersprossen auf seiner Nase sehen konnte. Er starrte sie lange Zeit an, ehe er einen Arm ausstreckte. »Komm, Cousine. Der Bischof wartet.«

Die Kirche war voller Stimmen, als sie sie erreichten. Blanche klammerte sich an Rorys Ärmel; eisige Angst befiel sie, als er die Türen öffnete und das Gemurmel der Gemeinde lauter wurde. Ein Seufzen ging durch die Menge, als sie eintraten und den langen Weg zum Altar begannen. Blanche kam es vor, als würden sie unerträglich langsam vorankommen, als würde Rory den Gang mit Absicht verlängern. Hälse wurden gereckt und Kleider raschelten, als die Menschen sich umdrehten, um sie zu betrachten, aber Blanche hielt ihren Blick starr geradeaus.

Der Bischof, wohlbeleibt, stand feierlich am Ende des Ganges neben der steifen Figur des Bräutigams, der ganz in dunkelblauen Samt gekleidet war, was ihn noch größer und breitschultriger wirken ließ, als Blanche ihn in Erinnerung hatte. Er stand mit dem Gesicht zum Altar, sein Profil war so ausdruckslos, als wäre es auf die Rückseite einer Münze geprägt. Er wandte sich nicht um, um sie anzusehen, selbst als ihre Hand in seine gelegt wurde.

Die Messe selbst nahm Blanche lediglich verschwommen wahr. Am Ende, als MacGregor Blanches Schleier hob, um sie zu küssen, waren seine Lippen kalt, und seine dunklen Gesichtszüge blieben steinern und unerbittlich. Sie nahm alles nur wie durch einen Nebel wahr – die Glocken der Kirche, das Gemurmel der Gemeinde –, selbst ihre eigenen Bewegungen wirkten auf sie, als würden sie irgendwo anders stattfinden. Sie spürte es kaum, als ihr neuer Ehemann sie am Arm fasste, um sie den Gang zurück und aus der Kirche zu führen.

Das Hochzeitsmahl fand in der großen Halle des Schlosses statt. Wundervoller Rosen- und Jasminduft erfüllte die Luft; der Duft stieg in Schwaden von den bunten Blüten aus den Körben auf, die im ganzen Saal verteilt standen. Silber, Bronze und Gold glitzerten auf den Leinentüchern, die die langen Tische bedeckten; die Gäste murmelten gefällig, als sie ihre Plätze einnahmen.

»Geht es dir gut?« Rorys Stimme drang durch ihre Tagträumerei, und sie wandte sich ihm zu. Sein Blick lag unverwandt auf ihrem Gesicht.

»Natürlich! Warum sollte es mir nicht gut gehen?« Sie lächelte ihn an und fühlte Schuld in sich, dass er wegen ihr so furchtbar leiden musste. Sie nahm seine Hand und drückte sie. »Ich danke dir.«

»Man sieh sich nur die Turteltäubchen an«, erklang eine ätzende Stimme, laut genug, um die umstehenden Damen dazu zu bringen, in ihre Richtung zu sehen. »Man könnte denken, es wären die beiden, die man gerade erst getraut hat.« Margaret Camerons blaue Augen blitzten vor Eifersucht. Blanche ließ Rorys Hand los und biss die Zähne zusammen. Sie hatte nicht erwartet, die Geliebte ihres Mannes auf der Hochzeit zu sehen, und der Gedanke, dass sie eingeladen worden war, ärgerte sie. MacGregor nahm seinen Platz neben Blanche am Kopfende des Tisches ein, und auch die übrigen Gäste begaben sich lautstark zu ihren Plätzen. Diener machten ihre Runde an den Tischen entlang und füllten Kelche. Blanche presste eine Hand auf ihre Stirn, die unter dem Gewicht des Schleiers und des Diadems zu schmerzen begann.

»Möchtet Ihr etwas Wein, Mylady?« Blanche wandte sich dankbar an MacGregor und stellte fest, dass er mit Margaret Cameron gesprochen hatte.

»Ich danke dir, Alex.« Sie zog die Nase kraus. »Du weißt wirklich, wie man einen Gast angemessen unterhält.«

»Aye.« Er lachte. »Ich kann Euch versichern, meine Gastfreundschaft ist äußerst großzügig, Mylady. In allen Bereichen.«

Margarets kehliges Lachen schallte durch den Raum, und es besserte Blanches Kopfschmerzen kein bisschen. Sie wandte den Blick ab und fand sich Auge in Auge mit Hubert de Valonis wieder. Er blickte sie quer über den Tisch einen Moment lang an, die blauen Augen leidenschaftslos, ehe sie den Blick wieder auf ihren eigenen Teller richtete. Der Franzose hatte die Kraft, sie immer wieder zu verunsichern, es war, als könnte er ihre Gedanken lesen. Sie betrachtete das Festmahl vor sich. MacGregor hatte keine Mühen und Kosten für seine Gäste gescheut. Auf Rinderbrühe folgte fetter Steinbutt, der mit Spinat und wilden Pilzen gefüllt war. Es gab auch zart gebratenes Lamm, Taubenpasteten, gebratene Gänse und Pflaumen, Mandeln und Birnen. Unglücklicherweise war Blanches Kleid so eng, dass sie nur wenig essen konnte. Stattdessen nippte sie an ihrem Wein und beobachtete die anderen Gäste. Sie bemerkte, wie unangenehm es den McNaghtens und MacGregors war, hier zusammenzusitzen. Sie spalteten den Raum in zwei unterschiedlich farbige Plaids. Die Spannung war kaum überraschend nach den Jahren der Feindschaft, und sie fürchtete, dass es nur wenig brauchte, um die Situation im Saal eskalieren zu lassen. Nur der Bischof und der Gouverneur schienen die Feier zu genießen, sie sprachen lautstark, als wollten sie das Unbehagen der anderen Gäste überdecken. Sie konnte Donald und Murdo in der Menge ausmachen; sie aßen mürrisch am anderen Ende des Tisches.

Blanche zuckte zusammen, als sie erkannte, wer ihnen gegenüber saß. McDougal und Gilbert von Annandale hockten vor dem Lamm, als wollten sie ihm jeden Moment die Kehle durchschneiden. Ihr Blick glitt weiter durch den Raum, ehe sie halb fasziniert, halb widerwillig bei ihrem Ehemann innehielt. Er fuhr träge mit der Klinge seines Messers eine Maserung auf dem Tisch nach und lauschte auf das, was Margaret Cameron ihm ins Ohr schnurrte. Er wirkte ruhig, nur seine Lippen waren zu einem animalischen Lächeln verzogen. Doch als er aufsah und Blanches Blick begegnete, waren seine Augen unerbittlich kalt. Vor Schreck ließ sie fast ihren Kelch fallen; es war, als fiele sie in einen eisigen Fluss.

Die Nacht schritt voran. Die Gäste wurden lauter und lauter, die Streitlust schwoll mit dem Wein und der unausgesprochenen Feindschaft an. Zu ihrer Rechten leerte Rory einen Krug Wein nach dem anderen und schaffte es irgendwie, trotz allem aufrecht auf seinem Stuhl sitzen zu bleiben. Blanche blieb stumm und wartete auf den Moment, an dem sie sich mit ihren Hofdamen zurückziehen konnte. Dann, kurz vor Mitternacht, ertönte ein lauter Krach am anderen Ende der Halle.

»Du Hurensohn!«

Blanche sprang auf, sie erkannte die Stimme als die von Murdo MacLeod. Donald hielt seinen Bruder davon ab, sich auf McDougal zu stürzen, der auf der anderen Seite des umgestürzten Tisches stand und seinen Dolch in der Hand hielt.

»Lass mich! Ich steche ihn ab wie ein Schwein!«, rief Murdo und wand sich in Donalds Griff.

»Ruhe!«, brüllte MacGregor. »Was geht hier vor? Bringt diese Männer zu mir.«

Donald, Murdo und McDougal wurden gepackt und zum Kopfende der Tafel gebracht. Blanche starrte auf sie herab und wusste, dass alle Farbe aus ihrem Gesicht gewichen war.

Zu ihrer Überraschung war sie außerdem ein wenig unsicher auf den Beinen. Zu viel Wein und zu wenig zu essen – das Rezept für eine Katastrophe, vor allem, da sie das Trinken nicht gewohnt war. Sie sah die Zwillinge an. Was auch immer McDougal zu ihnen gesagt hatte, es musste furchtbar gewesen sein, denn nie zuvor hatte sie Murdo so außer sich und Donald so grimmig gesehen. McDougals hinterhältiges, pockennarbiges Gesicht war noch immer rot.

»Was ist der Grund für diesen Aufstand?«

Die drei Männer blieben stumm. Murdo biss sich auf die Lippe.

»Also? Ich warte auf eine Erklärung.«

Donalds Blick glitt zu Blanche und dann wieder weg. »Es war eine persönliche Sache, Mylord.«

»Falls Ihr es noch nicht bemerkt habt, heute ist mein Hochzeitstag.« Mit grausamem Griff packte MacGregor Blanches Hand. »Ihr zeigt wenig Respekt vor mir und meiner Braut, wenn Ihr Euch auf diese Weise prügelt. Falls Ihr mir keinen angemessenen Grund für Euer Verhalten nennen könnt, sehe ich mich gezwungen, Euch alle drei auspeitschen zu lassen.«

»Nay!«, stöhnte Blanche. MacGregor fuhr zu ihr herum, und er sah sie an. »Ich bitte Euch, lasst uns in unserer Hochzeitsnacht keine Grausamkeiten verüben.«

Hubert de Valonis trat zu MacGregor und legte stumm seine Hand auf die Schulter seines Freundes.

»Ich stimme dem zu, Mylord.« Der Bischof sprach, sein rundes Gesicht war ängstlich und rot vom Wein. »Heute ist ein heiliger Tag.«

»Na gut«, wiegelte MacGregor ab. »Lasst sie am Morgen bestrafen. Bringt sie fort.«

Blanche blieb stehen, als die drei Männer aus dem Raum geführt wurden. Wie konnte MacGregor so grausam sein und sie alle bestrafen, egal, wessen Schuld es gewesen war? Es war zu schwierig zu entschieden, wer den Streit begonnen hatte, und der Gedanke, dass die Zwillinge ausgepeitscht wurden, weil sie ihre Ehre verteidigt hatten, machte ihr das Herz schwer. Rory zupfte an ihrem Ärmel.

»Beruhige dich und setz dich. So offensichtliche Sorgen werden dir gar nichts nützen.«

»Nay. Ich werde zu Bett gehen.«

»Geh nicht. Bleib hier bei mir.«

Blanche schüttelte seine Hand von ihrem Arm ab. »Mach dir um mich keine Sorgen, Cousin. Die Kirche erwartet von frisch vermählten Paaren für drei Tage und drei Nächte Keuschheit. Außerdem«, sie warf einen bitteren Blick zu MacGregor, der gemeinsam mit Margaret lachte, »ist er ohnehin andernorts beschäftigt.«

Blanche lag in ihrem Bett. Man hatte sie aus der erdrückenden Umarmung ihres Kleides erlöst, ihre Haare von der Aufsteckfrisur befreit und ausgebürstet, und nun war sie wieder alleine. Ihr Zimmer war von dem ihres Gatten nur durch einen niedrigen Gang getrennt, der auf beiden Seiten mit Wandteppichen ausgekleidet war. Sie wartete darauf, dass er sich zur Ruhe begab, sodass sie ihn anflehen konnte, Donald und Murdo nicht zu bestrafen. Die Vorstellung, ihn um irgendetwas bitten zu müssen, verärgerte sie, aber sie wusste, dass sie ihren Stolz herunterschlucken musste. Die Zwillinge verdienten es nicht, aus Loyalität ihr gegenüber bestraft zu werden. Und sicherlich konnte ihr Mann ihr in ihrer Hochzeitsnacht einen Wunsch nicht ausschlagen?

Endlich hörte sie, wie seine Tür sich öffnete und seine Stiefel zu Boden fielen. Blanche kletterte aus dem Bett und schlich den Gang hinunter; sie kratzte all ihren Mut zusammen, um hineinzugehen und ihm gegenüberzutreten. Sie wollte gerade den Wandteppich zur Seite schieben, als sie ein Kichern hörte, und ihre Hand erstarrte in der Luft.

»Aber wird sie uns nicht hören, Alex?«

»Nay. Sie schläft schon. Hilf mir mit der Tunika.«

Blanche legte die Hand auf ihren Mund. Als sie Rory gesagt hatte, dass sie sich an ihre Ehegelübde halten würde, hatte sie es ernst gemeint, aber MacGregor schien es offensichtlich anders halten zu wollen. Sie sank auf den kalten Boden, und nur der Wein in ihren Adern hielt sie warm.

»Oh Gott, Margaret, das fühlt sich gut an.« Trotz ihres Gemütszustandes schielte Blanche an dem Wandteppich vorbei in MacGregors Zimmer. Ihr Ehemann lehnte am Fußende des Bettes, Margaret auf Knien vor sich, die Küsse auf seine Leiste presste und mit begierigen Fingern seine Hose öffnete. Sie befreite seinen Schwanz und nahm ihn begierig in den Mund, als er gegen ihre Lippen stieß. MacGregor stöhnte und stieß sich ihr entgegen, als sie ihn tief in ihre Kehle nahm. Blanche spürte, wie ihr eigenes Blut zu kochen begann, und ein Sehnen breitete sich zwischen ihren Schenkeln aus. Sie konnte ihre Augen nicht von dem makellosen Fleisch unter der geöffneten Tunika abwenden, oder den Fingern, die Margarets Kopf auf seine Hüften drückten. Seine starke Kehle zuckte in Ekstase, dunkle Locken klebten an seiner Stirn. Blanche veränderte ihre Position auf dem Boden und fuhr mit den Händen über ihre Schenkel, streichelte die Haut und schlüpfte dazwischen, um ihren eigenen Schoß mit den Daumen zu berühren. Sie biss sich auf die Lippen, als Margaret MacGregors Schwanz losließ und aufstand, um Küsse auf seine Brust regnen zu lassen und seine Nippel mit ihren kleinen weißen Zähnen zu beißen. Blanche presste ihre Handfläche gegen ihre Spalte und stieß einen Finger zwischen die Schamlippen. MacGregor zwang Margarets Kopf wieder nach unten, und sie begann die ganze Länge des geschwollenen Schafts zu lecken. Ihre Zunge bewegte sich auf der zuckenden Haut; sie nahm die Eichel zwischen ihre Lippen und saugte an ihr, ehe sie sie im nächsten Moment wieder losließ, um an seinen Hoden zu lecken, bis sich das faltige Fleisch zusammenzog und kräuselte.

»Margaret, um Gottes willen!«

Blanches Finger bewegte sich wild in ihrem Schoß, als Margaret lächelte und MacGregors Schwanz wieder ganz in ihren Mund aufnahm. Sie imitierte die Bewegungen des Kopfes der Frau mit ihrem Finger, stieß härter und härter zu, ehe sie angesichts ihres Höhepunktes stumm aufschluchzte; eine Träne rann über ihre kalte Wange. Einen Moment später bäumte MacGregor sich auf und drückte seinen Unterleib hart gegen Margarets Gesicht, als er seinen salzigen Orgasmus in ihren Mund pumpte.

Margaret zog sich zurück und schluckte, sie lächelte wie eine Katze, die Sahne gestohlen hatte. »Könnte *sie* das für dich tun, Alex?« Ihre Worte trieften vor Bosheit.

Der Mann schüttelte seine Tunika und dann die Hose ab; für einen Moment wirkte sein Gesicht verbittert. Doch als er sich wieder zu der Frau umdrehte, sah Blanche, dass er wieder lächelte. »Nay. Niemals, Liebste.«

»Versprich mir, dass du niemals mit ihr das Bett teilen wirst, Alex.«

»Es ist eine reine Zweckehe.«

»Sag es, versprich es mir.« Margarets Zunge glitt über MacGregors Brust.

»Ich brauche Erben.« Er umfasste ihren Kopf und zog ihn zu sich, um sie zu küssen. »Blanche McNaghten ist für mich nichts weiter als eine Zuchtstute. Komm ins Bett, Liebes. Wir haben noch zwei Stunden, ehe die Sonne aufgeht.«

Viel später hörte MacGregor, wie seine Frau sich auf den Weg zurück durch den Flur in ihr eigenes Bett machte. Er hatte die ganze Zeit gewusst, dass sie dort war. Er hatte darauf gezählt, dass ihre Sorge um die MacLeod-Zwillinge sie wach halten würde, sodass sie auf ihn warten würde. Er betrachtete die Frau, die auf dem Kissen neben ihm schlief, und verspürte den unbändigen Drang, sie aus dem Bett zu werfen. Er hatte Liebe mit Margaret gemacht, aber der Akt selbst hatte ihn kaltgelassen. Er hatte die Augen schließen müssen und sich andere, vollere Lippen und ein paar smaragdgrüner Augen vorgestellt, um zum Orgasmus zu kommen. Sein Kopf war von nichts anderem als Rache erfüllt gewesen, seit er Blanche und ihren Liebhaber am Blackett-Tümpel gesehen hatte. Aber jetzt, da er es ihr heimgezahlt hatte, schmeckte der Sieg schal. Die Wirkung des Weins auf ihn war verflogen, und er konnte die Zukunft sehen, wie sie sich düster vor ihm ausbreitete. Zwischen ihm und seiner Frau konnte es nur Feindschaft geben, und ob dieses Gedankens fühlte er sich erschöpft und sehr, sehr alt.

Blanche starrte auf den Baldachin ihres Betts und bebte vor Zorn. Eine Zuchtstute! Wie konnte er es wagen! Nun, er würde keinen Erben aus ihrem Körper bekommen. Sie lachte in die Stille hinein, ein dünner, spröder Laut. Sie würde ihn niemals in ihr Bett lassen, aber sie würde sich Liebhaber nehmen, Dutzende von ihnen, und sie würde ihm alle neun Monate einen Bastard schenken. Er würde niemals ein legitimes Kind von seinem eigenen Blut haben.

Allmählich schwand ihre Wut, und an ihrer Stelle blieb Melancholie zurück. Wann immer sie ihre Augen schloss, sah sie MacGregor, seinen gebräunten Körper neben dem weißen seiner Geliebten, und sie verspürte einen brennenden Schmerz. Sie riss die Augen auf und setzte sich aufrecht hin. *Dieu!* War sie möglicherweise eifersüchtig? Hatte MacGregor es irgendwie geschafft, durch all die Mauern, die sie vor ihm errichtet hatte, durchzudringen? Sie erinnerte sich an die Worte des Bruce, dass Hass und Liebe nah beieinanderlagen, und ließ sich in die Kissen zurückfallen. Das war unmöglich. Zwischen ihr und MacGregor konnte es nichts anderes geben als Bitterkeit.

Kapitel 10

»Du bist am Zug, Lass. Oder bist du eingeschlafen?«

Blanche kaute auf ihrer Unterlippe. »Nay. Ich denke nach.«

»Na, dann denk ein bisschen schneller nach, oder wir sitzen hier bis zum Jüngsten Tag.« Red MacGregor kicherte und lehnte sich in seinem Sessel zurück. Er wusste, dass er seine Schwiegertochter geschlagen hatte, doch er war durchaus bereit, den finalen Schlag hinauszuzögern, bis sie es von sich aus einsah. Blanche blickte auf das Brett. Würde sie es niemals lernen? Wie immer hatte sie sich auf die Attacke konzentriert und ihre Verteidigung vernachlässigt, sodass ihre Königin ungeschützt war. Sie sah zu dem alten Mann und bemerkte, dass er sie beobachtete. Sie lächelte ihn an. Er hatte sich in den Wochen nach der Hochzeit als unerwarteter Verbündeter erwiesen, der sein Möglichstes tat, damit sie sich in der Abwesenheit seines Sohnes wie zu Hause fühlte. Sie wusste, dass ihm die Tatsache missfiel, dass Black MacGregor sich dem König angeschlossen hatte, noch am selben Tag, an dem die Hochzeitsgesellschaft nach Killaird zurückgekehrt war, sodass die Ehe nicht vollzogen werden konnte. Die Entfremdung zwischen seinem Sohn und seiner neuen Frau missfiel dem alten Mann, aber Blanche konnte ihm diese Sorge nicht abnehmen. Selbst wenn ihr Mann zu Hause gewesen wäre, so hatte sie doch kein Bedürfnis, den Bruch zwischen ihnen zu heilen – die Erinnerung an Margaret Cameron, die in ihrer Hochzeitsnacht zwischen seinen Beinen kauerte, war noch zu frisch. Ein Diener klopfte und betrat das Zimmer.

»Mylord. Euer Sohn ist zurückgekehrt und fragt nach Euch.«

Blanche zuckte zusammen. Es schien, als hätte sie ihn allein durch ihre Gedanken herbeigerufen, fast wie den Teufel persönlich.

»Sag ihm, er soll hereinkommen«, sagte Red MacGregor.

Auch wenn es fast einen Monat her war, seit sie MacGregor zuletzt gesehen hatte, war Blanche doch noch nicht bereit, ihm wieder gegenüberzutreten. Sie stand auf, um dem Diener hinauszufolgen, doch ihr Schwiegervater umfasste ihr Handgelenk.

»Bleib, Lass.«

Sie zögerte. Sie verspürte nicht den Wunsch, ihren Ehemann zu sehen, aber sie wollte mit dem alten Mann nicht streiten, also setzte sie sich wieder und musterte das Schachbrett, ohne die Figuren darauf wirklich zu sehen. Ihr gesamter Körper war überempfindlich, ganz so, als ob er geschunden worden wäre. Schwere Stiefel betraten das Zimmer.

»Vater!« MacGregor trat ein, gefolgt von Hubert de Valonis. »Geht es dir gut?«

»Gut genug.« Zuneigung war sowohl in den Augen des Vaters als auch des Sohnes zu lesen, auch wenn beide keine Anstalten machten, sich zu umarmen. Blanche erschien es, als würde die Anwesenheit ihres Mannes den ganzen Raum ausfüllen. Er trug noch immer seine Kampfkleidung, das Kettenhemd an vielen Stellen zerrissen, und er brachte den Geruch von Schweiß, Leder und Pferden mit sich. Der sonst so makellose Hubert war zerzaust, sein Gesicht und seine Hände mit Schlamm bespritzt. MacGregor bemerkte plötzlich, dass noch jemand im Raum war. Er drehte sich um und entdeckte Blanche. Das Licht erstarb in seinen Augen, und sein Gesicht nahm wieder den wachsamen Ausdruck an, den sie so gut kannte. Er verbeugte sich hölzern vor ihr und wandte sich dann wieder an seinen Vater, der sie beide beobachtete.

»Verlief der Kampf gut?«, fragte der alte Mann.

Sein Sohn löste den Gurt seines Schwertes. »Es war reine Zeitverschwendung, um ehrlich zu sein. Nichts als ein Geplänkel und einige Pferde als Entschädigung dafür.«

»Lady McNaghten.« Hubert trat auf sie zu, nahm Blanches Finger und küsste die Spitzen mit einer eleganten Verbeugung. »*Parbleu, chérie,* es ist ein Vergnügen, Euer hübsches Gesicht wiederzusehen, nach der rüpelhaften Gesellschaft kämpfender Männer. Ich hoffe, Ihr seid wohlauf.«

»Das bin ich, vielen Dank«, murmelte Blanche verlegen. Huberts warmherzige Begrüßung hatte dafür gesorgt, dass die Begrüßung ihres Gatten umso kühler wirkte.

MacGregor ignorierte das Gespräch. »Und wie ist es Euch hier ergangen?«, fragte er seinen Vater.

»Ach, nicht schlecht. Wir hatten Besuch von Calum Campbell. Er behauptet, dass einige unserer Kühe sich auf seine Felder verirrt haben, und will sie behalten, bis er für den Schaden entschädigt wird.«

»Will er das?«, knurrte MacGregor. »Ich denke, ich muss mich mit unserem Freund Campbell mal unterhalten.« Er ließ sich in einen der Sessel fallen. »Um Himmels willen, wir hatten schon vor dieser Hochzeit genug Feinde. Will uns der König ruinieren?«

»Scht!«, schnaubte Red MacGregor. »Was sind ein paar Stück Vieh hier oder da? Es ist ein kleiner Preis, den wir für den Frieden bezahlen.«

»Frieden! Was für einen Frieden können wir mit Campbell und MacLachlan haben, die ständig nach unseren Hacken schnappen, wie enttäuschte Köter?«

Blanche wurde blass. MacGregor hatte schon einmal dieses Bild benutzt, als er sie als läufige Hündin bezeichnet hatte, und sie konnte darauf verzichten, es noch einmal zu hören. Sie wusste bereits, was ihr Mann von ihr hielt. Sie stand auf und ging zum Fenster, um ihren inneren Aufruhr zu verbergen.

»Gibt es noch weitere Neuigkeiten, Mylord?« Huberts Ton war betont unbeschwert.

»Der Verwalter und seine Familie hatten das Schweißfieber. Zum Glück haben sie niemanden angesteckt, und wir konnten sie wieder gesundpflegen, dank der magischen Heilmittel dieses Mädchens.«

Eine kurze, unangenehme Stille breitete sich aus.

»Stimmt das?«, fragte Hubert. »Dann habt Ihr vielleicht auch eine Arznei gegen Ohrenschmerzen, Mylady? Ich leide schon seit mehr als drei Tagen sehr darunter.«

»Es gibt ein altes französisches Heilmittel dagegen, einen Kräuterumschlag, der könnte Euch helfen«, murmelte Blanche. »Ich werde ihn Euch heute Nachmittag anfertigen.«

MacGregor rutschte unbehaglich in seinem Sessel hin und her. »Ich bin erschöpft bis auf die Knochen und brauche dringend ein Bad.« Die Bernsteinaugen glitten zu Blanche. »Kümmere dich darum, Weib, ehe du in die Vorratskammer gehst.«

Sie versteifte sich. Der Befehl, so beiläufig ausgesprochen, sorgte dafür, dass sich ihre Nackenhaare aufstellten. Sie wusste, dass er erwartete, dass sie ablehnte und eine Szene vor seinem Vater und seinem Freund machte, und daher entschied sie sich, ihm diese Genugtuung nicht zu geben. Stattdessen stand sie auf und verließ den Raum mit so viel Würde, wie sie aufbringen konnte. Als sie fort war, schalt der alte Mann seinen Sohn.

»Musst du sie so behandeln? Sie ist keine Dienerin, die sich deinen Befehlen zu fügen hat, sondern deine Frau.«

»Aye.« MacGregor seufzte und schloss die Augen. »Und ich habe schon genug darunter zu leiden.«

»Zu leiden?! Zur Hölle, Mann, du hast ja keine Ahnung, was dir in den Schoß gefallen ist.«

»Lass es gut sein, Vater.«

Red MacGregor zuckte mit den Achseln und wandte sich gereizt wieder dem Schachbrett zu. »Wie du willst. Jeder schaufelt sich sein Grab auf seine Weise.«

Blanche streckte die Hand in die Wanne, um die Temperatur des Wassers zu prüfen, und wischte sie dann an ihrem Rock ab. Sie wies einen der Diener an, die Wandleuchter anzuzünden, um die Schatten aus den Ecken des Raumes zu verscheuchen, und legte ein Handtuch auf den Stuhl in Reichweite zur Wanne. Nachdem sie sicher war, dass genügend Seife vorhanden war, wandte sie sich zum Gehen, wurde aber von MacGregor aufgehalten, der unbemerkt den Raum betreten hatte und nun zwischen ihr und der Tür stand.

»Gehst du? Es ist die Pflicht einer Ehefrau, ihrem Mann beim Baden behilflich zu sein.«

Blanche zog eine finstere Miene. »Helft Euch selbst.«

MacGregor begann, seine Tunika aufzuschnüren; seine Bewegungen waren müde. Sie wollte sich an ihm vorbeistehlen, doch er umfasste ihren Arm.

»Es gab eine Zeit, Mylady, da ich Euch beim Baden geholfen habe. Wollt Ihr den Gefallen nicht erwidern?«

Blanche runzelte die Stirn, und als er ihre Verwirrung bemerkte, lachte er leise. »Als ich aus dem Kerker von Dunchar geflohen war, musste ich mich bis zum Einbruch der Nacht verstecken. Ich lief zu dem einzigen Ort, von dem ich wusste, dass die Wachen ihn nicht nach mir absuchen würden – die Gemächer ihrer Herrin.« Blanche riss die Augen auf und errötete, als sie sich an die intime Berührung auf ihrer seifigen Haut erinnerte, und an ihre schläfrige Einwilligung. Wenn sie es nur damals gewusst hätte! MacGregor beobachtete ihr Gesicht. »Ich habe viel riskiert, aber du warst einfach zu verführerisch. Du hättest einfach die Augen öffnen und

Alarm schlagen können, aber so wurde es ein unterhaltsames Zwischenspiel.« Blanche versuchte, seine Hand auf ihrem Arm loszuwerden, aber er griff fester zu. »War es so schrecklich für dich?«

»Das wäre es gewesen, wenn ich gewusst hätte, dass Ihr es wart.« Seine Nähe drohte sie zu ersticken.

Sein Gesicht verdunkelte sich. »Eine Ehefrau hat auch noch andere Pflichten. Ist es nicht an der Zeit, dass du sie erfüllst?« Er beugte sich vor und presste seine Lippen auf ihre. Zu ihrer Überraschung waren sie nicht hart, sondern zärtlich.

Sie stieß ihn von sich und versuchte verzweifelt, ihre Sehnsucht zu verbergen, von der sie fürchtete, dass er sie in ihren Augen lesen konnte. »Fahrt zur Hölle!«, spie sie aus, wand sich aus seinem Griff und floh.

Als Blanche später in das Zimmer zurückkehrte, war es leer. Die Wanne war kalt und die Kleider und Handtücher, die verstreut auf dem Boden lagen, zeigten ihr, dass ihr Ehemann hier gewesen war. Sie hob sein schlammbespritztes Hemd auf, und der Duft nach Schwertlilienwurzeln und Schweiß ließ ihre Brust sich schmerzhaft zusammenziehen. Sie seufzte und begann, den Raum aufzuräumen, unwillig, einen Diener zu rufen, der ihre Einsamkeit störte. Nachdem sie die Kleider für die Waschfrau zusammengefaltet hatte, ging sie, um sich noch etwas hinzulegen. Sie fürchtete bereits jetzt den Moment, in dem sie in die große Halle hinuntergehen und den Männern begegnen musste. Sie war es müde zu kämpfen. Die Enthüllung, dass es MacGregor gewesen war, der sie im Bad in Dunchar zum Höhepunkt gestreichelt hatte, hatte sie ausgelaugt. Die Zärtlichkeit seiner Hände und die Tatsache, dass er sie ins Bett gebracht hatte, als sie eingeschlafen war, passte nicht zu der Vorstellung, die sie von ihrem Ehemann hatte. Und doch. Sie erinnerte sich an das erste Mal, als sie sich geliebt hatten, im Kerker von Dunchar, und das eine Mal, als er sie vor Margaret gerettet hatte. Seine Art Liebe zu machen war leidenschaftlich, aber auch zärtlich gewesen. Doch die meiste Zeit war er brutal und unbarmherzig. Sie döste ein, während all die Widersprüche dieses Mannes ihr noch durch den Kopf gingen.

Blanche träumte. Sie schwebte auf einem Kissen aus Luft hoch über dem Boden, und doch hatte sie keine Angst zu fallen. Jemand hielt sie bei den Handgelenken, jemand, dem sie absolut vertraute. Sie sah auf den Wald und den Loch unter ihr, beides war in goldenes Licht getaucht und fühlte sich ruhig und friedlich an. Ihr Kopf war voller Licht, und von ihrer Haut ging ein leichtes Pulsieren aus, das sich in die Luft um sie herum ausbreitete und sie aufrecht hielt in diesem substanzlosen Himmel. Dann verschwand das Gefühl der Unverwundbarkeit, als würde eine Blase platzen, und sie fiel dem Boden entgegen. Sie erwachte. Es dauerte eine Weile, bis sie die noch immer unvertrauten Möbel von Killaird erkannte. Sie wollte sich aufsetzen, merkte aber, dass sie es nicht konnte. Ihre Handgelenke waren mit Seidentüchern an den Bettpfosten festgebunden. Sie versuchte ihre Beine zu bewegen, aber auch diese waren gefesselt. Sie riss die Augen auf und fand schnell, wonach sie gesucht hatte. Auch wenn er nun frische Kleider trug, waren noch immer Schatten unter seinen Augen, als er auf sie herabsah.

»Willst du nicht schreien?« Das Murmeln klang bedrohlich, doch er machte keine Anstalten näher zu treten.

»Ist es das, was Ihr wollt? Würde Euch das gefallen? Ich fühle mich im Augenblick nicht danach, Euch diese Genugtuung zu geben.«

»Und was fühlst du gerade?« Sein Zeigefinger streichelte ihren Fußknöchel.

Blanche schloss die Augen. »Nichts.«

Der Finger hielt inne, und das Bett bewegte sich unter MacGregors Gewicht, als er sich neben sie setzte. »Ich glaube dir nicht.«

»Glaubt was Ihr wollt.« Natürlich war es eine Lüge. So ausgestreckt vor ihm fühlte sie sich furchtbar verletzlich, aber das lag nicht an der Vorstellung, was er möglicherweise mit ihr vorhatte. Gleichzeitig zitterte ihr ganzer Körper vor Verlangen nach seiner Berührung. Was sie wirklich fürchtete, war, dass er möglicherweise das Begehren nach ihm in ihren Augen lesen konnte, das sie schon seit Monaten zu verbergen versuchte. Bei diesem Gedanken bäumte sich ihr Stolz auf. Sie wartete darauf, dass er sie weiter berührte, und als das ausblieb, öffnete sie die Augen.

Er sah noch immer auf sie herab, doch sein Gesicht war nahezu traurig, und sie spürte, dass die Laune, die ihn dazu gebracht hatte, sie ans Bett zu fesseln, offenbar vergangen war. Sie hatte recht, konnte die Verwirrung, die darauf gefolgt war, jedoch nicht erahnen. MacGregor sah auf seine Frau herab und war fassungslos. Sie handelte nie so, wie er es sich vorgestellt hatte. Er hatte geglaubt, sie würde sich wehren, schreien und ausspucken, doch stattdessen lag sie einfach da und betrachtete ihn kühl. Seine Augen wanderten an ihrer Wange entlang, den Kiefer und ihr Schlüsselbein. Er wollte sie berühren, doch er traute sich selbst nicht zu, zärtlich genug zu sein.

»Sag mir, hast du deinen Cousin McNaghten während meiner Abwesenheit gesehen?« Die Worte waren ausgesprochen, ehe er sie zurückhalten konnte.

Ihre Augen betrachteten ihn misstrauisch, und sie drehte den Kopf weg. »Warum? Warum sollte Euch das stören?«

Er senkte den Blick und merkte, dass seine Knöchel weiß waren; er entspannte seine Hand und zwang sich zu lachen.

»Ich bin nur ein wenig neugierig. Neugierig zu erfahren, was für eine Hure meine süße Braut wirklich ist.«

Blanche wich alle Farbe aus dem Gesicht. »Macht mich los.«

»Nay. Ich denke, das werde ich nicht tun.« MacGregors Gesichtsausdruck hatte wieder den raubtierhaften Blick angenommen, den sie nur allzu gut kannte.

»Bitte«, flüsterte sie. Er ignorierte sie und streckte stattdessen die Hand aus, um einen ihrer Füße mit seiner Hand zu umfassen. Sein Daumennagel glitt über ihren Spann, und sie erschauerte und presste die Augenlider fest zusammen.

»Bitte, tut das nicht.«

»Was tun?« Seine Hand hielt an ihrem Knöchel inne.

Sie biss sich auf die Lippen und wandte sich von ihm ab. Seine Hand setzte ihre Reise fort, ihr Bein hinauf bis zum Knie; sie umkreiste das empfindsame Gelenk und streichelte es durch den Strumpf hindurch. Blanche spürte, wie sein Gewicht sich auf dem Bett verlagerte, als er sich neben sie legte, und sie konnte die Hitze seines Körpers durch ihre Kleidung hindurch spüren. Die Hand wanderte höher, über ihr Strumpfband bis zu ihrer nackten Haut. Er senkte seinen Kopf und küsste sie, nicht aggressiv, aber doch durchdringend; seine Lippen verbrannten ihre. Während er das tat, löste sich etwas in Blanche auf. All ihre Vorsätze, all ihre Entschlossenheit, die Stärke ihrer Sehnsucht nach ihm zu verbergen, schienen auf einmal sinnlos. Sie erwiderte seinen Kuss. Er zögerte überrascht, ehe er ihre Herausforderung annahm, Zunge an Zunge, und Atem verband sich mit Atem.

Sie zog sich zurück. »Macht mich los. Ich bitte Euch.« Ihre Stimme war rau.

Er sah ihr tief in die Augen. Als wäre er zufrieden mit dem, was er gesehen hatte, hob er die Hand und löste die Seidenbänder, die ihre Handgelenke ans Bett fesselten. Sie schlang ihre Arme um seinen Nacken und zog seinen Kopf wieder zu ihrem, küsste ihn mit rohem Drängen. Er stöhnte und kämpfte sich frei von ihrem Mund, küsste ihren Kiefer, ihre Kehle, ihr Schlüsselbein, ehe er den Ausschnitt ihres Gewandes erreichte. Sie flocht ihre Finger in sein Haar und stöhnte, als er mit der Zunge über das empfindliche Fleisch oberhalb ihrer Brüste glitt und es mit Speichel bedeckte. Dann schob sie ihn fort und setzte sich auf, um ihr Gewand aufzuschnüren; in der Hast zitterten ihre Finger. MacGregor beobachtete sie, wie sie den Stoff abstreifte und bis zur Taille herunterschob. Sein Blick brannte auf ihren Schultern und den Brüsten, und sie errötete. Sie kämpfte das Verlangen nieder, sich selbst mit den Händen zu bedecken. Er berührte mit der Hand eine Brustwarze und streichelte sie. Unter seiner Berührung begann das empfindliche Fleisch zu pochen, und er nahm sie zwischen Daumen und Zeigefinger, rollte sie versuchsweise hin und her, ehe er Blanche an sich zog. Sie bäumte sich ihm entgegen, und er nahm sie in seine Arme, presste sie an sich und vergrub das Gesicht an ihrem Hals.

»Blanche.« Der Klang ihres Namens auf seinen Lippen hatte sofort Wirkung auf sie. Sie spürte, wie sie innerlich aufblühte und sich ihm öffnete. Er küsste ihren Hals, ihre Schultern und wanderte mit der Zunge begierig über ihr Schlüsselbein; seine Hände glitten an ihrem Körper auf und ab, als hätte er vor, sie ganz und gar zu verschlingen. Er umfasste ihr Geschlecht durch den Rock hindurch mit seiner Hand und bewegte die Handfläche dagegen, sodass sie zusammenzuckte wie unter einem Stromschlag. Sie schluchzte und presste sich gegen seine Handfläche; ihre Schenkel waren noch immer weit gespreizt und ans Bett gefesselt. Er schob seine Hand unter den Saum ihres Kleides, schob sie an ihrem Knie und dem Strumpfband vorbei, berührte die Schenkel und fand schließlich die Löckchen zwischen ihren Beinen. Die

Entdeckung, dass sie keine Unterwäsche trug, erregte ihn, und er hob ihre Röcke an, um sein Gesicht wild gegen die Innenseite ihrer Schenkel zu pressen; seine Stoppeln scheuerten gegen ihre Haut. Er ließ seine Zunge über das gerötete Fleisch fahren und umfasste ihre Pobacken, um sie an seinen Mund zu heben; seine Finger drückten sich in ihre Pobacken, kneteten sie und spreizten sie weit, sodass seine Finger die Pforte ihrer geheimen Öffnung streichelten.

Blanche stöhnte und warf sich ihm entgegen, während seine Finger sich an der gekräuselten Haut ihres Hintern weideten. Sie spreizte ihre Beine so weit, wie es ihr möglich war, voll schmerzhaftem Sehnen; das Verlangen nach seiner Berührung pulsierte in ihr. Er gab schließlich auf und vergrub sein Gesicht zwischen ihren Schenkeln, saugte, biss, schwelgte in ihrem Duft und ihrer Feuchtigkeit, er plünderte sie mit seiner Zunge, bis sie schluchzend um mehr bat. Abrupt ließ er von ihrem Schoß ab und kniete sich hin, um seinen Schwanz aus seiner Hose zu holen. Auf seinem Gesicht lag ein wilder, fast angespannter Ausdruck, wie der eines Mannes, der einen Kampf verloren hat. Er stöhnte, als die Luft das erhitzte Fleisch seines Schwanzes berührte. Sie starrte die pulsierende Länge an und wünschte sich verzweifelt, ihn in sich zu spüren. Er bemerkte ihr Verlangen und hob sie so weit an, wie ihre Fesseln es zuließen, dann nahm er sie in die Arme, während er bis zum Anschlag in sie stieß. Blanche schrie auf und glaubte, dass ihr Körper zerspringen und vor Lust einfach auseinandergerissen würde. Er presste sie an sich, als wollte er sie nie wieder gehen lassen, und murmelte heisere Worte, während er wieder und wieder in sie stieß. Ihre eigenen Bewegungen waren durch die gefesselten Knöchel eingeschränkt, was sie davon abhielt, sich in seinem Takt zu bewegen, doch diese Einschränkung fachte ihre Leidenschaft nur weiter an. Blanche wurde schwach in seinen Armen, aber ihr Körper fand seine Spannung wieder, als ihr Orgasmus durch ihre Schenkel, ihre Brüste und ihren Bauch raste. Er stieß weiter in sie, spreizte ihre Beine so weit, wie es die Fesseln zuließen, ehe er in ihrem tiefsten Punkt pulsierte und er keuchend gegen ihre Brüste sank.

Als sein Höhepunkt verebbt war, löste er die Fesseln an ihren tauben Knöcheln. »Hat es wehgetan?« Er schob ihre Strümpfe hinunter, um die roten Male an ihren Fußknöcheln zu begutachten, und rieb sie beruhigend. Blanche schüttelte nur den Kopf, da sie ihrer Stimme noch nicht traute. Er zog seine Tunika und die Hose aus. »Leg dein Kleid ab.« Er sah sie an, und sein Gesicht wurde weicher. »Bitte.« Sie tat es und zog den zerknitterten Stoff über den Kopf; MacGregor legte sich neben sie und hob die Decke über sie beide. Er zog Blanche an sich, sodass ihr Kopf auf seiner Brust ruhte, und sie konnte hören, dass sein Herz noch immer unnatürlich schnell schlug. So lagen sie für einige Minuten da, bis sich sein Herzschlag beruhigte. Er seufzte und legte die Hand auf ihre Schulter; sein Daumen fuhr die Konturen ihres Armes nach.

»Ich fürchte, ich habe vergessen, wie man zu einer Frau zärtlich ist.«

Blanche schluckte. Sie hätte gerne mit einer cleveren Antwort geglänzt, doch die Worte blieben ihr im Hals stecken. Stattdessen spreizte sie ihre Finger und glitt mit ihnen über seine Brust, erkundete die gelockten Haare darauf und die straffen Muskeln darunter. Ihre Hand schob sich tiefer, über die verletzlichen Erhebungen seiner Brustwarzen und das weichere Haar auf seinem Bauch, das bis hinunter zu seiner Männlichkeit führte. Nervös nahm sie das halb erschlaffte Organ in die Hand und fühlte, wie es sich wieder regte.

»Warum bekomme ich nicht genug von dir?«, knurrte MacGregor und legte sich auf sie, drückte sie auf die Matratze. Sein Schwanz presste sich mit neuerlichem Drängen gegen ihren Schenkel. Sie hob den Kopf, um ihn zu küssen, und er nahm ihr Gesicht zwischen seine Hände. Sie konnte ihren eigenen Duft an seinen Lippen riechen; es entfachte ihre Erregung, und sie nahm seine Unterlippe zwischen ihre Zähne und nippte daran. Ihre Fingernägel fuhren über seinen Rücken und den Hintern. Er stöhnte und packte sie mit einem Arm um die Taille. Er zog sie zum Bettrand und schlüpfte hinaus, um vor ihr zu knien; dann zog er die Decke beiseite, um sie genau betrachten zu können. Sie schloss die Augen, um das Gefühl seiner Hände auf ihren Brüsten, der Taille und den Hüften auszukosten. Die Zeiten, als er rau, ja sogar brutal zu ihr gewesen war, schmolzen aus ihrer Erinnerung. Jetzt gab es nur noch die Gegenwart, und es schien, als wäre er damals ein anderer Mann und sie eine andere Frau gewesen. Er spreizte ihre Beine und streichelte ihre Knie, er tauchte seine Daumen in ihre Spalte und spreizte sie weit. Sie betrachtete sein Gesicht, als er sie ansah, und Nässe perlte auf dem zarten, rosafarbenen Fleisch. Sie war unglaublich erregt, also griff sie nach ihm und zog ihn wieder auf sich; sie wollte ihn wieder in sich spüren. Er lachte leise, triumphierend, und stieß mit seinem Schwanz gegen die feuchte Öffnung. Langsam, Stück für Stück, stieß er ihn hinein und spürte, wie er von ihrem gierigen Mund verschluckt wurde. Sie schlang ihre Beine um seine Taille, um ihn tiefer in sich zu spüren. Dann, mit einem Mal, hielt er inne. Sie schlug die Augen auf und runzelte die Stirn.

»Ist etwas nicht in Ordnung?«, fragte sie. Der Ausdruck auf MacGregors Gesicht erschreckte sie. Er zog sich abrupt aus ihr zurück und setzte sich auf die Bettkante; er rieb sich das Gesicht. In dem Augenblick, in dem Blanche ihre Beine um ihn geschlungen hatte, war das Bild, wie sie Rory McNaghten auf exakt die gleiche Weise umfangen hatte, plötzlich vor seinem inneren Auge aufgetaucht. Es hatte ihn so sehr verstört, dass er nicht mehr in der Lage war, das zu Ende zu bringen, was er angefangen hatte, und nun sammelte sich Eifersucht in ihm, wie Gift in einer Wunde. Er sah den perplexen Gesichtsausdruck auf dem Gesicht seiner Frau, so süß, so offensichtlich unschuldig, und es fachte seine Wut und seine Frustration weiter an. Er wusste, es war irrational, aber er konnte die Worte auf seiner Zunge nicht mehr zurückhalten.

»Nay, alles ist in Ordnung. Ganz im Gegenteil. Ich bevorzuge es, dich so fügsam zu sehen, anstatt dass du dich mir immer widersetzt. Gott weiß, ich will nicht jedes Mal einen Kampf ausfechten müssen, wenn ich versuche, einen Erben zu zeugen.« Sie zuckte zurück, und auf perverse Weise brachte es ihn dazu, sie noch weiter zu treiben. »Eine widerspenstige Stute ist nicht fruchtbar.« Er bewegte sich auf sie zu, als wolle er sie wieder küssen, doch sie entwand sich ihm. »*Dieu!* Ihr müsst ein Narr sein zu glauben, dass ich mich einfach für Euch auf den Rücken legen werde. Ich werde niemandes Zuchtstute sein.«

Er stand auf, um ihr ins Gesicht zu sehen. »Aber das werdet Ihr, Madame. Es ist Eure Pflicht.« Die Worte kamen selbst für ihn überraschend, provoziert durch den zerstörerischen Drang in ihm.

Sie verzog das Gesicht. »Ich warne Euch, falls ihr Euch mir jemals mit Gewalt aufzwingt, werdet Ihr niemals sicher sein, dass das Kind Euer Kind sein wird. Ich werde mir einen Liebhaber nehmen und Euren Samen mit seinem aus meinem Körper spülen.«

»Einen Liebhaber?« Seine Wut nahm gefährliche Ausmaße an. »Werde ich dann in den Wiegen meiner Kinderstuben lauter rothaarige Bastarde finden? Ich habe dich mit McNaghten am Blackett-Tümpel gesehen, geil und danach lechzend wie eine Dirne. Ihr wart brünstig wie die Tiere.«

»Tiere! Rory ist mehr Mann als Ihr es jemals sein werdet. Er behandelt eine Frau mit Respekt.«

»Seit wann verdienst du Respekt? Du bist nicht besser als eine Hure. Margaret hat mir alles von deinen Liebhabern erzählt – kein Mann in Killaird war vor dir sicher – nicht einmal ihr Bruder!«

Blanche war aschfahl im Gesicht. »Ich gebe zu, dass ich keine Heilige war. Aber ich habe ein Gewissen. Und ich hätte mein Ehegelübde in Ehren gehalten.«

»Schert Euch nicht darum, Madame. Du kannst dir sicher sein, dass ich dich niemals wieder berühren werde. Möge Gott mich niederstrecken, falls ich es doch wieder tun sollte.«

MacGregor wirbelte herum und verließ, nackt wie er war, das Zimmer. Blanche warf sich auf das Bett und brach in Tränen aus.

Blanche ertrug stumm, dass Mhairi sie in ihr Reitgewand schnürte. Ihre Augen waren vom vielen Weinen bereits verquollen, und der Rest ihres Gesichts war geschwollen und schmerzte. Sie stellte einen erbärmlichen Anblick dar, und sie wusste es, aber sie hob das Kinn an, entschlossen, sich nicht in Selbstmitleid zu ergehen. Die Schnelligkeit, mit der das Liebesspiel ihres Mannes sich in jener Nacht in einen Streit verwandelt hatte. Es hatte sie böse erschüttert und die zarte Hoffnung, die sie für die Zukunft gehabt hatte, zerschmettert.

Die alte Frau sah sie tadelnd an. »Ich weiß nicht, warum Ihr in diesem Zustand ausreiten wollt. Ihr solltet Euch hinlegen und mich einen Umschlag für Eure armen Augen holen lassen.«

»Nur keine Umstände, Mhairi! Ich werde noch wahnsinnig, wenn ich nicht endlich für eine Stunde oder mehr aus dieser verfluchten Burg herauskomme.«

»Mylord MacGregor wird das gar nicht gefallen.«

»Der verdammte MacGregor!« Blanche warf den Spiegel, den sie in der Hand gehalten hatte, gegen die Wand, wo er zersplitterte und in Scherben zu Boden fiel. »Es ist mir gleich, was er denkt. Hol mir meine Stiefel, und dann geh mir aus dem Weg, wenn du mir keinen besseren Rat als diesen geben kannst.« Sie hoffte, die Wut würde die Tränen in ihren Augen verbergen. Sie ignorierte das verletzte Schweigen der alten Frau, zog ihre Stiefel an und stapfte zur Tür. »Du kannst meinem Ehemann bestellen, dass ich nicht weiß, wann ich wieder zurück sein werde. Falls es ihn genug kümmert, dass er fragt, was ich bezweifle.«

Die Ställe waren belebt, als Blanche sie erreichte, und sie zwang sich, die neugierigen Blicke zu ignorieren, während sie darauf wartete, dass Alouette gesattelt wurde. Fraser, der Stallmeister, runzelte die Stirn, als er ihr in den Sattel half.

»Seid Ihr sicher, dass es Euch gut genug geht, dass Ihr reiten könnt, Mylady?«

»Um Himmels willen, nicht du auch noch! Seit wann ist der Stallmeister mein Aufseher?« Sie gab Alouette die Sporen, und mit klappernden Hufen rasten sie durch das Tor.

Draußen bemerkte Blanche überrascht, dass es ein wunderschöner Tag war; der Himmel war blau und klar mit kleinen Schäfchenwolken. Es war fast so, als wollte Gott sie mit dem Kontrast zwischen ihren Gedanken und dem Wetter verspotten. Beleidigt lenkte sie Alouette in Richtung des Flusses; dort stieg sie ab und setzte sich, um das torfige Wasser auf den flachen Stellen über die Steine plätschern zu sehen. Mit dem Kinn in der Hand ließ sie ihre Gedanken schweifen, und sie wanderten unaufhaltsam zu der Ausweglosigkeit, in der ihre Ehe sich befand. Alouette wieherte unbehaglich. Blanche drehte sich um, um nachzusehen, was das Tier aufgebracht hatte; sie schirmte ihre Augen mit der Hand vor der Sonne ab, konnte aber nichts sehen.

»Ruhig, Mädchen.«

Der Klang der Stimme ihrer Herrin beruhigte das Tier, und Alouette senkte den Kopf, um zu grasen. Blanche zog Stiefel und Strümpfe aus und ließ die Füße ins Wasser hängen; die Kälte ließ sie zusammenzucken. Das Gefühl erinnerte sie an den Tag am Blackett-Tümpel, und die Erinnerung fühlte sich bitter an, nun, da sie wusste, dass MacGregor sie mit Rory gesehen hatte. Ihre Hingabe war als Abschiedsgeschenk für ihren Cousin gedacht gewesen. Es war auf seine ganz eigene Art und Weise unschuldig gewesen. Aber ihr Mann hatte sie heimlich beobachtet und das Andenken daran beschmutzt. Vielleicht war es gar nicht so verwunderlich, dass er sie für eine Hure hielt, vor allem da Margaret Lügen über sie verbreitete. Blanche seufzte. Es gab einfach zu viele Missverständnisse zwischen ihnen, die sie dazu verdammten, in dieser Ehe Fremde füreinander zu sein. Alouette wieherte wieder, aber Blanche war durch die Wärme der Sonne und das Muster, das die Strahlen auf die Innenseite ihrer geschlossenen Lider malten, eingelullt und ignorierte sie. Plötzlich wurde es dunkel um sie.

Als sie auf dem Rücken des Pferdes hin- und hergeworfen wurde, war Blanche mit ihrem Zorn allein. Ihr Leben war zu einer Farce verkommen. Wie oft sollte sie sich noch entführen lassen und dann, gefesselt wie ein Bündel Wäsche, herumgereicht werden? Wenn es nicht so ärgerlich wäre, wäre es schon fast komisch. Die Flammen ihrer Empörung schlugen höher und höher. Als das Pferd endlich anhielt und sie emporgehoben wurde, hatte ihre Wut die Ausmaße eines brüllenden Tornados angenommen. Der übelriechende Sack wurde ihr vom Kopf genommen.

»Ich werde dafür sorgen, dass du in der Hölle schmorst, du Köter!« Überrascht hielt sie in ihrem Schwall aus Schmähungen inne. »Rory!«

Er starrte auf sie herab. »Wen hast du denn erwartet?«

Sie sah sich in dem Hain um. »Warum hast du mich hierhergebracht?«

»Ich ertrage den Gedanken, dass du mit diesem Mann zusammen bist, nicht mehr.«

Blanches Kinnlade fiel herab. »*Dieu!* Du hast mich wie eine Henne behandelt, die man zum Markt schleppt!«

»Ich wollte nicht, dass du in Panik verfällst und Alarm schlägst. Deswegen habe ich die Männer angewiesen, den Sack zu benutzen.«

»Oh!« Blanche war vor Wut sprachlos, doch nur für einen Augenblick. »Bring mich sofort zurück nach Killaird.«

»Nay! Das werde ich nicht tun.«

»Das wirst du wohl! Was gibt dir das Recht, so etwas mit mir anzustellen?«

Rory hob Blanches Kinn mit dem Finger, sodass sie gezwungen war, in seine entschlossene Miene zu sehen. »Das hier.«

Es dauerte einen Moment, bis sie begriff, dass er damit ihr vom Weinen verquollenes Gesicht meinte. »Jedes verheiratete Paar streitet sich ab und zu.«

Rory lief rot an. »Versuch gar nicht erst, ihn in Schutz zu nehmen. Er ist deiner Treue nicht wert.«

»Oh, du Narr!« Blanche hob die Hand, um nach ihm zu schlagen, doch er packte ihr Handgelenk.

»Genug! Wir reden später in Dunchar, wenn du wieder bei Verstand bist.«

Es war Abendbrotzeit in Killaird, und die große Halle war voller Lärm und Rauch. MacGregor aß stumm und ignorierte den freien Platz an seiner Seite geflissentlich. Er war nicht überrascht, dass Blanche noch immer verärgert war, nach dem, was er an diesem Morgen zu ihr gesagt hatte. Er wusste nicht, welcher Teufel ihn geritten hatte, so etwas zu sagen, aber er nahm an, dass seine Worte sie verletzt hatten. Er wollte sie wiedersehen, wollte sehen, wie sie lächelte und wollte ihre elegante Art, sich zu bewegen, betrachten. Vielleicht konnte er sie herrufen lassen? Es gab keine Möglichkeit, den Riss zwischen ihnen zu heilen, wenn sie in ihrem Zimmer saß. Sein Entschluss stand fest, und er versuchte die Aufmerksamkeit von Blanches Kammerfrau auf sich zu ziehen, die an einem der niederen Tische saß. Sie bemerkte ihn, wandte aber den Blick ab und lief rot an. Er runzelte die Stirn; offensichtlich wusste die Frau über den Streit zwischen ihm und ihrer Herrin Bescheid. Er winkte einen Pagen heran und befahl ihm, die alte Frau zu sich zu bringen.

»Mylord.« Selbst als sie an seinem Tisch stand, brachte sie es nicht fertig, ihm in die Augen zu sehen.

»Mhairi, nicht wahr? Könntest du deine Herrin bitten, dass sie uns Gesellschaft leistet?«

»D-das kann ich nicht, Mylord.«

»Du kannst nicht? Wieso?«

Die alte Frau sah ihn schließlich ängstlich an. »Sie ist nicht hier.«

»Nicht hier?« Er bemerkte, dass er die Worte der alten Frau wiederholte, und seine Lippen wurden schmal. Die Gespräche am Tisch wurden leiser, und sein Vater und Hubert lehnten sich vor, um seinem Gespräch zu lauschen. »Wo ist sie dann?«

»Ich weiß es nicht. Sie ist heute Morgen ausgeritten und seitdem nicht mehr zurückgekehrt.«

»Wann war das genau?«

»Früh, Mylord.«

»Und du hast mir nichts davon gesagt?« Er konnte die Wut in seiner Stimme nicht verbergen, als er die zitternde Frau ansah. »Sagte sie, zu welcher Stunde sie zurück sein würde?«

»Nay, Mylord. Sie war in keiner besonders guten Stimmung.«

»Hat sie irgendetwas mit sich genommen? Kleidung? Juwelen?«

»Nay, Mylord.«

MacGregor war sich bewusst, dass sein Vater und diese Frau vielleicht ahnten, welche Richtung seine Gedanken nahmen. »Nun gut. Lass uns allein.«

Die Frau verschwand wieder auf ihren Platz, und MacGregor sagte nichts, sondern fuhr fort, sein Abendessen einzunehmen. Langsam schwoll die Unterhaltung um ihn herum wieder an, diesmal gewürzt mit einer neuen Prise von Spekulationen.

Sein Vater beugte sich vor und sagte leise: »Sie ist also fort.« Er schnalzte unglücklich mit der Zunge. »Ich kann nicht sagen, dass mich das überrascht. Auch wenn ich gedacht hätte, dass sie die alte Frau mitnimmt.« MacGregors Gesicht war angespannt. Blanche hatte ihn verlassen, und die Erkenntnis erschütterte ihn bis ins Mark. Der alte Mann sprach weiter: »Wirst du ihr nachgehen? Ich wette, sie ist in Dunchar.«

In Dunchar mit ihrem Liebhaber McNaghten. Eine unsichtbare Faust drückte MacGregors Brust zusammen. Er würde ihr nicht nachjagen wie ein liebeskrankes Kalb. »Lass sie dort verrotten.«

»Aber ist ist deine Frau, *mon ami*«, sagte Hubert, die Augenbrauen besorgt angehoben.

»Daran hätte sie früher denken sollen.« MacGregor leerte seinen Kelch in einem Zug und gab dem Pagen, der hinter seinem Stuhl stand, ein Zeichen. »Mehr Wein, Junge. Und beeil dich.«

Zwei Stunden später streichelte Hubert de Valonis den kratzigen Kopf einer Jagdhündin und beugte sich herunter, um die Welpen, die an ihren Zitzen saugten, zu betrachten. Er nahm den größten, einen gescheckten, und hielt den warmen Köper in seiner Handfläche; er bemerkte die intelligent suchende Nase und die kräftigen Gliedmaßen. Während er das tat, warf er seinem Freund einen verstohlenen Blick zu. MacGregors Augen loderten noch immer, auch wenn er mehr als nur ein wenig betrunken war, und der Franzose wusste, es bräuchte mehr als einige Karaffen Wein, um dieses Feuer zu löschen.

»Das ist ein schöner Hund, Alex. Ich suche nach einem Welpen, der Hector ersetzen kann. Er wurde letzten Monat von einem Wildschwein zu Tode getrampelt.«

»Tut mir leid, das zu hören.« MacGregor nahm noch einen Schluck Wein. »Du kannst dir einen aussuchen, wenn sie entwöhnt sind.« In der Ecke des Zimmers beendete der Harfenspieler den Reigen, den er gespielt hatte, und schlug die ersten traurigen Töne eines Liedes von den Inseln an. MacGregor grunzte und warf einen Stiefel nach ihm. »Um Himmels willen, Mann, spiel etwas Lebhafteres. Oder noch besser, verschwinde!« Er sah dem Barden nach, wie dieser dankbar aus dem Zimmer schlich. »Verdammter Narr.«

Hubert setzte den Welpen zurück an die Zitze seiner Mutter. »Du solltest deinen Ärger nicht an der Dienerschaft auslassen, *mon ami.*«

MacGregor stierte den Franzosen an. »Ich habe dich nicht nach deiner Meinung gefragt.«

»Das hast du nicht. Aber dafür sind Freunde da.« Hubert erwiderte den Blick kühl. »Ich weiß nicht, warum du dir nicht eingestehen kannst, dass du sie liebst.«

»Wen?«

»Deine Frau natürlich.«

»Liebe! Ha!« MacGregor warf den Kopf zurück und lachte, doch es klang gezwungen. »Du träumst, Hubert.«

»Das denke ich nicht. Sie hat etwas an sich, das einem Mann unter die Haut geht.«

»Und du musst es ja wissen, nicht wahr?« In MacGregors Augen lag ein barbarisches Funkeln, als er seinen Freund ansah. »Ich habe die Nacht, in der ich euch beide in deinen Gemächern überrascht habe, nicht vergessen.«

»Der Schluss, den du daraus ziehst, ist absolut falsch.«

»Das glaube ich nicht«, zischte MacGregor.

»Ich habe sie niemals angerührt.« Huberts Augen wurden schmal. »Ich hatte bereits eine andere Verabredung für diesen Abend, und ganz abgesehen davon,« er zögerte und wusste, dass seine nächsten Worte die Wut seines Freundes nur befeuern würden, »hast du sie nicht in einem Zustand zurückgelassen, in dem sie einen anderen Mann an sich herangelassen hätte. Deine brutale Art hat sie für jeden anderen Mann verdorben. Das ist nicht die Weise, wie man eine Frau wie Blanche gewinnt.«

MacGregor sprang auf und packte Hubert an der Tunika. »Und woher willst du das wissen?«, knurrte er. »So wie ich gehört habe, sind Jungen mehr nach deinem Geschmack.«

»Lass mich los, oder du wirst es bereuen.«

»Was zum Teufel geht hier vor?«

Beide wandten sich um und sahen zur Tür. »Margaret.« MacGregors Stimme klang müde, als er sich aufrichtete, den Franzosen losließ und sich wieder in seinen Sessel fallen ließ. »Was verschafft uns das Vergnügen?«

»Ich dachte mir, ich komme dich besuchen. Und gerade habe ich von deinem ... Unglück gehört. Die ganze Burg ist deswegen in heller Aufregung.«

»Ist Blanche wirklich fort, Alex?«, fragte Jamie. Er stand hinter seiner Schwester, wurde aber mutiger, als er sah, wie

MacGregor in seinem Sessel zusammensank. Niemand beantwortete seine Frage.

»Ich kann nicht behaupten, dass diese Nachricht mich sonderlich überrascht.« Margaret legte ihrem ehemaligen Liebhaber die Hand auf die Schulter. »Ich bin nur überrascht, dass diese Frau so lange hiergeblieben ist. Was hast du jetzt vor, Alex? Falls ich dir irgendwie behilflich sein kann …«

Hubert runzelte die Stirn. »Wollt Ihr wirklich helfen, *chérie?* Das kann ich mir nur schwerlich vorstellen. So wie ich Euch kenne, seid Ihr nur hier, um Euch an Eurer Schadenfreude zu ergötzen.«

Margaret errötete. »Falls Ihr beleidigend sein wollt, werde ich gehen und euch beide morgen früh wiedersehen, wenn Ihr Euch wieder zivilisiert zu benehmen wisst.« Sie warf MacGregor einen beschwörenden Blick zu in der Hoffnung, dass er sie bitten würde zu bleiben. Als er das nicht tat, stolzierte sie zur Tür hinaus und ließ die beiden Männer und den Jungen allein im Zimmer zurück.

Jamie machte es sich in einem der Sessel bequem. »Dunchar ist nicht weit entfernt, nicht wahr?«

Hubert sah, wie sich ein Schatten auf das Gesicht seines Freundes legte, und er beeilte sich, das Gespräch auf etwas anderes zu lenken. »Schau mal, Jamie, was hältst du von den neuen Welpen?« Er ging zu dem Korb und nahm eines der flauschigen Bündel heraus. »Der hier ist eine wahre Schönheit, *non?*«

Jamie sah ohne jede Begeisterung den Welpen an und ließ sich nicht von seinem ursprünglichen Thema abbringen. »Willst du sie nicht wieder zurückholen, Alex?«

MacGregor verzog das Gesicht. »Lass es gut sein, Junge.«

»Ich würde sie zurückholen«, seufzte Jamie. »Wenn sie meine Frau wäre, würde ich sie nicht einen Moment aus den Augen lassen.« Hubert warf dem Jungen einen warnenden

Blick zu. Aber es war zu spät. MacGregor beugte sich in seinem Sessel vor.

»Aye. Ich vergaß ja. Du warst ihr Liebhaber, nicht wahr?«

»Nay.« Jamie errötete. »Sie ließ es nicht zu. Sie sagte, ich sollte auf das richtige Mädchen warten.«

»Du hast nie mit ihr geschlafen?«

»Das sagte ich doch bereits, oder?« Er sah MacGregor mit gerunzelter Stirn an. »Hat Margaret behauptet, dass ich es getan hätte?« Er zuckte mit den Achseln. »Das wundert mich nicht. Sie ist sehr eifersüchtig.«

»Das stimmt allerdings.« Es war Hubert, der gesprochen hatte, und MacGregor wusste, er dachte an die Nacht, als er Blanche vor Margarets Ausschweifungen gerettet hatte. Die Erinnerung brachte ihren Anblick zu ihm zurück, wie sie ausgestreckt auf dem Tisch lag, besprenkelt mit Wein und Honig, ihre schönen, grünen Augen schwer von Verlangen. MacGregor lehnte sich zurück und schloss die Augen.

»Es macht keinen Unterschied mehr«, sagte er.

Kapitel 11

Rory saß in der Sonne und schärfte sein Schwert; die Wärme brannte auf seine Brust und lockerte seine Verspannungen. Es war nun zwei Wochen her, dass er Blanche zurück nach Dunchar gebracht hatte, aber sie war noch immer zu wütend, um richtig mit ihm zu sprechen. Er hatte geglaubt, dass sie nach ein paar Tagen wieder zu Sinnen kommen würde, aber dem war nicht so. Hartnäckig bestand sie darauf, wieder nach Killaird zurückkehren zu wollen. Der Gedanke, dass sie MacGregor ihm vorzog, schmerzte Rory und machte ihn zugleich wütend. Seine Cousine war wirklich die verdrehteste Frau, die er jemals getroffen hatte. Ihre Stimmungsschwankungen waren so unstet wie ein Wetterhahn, und er fühlte sich allmählich wie ein alter Mann. Er versuchte, seine Sorgen unter dem vertrauten Surren des Wetzsteins auf der Klinge und der Sonne, die auf seiner Haut brannte, zu vergessen.

»Da kommen Reiter!« Rory sprang auf, als er den Ruf vom Wachturm hörte. Also war MacGregor schließlich doch gekommen, um seine Frau zu holen. Es hatte länger gedauert, als Rory erwartet hatte. Er wollte gerade den Befehl geben, die Tore zu schließen, als der Mann noch etwas rief: »Sie haben eine Kutsche bei sich.« Rory runzelte die Stirn. Eine Kampftruppe würde keine Frau mitbringen. Als der erste Reiter den Burghof erreichte, stand Rory mit seinen Männern bereit, mit gezogenem Schwert und auf Ärger gefasst. Vier Reiter folgten dem ersten; in ihrer Mitte befand sich eine reich geschmückte Kutsche, die schaukelte und schließlich vor ihm hielt. Für einen Moment geschah nichts, dann erschien eine juwelengeschmückte Hand und teilte die Vorhänge, und eine Frau trat heraus. Rorys Augen wurden groß, als er die üppige Figur und das silberfarbene Haar von Margaret Cameron erkannte. Er hatte sie nur einmal gesehen, auf der Hochzeit, und noch nie mit ihr gesprochen. Er richtete sich zu voller Größe auf und legte die Hand auf den Griff seines Schwertes, als sie auf ihn zukam.

»Seid gegrüßt, McNaghten.« Ihre Stimme war so voll und verlockend wie ihre Figur. »Ich habe Euch eine Nachricht von Killaird mitgebracht.«

Er verbeugte sich steif. »Wie Ihr sehen könnt, Mylady, habt Ihr uns überrascht.« Er bemerkte, wie ihr Blick über seinen nackten Rumpf glitt und spürte, wie sich etwas in ihm regte. »Es ist fast Essenszeit. Wir werden erst gemeinsam speisen und später reden, wenn Ihr einverstanden seid. Meine Männer werden Euch zeigen, wo Ihr die Pferde unterstellen könnt.«

Kurze Zeit später beobachtete Margaret Cameron, wie Rory McNaghtens große Finger ein Kapaunbein vom Braten abrissen und wie er hineinbiss. Der Anblick gefiel ihr, und sie sah sich gezwungen, diesen Mann mit ganz neuen Augen zu betrachten. Auch wenn sie ihn bereits gesehen hatte, als er gekommen war, um Blanche einzufordern, und später noch einmal auf der Hochzeit, war sie damals zu besessen von ihrer Eifersucht gewesen, um ihn wirklich wahrzunehmen. Aber jetzt bemerkte sie ihn. Er dominierte den Saal mit seiner Präsenz auf eine Art und Weise, die ihr den Mund trocken werden ließ. Sie betrachtete seine beeindruckenden Gesichtszüge und fragte sich, wie es sich anfühlen würde, den rotgoldenen Bart zwischen ihren Schenkeln zu spüren. Sie erbebte und wandte ihre Aufmerksamkeit wieder dem eigentlichen Thema zu.

»Wird Mylady MacGregor uns Gesellschaft leisten?«

»Nay.« Die Antwort war knapp und seine Miene kühl.

Margaret zuckte mit den Achseln. »Um die Wahrheit zu sagen, ich kann es ihr nicht einmal verübeln.« Sie verspürte den ungewohnten Drang, den Mann zu besänftigen und ihn dazu zu bringen, sich für sie zu erwärmen. »Zwischen uns gab es einiges böses Blut.«

»Das glaube ich. Wie lautet die Nachricht ihres Ehemannes?«

Margaret senkte den Blick, um ihren Triumph zu verbergen. »Er wird nicht kommen, um sie zu holen. Ich habe einige ihrer persönlichen Dinge mitgebracht. Juwelen und Kleidung.«

McNaghten lehnte sich in seinem Stuhl zurück. »Dann ist es also vorbei.« Seine Stimme war bewusst leise, sodass die Leute an der übrigen Tafel sie nicht hören konnten.

»Es scheint so.« Sie nahm eine Birne und biss hinein, dann, ohne sich darüber Gedanken zu machen, sagte sie: »Seid ihr ineinander verliebt?« McNaghten starrte sie an, und ein Tropfen Saft floss aus ihrem Mundwinkel ihr Kinn hinab. Sie wischte sich mit dem Handrücken darüber und errötete. »Verzeiht mir. Das war eine unverschämte Frage.« Ihre eigene Demut erstaunte sie selbst.

»Seid Ihr und MacGregor noch immer Liebende?« McNaghten erwiderte ihre Frage auf die gleiche direkte Weise. Es überraschte sie. Als sie nicht antwortete, setzte er die Befragung dennoch fort. »Ihr wart gegen die Heirat.«

»Das kann ich nicht leugnen. Alex und ich waren einander versprochen, seit wir Kinder waren. Ich habe ihn geliebt.«

»Und jetzt?«

»Jetzt –«, sie zögerte, ehe sie antwortete. »Jetzt liebt er seine Frau.« Schlussendlich hatte sie die Wahrheit anerkennen müssen. Sie konnte nicht leugnen, dass Blanches Verschwinden jegliches Feuer in MacGregors Augen zum Erlöschen gebracht hatte. Sein ausdrucksloses, nahezu versteinertes Gesicht hatte sie schockiert, als sie in Killaird angekommen war. Sie sah McNaghten an, dass ihn ihre Antwort ebenso schockierte. »Ich bezweifle, dass er es sich selbst bisher eingestanden hat. Ich kenne ihn schon seit langer Zeit.« Sie richtete sich auf. »Ich habe Eure Frage beantwortet, nun beantwortet mir meine. Liebt Blanche Euch?«

Er schwieg, ehe er ihr antwortete. »Das tut sie nicht.« In seiner Stimme lag Resignation. »Um ehrlich zu sein, ich habe sie entführt.«

Margaret starrte ihn an, und begann dann ob der absurden Situation zu lachen. »Um Himmels willen! Was für eine Verwirrung.«

»Ich verstehe den Scherz nicht.« McNaghten starrte sie düster an.

»Nicht? MacGregor denkt, sie wäre mit Euch fortgelaufen und wäre von Killaird geflüchtet.« Ein weiteres Lachen steckte ihr in der Kehle, und sie konnte es einfach nicht aufhalten. Köpfe wandten sich zu ihr um.

»Hört auf.« McNaghten packte ihre Handgelenke und brachte sie damit schlagartig wieder zur Vernunft. Sie sah auf seine großen Finger um ihren Arm, und Wärme stieg in ihr auf. McNaghten starrte auf seine Hand auf ihrem Gelenk und bewunderte die fast durchscheinende Beschaffenheit ihrer Haut; sein Daumen strich darüber. Dann wurde er rot und ließ ihren Arm los. »Vergebt mir.«

Margaret war verblüfft. Entschuldigte er sich dafür, dass er sie gepackt hatte, oder für das unbesonnene Streicheln? Trotz seiner Größe hatte er eine Zärtlichkeit an sich, die ihren innersten weiblichen Kern berührte. Es war lange her, seit sie einen Mann getroffen hatte, dem sie sich so sehnsüchtig hingeben wollte. Dieser letzte Mann war MacGregor gewesen. Ihr kam ein Gedanke. »Wäre es möglich, dass ich heute Nacht Eure Gastfreundschaft in Anspruch nehme? Ich bin müde, und die Vorstellung, direkt nach Killaird zurückzureiten, widerstrebt mir.«

Er sah sie mit erhobenen Augenbrauen an. Sie wussten beide, dass sie es leicht bis Einbruch der Nacht zurückschaffen konnte, selbst wenn sie erst in ein oder zwei Stunden abreiste. Doch seine guten Manieren hielten ihn davon ab, es laut auszusprechen. »Natürlich. Ich werde Euch ein Zimmer vorbereiten lassen.«

»Ich möchte Euch keine Umstände bereiten.« Sie schluckte. »Warum teile ich nicht das Zimmer mit Euch?«

McNaghten setzte sich auf und sah sie an. »Angesichts der Situation wäre das keine gute Idee, Mylady.« Er stand auf, um einen Diener zu rufen, und Margaret verstand, was für einen Fehler sie gemacht hatte. Diesem Mann konnte sie nicht mit ihrer üblichen direkten Art näherkommen, sein Stolz ließ das nicht zu. Das Wissen beschämte und faszinierte sie zugleich.

Ein Mann näherte sich dem Podest. Margaret erkannte an seiner Kleidung, dass er kein normaler Diener war, sondern einer, der im Haushalt einen gewissen Stand hatte. Seine Augen betrachteten sie so offen, dass es schon an Unverschämtheit grenzte.

»Maxwell.« Rory nickte dem Aufseher von Dunchar zu. »Bereite Lady Cameron ein Zimmer vor.« Er hielt einen Moment lang inne. Er konnte sie nicht in der Nähe von Blanche einquartieren. »Vielleicht das über meinem? Ihre Soldaten können in der Halle schlafen. Lasst die Pferde in den Ställen unterbringen.«

»Wie Ihr wünscht, Mylord.« Maxwell bewegte sich rückwärts durch die Halle, ohne die Augen von seinem Gast zu nehmen. »Ich werde mich sofort darum kümmern.«

Rory sah Margaret an und bemerkte, dass seine Zurückhaltung sie nicht verunsichert hatte. Andererseits war sie eine Frau, die an die Aufmerksamkeit von Männern gewöhnt sein musste. Mit einem Lächeln stand sie auf und trat ans Fenster. Das Sonnenlicht glitt über die Kurve ihrer Wangen und erleuchtete die feinen Härchen, die sich unter ihrem Schleier hervorgestohlen hatten. Rory betrachtete sie, entschlossen, nicht der Faszination zu erliegen, die er verspürte; er hatte mehr als genug willige Frauen an der Hand, genug, um bis zum Ende seines Lebens nie mehr allein zu sein.

»Wenn Ihr mit mir kommen wollt, Mylady, dann zeige ich Euch Euer Zimmer.« Er half ihr vom Podest herunter und führte sie die Hauptstufen hinauf; er bedeutete ihr, dass sie zuerst die Treppen hinaufgehen sollte. Die Treppe war uneben, und als Margaret ihren Rock anhob, um auf die schiefen Stufen zu treten, konnte Rory nicht anders als auf die winzigen Rosen zu starren, die auf ihre Strümpfe gestickt waren, und die Wölbung ihrer Waden.

»Diese Treppe ist schlecht beleuchtet, Mylord …« Kaum hatte sie die Worte über die Lippen gebracht, stolperte Margaret und verfehlte die nächste Stufe. Sie streckte die Arme aus, um ihr Gleichgewicht wiederzuerlangen, doch es war zu spät – sie fiel hart gegen Rory. Er bekam sie um die Taille zu fassen und presste die Handfläche gegen die Wand, um zu verhindern, dass sie beide hinfielen.

»Seid Ihr verletzt?«, fragte er, sobald sie wieder zu Atem gekommen war.

»Mein Knöchel …«

Rory sah im Halbdunkel Tränen in ihren Augen schimmern und wurde sich plötzlich ihrer überraschend schmalen Taille unter seinem Arm bewusst. Es schien, als würde er für einen Augenblick jegliches Denken verlieren.

»Könnt Ihr ihn belasten?«, fragte er mit Mühe.

Sie setzte den Fuß auf die Stufe, verzog aber das Gesicht und sank wieder in seine Arme. »Nay. Es tut zu sehr weh.«

Er bückte sich, um ihren Knöchel in Augenschein zu nehmen, doch durch ihren Strumpf war es unmöglich zu sehen, wie groß der Schaden wirklich war. So sehr, wie sie wimmerte, als er ihn berührte, konnte er zumindest sagen, dass sie wirklich Schmerzen litt. »Legt Eure Arme um meinen Hals. Ich werde Euch in Euer Zimmer tragen und jemanden rufen lassen, der sich um Euch kümmert.«

Margaret tat wie ihr geheißen und verschränkte die Hände hinter seinem Kopf, als er sich aufrichtete und sie anhob. Er trug sie mit Leichtigkeit über die Stufen und war sich dabei nur zu deutlich ihres Kopfes an seiner Schulter und ihrer Brüste, die sich an seinen Arm schmiegten, bewusst. Als er ihr Zimmer erreicht hatte, war er außer Atem, jedoch nicht wegen der Strapazen. Er trat die Tür auf und stöhnte. Staub wirbelte vom Boden auf und durch das Sonnenlicht, es war deutlich, dass es lange her war, seit jemand dieses Zimmer genutzt hatte. Er starrte auf die nackte Matratze und dann in Margarets Gesicht; darauf lag unzweifelhaft ein Ausdruck von Bestürzung. Ihre klaren blauen Augen blickten zu ihm empor.

»Verdammt! Ich kann Euch unter keinen Umständen hier lassen.« Rory überdachte die Möglichkeiten. Er konnte sie nicht in Blanches Zimmer bringen; es herrschte eine zu große Feindschaft zwischen den Frauen. Also blieb ihm nur eine Möglichkeit. Er brachte Margaret einen Stock tiefer und trat die Tür seines eigenen Zimmers auf. Er legte seine Last auf dem ungemachten Bett ab, und erst jetzt fiel ihm auf, wie schlampig das Zimmer tatsächlich war: Kleidung lag wild auf dem Boden und den Möbeln verstreut und ein halb angekauter Hundeknochen lag am Kamin, der noch voller Asche vom Winter war. Er arrangierte die Kissen, sodass Margaret sich bequem dagegen lehnen konnte. Heimlich nahm er sein schmuddeliges Nachthemd und warf es unter das Bett, sodass man es nicht mehr sah.

»Wie geht es Eurem Knöchel?« Verlegenheit ließ seine Stimme rau werden.

»Ich weiß es nicht. Er fühlt sich taub an.« Margaret hob ihre

Röcke an, um ihn zu untersuchen, was Rorys Augen wieder auf ihre Wade lenkte. »Könntet Ihr für mich danach sehen?«

Er beugte sich herab, um ihren Stiefel aufzuschnüren, und lockerte ihn. Der Knöchel sah ein wenig geschwollen aus. »Er ist nicht gebrochen, nur verstaucht. Ihr braucht einen kalten Wickel darum.« Er stand auf, um zur Tür zu gehen, doch Margaret rief ihn zurück.

»Mylord! Der Strumpf schnürt mich ganz furchtbar ein. Ich bitte Euch, helft mir, ihn auszuziehen.«

»Ich werde eine Kammerdienerin rufen.«

»Oh!« Margaret verzog das Gesicht vor Schmerzen. »Es tut so weh. Ich bitte Euch, Mylord. Ihr könnt Euch herumdrehen, dann ziehe ich mein Strumpfband aus, aber ich kann den Strumpf nicht selber herunterrollen.«

Rory zuckte mit den Achseln und ergab sich. Er hörte das Rascheln der Seide, als sie das Strumpfband löste, und drehte sich dann herum, um Margaret dabei zu beobachten, wie sie den Strumpf über ihr Knie schob. Sie wimmerte und fiel gegen die Kissen. Der Hinweis war eindeutig – es lag an ihm weiterzumachen. Er setzte sich auf das Bett und rollte den Strumpf über das weiße Fleisch hinab; seine Finger berührten dabei ihre Haut. Sein Schwanz rührte sich unter seinem Kilt, und stumm dankte er dafür, dass er keine Hose trug – der Effekt, den diese Frau auf ihn hatte, wäre sonst viel zu offensichtlich gewesen. Er schnürte den Stiefel vollends auf, ließ ihn zu Boden fallen und zog ihr endlich den Strumpf aus. Ihr Knöchel war ein wenig rosig und rund um den Knochen angeschwollen.

»Ich danke Euch.« Margaret löste die Nadeln aus ihrem Schleier. »Das ist teuflisch unbequem.« Sie löste das Band, das den Schleier hielt, und zupfte an dem hauchdünnen Material, doch eine starrköpfige Nadel blieb in ihrem Haar verhakt. Rory beeilte sich, ihr zu helfen, und zog an der Nadel.

»Autsch.« Margaret fasste sein Handgelenk. »Vorsichtig, um Himmels willen.« Rory wagte es, einen Blick in ihr Gesicht zu werfen, das so nah an seinem war, und sah, wie heiter sie dreinblickte. Er begann zu ahnen, dass die Situation sie nicht nur mit Entsetzen erfüllte. Wieder zog er an der Nadel, und diesmal löste sich der Schleier und mit ihm auch ihre Frisur. Ihr Haar entrollte sich wie eine schimmernde Schlange bis auf die Schultern der Frau. Er presste die Lippen aufeinander.

»Fühlt Ihr Euch wohl, Mylady?«

»Fast. Eine Sache wäre da noch.«

»Aye?«

Ihre Augen streiften seine. »Ich habe furchtbare Schmerzen, Mylord.«

»In Eurem Knöchel? Ich wollte gerade jemanden holen ...« Er verstand sie mit Absicht falsch, und der Drang zu lachen war fast so groß wie der, sie auf den schmollenden Mund zu küssen.

»Nay. Nicht in meinem Knöchel.« Sie umfasste seine Hand und zog sie an sich, schob sie zum Saum ihres Rockes und unter den Stoff. Sie drückte seine Hand auf das warme, nackte Fleisch und streichelte mit ihr weiter nach oben. »Der Schmerz liegt weiter oben. Höher.« Sie schloss die Augen, als seine Finger die Verbindung zwischen ihren Schenkeln streiften und die kitzligen Löckchen darauf fanden. Sie trug keine Unterwäsche. Rorys Schwanz war mit einem Mal vollständig hart, und er hörte auf so zu tun, als wäre er völlig unbeteiligt. Trotz der Tatsache, dass diese Frau sein Feind war – oder vielleicht sogar genau aus diesem Grund –, war er auf primitive, wilde Art von ihr angezogen.

»Gibt es etwas, das Euren Schmerz lindern könnte, Mylady?«

Margaret stöhnte und rieb die Fläche seiner Hand gegen sich. »Ich will Euch, McNaghten.« Sie schob seine Finger zwischen ihre Schamlippen und schob sie tief in sich. Er stöhnte und griff nach einer ihrer Haarsträhnen, zog ihren Mund daran zu seinem und zwang sie dann zurück ins Kissen. Sein Daumen fand das Zentrum ihres Genusses und stupste dagegen. Es war nur eine sanfte Berührung, doch sie entfachte ein sofortiges Zucken der Frau. Der satinartige Tunnel ihres Schoßes umklammerte ihn in stetem Rhythmus. »Seht Ihr, wie sehr ich Euch will?«, keuchte sie.

Rory zog seine Hand zurück, umfasste ihre Hüften und zog sie bis an den Rand des Bettes. Er platzte fast vor Verlangen, sich selbst dort zu versenken, wo seine Finger in ihr waren. Margaret tastete nach seinem Schwanz und umfasste ihn mit ihrer juwelengeschmückten Hand; sie bewunderte seinen Umfang und tastete sich dann tiefer, um den straffen Sack um seine Hoden zu massieren. Er erbebte unter ihrer Berührung.

»Bei Gott, Weib!«

Margaret lachte, umfasste wieder den Schaft seines Schwanzes und dirigierte ihn zwischen die Lippen ihres Schoßes. Rory schloss die Augen und glitt in sie hinein. Margaret schnurrte und wand sich vor Vergnügen, sie schob sich weiter auf ihn, während er die weichen Halbkugeln ihres Hinterns packte und sie anhob, um sie noch tiefer auf sich stoßen zu können. Noch nie hatte er solch ein rohes Drängen erlebt, den Höhepunkt zu erreichen. Er bewegte sie auf sich, sodass ihr Kopf vor Ekstase auf das Bett fiel, er stieß mit immer größer anwachsender Stärke in sie hinein, bis er in ihr explodierte und alles, außer dem köstlichen Gefühl, das seinen Körper überschwemmte, vergaß.

Nebel umhüllte den Abhang, waberte hinab bis zur Oberfläche des Lochs und verfing sich in den Bäumen wie zerrissene Schleier, aus denen Feuchtigkeit tropfte. Die melancholische

Stimmung passte zu Blanches, als sie aus dem Fenster ihres Zimmers blickte. Zwei Tage waren vergangen, seit Margaret Cameron angekommen war, aber noch immer war niemand zu ihr gekommen, um ihr zu erzählen, welche Nachricht die Frau überbracht hatte. Wäre ihre Tür nicht abgeschlossen gewesen, sie wäre längst die Treppe hinuntergelaufen, um es selbst in Erfahrung zu bringen, aber Rory hielt sie gefangen, seit sie nach Dunchar zurückgekehrt waren. Er glaubte, dass MacGregor sie schlecht behandelt oder sie sogar verzaubert hatte. Vielleicht hatte er damit sogar recht, zumindest was die Verzauberung betraf. Trotz ihrer erbitterten Kämpfe mit MacGregor wusste sie, dass sie an seine Seite gehörte. Selbst wenn er sie dort nicht haben wollte. Je länger sie fortblieb, umso mehr würde es sein Herz gegen sie verhärten. Möglicherweise war es bereits zu spät.

Sie wirbelte herum, als der Schlüssel im Schloss ihrer Tür kratzte und sie sich öffnete.

»Na endlich! Welche Nachricht bringt Margaret?«

Ihr Cousin antwortete ihr nicht sofort, sondern zog sich einen Stuhl heran. Er streckte seine Beine aus und vermied es, sie anzusehen. »Sie hat deine Kleider und Juwelen gebracht.« Blanche sank auf das Bett. Er sah den bedauernswerten Ausdruck auf ihrem Gesicht, stand auf und packte ihre Schultern.

»Du liebst ihn, nicht wahr?«

Sie biss sich auf die Lippen und nickte. Rory wirkte heute anders als sonst. Seine Augen wirkten resigniert und auf seltsame Weise härter. Er seufzte. »Es tut mir leid, Lass. Wie üblich habe ich wieder nur aus einem Impuls heraus gehandelt, ohne darüber nachzudenken, wie es um deine Gefühle bestellt ist. Ich dachte, du liebtest mich ebenso wie ich dich.«

»Hat ... hat Margaret gesagt, wie es ihm geht?«

»Er denkt, dass du mit mir fortgelaufen bist. Was glaubst du, wie er sich fühlt?«

Blanche schlug sich die Hände vors Gesicht. »Er wird mir niemals verzeihen.«

»Nicht einmal, wenn du ihm sagst, dass es meine Schuld war?«

»Ich bezweifle, dass er mir Glauben schenken wird. Dank Margaret hält er mich für eine Hure.«

»Ich weiß. Sie war so eifersüchtig auf dich und das aus gutem Grund. Aber ...«, er schwieg für einen Augenblick, ehe er fortfuhr:

»Sie hat mir gesagt, dass MacGregor dich liebt.«

»Nay. Das glaube ich nicht.«

»Und doch willst du noch immer zu ihm zurückgehen?«

»Falls es noch nicht zu spät ist. Wirst du mich denn gehen lassen?« Hoffnung erblühte auf ihrem Gesicht.

»Natürlich.« Rory setzte sich auf das Bett und legte seinen Arm um ihre Schultern in einer fast brüderlichen Geste. »Ich hoffe, dass du mir eines Tages verzeihen kannst. Ich konnte mich einfach nicht an den Gedanken gewöhnen, dass du heiraten würdest.«

Blanche drückte seine Hand. »Ich habe dir bereits vergeben. Ich weiß, dass du es aus den richtigen Gründen getan hast und nur mein Bestes wolltest.«

»Möchtest du, dass ich dich nach Killaird begleite?«

»Nay. Ich denke, es ist besser, wenn ich alleine gehe.« Ihr kam ein Gedanke. »Aber wird Margaret nicht zurückkehren? Ich könnte in ihrer Begleitung reisen.«

»Lady Cameron hat sich am Knöchel verletzt. Ich habe sie eingeladen, für eine Weile hier zu bleiben, bis sie sich erholt hat.« Er wich ihrem Blick mit Absicht aus.

Blanches Augen suchten seine und wurden dann groß, als er schwieg. »Du – und Margaret?«

Rory hob eine Braue. »Aye. Wieso sollte dich das überraschen?« Er konnte die Belustigung in seiner Stimme nicht verbergen. »Oder bist du etwa eifersüchtig?«

Blanche lachte erstaunt auf. »Um ehrlich zu sein, ein bisschen. Du und sie, ihr scheint nicht die perfekte Wahl füreinander zu sein.«

»Vielleicht ist das der Grund für unsere Zuneigung.«

»Du hast dich recht schnell von deinem gebrochenen Herzen erholt.« In Blanches Stimme lag eine bittere Spitze.

Rory wurde ernst. »Ein Mann kann nicht ewig warten.«

»Ich ziehe dich doch nur auf, Cousin.« Sie nahm seine große Hand in ihre. »Sag mir, wann kann ich abreisen?«

Es sollte noch einige Stunden dauern, bis Blanches Geleit vorbereitet war, und so war es später Nachmittag, als der kleine Tross Dunchar verließ. Sowohl Rory als auch Margaret versuchten sie zu überzeugen, bis zum Morgen zu warten. Doch Blanche bestand darauf, sofort loszureiten, aus Angst, dass jede Stunde, die sie noch wartete, den letzten Nagel im Sarg ihrer Liebe bedeuten könnte. Sie ritten schnell der Nacht entgegen und erreichten Killaird mit den letzten Lichtstrahlen, die aus dem Himmel krochen. Blanche zügelte Alouette und betrachtete die Silhouette der Burg. Sie wirkte wie MacGregor selbst: dunkel, eigenwillig und abweisend. Würde es ihr gelingen, die Mauern zu erstürmen? Sie trieb die Stute vorwärts, und als sie sich der Burg näherte, sah sie, dass die Tore noch offen waren. Sie hielt abermals an, als eine Gruppe von Reitern aus der gegenüberliegenden Lichtung geritten kam; ihre Hunde rannten vor ihnen her und purzelten übermüdet von der Jagd übereinander. Die Reiter zügelten grob ihre Pferde, als sie Blanche und ihre Eskorte bemerkten, sodass die Hunde bellten und verwirrt umherliefen. Blanche musterte die Gruppe und erkannte sofort MacGregor, der auf dem

Rücken von Raven alle anderen überragte. Die Jagdgesellschaft starrte sie an, die Hände an ihren Waffen, und versuchte noch herauszufinden, ob sie Freund oder Feind waren. Blanche schob ihre Kapuze zurück, und obwohl sie zu weit entfernt war, um das Gesicht ihres Ehemannes deutlich zu erkennen, sah sie, wie er sich im Sattel aufrichtete. Sie ritt näher, bis sie seine vertrauten, überheblichen Gesichtszüge ausmachen konnte. Es lag kein Gefühl in ihnen, sein Gesicht war so ausdruckslos wie das einer Leiche. Als ihre Männer die Jagdgesellschaft erreichten, wirbelte MacGregor Raven herum und galoppierte durch die Tore der Burg. Blanche folgte ihm.

Oben, in der privaten Atmosphäre des Zimmers, das sie miteinander geteilt hatten, zog MacGregor seinen Umhang aus. Er hatte kein Wort gesagt oder sie angesehen, seit sie die Burg betreten hatten. Unsicher stand sie in der Tür und versuchte die richtigen Worte zu finden, die die Barrieren zwischen ihnen niederreißen könnten. Während sie noch mit sich selbst rang, trat er an den Fensterschlitz und starrte in den schwarzen Himmel.

»Was verschafft mir das Vergnügen, Madame? Hatte dein Liebhaber genug von dir?«

Sie schluckte. »Ich wollte nach Hause.«

MacGregor richtete sich auf, aber er drehte sich noch immer nicht zu ihr um. »Ich habe nicht vor, dein ständiges Kommen und Gehen zu tolerieren, wann immer es dir gerade beliebt. Ich schlage vor, du kehrst nach Dunchar zurück.«

»Aber ich wollte gar nicht von hier fortgehen. Rory hat mich entführt.«

Jetzt drehte ihr Mann sich zu ihr um. »Das kann ich mir nicht vorstellen.«

»Es ist die Wahrheit.«

»Der Zeitpunkt war zu passend, Mylady. Der Streit, den wir hatten –«

»– war nicht schlimmer als die anderen. Bitte, glaub mir, Alex. Mein Platz ist bei dir.«

»Ich will nicht, dass du bleibst, nur weil es deine Pflicht ist.« Er spie das Wort Pflicht förmlich aus.

»Willst du denn, dass ich bleibe?« Sie kam näher und merkte, dass seine Maske der Gleichgültigkeit erste Risse bekam. »Was willst du von mir?« Er starrte sie lange an, auf seinem Gesicht kämpften Stolz und Verlangen miteinander, ehe die Sehnsucht schließlich gewann und er sie in seine Arme zog. Sie lehnte sich an ihn und genoss das Gefühl seines Mundes unter ihrem und das Gefühl seiner Lippen, die nachgaben und dann ihre suchten.

»Blanche.« Er vergrub das Gesicht in ihre Halsbeuge und zog sie eng an sich, sodass sie seine härter werdende Männlichkeit an ihren Röcken fühlte. Er löste ihren Umhang und ließ ihn zu Boden fallen; dann nahm sie ihre Kopfbedeckung mit zitternden Fingern selbst ab und zog die Nadeln, die ihr Haar hielten, heraus, bis es bis zu ihren Hüften herabfiel. Er fuhr mit seinen Fingern hindurch und umfasste ihr Gesicht für einen weiteren, verzehrenden Kuss, bis sie vor Verlangen ganz benommen war. Stumm drehte er sie um und begann die Verschnürung auf der Rückseite ihres Gewandes zu öffnen. Er schob den Samt von ihren Schultern und teilte ihr Haar in der Mitte, um ihren Nacken küssen zu können, direkt unter dem Haaransatz. Sie zitterte und schloss die Augen, als seine Lippen tiefer wanderten, jeden einzelnen ihrer Rückenwirbel küssten, ehe er seine Aufmerksamkeit ihren Schulterblättern zuwandte. Sie lehnte sich schwach gegen ihn, und er griff um sie herum, um ihre Brüste mit seinen Händen zu umfassen; er neckte ihre Nippel und erkundete jede Kurve und Vertiefung ihres Oberkörpers. Er schob ihr Kleid so tief wie möglich, bis es von ihrem Gürtel aufgehalten wurde. Seine Hände glitten über ihren Rock, über die Konturen ihrer Hüften und Schenkel durch den Stoff hindurch, und schließlich fand er die weiche Stelle zwischen ihren Beinen. Selbst durch den Rock und die Unterwäsche hindurch entfachte seine Berührung ihr Blut, als wären alle Nervenenden ihres Körpers an der Stelle versammelt, die seine Finger gerade berührten.

Er streichelte sie eine Weile durch ihren Rock hindurch und zog ihn schließlich hoch, bis ihre bestrumpften Beine und die warme Haut oberhalb des Strumpfbandes entblößt waren. Jetzt ließ sie sich ganz in seine Arme sinken und gab sich jedem Streicheln hin; den Effekt spürte sie zwischen ihren Beinen. Er küsste ihren Hals, das Ohrläppchen und ihren Kiefer, und sie zelebrierte das Prickeln, das sein unrasiertes Kinn bei ihr auslöste. Er bewegte sich rückwärts und zog sie mit sich auf einen Sessel, ohne aufzuhören, ihren Hals mit seinen Lippen zu streicheln oder ihre Schenkel mit seinen Händen zu berühren. Sie saß auf seinem Schoß, den Rücken ihm zugewandt, und griff hinter sich, um an seinem Haar zu ziehen; sie sehnte sich danach, ihn in sich zu spüren, ihr ganzer Körper war ein brodelndes Meer aus Verlangen. Seine Hände strichen in Richtung ihres Schoßes, der durch seinen Schenkel emporgehobenen wurde, und seine Fingerspitzen glitten über ihre feuchte Unterhose. Blanche stöhnte und bäumte sich ihm entgegen; sie wand sich, um ihm zu helfen, als er ihr Höschen nahm und es ihr auszog. Er hob sein Bein etwas mehr an, bis ihre Spalte aufklaffte, und schob einen Finger in sie hinein. Sie glaubte, sich aufzulösen, sich weiter auszudehnen, und wusste, dass ihr Eingang seinem suchenden Finger keinen Widerstand bieten würde. Der Finger war tief in ihr vergraben, ein anderer rieb an ihrer Klitoris und glitt über den feuchten Knopf, badete in ihrer Hitze und Nässe. Blanche spürte einen Schauer aus Lust, und sie schrie auf – halb war es ein

Schluchzen, halb ein Lachen, angesichts der Macht ihrer Gefühle. Ihre Reaktion berührte ihn.

»Bei Gott, Weib. Ich will dich so sehr.« Seine Worte waren nur ein Knurren an ihrem Ohr, und sie genügten, um sie den Hang hinabzustoßen, und sie rutschte, fiel unaufhaltsam auf ihren Orgasmus zu. Sie ließ sich vollkommen gehen, ließ sich vollständig fallen, und als sie ihren Höhepunkt erreichte, erschütterte er sie so sehr, dass sie keine Worte dafür fand und ihr Körper von Kopf bis Fuß erbebte. Als sie langsam wieder zu sich kam, spürte sie seine Männlichkeit, die lang und hart gegen ihren Hintern drückte. Sie stand auf und drehte sich herum, dann zog sie ihn an sich, damit er an ihren Brüsten saugte. Er umfasste sie mit seinen Händen, nahm sie in den Mund, um von ihnen zu trinken, als wären sie kostbare Kelche. Seine Zunge glitt über ihre Nippel, sein Mund zupfte an ihnen und neckte sie, bis Blanche glaubte, es nicht länger aushalten zu können. Sie schob ihn weg und beugte sich herab, um seine Tunika aufzuschnüren. Sie zog das wattierte Kleidungsstück von seiner Brust und fuhr mit der Zunge durch die Locken darauf; sie küsste die pochenden Nippel und knabberte an den winzigen Erhebungen mit ihren Zähnen, bis er knurrte und sie wieder auf seine Knie zog, diesmal so, dass sie ihm ins Gesicht sehen konnte. Ihre Spalte presste sich gegen seinen Schritt. Der gebieterische Druck seiner Erektion verursachte ihr blaue Flecken, sodass sie sich gezwungen sah, hinunterzugreifen und seine Männlichkeit aus der Hose zu befreien. Sie richtete sich zwischen ihnen auf, hart und mit einer winzigen Perle aus Feuchtigkeit auf der Spitze. Sie bückte sich, um einen Kuss darauf zu setzen, und MacGregor stöhnte und lehnte sich im Sessel zurück. Als sie seine Reaktion sah, glitt sie von seinem Schoß auf die Knie und nahm seinen Penis in ihre Hände. Es fühlte sich so gut an. Sie streichelte seine Hoden, spürte, wie sie sich zusammenzogen und sich unter ihrer Berührung kräuselten. Sie glitt mit den Fingern über seinen Schaft, der zitterte, als frisches Blut in ihn hineinschoss. Mit ihrer Zunge kostete sie die weiche Haut seiner Eichel, die so fest war wie eine reife Pflaume, und saugte sanft an ihr. MacGregor bäumte sich ihr entgegen, und sie nahm ihn tief in sich auf, ließ sich Zeit, beruhigte das fiebrige Fleisch mit ihrem Speichel und ließ seine empfindlichste Stelle die weiche Haut innerhalb ihres Mundes spüren. Sie ließ ihn frei und fuhr mit der Zunge über seinen Penis, sehr langsam, von der Wurzel bis zur Spitze. Sie stupste gegen den kleinen Schlitz auf der Spitze, ehe sie wieder an der Wurzel begann. Sie leckte ihn mit langen genießerischen Zügen, wieder und wieder. Als sie glaubte, dass er bereit für sie war, kletterte sie auf seinen Schoß. Er öffnete die Augen, um sie anzusehen, und sie spürte eine Woge von Triumph; sein Blick war verhangen vor der Macht seiner Gefühle, und fast war es so, als könnte sie bis in seine Seele blicken. Er küsste sie, während sie sich auf ihn hockte, knetete ihre Hüften und den Hintern und hob sie an, auf seinen erigierten Penis. Sie packte ihn mit einer Hand und ließ seine Eichel zwischen ihre Schamlippen gleiten, rieb sie über ihre Klitoris und bedeckte sie mit ihrer Feuchtigkeit. Er schob seine Zunge gegen ihre, hielt ihr Gesicht zwischen seinen Händen gefangen, sodass sie sich ihm nicht mehr entziehen konnte. Sie ließ ihn ganz in sich gleiten, bis sie auf seinem Schoß saß und er völlig umschlossen war. Er stöhnte und packte ihre Hüften fester, und sie rieb sich mit animalischem Genuss gegen die nackte Haut seiner Brust. Er biss in ihr Kinn und knabberte an ihren Lippen, während sie sich auf ihm bewegte, jeden Moment genießend und absichtlich langsam; sie spürte, wie er in ihren Bauch stieß und umklammerte jeden Zentimeter von ihm in ihrer intimen Umarmung. Ihre Augen fanden sich und versanken ineinander, ihre Münder folgten, gierig und unersättlich nach dem Geschmack des anderen. Sie fuhr mit ihren Bewegungen fort, doch nur ein wenig, presste ihn mit ihrer Spalte zusammen und fühlte, wie er erbebte und härter in ihr wurde, als sie sich an- und dann wieder entspannte. Sie konzentrierte sich darauf, jeden Tropfen des sinnlichen Vergnügens aus dem Mann unter ihr herauszuholen. Ihr eigenes Verlangen stieg wieder an, um dem seinen zu begegnen.

Zu ihrer Überraschung presste MacGregor sie an sich und stand auf; hielt sie so auf sich. Er trug sie zu dem hohen, mit einem Baldachin versehenen Bett und legte sie darauf, ohne sich aus ihr herauszuziehen. Er küsste sie mit einer Intensität, die sie atemlos machte. Dann bewegte er sich in ihr mit langen, langsamen Stößen. Nun war es an ihr, den Rhythmus eines anderen aufgezwungen zu bekommen, und sie hatte das Gefühl, dass Flammenzungen an ihr leckten und ihre Gliedmaßen in Honig verwandelten. Sie wollte ihn tiefer in sich spüren, daher hob sie die Knie an und erlaubte es ihm, tiefer in sie einzudringen. Sie betrachtete sein wildes, dunkles Gesicht unter halb geschlossenen Lidern. Lustvolle Blitze schossen durch ihren Körper, wie ein Sommergewitter. Sie wollte von ihm verzehrt werden, und gleichzeitig wünschte sie sich, von ihm erfüllt und befriedigt zu werden. Sie wollte ihn für immer in sich behalten. Seine Leidenschaft hatte ihren Höhepunkt erreicht, und er hob sie vom Bett, um sie in seinen Armen zu wiegen, ehe er wieder in sie hineintauchte. Sie öffnete sich ihm völlig unter seinen Stößen, alle ihre Gefühlsbarrieren waren fort, und sie schwebte, wie es schien, eine Ewigkeit lang, nur aufrechtgehalten von ihrem Verlangen, an ihn gebunden durch seine Augen und seinen Penis, bis sie schließlich spürte, wie ihre Bauchmuskeln sich anspannten und ihr Geschlecht enger wurde. Er stieß mit einem letzten heiseren Schrei in sie, und sie schloss die Augen, als ihre eigene Erlösung durch ihren Körper zuckte.

Danach rollten sie auseinander, um wieder zu Atem zu

kommen. MacGregor starrte an die Decke, benommen von seinem Höhepunkt und den unvertrauten Gefühlen, die ihn noch immer festhielten. Als Blanche ein letztes Mal gezuckt hatte, war er von einer Zärtlichkeit überwältigt worden, die er so noch nie zuvor verspürt hatte. Es war, als würde sich unter seinen Füßen ein Abgrund auftun, und er drohte, ins Ungewisse zu fallen. Er war nicht gewillt, sich dem einfach so zu überlassen, und er kroch unter die Decke und drehte der Frau an seiner Seite den Rücken zu.

Enttäuscht streckte Blanche ihre Hand aus, als wollte sie seine Schulter berühren, doch dann zögerte sie und zog sie langsam zurück; sie lauschte auf seinen Atem, der langsam gleichmäßiger wurde und schließlich zeigte, dass er schlief. Sie blinzelte die Tränen fort. Gerade als sie das Gefühl hatte, dass sie seine Barrieren aus Misstrauen und Feindschaft niedergerissen hatte, wies er sie wieder zurück. Auch wenn ihr Liebesspiel unglaublich intensiv gewesen war, hatte er kein einziges Wort der Liebe zu ihr gesagt. Als sie sicher war, dass er schlief, setzte Blanche sich auf und schwang ihre Beine über den Bettrand; sie brauchte frische Luft. Sie fand ihre Schuhe und wickelte sich in ihren Hausmantel, ehe sie in den Flur hinaustrat. Die durchdringende Stille der Nacht hüllte die Burg ein. Blanche zögerte. Sie konnte nicht hinauf zu den Zinnen, da sich dort die Nachtwache aufhielt, aber vielleicht konnte sie hinunter in den Burghof gehen? Sie musste einfach hinaus und etwas Freiraum haben. Zum Glück war der Wachraum leer, als sie dort ankam. Sie ging hindurch, stolperte dabei aber, fiel hart auf den Boden und versuchte sich abzurollen. »Was um –« Der Mann, über dessen Beine sie gefallen war, packte ihren Arm und drehte ihr Gesicht ins Mondlicht. Blanches Augen wurden groß, und sie riss den Mund auf, um zu schreien, aber McDougal presste ihr die Hand auf den Mund und zerrte sie auf die Füße. Sein pockennarbiges Gesicht näherte sich ihrem. »Schau nur an, was der Himmel mir da in den Schoß geworfen hat.« Er zog sie in Richtung Tür, und sie kämpfte den ganzen Weg gegen ihn an, biss vor lauter Angst in seine Hand. Er schlug nahezu träge mit der Faust zu, und ihre Welt explodierte in einem Regen aus Lichtern.

Blanche kämpfte sich mühsam aus der Ohnmacht und wusste, dass sie sich in furchtbarer Gefahr befand. Sie schüttelte den Kopf und merkte, dass ihre Arme über ihren Kopf hinaus ausgestreckt waren. Sie befand sich in einer Art von Nebengebäude, und angesichts des widerlichen Geruchs nahm sie an, dass es sich dabei um einen ausgedienten Zwinger handelte. Sie sah kaum etwas in der Dunkelheit. Ihre Handgelenke waren an einen Haken in einem der Balken gefesselt, und sie hatte einen Knebel im Mund, aber zumindest war sie allein. Ihre Erleichterung sollte jedoch nur wenige Sekunden anhalten; Licht flammte in einer Ecke auf, als McDougal eine Lampe entzündete; unheimliche Schatten tanzten über die Steinwände.

»Jetzt habe ich ein bisschen Licht, in dem ich arbeiten kann.« Er trat vor und stand nah bei ihr, so nah, dass sie seinen Schweiß und den Gestank seines Atems riechen konnte. »Ich will, dass du weißt, dass ich dich töten werde. Irgendwann. Aber erst werden wir etwas Spaß miteinander haben. Ich werde dich hierfür bezahlen lassen.« Er fummelte an seinem Ohr herum und deutete damit in ihre Richtung. »Nicht hübsch, was?« Blanche würgte. Der obere Teil des Ohres fehlte vollständig, das Narbengewebe war weiß und bis zum Ohrläppchen missgestaltet. Sie hatte nicht gewusst, dass Roman so nah dran gewesen war, ihn zu töten. McDougal sah ihren Gesichtsausdruck und warf ihr einen lüsternen Blick zu, ehe er an seinen Gürtel griff und etwas hervorzog, das im Licht der Lampe aufblitzte.

MacGregor lag mit offenen Augen da, sein Atem war tief, und er schimpfte sich selbst einen Narren. Wo war Blanche hingegangen? Er wusste, er selbst wäre von seiner Kälte verletzt gewesen. Er kämpfte für einen Augenblick mit seinem Gewissen, dann sprang er auf und zog seine Hose und den Umhang vom *Armoire*. Der Korridor war dunkel, und es schien, als hätte sich seine Frau einfach in Luft aufgelöst. Aber dann bemerkte er eine Bewegung durch das niedrige Fenster. Zwei Gestalten befanden sich unten im Burghof, getaucht ins silberne Mondlicht. Eine war schmal und halb lehnte sie, halb wurde sie von der anderen getragen, die viel größer war. Wut erfasste ihn. Stumm rannte er die Treppen hinunter durch den Wachraum und in die Nacht hinaus. Dort bemerkte er, dass das Liebespaar nicht auf dem Weg zu den Ställen war. Sie schlüpften in eines der verlassenen Nebengebäude. War ihre Leidenschaft so drängend? Er schüttelte den Kopf, um ihn freizubekommen. Er wollte seine Frau nicht mit Rory McNaghten erwischen; die Ehre würde es ihm gebieten, sie beide zu töten. Aber die Ehre gebot es ihm auch, sich der Wahrheit zu stellen, egal wie schmerzhaft sie auch sein mochte. Er dachte daran, wie Blanche kurz zuvor noch gegen ihn gesunken war, und knirschte mit den Zähnen. Sie war so überzeugend gewesen und hatte doch die ganze Zeit nur die Minuten gezählt, bis sie wieder mit ihrem Liebhaber vereint wäre. Das Bild von ihr in McNaghtens Armen trieb ihn an. Er schlüpfte durch die Tür.

Das Bild, das sich ihm bot, unterschied sich so sehr von dem, das er erwartet hatte, dass er einige Sekunden brauchte, bis er verstand, was da vor sich ging. Blanche war da, aber in dieser Position konnte sie unmöglich Liebe machen. Ihre Handgelenke waren gefesselt, ihr Mund mit einem Knebel verstopft, und auf ihrem Wangenknochen wuchs eine hässliche Schwellung heran. Der Mann, der vor ihr stand, war groß und muskulös gebaut, aber es war nicht McNaghten. Er drehte sich ein wenig, und MacGregor erkannte das vernarbte Gesicht von einem von Margarets Gefolgsleuten.

Er trat in den Lichtschein. »Mach sie los, McDougal.«

Der Mann wirbelte herum und sah ihn an; seine Augen blickten grimmig. Blanche sah auf. McDougal schüttelte den Kopf und grinste wölfisch, als er den Dolch fester packte. Da erst wurde MacGregor klar, dass er keine Waffe hatte, aber es war zu spät. Er zog seinen Umhang aus, damit dieser ihn nicht behinderte, und warf ihn in die Ecke. Beide Männer umkreisten einander, und Blanches Herz raste. Sie waren ähnlich groß, doch MacGregor war nicht so schwer wie McDougal. Ohne Messer war er deutlich im Nachteil. Sie erinnerte sich daran, wie McDougal gerungen hatte und stöhnte laut auf. Das Einzige, was sie davon abhielt, völlig zu verzweifeln, war der Ausdruck auf dem Gesicht ihres Mannes. Keinerlei Furcht lag darin. Seine Augen ließen seinen Gegner nicht los, als er ihn mit der Eleganz und Selbstsicherheit einer großen Katze umkreiste. McDougal brach der Schweiß aus.

»Komm schon, Mann«, forderte ihn MacGregor heraus. »Oder fehlt dir der Mumm dazu?«

Der größere Mann brüllte auf und sprang vor; MacGregor sprang im letzten Moment zur Seite, und die ausgestreckte Klinge stach ins Leere. Blanche spürte, wie die Luft von dem Schlag vibrierte. McDougal brachte sich außer Reichweite des anderen Mannes, der beschützend vor sie sprang. Ihr Herz sank ihr in die Hose, als Blanche verstand, dass MacGregor nicht nur durch sein Gewicht und die fehlende Waffe im Nachteil war, sondern auch durch seine Sorge um sie. Wenn er versuchte, sie zu beschützen, konnte es passieren, dass er selbst einer Attacke schutzlos gegenüberstand. McDougal wischte sich mit dem Arm über die Stirn und griff wieder an. Diesmal streifte er MacGregor an der Schulter und trieb ihn von Blanche weg auf die andere Seite des Raumes. Nun stand McDougal so nah bei ihr, dass sein schwerfälliger Atem in ihren Ohren rauschte. Er stellte sich hinter sie, sodass sie sich zwischen ihm und MacGregor befand, und kam immer näher. Sie zuckte zusammen, als er die Klinge an ihren Hals ansetzte und seine Hand grob über ihre Hüften wandern ließ. MacGregors Gesicht verdüsterte sich, und McDougal lachte.

»So ein hübsches Mädchen, mit dem man es treiben kann, nicht wahr?«

»Lass sie los.«

»Setz noch einen Fuß in meine Richtung, und ich schlitze ihr die Kehle auf.« McDougals Stimme war rau, und Blanche erkannte, dass er es genoss, vor MacGregors Augen mit ihr zu spielen. Vor Verzweiflung schloss sie die Augen; sie konnte es nicht ertragen, ihren Mann anzusehen.

»Ich werde dich töten, McDougal.«

»Tapfere Worte. Aber nichts als leere Drohungen. Ich sage dir, was ich tun werde, MacGregor: Ich werde sie losmachen und dann mit mir zu den Ställen nehmen. Du kannst uns ein Pferd satteln. Und dann wirst du uns von hier fortreiten lassen. Wenn du es nicht tust, töte ich sie. Falls du tust, was ich dir sage, siehst du sie vielleicht wieder. Aber ich kann es dir nicht versprechen. Ich will deinen Schwur, dass du mich nicht angreifen wirst.«

MacGregor starrte Blanches bleiches Gesicht an und war sich nicht sicher, ob sie ohnmächtig war oder nicht. Eine rosafarbene Linie zeichnete sich an der Stelle ab, an der die Klinge sich gegen das weiche Fleisch unterhalb ihres Kiefers presste. Langsam nickte er. »Du hast mein Wort.«

Blanche hörte das Versprechen und kratzte den letzten Funken Stärke und Mut zusammen für das, was sie gleich tun würde. Als McDougal den Arm hob, um ihre Fesseln durchzuschneiden, hievte sie sich selbst an ihren Handgelenken empor und warf sich mit aller Macht gegen ihn. Der unerwartete Schlag ließ McDougal taumeln, und er ließ das Messer fallen. Das war alles, was MacGregor brauchte. Er griff McDougal an und holte ihn von den Füßen. Sie rollten übereinander auf dem Boden hin und her, jeder versuchte, die Oberhand über den anderen zu gewinnen und den Dolch als Erster greifen zu können. McDougal war schwerer und drückte MacGregor schließlich zu Boden. Aber gerade als es aussah, als wäre alles aus, bäumte MacGregor sich auf und schüttelte den anderen Mann ab. Er ergriff den Dolch und stieß ihn zwischen die Rippen seines Gegners. Beide Männer erstarrten, aneinandergeklammert wie Liebende. Dann drehte MacGregor den Griff in einem barbarischen Schwung um, und Blut quoll zwischen McDougals Lippen hervor. MacGregor zog das Messer in einem tiefroten Schwall heraus und stieß den Leichnam beiseite. Er stand auf und stolperte zu Blanche. Er schnitt ihre Fesseln auf, und schluchzend fiel sie in seine Arme. »Ganz ruhig, Lassie.« Er streichelte über ihr Haar. »Lass uns hineingehen.«

Red MacGregor lauschte mit offenem Mund der Erzählung seines Sohnes, und seine Augen wanderten von seinem Sohn zu seiner Schwiegertochter und wieder zurück. Blanche saß im Sessel neben dem Feuer, wieder einmal eingehüllt in MacGregors Nerzmantel. Sie vergrub das Gesicht in dem Fell und wollte sich in der seidig weichen Textur verlieren. MacGregor musste ihn aus dem Schlamm geborgen haben, wo sie ihn vor so vielen Monaten hingeworfen hatte.

»Aber was ich nicht verstehe«, sagte der alte Mann, »ist, warum McDougal überhaupt erst so einen Groll gegen das Mädchen gehegt hat.«

»Nay, deswegen bin ich mir selbst unsicher.«

Blanche verzog das Gesicht. »Sein Ohr. Er hat einmal versucht, mich zu vergewaltigen, und ein Freund gab ihm das als Andenken.«

MacGregor sah sie neugierig an.

»Es ist fast Morgen, und wenn ich du wäre, Alexander, würde ich das Mädchen jetzt zu Bett bringen.« Der alte Mann stand auf. »Gib ihr einen meiner Schlaftränke. Ich werde jemanden schicken, der den Leichnam aus dem Zwinger entfernt.«

Erschöpft erlaubte Blanche MacGregor, sie die Treppe hinauf in ihr Zimmer zu bringen. Das Bett hatte noch immer etwas von der Wärme ihrer beiden Körper, und als sie sich ausgezogen hatte, glitt sie mit einem Seufzen unter die Decke und schloss die Augen. MacGregor sah, wie Erschöpfung und Schock im Wechsel über ihr Gesicht jagten. Sie war stärker, als sie aussah. Ihr Angriff im Zwinger war vollkommen unerwartet gekommen, aber zur rechten Zeit. Er wollte sich nicht vorstellen, was geschehen wäre, wenn sie mit McDougal davongeritten wäre. Er starrte auf das flackernde Licht der Kerze, und Erschöpfung übermannte ihn, nun, nachdem der Rausch des Adrenalins abgeebbt war. Er konnte seine Augen kaum offen halten und schwebte zu einem anderen Ort und einer anderen Zeit. Er war im Kerker von Dunchar. Er brannte von innen und spürte, wie Schweiß sich auf seiner nackten Haut sammelte und daran herablief. Das Licht einer Laterne schimmerte auf den Wänden. Laternenlicht? Wer hatte eine Laterne hierhergebracht? Kühle Lippen legten sich auf seine, und Hände streichelten seinen Körper, erweckten sein Verlangen. Sie war unter ihm, ihr Kopf flog in den Nacken, ihre Lippen öffneten sich, und ihr Haar klebte an den feuchten Kurven ihrer Brüste. Er riss die Augen auf und sah seine Frau an, nur um festzustellen, dass sie nicht schlief, sondern ihn beobachtete.

»Mir ist kalt.« Sie zitterte.

Er zog sich aus und kletterte neben sie in das Bett. Instinktiv verspannte er sich, als sie sich an ihn schmiegte, aber dann entspannte er sich angesichts des angenehmen Gefühls, Haut an Haut zu spüren. Seine Anspannung verließ seinen Körper, als der Trank seine Wirkung zeigte. Schließlich schliefen sie beide ein.

Der Gesang einer Amsel drang durch die Luft und erreichte die Ohren des Mannes im Bett. Er rührte sich und öffnete die Augen. Als er den ungewohnten Körper neben sich im Bett bemerkte, verspannte er sich, löste sich aber wieder, als er sich daran erinnerte, um wen es sich dabei handelte. Er zog seinen Arm unter dem Körper seiner Frau hervor. Seine Frau. Er betrachtete sie, während sie schlief, eine Hand unter ihr Kinn gelegt, das Gesicht völlig offen und sorglos. Ihre Wimpern bewegten sich im Traum auf ihren geröteten Wangen, und sie bewegte sich, sodass ihre Brust seinen Arm anstieß. Er spürte, wie seine Männlichkeit sich regte. Auch wenn er mit vielen Frauen das Bett geteilt hatte, seit er ein Junge gewesen war, hatte er doch niemals die ganze Nacht mit ihnen verbracht. Das Gefühl war unvertraut, aber seltsamerweise angenehm. Er stützte sich auf seinen Ellenbogen und schob die Decke von ihnen beiden herunter. Er hatte zuvor noch keine Gelegenheit gehabt, Blanche wirklich zu betrachten, da sie die ganze Zeit entweder damit zugebracht hatten, miteinander zu streiten oder sich leidenschaftlich zu lieben. Sie schlief halb zusammengerollt, ihr geschundenes Gesicht eingerahmt von den üppigen blauschwarzen Haaren. Sein Blick glitt über ihre weißen Schultern und den Hals, ihre Brüste mit den großen, noch unerregten Nippeln, die wie aus Stein gehauene Linie ihre Brustkorbs, die Einkerbung ihrer Hüfte, die Kurve ihres Hüftknochens und die runde Erhebung ihres Hinterns, die schlanken Beine, die sie angezogen hatte und so fast die Löckchen dazwischen verbarg. Sie schlief tief und fest, und ihr Atem ging gleichmäßig. Der Trank, den sein Vater ihr gegeben hatte, rauschte noch immer durch ihre Adern.

MacGregor spürte ein seltsames Gefühl in seiner Brust anschwellen. Er rutschte auf der Matratze tiefer, bis sein Gesicht sich auf einer Höhe mit ihren Brüsten befand und er den süßen Duft ihres Fleisches einatmen konnte. Er streckte die Zunge aus und kostete von der weichen Haut, dann streifte er einen Brustwarzenhof mit der äußersten Spitze seiner Zunge, so leicht wie eine Feder. Blanche rührte sich nicht einmal. Ermutigt nahm er die Brustwarze zwischen die Lippen und saugte an ihr und spürte die elastische Widerstandskraft in seinem Mund. Er saugte etwas härter und nahm mehr von ihrer Brust auf, verschlang sie, bis er spürte, wie sich der Nippel an seiner Kehle verhärtete. Sein Schwanz war nun absolut steif, aber er achtete sorgsam darauf, dass er sie nicht berührte, sodass seine Hitze ihren Schlaf nicht störte. Er wollte sie noch nicht aufwecken. Er zog sich zurück und kitzelte sanft ihre Wangen. Sie runzelte leicht die Stirn und wandte sich ab, um sie gegen das Kissen zu reiben; sie veränderte ihre Position, bis sie auf dem Rücken lag. MacGregor kniete sich über sie und legte seine Hände auf die Rückseite ihrer Knie und hob sie an, sodass ihre Beine sich beugten und er einen Blick auf die geheimen Löckchen dazwischen werfen konnte. Sanft schob er sie weiter auseinander, sodass sie bequem dalag, aber ihr Schoß für ihn frei zugänglich war. Er starrte sie an und verlagerte vorsichtig sein Gewicht, sodass er einen genaueren Blick darauf werfen konnte. Schwarzes Haar kräuselte sich schützend über die äußeren Schamlippen, als wollte es sie verstecken, doch es war zwecklos. Ihre vertrauensselige Position gewährte ihm auch einen Blick auf die inneren Lippen mit ihren gekräuselten Kanten, die den winzigen, noch unerregten Knopf ihrer Klitoris verdeckten. Sie war nicht feucht, und das zarte Fleisch zeigte sich ihm in blassen Korall-Farben. Sie sah so schön, so verletzlich aus, dass es ihm den Atem raubte. Selbst im Schlaf hatte sie Macht über ihn. Sein Schwanz schmerzte bereits vor Verlangen nach ihr. Seine Fingerspitzen begannen die gelockten Haare auf ihren äußeren Schamlippen zu streicheln, sanft, ganz sanft. Nach einer Minute oder zwei konnte er einen Unterschied feststellen. Blanches Spalte war nun etwas röter, und die Schamlippen waren deutlich angeschwollen. Er glitt den Rand der äußeren Lippen entlang, wo das Haar endete und das weiche Fleisch begann. Sein Finger strich immer rundherum, doch noch immer nur ganz leicht. Blanche gab einen leisen Laut in der Kehle von sich, und er hielt für einen Moment inne, ehe er weitermachte. Jetzt zeigte sie eindeutig eine Reaktion: Die inneren Falten ihrer Spalte begannen sich auszudehnen, und er konnte sehen, dass die Spitze ihrer Klitoris angeschwollen und gerötet war. Er wusste, wenn er seinen Finger in sie schöbe, würde er spüren, dass sich in ihr bereits Feuchtigkeit angesammelt hatte.

Aber noch immer hielt er sich zurück. Er beugte sich herab, bis sein Gesicht an ihrem Schoß war, und blies sanft auf die zarte Haut. Ein Zucken ging durch ihren Körper, ließ sie zittern, und sie versuchte die Beine zu schließen, aber er verhinderte das sanft. Er ergriff die Gelegenheit und schob sie noch ein wenig weiter auseinander. Zärtlich schob er seine Zungenspitze in den Tunnel ihrer Spalte, schmeckte ihren moschusartigen Saft. Dann schob er seine Zunge tief in sie und zog sie wieder heraus, um das salzige Tal, das zu ihrer Klitoris führte, zu ertasten. Sie verspannte sich unter ihm und stöhnte, als seine Zunge auf das rasch anschwellende Fleisch traf. Er umkreiste sie mit seiner Zunge, immer weiter und weiter, auf und ab; sie bäumte sich ihm entgegen, und er presste sein Gesicht tiefer in sie, fing ihre Klitoris mit seinen Lippen ein und begann an ihr zu saugen; den Rhythmus seiner Bewegungen passte er an die kleinen Stöße ihrer Hüfte an. Ihre Klitoris erfüllte seinen Mund wie eine dicke Auster. Er schob einen Finger in sie und wusste, dass sie kurz vor dem Höhepunkt stand. Ihr Atem kam nun in kleinen, abgehackten Stößen. Er streichelte noch immer ihre Klitoris und schob einen weiteren Finger in ihren engen Tunnel. Sie erbebte, und er spürte, wie sein Mund von ihrer Nässe erfüllt wurde und ihre Spalte sich an seinen Finger klammerte, als sie kam, aber noch immer saugte er an ihr und erregte sie mit seinen Fingern, um sie zu einem noch stärkeren Höhepunkt zu bringen. Ein weiterer Schwall Nässe benetzte ihm Lippen und Kinn, und er musste seine Hüften in die Matratze drücken, um sich selbst davon abzuhalten, mit ihr zu kommen. Als sie sich schließlich um seine Finger herum entspannte, bog er ihn zurück und rutschte höher. Er erschrak, als er sah, dass ihre grünen Augen offen waren.

»Ich danke dir.« Ihr Stimme war rau.

»Gott vergib mir, aber ich bin froh, dass du zu mir zurückgekommen bist.«

»Das bin ich auch.«

»Ich weiß nicht, was ich getan hätte, wenn McDougal dich mitgenommen hätte.«

»Das hat er aber nicht.«

Er schauderte. »Ich werde dich nie wieder gehen lassen. Ich liebe dich, Lass.« Als wollte er seine Worte beweisen, zog er sie eng in seine Arme und presste seinen Mund auf ihren. Als er sie diesmal in Besitz nahm, tat er das mit einer Intensität, die keinem von beiden irgendeinen Zweifel an seinen Gefühlen ließ. Er streichelte sie mal voller Zärtlichkeit, mal wild und ungestüm, und er murmelte Koseworte, die ihr den

Atem raubten. Als sie beide gemeinsam den Höhepunkt erreichten, ineinander verknäult, rief er ihren Namen in die Dachsparren hinauf. Dann schliefen sie wieder ein.

Diesmal war es an Blanche, zuerst aufzuwachen, und sie drehte sich um, um ihren Ehemann im Schlaf zu beobachten, eine Hand unter seiner Wange und so entspannt wie ein Kind. Ihr Herz war voller Zärtlichkeit und Hoffnung. Er liebte sie. Sie konnte nur ahnen, was dieses Eingeständnis ihn gekostet hatte, aber sie wusste, dass es wahr war. Sie streifte die Spitzen seiner Wimpern und fuhr mit dem Finger die bleiche Linie seiner Narbe nach bis zu dem eigensinnigen Kinn, auf dem sich schon der erste Bartschatten zeigte. Sie dachte an das erste Mal zurück, als sie ihn gesehen hatte, in Ketten und mit Blut bedeckt. Sie seufzte. Ihr gemeinsames Leben würde nicht einfach werden, das wusste sie, da sie beide dickköpfig waren und sich zu leicht von eingebildeten Beleidigungen verwirren ließen. Aber es gab keinen Weg zurück. Was immer auch geschehen mochte, sie würden das Leben gemeinsam meistern. Sie sah in seine Augen und merkte, dass sie offen waren und sie beobachteten. Der Ausdruck in ihren Bernsteintiefen war unmissverständlich. Er streckte die Hand nach ihr aus, und sie öffnete sich ihm und all dem, was die Zukunft für sie bereithielt.

Hoher Absatz garantiert

Madeline Moore
DIE SCHUHLIEBHABERIN
Erotischer Roman
Aus dem Englischen
von Jule Winter
336 Seiten
ISBN 978-3-404-16712-8

Amanda, eine Frau in den besten Jahren, erbt das Schuhimperium ihres Mannes - und übernimmt zugleich eine Reihe gutaussehender Angestellter. Diese sind begierig darauf, die neue Chefin zufriedenzustellen, und zwar in jeder Hinsicht. Während Amanda ums Überleben ihrer Schuhläden kämpft, findet sie reichlich Gelegenheit, sich zu amüsieren ...

Bastei Lübbe Taschenbuch

Eine Seefahrt, die ist lustig

Georgina Brown
DIE YACHT
Erotischer Roman
Aus dem Englischen
von Sandra Green
336 Seiten
ISBN 978-3-404-16711-1

Von der Liebe enttäuscht, heuert Antonia auf der Yacht von Philippe an, einem verheirateten Mann aus gutem Hause. Sofort fühlt sich die junge Frau zu dem adretten Yachtbesitzer hingezogen - und erfährt bald am eigenen Leib, wie stürmisch die Liebe auf hoher See sein kann ...

Die Ewigkeit beginnt heut Nacht

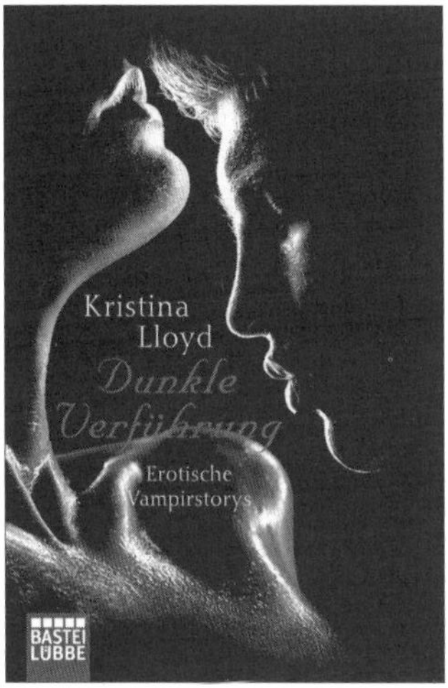

Kristina Lloyd / Mathilde Madden / Portia Da Costa
DUNKLE VERFÜHRUNG
Erotische Vampirstorys
Aus dem Englischen
von Marietta Lange
336 Seiten
ISBN 978-3-404-16710-4

Kein Geschöpf der Nacht übt eine solche erotische Faszination aus wie der Vampir. Das geheimnisvolle Wesen, dessen Libido so unersättlich ist wie sein Hunger nach sterblichem Fleisch, verspricht denen, die sich ihm hingeben, immerwährendes Vergnügen. Lernen Sie drei dieser dunklen Liebhaber kennen - und lassen Sie sich verführen.

Bastei Lübbe Taschenbuch